读客® 知识小说文库

读小说，学知识

鬼谷子的局

第 5 季 · 天下归一 2

寒川子 著

河南文艺出版社
· 郑州 ·

目录

第一章
见王叔白云伤感　打盐战楚王暗访　001

第二章
造宪令屈平受命　谋大楚张仪使郢　042

第三章
游北疆赵雍赦贤　受蛊惑燕王让位　073

第四章
拒胡服赵臣抗旨　争王权燕宫起乱　104

第五章
试牛刀左徒裁冗　行捧杀秦使结党　137

第六章
立朝堂屈平孤独　斗敌阵陈轸反杀 172

第七章
明利害客卿筹谋　走险棋朋党设陷 201

第八章
中奸计怀王驱贤　伪献地张仪欺楚 236

第九章
游秦宫芈月戏主　平叛乱子之用狠 269

第一章

见王叔白云伤感　打盐战楚王暗访

楚王后宫是个偌大的花园。

花园建在水泽上，因为女人与水永远是相得益彰的存在。这里由数条水道连通，有进水有出水，合起来三千多亩，占据整个宫城的三分之二。水泽清澈见底，经过特别修治，鸟瞰起来，构成一个规整的“芈”字。“芈”字里面，有港有汊，有水有陆，有桥有梁，有棚有廊，亭台楼阁错落有致，每一处都闪烁着楚国百工匠艺的光辉。

水泽外面是两丈八尺八高的宫墙，墙头上还竖着一根挨一根长约二尺二的青铜合金矛尖。尖与尖相连，锋利如刺，使得从墙上翻越几乎是不可能的事。

这道高不可越的宫墙将宫里与宫外隔离开来。不同嫔妃与她们所生的王子、公主，还有数以千计的宫人、宫役，就住在这个庞大的“芈”字里。

怀王引领屈平走向“芈”字的西角，指着一块苑林道：“屈平哪，在这儿起盖巫咸神庙如何？寡人已让庙尹看过，据他说，这是块风水宝地呢。”

“此地清幽，想必祭司喜欢！”屈平应道。

“娘娘带她看过了，说是喜欢呢！”怀王笑道，“你这儿若无异议，寡人就旨令上官大夫动工了。听他说，工师已在描绘图纸了呢。”

“只要大王、娘娘喜欢，祭司乐意，臣就没有异议。”

“既是此说，这事儿就定下了。”怀王转过话头，盯住屈平，“屈平哪，我们说说正事。”

“臣谨听！”

“昨日的事，寡人得谢谢你。你不但救了子启，还让大楚上上下下，里里外外，包括寡人，无不身临其境，深受震撼哪！”怀王由衷感慨，“屈平哪，是你让大家晓得了什么叫王法！又是你让大家晓得了什么东西可以超越王法！”

“我王圣明！”屈平揖礼，“只是，臣不敢居功！”

“哦？”怀王愕然，盯住他。

“建议臣听从神谕的是祭司，赦免鄂君之罪的是巫咸大神！”

“咦？”怀王怔了。

怀王一直认为这是屈平设下的奇谋，既搭救子启，又成全王法，更让朝野接受了一场触及灵魂的洗礼。只没想到答案却是这般，这不是计谋，而是真正的天意，救下子启的真是巫咸。

“屈平哪，”怀王压不住好奇，“你且说说，子启诸人贪财忘义，触犯王法，犯下不赦之罪，巫咸大神为何要赦免他们呢？”

“臣以为，原因有三，”屈平释道，“其一，巫咸大神大慈大悲，不仅宽待巴人，也宽待楚人及天下所有的人。大神主司天下云雨，云雨布施事关天下百姓，并非只有巴人哪！”

“你说得是，”怀王点头道，“其二呢？”

“其二，子启为大王骨血，王法为大王所颁，朝臣不敢用法，用法的只能是王。而王若施法，便为骨肉相残，这是巫咸大神的母性之慈所不忍的，所以赦免；还有其三，巫咸大神并非赦免子启一人，而是赦免了更多的人哪。乌金事件牵涉满朝文武，更涉及一千五百个无辜宛民，他们皆是底层百姓，参与搬运或押送，一是不得已而为之，二也是为养家糊口。按照大楚现行王制，他们皆在受刑之列！面对一千五百个无辜生命，一千五百个破碎家庭，巫咸大神她不能不赦啊！”

“善哉，巫咸大神！”怀王往空祭拜。

“大王，”屈平凝视怀王，“巫咸大神是巴人的神，楚人多不信。楚人不信巴神，就低看巴人。巴人得不到尊重，就不服心。欲服巴人之心，先尊巴人之神。巴人虽说无国了，但巴人还在。秦得蜀地，我得巴山，我若不能服巴人之心，巴人就会依附秦国。今巴人之神赦免王子，赦免涉及此案的众多朝臣，是上天赐予楚人结巴人之心的契机，臣奏请王上，举国敬奉巫咸，善待巴人，让巫咸大神也为楚民祈福祛祸！”

“寡人准奏！”怀王指向庙址道，“寡人在此建庙，亦为示范。”

“此庙为王室致祭之所，”屈平奏道，“臣请在宫外亦建一座巫咸神庙，供楚民祭拜。至于郢都下里的神庙，大王也可拨出一点专款予以修缮，供巴人祭拜！”

“准奏。”

“臣叩谢大王！”屈平再揖。

“屈平哪，”怀王摆手，示意他免礼，“建庙的事儿可长远计议，我们的当务之急是秦人哪！淅水一战，秦人志气大涨，商於之地更难收回了！商於失于先王之手，先王一生，东破吴越，南得黔滇，西镇巴蜀，临终却失商於十五邑，先王为此自责，难以瞑目啊。是寡人向先王誓言收复商於，先王才算合眼！”

“臣有二策，可得商於！”

“请讲！”

“一是治内，二是治外。”屈平侃侃言道，“治内，大王要狠下心来，变法改制，使大楚脱胎换骨，否则，就无法抗御强秦。治外，大王要奉行苏秦纵策，结盟五国，尤其是齐。”

“事有次第，你且说说，这个内该从何处治起？”

“仍然从乌金起始。”屈平应道，“巫咸大神虽然赦免了鄂君之罪，但乌金私流的可能仍然存在，因为秦人得不到宛地乌金，是不会甘心的！”

“你拟个诏命！”怀王思虑了一下，吩咐道，“事有一二，不可过三。再有乌金输秦者，寡人不再祈请神谕，即诛三族！”

“臣受命。”

“呵呵呵，”怀王兴奋起来，“不瞒爱卿，乌金有了，寡人也已旨令兵坊琢磨乌金锻造技艺，三年之后，待我军卒全部装配好乌金兵器，寡人再征商於，与秦人决战！”

“大王宏愿虽好，却是忽略一事！”

“何事？”

“依然是乌金。”屈平应道，“据臣所知，宛地有六座矿坑，大小炉膛不下三十座，但其中并无一坑、亦无一炉在大王手中呀！”

怀王怔住了。

“臣已查明，”屈平接道，“所有的矿坑皆在封君、世家手中，为他们的私产。既为私产，大王就无权处置，只能以市价向他们购买。臣尚未计算装备三军需要多少乌金，但可肯定的是，这是一笔巨额开支！”

是的，怀王确实从未想到这一层。

“敢问大王，这么一笔开支，钱从何来？”屈平直视怀王。

“爱卿可有应策？”过了良久，怀王方道。

“这就是臣的治内之策。”屈平应道，“臣奏请大王效法先君悼王，修订历代先王的过时之法，从封君、世家手中收回乌金、黄铜、金、银、珠贝等物的垄断治权，取缔金节等法外特权。在商贸、开矿、捕鱼、狩猎、垦殖等域，给所有平民以自由、平等之生产、商贸权利，由大王设专司统一管辖。若能如此，大王呀，以楚地之广，楚物之博，楚民之勤，长不过数载，便民可富，资可丰，库可溢，国必大治！”

怀王抬头看天，过了良久，似已忘掉屈平，沿水泽大步走去。

屈平跟在后面。

怀王走了一程，顿住，盯住屈平道：“你的制外之策，即厉行纵亲，结齐制秦，可以做了。你可推举个合适人选，出使齐国！还有，转告苏子，如果方便的话，寡人请他到郢都做客！”

“臣领旨！”

此番乌金案，子启因年轻气盛而吃了大亏。怀王的一顿暴打无非是些体外伤，抹些药忍一忍也就过去了。真正把他吓坏的是那日在众目睽睽之下的神谕体验，着实惊了他的心，动了他的魄。

由于背伤没好利索，子启被府人小心翼翼地抬回了府中。他趴在榻上将养了几日，才方觉轻些。

外伤轻了，内伤却是加重了。每到晚上，子启一入睡就做噩梦，梦中尽遭恶徒追杀，且被伤的部位都在腰间。他醒来后惊出一身冷汗，背疮也就分外苦痛。

休养期间，鄂君府前车水马龙，几乎天天都有亲朋好友赶来探望。

唯一没来的是王叔。

第十日上，王叔来了，同来的还有射皋君与彭君。

“王叔，”子启从榻上跳下来，拱手，苦笑道，“不肖侄就不行大礼了！”

王叔撩起他的衣襟，看到他后背上一大片裹着药的纱带后，流出泪来。

“王叔，没事的，只是皮肉伤，疾医说，再过几日就可结痂。只要一结痂，就没事了。”子启反倒安慰王叔。

“贤侄呀，”王叔抹了把泪水，“几日前叔就说要来望你的，可叔一直没来，不为别的，就为叔见不得贤侄的伤。听你射皋叔说，这几日你好些了，叔才过来。也正好有些事务，咱叔侄几个商量一下。”

“谢王叔！”子启礼让道，“我们厅中说话！”

几人来到客厅，王叔三人在席位坐下，子启因为屁股上也有伤，只好直直地跪着。

“贤侄，”射皋君看着他的跪相，憋不住了，一拳砸在几案上，“你的这场苦断不会白受！”说完转向王叔，“二哥，你发句话，小弟这就使人宰掉那厮，为启侄讨回公道！”

“不消射皋叔动手！”子启恨道，“待伤痊愈，小侄自去手刃那厮！”

“贤侄，你要手刃哪个？”王叔问道。

“左徒，屈平！”

“唉，”王叔长叹一声，“贤侄，还有射皋弟，如果你们就此杀掉屈平，屈平可就是个枉死鬼了！”

“王叔？”子启眼睛睁大。

“这么说吧，”王叔语气缓慢，“假使没有屈平，只怕贤侄早在神祭之前就被大楚的王法腰斩示众了！”

三人皆是惊愕。

“你们说说看，是不是这样。”王叔扫视众人，“事情闹大了，一边是法，一边是情，你们若是大王，又能怎么办？靳尚出了个馊主意，让大王施行家法，也就是贤侄挨的这顿打，还拖屈平去看。靳尚想得倒是不错，屈平是个写辞赋的，心一定软，只要屈平应下，事儿就过去了。不料想的是，屈平没有应下。为什么没有应下呢？因为他不能应下啊！贤侄触犯的是国法，不是家法。这事儿已经闹得天下皆知了，家法怎么能行得通呢？如果一顿皮鞭就能够了事，今后怎么办？大家伙都在看着呢。宫中不是只有一个王子，其他王子与诸位兄弟，还有其他王亲，还有外戚，哪一个都与大王扯着皮，通着脉，连着筋。有此先例，他们有谁肯再守王命呢？有谁还肯再服王法呢？他们都将无法无天。因为已有先例，大不了让大王再来一顿皮鞭了事！如果各室王子、各家王亲个个无法无天，宗室心里能服？百官心里能服？谁都不服的话，让大王怎么能号令大楚呢？长此以往，楚国可真就土崩瓦解了啊！”

王叔一气讲出这些，三人无不服气。

“啧啧啧，”王叔接连赞叹数声，“思来想去，神谕真正是个好主意呀，上可全王法，下可全亲情。公开祭天，现场示众，上自王亲贵戚，下至街巷百姓，谁都看在眼里，没有谁不服心哪！”

“王叔是说，”子启小声道，“那个横裂是……是他们故意做出来的？”

“阿叔看过了，是太庙的龟甲，是庙尹主持，由大巫祝他们烧的炭火，怎么可能故意呢？太庙的神是楚人的，巫咸神是巴人的，他们不在一个龛里！”

“那……”子启愕然，“若此，与他屈平何关？”

“那日谋议时，”王叔讲出原委，“是那屈平奏请神谕，奏请巴神，而巴神的祭司就住在屈平府中，与屈平朝夕相处！”

“王叔是说，那道横裂是祭司祈祷来的？”

“是啊！”王叔感叹道，“为救你的命，那个祭司可是把什么都豁出去了，当着万众的面，赤裸全身哪！”

子启捂脸，过了良久，抬头道：“王叔，小侄该如何致谢？”

“待你痊愈之时，向屈平下个请柬，一是答谢他的救命之恩，二是代王叔邀他并祭司赏游章华，阿叔久未与人论诗答对了！”王叔给出答谢的方法。

“侄启从命！”

“再有一个，”王叔扫视三人，“贤侄得救了，合该议议秦人的事了。”说完看向射皋君，“射皋弟，你可去见那个姓车的，探探他的口风！”

“二哥，”射皋君应道，“探归探，咱得有个底数，是不？”

“你们说说，如何给这个底数？”

“我还是那句话，”彭君应道，“退款！”

“彭哥呀，咋退哩？”射皋君一脸苦相，“秦人给的钱，该分的全都分下去了，官堆上没剩几个。钱已经分给大家，再让收回来，你看看，有哪家肯哩？别的不说，单是彭哥你家，能肯吗？就算你肯，几个小侄子肯不？嫂夫人，她肯不？还有老哥的几个嫡兄弟，他们哪个肯呢？”

射皋君的一连串发问，将彭君噎得说不出话来。是呀，无论是谁，吃到口并吞下肚的美食，再让他吐出来，都是要抠嗓子眼的。

“小侄赞同射皋叔。”在王叔看过来时，子启接话道。

“既然这样，就依照我说的，先探探风。”王叔给出决断，“如果秦人不肯通融，我们再议如何应对也不迟。如果秦人通晓大义，尚可权变，就先听听他们做何权变吧。”

乌金出事后，惠王急召张仪回到咸阳。

“唉，唉，唉！”乍一见面，惠王就连叹三气，叹声夸张，语气抑扬顿挫，还夹杂了一个苦笑和数个摇头。

“王兄这是怎么了？”张仪盯了他一会儿，呵呵乐了，“是哪儿不舒服了吗？别是嗝住气了吧？”

“是这儿！”惠王指指心窝，“疼啊！”

“是为那一丁点儿金子才疼的吧？”张仪歪头望着他。

“好你个贤妹夫呀！”惠王急了，从席上起身，在厅中来回急走，边走边说，“什么叫那一丁点儿金子？那可是过了一千镒呀，是从这牙缝子里一小点儿一小点儿刮下来的呀！不瞒你说，自打你做起这笔生意来，寡人我这……唉，别的不说，单是后宫，连她们的那点儿脂粉钱寡人都予以减半了！这下可好，犁头没捞到，连本也亏了呢！这叫个啥子哩？偷鸡不着蚀把米呀！”说完又夸张地捂住心窝，“哎哟，哎哟，你这一提到，寡人的心口就又……哎哟……”

“哈哈哈哈，”张仪长笑数声，“仪有一剂良药，说不定能治王兄这个病呢！”

“是何良药，快说！”惠王停住脚步，坐回席位。

“是桩旧事。”张仪缓缓说道，“王兄可曾听闻齐相管仲是如何制伏鲁国国君的吗？”

“寡人未曾听闻。”

“哈哈，没有听闻就好说了！”张仪正襟，动作夸张地捋了把胡须道，“当年管仲用于齐，桓公不爽鲁君，欲发兵击之。管仲曰，臣有一策，可不伤一卒而服鲁国。桓公问策，管仲曰，君服绨即可。绨为加厚的丝缯，穿之甚暖。桓公服绨，左右效之，齐民从而跟之，绨大贵。管仲遂发令，齐民不得织绨。齐民无绨，求购于鲁。鲁君喜甚，令其民弃耕而植桑、养蚕、织绨，使鲁国商人货其绨于齐，得钱兑粮而归。未及三年，见鲁民皆不耕种，管仲令齐民不得穿绨。鲁绨无处可卖，农田皆成桑园，鲁民大饥，粮价暴涨。管仲遂在齐鲁边境广置粮仓，低价售粮，鲁民皆奔齐地。鲁君无奈，亦奔齐求降。桓公未战而服鲁矣。”

“咦，”惠王听进去了，“这桩旧事有意趣。寡人亦不爽楚王久矣，你且说说，你这个管仲，如何制伏楚国？”

“楚非鲁，楚民非鲁民，楚王非鲁公，张仪亦非管仲呀！”

“哈哈哈哈，”惠王长笑几声，亦捋一把胡须道，“晓得，晓得，寡人全都晓得！”然后压低声，“可管仲他怎么能与从鬼谷里出来的贤妹夫比呢？再说，苏秦不在楚国，也顾不上楚国，南蛮之地，有谁能是贤妹夫的对手？”说完倾身道，“敢问妹夫，欲用何策，也能让寡人不战而屈楚人之兵？”

“惑其主，毁其钟，止其谋，乱其心！”张仪一连给出十二个字。

“惑其主？毁其钟？止其谋？乱其心？”惠王一字一字地咂巴了一遍，皱眉道，“毁其钟，何意？”

“王上可知黄钟大吕？”

“《周礼·春官宗伯·大司乐》载，‘奏黄钟，歌大吕，舞云门，以祀天神’，可是此否？”

“正是！”张仪朗声应道，“此句是说，黄钟为阳律之首，大吕为阴律之盛，二者和合，可祀天神！王上呀，天神得祀，则国运昌隆啊！”

“以贤妹夫之见，何为楚之黄钟？如何毁之？”

“黄钟，乃阳律之首，起乐之声，古人常以之喻国之重器。敢问大王，何为国之重器？是金子吗？”

“非也。”惠王不假思索道，“国之重器，乃人才也！”

“我王圣明！”张仪拱手道。

“好了，毁其钟可解。止其谋呢？”惠王盯住张仪。

“要止其谋，先得知其谋！敢问王兄，假使您是楚王，眼见秦人磨刀霍霍，该作何谋呢？”张仪反问。

“若是对付张仪，寡人当从苏秦纵策，结盟齐国！”

“王兄还有何疑？”张仪笑问。

“最后一个，乱其心。怎么乱？”

“就用王上那点儿从牙缝里抠出来的金子呀！”

“唉，”惠王再次捂住心口，做出痛苦状，“贤妹夫呀，你能不能不要再提这个事儿？”说着又拍了几下胸口，牙关一咬，“说吧，你打算如何用它？”

“换盐。”

“换盐？”惠王眼睛睁大。

“唉，”张仪长叹一声，“犁头是不行了，金子已到楚国那拨权贵的手里，讨回来也是不可能了。既然都不可能，为什么不换点儿盐吃吃呢？”

“可这……”惠王怔住了，“巴人的盐泉，我们也有两处，听闻蜀地也发现盐了，寡人还打算卖盐呢，还要他们的盐做啥？”

“乱其心哪！”张仪一字一顿，说得很慢，余味隽永。

惠王闭目有顷，猛地一拍大腿，连出两声：“妙哉，妙哉！”

二人相视，大笑。

“好吧，”惠王笑毕，拱手道，“楚国的事，就劳烦妹夫了。对了，忘了告诉你一桩喜事，陈庄终于死了，如你所说，是让巴人杀死的。哈哈哈，那小子，心想得大，到人家的屋檐底下还不收敛，巴人吃不消他，就割了他的脑袋，听说是将他的脑壳子做成尿器了，也亏巴人想得出！”

过了良久，张仪吁出一口长气。

死罪虽免，但活罪不可不罚。作为惩治，怀王削去了鄂君的宛城封地，只保留一个空的封号，同时罢免了昭鼠的宛郡工尹职爵，昭告全楚各邑，以儆效尤。

怀王的这道诏令自然是由左徒府实施。在到鄂君府、昭鼠宅第里宣旨的那日后晌，屈平却意外接到了子启的请柬，语气十分客套，一谢他的救命之恩，二代王叔邀请他与祭司前往做客，地址在章华台。

屈平捉摸不透背后深意，在处理完府中事务后，便将请柬纳入袖中，回到草庐。

近些日来，屈平很少在他的府宅过夜，无论再晚，都要设法回到庐中。

因为庐中有白云。

他已无法忍受见不到她的日子，哪怕只有一天。

白云回来了，已在庐中迎他。

“阿哥，”白云兴奋道，“今朝阿妹寻到一处地方，可以立庙！”

“是吗？”屈平笑道，“在哪儿？”

“在东街。”白云应道，“是靳大人寻到的，说是地主愿意捐出来。我去看了，位置好呢，挨近一片水泽，是块高坡，大小正好可以立庙。”

“祝贺阿妹！”屈平拱手道，“那处地方阿哥晓得，那处高台是当年干将、莫邪的铸剑台，当是郢都最好的位置了。对了，阿妹，想不想去谢谢人家呢？”

“谢谁？”

“就是将那块宝地捐给阿妹的人哪！”

“你知道他？”

“知道。”屈平从袖中掏出请柬，“看，人家请你来了！”

白云扫了一眼，惊讶道：“是鄂君启？”

“是的，”屈平点头道，“巫咸大神救他一命，作为回报，他便献出了这块宝地！”

白云嫣然一笑，“这是该回谢一下他。”

云梦泽章华台，轻风抚柳，阳光明媚。

三休台下，当屈平、白云跳下他们的辎车时，迎候在台阶处的是鄂君启与一个装扮妖艳的美姬。

这美姬不是别人，正是品香楼的头牌秋果。

当然，她现在不叫秋果，而是叫一品香。品香楼中，一品香没有名号，有名号的是排在她身后的那些女子，她们分别是二品香、三品香、四品香……直到九品香。

一品香只有她一个，二品香有两个，三品香有三个，之后循序类推，九品香一共有九个。

一品香深藏不露，只陪鄂君一人。

相见礼毕，子启二人陪同屈平、白云踏上三休台，游览各处宫殿并景致。子启如导游一般，为他们一路解说每一处胜境。

游览结束，子启引领几人走向观波阁，讲出当年先威王是如何在此礼宾五国共相苏秦，苏秦又如何当场揭掉号称三百多岁的假冒仙人苍梧子的老寿眉，最后促成楚国纵亲的故事，听得秋果唏嘘不已。

沿着观波亭后面的台阶逐级而下，几人来到云梦泽边，走向泽水岸边的码头。码头前停泊了两艘大船：一艘如龙，叫龙船；一艘如凤，叫凤船。

龙船是楚王专乘，王亲若无楚王邀请，只能乘坐凤船。

几人登上通往凤船的踏板，候在船舱门口的王叔偕夫人迎上前去。

双方见面，奇特的一幕发生了。

王叔无视屈平，而是二目如炬，直直地盯住白云。

白云回以同样的目光，死死地盯住王叔。

二人都似着了魔一般，一动不动，不眨眼睛。在这个瞬间，他们都像是要把对方看透。

王叔的眼睛渐渐下移，从她的脸上移到脖颈上，再顺着她的脖颈移向胸脯。

一条金链从她的脖颈垂下来，直入她胸前的衣襟里。

王叔的目光渐渐盯在那条金链上。

子启蒙了，看看王叔，看看白云，又转向屈平，一脸纳闷。

屈平也是呆了。

显然，这是他做梦也没有料到的一幕。

“夫君，客人？”见王叔的目光直直地盯在人家的酥白胸脯上，君夫人过不去面子了，拿肘子轻顶了一下王叔，悄声道。

王叔也回过神，目光从白云的胸脯上收回，看向屈平。

“臣屈平叩见王叔并夫人！”屈平朝王叔与夫人深深一揖。

“屈平！”王叔盯了他一会儿，拱手回礼，点头道，“嗯，果然是青年才俊！”说完目光再次转向白云。

白云亦前一步，大方揖礼：“巫咸山巫咸庙祭司白云叩见王叔并夫人！”

不待王叔说话，君夫人便跨步上来，一手拉过白云，将她好好地打量了一番。

“啧啧啧，”君夫人抚摩着白云的纤手，“好一个绝世佳人哪！”说完看向屈平，“有此佳人朝夕相伴，左徒大人好福分哟！”

见君夫人出语直白，白云脸上现出羞涩，看了一眼屈平，勾头不语。

“谢君夫人！”屈平未动声色，朝她拱拱手。

“啧啧啧，”君夫人又发出几声赞叹，咬死这个话题，“一个才子，一个佳人，真叫个天下绝配哟！”说着看向王叔，“夫君哪，此地风紧，不是待客处呢！”说完携手白云，径自走进船篷。

王叔朝屈平笑了笑，指船，礼让道：“今天既到王叔的船上，王叔就不作官称，叫你屈子了。屈子，请！”

“王叔先请！”屈平回礼。

王叔跨前一步，一把携住屈平的手，并肩跨入船舱。

这是一艘巨大的船，里面如同宫殿，各种设施，应有尽有。

凤舟开始移动，于不知不觉中滑向泽中。

远山映衬，景色绝美。

子启朝近旁一个暗舱打了个响指，一时间，管弦协奏，钟石交响。音乐声中，舱门开启，一行八个美女络绎而来，长袖翩翩，舞姿曼妙。

舟入深泽，碧波万顷，曲妙人曼。

王叔却如中了邪，压根儿无视乐曲，也似乎忘了眼前的客人，自顾自地时而闭目遐想，时而瞟一眼白云。

白云也是，从进舱的那一刻起，她的两只大眼一直锁在王叔身上，似是看不够他。

屈平则完全放松了下来，两眼迷离，专心赏曲。

只有君夫人暗暗着急，一会儿看看王叔，一会儿看看白云，一会儿看看屈平，再后又看向子启。周围却没有一人睬她。

一曲奏毕，王叔仍旧无话，沉浸在遐思里。

场面尴尬起来。

子启轻轻咳嗽一声，挥退了舞者。

君夫人打破沉寂，盯住屈平道：“听闻屈子精通音律，可知此曲？”

“君夫人过誉了！”屈平拱手道，“恕臣妄断，此曲当为召南民风！”

“啧啧啧，”君夫人连声赞叹，“屈子大才今日知矣！”

接着，君夫人顺口吟出：

喓喓草虫，趯趯阜螽。
未见君子，忧心忡忡。
亦既见止，亦既觏止，我心则降。

“哈哈，”子启兴奋道，“此诗小侄自幼就会。”说罢匀气，接吟后面两阕：

陟彼南山，言采其蕨。
未见君子，忧心惙惙。
亦既见止，亦既觏止，我心则说。

陟彼南山，言采其薇。
未见君子，我心伤悲。
亦既见止，亦既觏止，我心则夷。

“啧啧啧，”君夫人竖起拇指，“贤侄好记性呢！”

“哈哈哈哈，”子启笑过几声，“小侄这叫班门弄斧呀！”说完故作惊愕地盯住屈平，“也是奇了，他们不过是奏个乐、跳个舞而已，并未吟出曲辞，屈子何以断出此曲就是召南民风呢？”

“回禀公子，”屈平拱手道，“原妄断此曲，依据有二：一是此曲纯朴柔美，琴瑟和合而又不失刚正，与召南之风近似；二是舞者色彩服饰、肢体动作，均与召南之风相似。”

“哈哈哈哈，”子启大笑几声，“好一个琴瑟和合、肢体动作呀，”说完看向白云，别有意味道，“未见君子，忧心忡忡，见过君子了，这也‘觏止’了，佳人该当‘我心则降’才是。对不，我的小美人儿？”说完搂住身边的秋果，将嘴巴伸过去，动作夸张。

秋果嘤咛一声歪进他怀里，两手勾住他的脖子，将嘴唇迎上。

君夫人也把身子靠向王叔，仍在恍惚中的王叔本能而机械地用臂弯揽住她的腰身，君夫人就依势偎了过去。

显然，这是事先准备好的一出戏，是有意演给屈平和白云看的。

船舱里的一双一对，只剩下屈平与白云了，且两人又挨在一起，再无一点儿肢体动作，倒是有点不合群了。

但屈平依旧不为所动，正襟端坐。

白云瞄了屈平一眼，扑哧一笑，她洒脱地解开长发，将头猛地一摆，一头乌发幅度极大地甩向屈平，然后半是挑衅地看向子启，语气揶揄："可怜这首小诗，经公子一解，竟就是歪了呢！"

"哟嘿，"子启急了，松开美姬，坐直，看向纪陵君，"王叔，小侄所解难道不正吗？诗中所述，难道不是夫君在外，妇人苦候不见，愁思不得，忧心忡忡，热切盼望夫君归来，她好亲近夫君吗？"

王叔目光依旧盯在白云身上，神情恍惚，仿佛没有听到。

"屈子，"子启转对屈平，拱手道，"你是大才，在下不学无术，敬请赐教！"

屈平淡淡一笑："若是论《诗》，公子该当请教王叔！"

子启又转向王叔道："王叔？"

王叔听若无闻，目光依旧在白云身上。

子启看向君夫人，努努嘴。

"夫君哪，"君夫人脸色尴尬，拧了他一把，"启儿向你求救哩！"

王叔回过神，冲屈平笑笑。

"王叔，"子启指向白云，"她说小侄解得不对，您评评看！"

"解……解什么呢？"王叔挠头。

"瞧你，"君夫人笑道，"心神游荡到哪儿去了？是《召南》的几句，'喓喓草虫，趯趯阜螽。未见君子，忧心忡忡。亦既见止，亦既觏止。我心则降'。"

"呵呵，"王叔干笑两声，盯住子启，"你作何解？"

"小侄解的是，"子启眉飞色舞，"诗里那位女子思夫甚切，忧心如焚，俟夫君回来，二人终于得以享受人间极乐，幸甚至哉！"说着指向白云，"祭司却说我解歪了！王叔评评，小侄究竟是歪了没？若是歪了，又歪在哪儿？"

"嗯，"王叔捋须有顷，道，"祭司所评甚当，此诗讲的并非思妇，而是君臣相思呀！君君臣臣，各安其道，离君臣苦，离臣君思。只有君臣和睦，琴瑟和合，才能国泰民安，天下归治！"

"哎呀，"子启摸摸头皮，吐了下舌头，"听王叔此解，小侄真就是想到岔上喽！"

"公子没有想到岔上，不过是想歪了而已！"白云重复她的观点。

“岔就是岔，我这……”子启看向屈平，“屈子，怎就又成歪的了呢？”

“就此诗所喻，”屈平略一思忖，解道，“王叔解作琴瑟和合，君臣融洽，为儒门之见；公子解作夫妻相思，人伦极乐，为俗民之见，各自成理。”

“是了，是了！”子启兴奋起来，看向白云，“大祭司呀，屈子所解你可听见？芈启所解也成理，哪儿是解歪了呢？”

“如左徒所言，此曲为召南之风。”白云瞄了一眼屈平，语气平淡，“风为民气之吹，此诗当是召南百姓借思妇之口讥讽时弊呢！公子不晓得苍生之苦，未能读懂此诗，所以解歪了。”

“敢问祭司，”子启再挠头皮，“此诗所讽何弊呢？又是怎么个讽呢？”

“讽的是征战之苦。”白云看向北方，“王命征战，不恤民难，丈夫秋日应征，或已喋血沙场，再无归期。思妇却不晓得，仍在晓盼暮望。思妇由秋盼到冬，由冬盼到春，由春盼到夏，不知不觉，秋日又至，希望、绝望并生于心，眼前不由生出幻境。在这幻境里，思妇终于看到其夫归来，于是男欢女爱，琴瑟和合，切切私情，溢于言表……”白云越说越慢，声音微微哽咽，“幻境过后，公子可曾想过？”

子启还没说话，秋果却联想到了自己的家事，及出征并战死的两个叔叔和两个弟弟，大受触动，放声悲哭。

屈平的眼眶也湿润了，他深情凝视着白云。是的，此诗他吟过不知多少遍，真还没有吟出这般感觉。看来，对于百姓疾苦，白云所感远胜于他。

王叔朝君夫人努嘴，君夫人会意，跟他走出舱门，来到船头。

君夫人小声嗔怪：“见到美人，魂都没了？”

王叔白了她一眼：“你想哪儿去了？”

“什么想哪儿了？”君夫人回嘴，“是你交代过要撮合他俩的，说是只要屈平爱上这个妞儿，就会在意大王的非分之想，他们君臣就会起隙，就会为此女争风，可你……人家还没争，你自己倒先争上了！”

“你就晓得争风！”王叔斥道，“去，收她为义女！”

“义女？”君夫人眼珠子连转了几下，笑道，“这个好嘞，臣妾这就去！”

二人返回舱中，于原位坐定。

“祭司，”君夫人看向白云，笑吟吟道，“老身有一不当之请，不知当讲否？”

“夫人请讲！”白云应道。

“老身膝下无女，甚是无趣，今见祭司倍觉亲近，诚意纳为义女，望祭司成全！”

屈平、白云皆怔，互望了一眼。

王叔盯住白云，语气热切：“夫人所言，亦为老夫心意！”

“谢王叔、君夫人厚爱！”白云拱手道，“只是，此为大事，白云不敢擅专，尚须禀报父母高堂，诚望王叔、君夫人理解！”

“这……”君夫人面色尴尬，看向王叔。

“呵呵呵，”王叔笑道，“这个自然。”说着倾身道，“敢问祭司，高堂何在？”

“在……”白云伤感了，闭上眼睛，脸转向屈平，身体也靠了过来。

屈平握住她的一只手，另一手指向窗外，岔开话题：“王叔，那个小岛景致不错哦，能否近些赏玩？”

“好嘞！”不待王叔发话，子启便击掌，冲隔舱叫道，“左侧小岛，近些！”

凤舟缓缓地荡向小岛。

赏过小岛，见天色不早，凤舟便开始回返。

王叔看向屈平：“听闻屈子博学，老夫倒是想起一事，正好请教屈子！”

“请教不敢，”屈平拱手道，“敢问王叔何事？”

王叔看向子启。

子启击掌，舱门打开，一人抱着一只陶壶走进船舱，小心翼翼地摆在屈平的几案上。

陶壶很大，足有半人高，比水桶还粗，工艺稍显粗糙，但年代久远，壶上还有仕女与水、岸、花等彩绘。

见到彩壶，屈平二目放光，紧紧盯住它，继而双手捧起，上下左右翻看，旁若无人。

过了良久，屈平将壶轻轻放下，看向纪陵君。

“此为老夫近日所拾，”王叔指着彩陶，“一直吃不准它是何物，敬请屈子鉴定！”

“回禀王叔，”屈平应道，“如果晚辈没有看错，此壶当是女英壶。”

“哦？”王叔倾身道，“屈子何以知之？”

“据《王禹记》所载，”屈平侃侃言道，“舜帝曾亲手制作陶壶一对，一个送娥皇，一个送女英，供二妃沐浴时舀水之用。”说完拿起壶，做舀水并冲淋的动作，“当是这般使用。”同时亮开壶底，指上面的字，“这里有‘重华’二字，当是舜帝名号。”说着又指壶面彩绘，“所绘之女，就服饰看，当为帝妃女英。”

“天哪！”子启咂舌，看向秋果道，“原来是圣女洗澡用的哩，怪道……”

“呵呵呵，”王叔称赞道，“屈子果是博学！”又看向子启，“贤侄，让他们好生包裹，待会儿放到屈子车上。”

“好嘞。”子启拿起陶壶，起身就走。

“公子留步！”屈平看向王叔，“敢问王叔，为何放臣车中？”

“呵呵呵，是这样，”王叔笑道，“老夫拾到此物时，有言在先，无论何人，只要识出此物，老夫就拱手奉送。”

“臣屈平恳请王叔收回此言！”屈平拱手道。

“屈子，”王叔为难道，“难道你要老夫食言吗？”

“臣不敢！”屈平应道，“只是，王叔若不食言，屈平就得失心了！”

“哦？”王叔盯住他，“你失何心？”

“臣不才，”屈平指向天地道，“早年曾对天地盟誓，此生此世，不做违心之事，不受违心之物。此壶既为王叔所拾，当为王叔所有，他人之物，屈平受之违心。”

“呵呵呵，屈子真是洁士！”王叔夸奖一句后，又看向白云，“若是此说，老夫就送给祭司了。”

“我？”白云没有料到王叔会直接将话绕到她身上，惊愕不已。

“不是送，是捐！”王叔笑道，“听子启说，祭司欲在宫外修建一座巫咸庙，老夫甚喜，想多少捐些善款，”说着击掌道，“抬进来！”

二人开舱门进来，抬着一只箱子，将箱子放在白云前面的几案后，便转身离去。

“祭司请看！”

白云启开，里面是码放整齐的一箱金镂。

“此为一百金镂，权作立庙之资。倘若不足，祭司可随时登临老夫柴扉！”王叔说着又指向陶壶，“还有此壶，也作为祭品，为巫咸神女沐浴洗尘！”

望着这对热心为巫咸庙捐地、捐金的叔侄，白云百感交集，泪水夺眶而出。

白云盯住王叔，再次凝视他。

二人对视。

白云起身，跪地，凝神，望空祭拜，喃喃出词，显然是在与神交流。

良久，白云起身，朝王叔并夫人深深一揖：“巫咸山巫咸庙祭司白云诚谢王叔、君夫人、鄂君厚赠！白云已将三位捐献大礼禀明巫咸大神，巫咸大神允准收下，祝福王叔、夫人、鄂君！”

王叔、君夫人双双跪地，望空祭拜。

子启望见，亦拉秋果跪拜。

章华台下，望着屈平、白云的辎车滚滚驶远，子启悄道：“王叔，您莫不是……相中那个祭司了？今儿一见，小侄真正服哩，瞧把那诗解的，连我这铁石心肠也听得心里酸楚楚的。不是吹牛，此女若论才艺，敢说不比那姓屈的差，王叔若是得之——”

“你瞎扯什么？”王叔横了他一眼。

“可……”子启怔了，“今朝您那眼神，小侄从未看到过呢！”说着扑哧笑了，“连婶娘也看不下去了哟！”

“唉！”王叔长叹一声。

“王叔为何而叹？”

王叔没有应他，见车尘已散，便微微闭目。

王叔眼前浮出巫咸山，巫咸庙，一个绝世美女坐在崖边，面对空谷弹琴。

王叔的泪水流了下来。

“王叔？”子启盯住他，很是惊愕。

“阿叔想起一个人来！”王叔缓缓说道。

“谁？”

“巫咸山巫咸庙中的祭司！”

“咦？”子启叫道，“就是她呀！”说着又是一笑，“王叔呀，您怕是鬼迷了心，提着灯笼找灯笼！白祭司她明明白白就是从那山上、从那庙里走下来的！”

“唉！”王叔又是一声长叹，语气感伤，“贤侄有所不知，阿叔所说的那个祭司早在十八年前就已死了！”

“啊？！”子启惊道，“她怎么死的？”

“跳崖！”

“会不会是……”子启想了下，小声道，“她跳崖后没有死，让个树枝挂住了？”

“确实死了，巴人将她殓在石棺里，架在了悬崖上，可她……”王叔吸入一口长气，慨然叹出，“这分明又活过来了！”

“王叔，”子启压低声音道，“那祭司与您是不是……”说着故意顿住，诡秘一笑。

“是的，”王叔点头道，“王叔有负于她啊！王叔欠她一条命啊！”说着放任泪水流出来，“二十年了，她是来讨账了！”

“王叔，”子启急道，“您是说，祭司？”

“是的，”王叔喃声道，“她们一模一样，那眼神，那鼻子，那嘴巴，那声音，还有那走路的姿态……”

“要是这样说，”子启笑了，“天底下貌似的人可就多了去了，有天我在宛城街上看到一个人，怎么看怎么像我呢。我让车夫一路跟着他走，嘿，越看是越像呀，音容笑貌，言语举止，无一丝儿不像，若不是让人查了出来他姓啥名谁，家住何处，我真还以为活见鬼了呢！”

“不仅仅是相貌，”王叔接道，“还有一个物证！”

“什么物证？”

“她脖子上的那条链子。”

“咦，那链子怎么了？”子启应道，“这种链子，宫里可是多了去了。”

“如果阿叔没有猜错的话，链子下面当是连着半块玉佩！”

“咦，为什么会是半块？”

“因为，另外半块，就在阿叔这儿！”

“这……”子启奇道，“王叔既已认出，让她掏出来验一下不就得了？”

“唉，”王叔长叹一声，“王叔没有那个勇气啊。再说，你王婶还在身边呢！过去的事儿，她不知道才是最好！”说着转身对子启道，“贤侄，王叔托你个事儿，派个合适的人去趟巫咸山盐泉，查一下眼前这个祭司的来历。”

“好嘞！”

后半夜了。

屈平草舍里，白云坐在几案前的灯影下。

几案上，放着王叔捐赠的陶壶。

灯油将尽，火光摇摇欲灭。

一个模糊的身影向她走来。那身影渐渐走近，英俊潇洒，像极了年轻时代的纪陵君，但他的面部一片模糊。

一阵脚步声传进来。

脚步很轻，但在这夜的静谧里，声声如锤。

是屈平的声音，他穿着睡衣，正前往茅房。

从茅房回来，屈平迟疑了一下，又拐了过来。

“阿妹？”屈平走进来，站在她前面，盯住她。

白云似是没有听见。

屈平瞄了一眼她一直捧在手中的玉佩：“在想那半块玉佩吗？”

“想人。”

“哟嗬！”屈平夸张地坐下来道，“睹物思人哪！是想那戴着另外半块玉佩的人吗？”

“想王叔！”

“说起王叔来，阿哥也感到奇怪呢。”屈平盯住她，“你们之前见过面吗？”说着一拍脑门，“哦，对，见过了，那日行神谕，王叔也在场，就坐在大王身边。”

“不是那日。”

屈平怔了：“不是那日，又是哪日？”

“梦里。”

“几时梦的？”

“很久很久以前。”

“是王叔吗？”

“不知道，”白云的眼中泪水饱盈，“我看不清他的脸！”

“你一定看清了呀！”屈平急了，“你那样看他，距离又是那样近！”

“是梦中。”白云喃声道，“他一次次地走近我，可我怎么也看不清他的脸！”

“既然看不清，你为何一见王叔就……”屈平顿住了。

“我不知道。”白云的泪水涌了出来，“我……真的不知道，他……他那样看我，他的眼神，他的头形，还有……他的背影……”白云说完，声音哽咽起来。

屈平伸手，从她手中取下玉佩，放在案上，轻轻握住了它。

屈平走后，王叔夫妇与子启、秋果就留在章华台里休闲，白天或垂钓于泽边，或狩猎于苑林，晚上就与宫人逗乐，算是给子启压惊。

第三日上午，彭君、射皋君疾驰而来。

“秦人回话了！”射皋君喘息未定，指了一下彭君，“是我与彭哥一起谈的！”

“咋说？”子启急道。

"说得不错，给出了两个解决方法，其一是退钱，若在三十日内全额退款，则不收利金，三十日后，则按天收取息金。"

"其二呢？"子启问。

"用货抵扣。"

"啥货？"

"巴盐。"

"巴盐？"子启笑了，"盐又不能当饭吃，他们已有两眼盐泉，足够吃了，还要这么多盐做啥？"

"我说了这事儿，车卫秦说，要巴盐也是没办法呀。他们查阅了王禁，凡是贵重的货物皆在受禁之列，不贵重的也没办法抵扣，因为金额实在太大了，选来选去，只有巴盐最合适。"

"是张仪提出拿巴盐还的吗？"王叔问道。

"是哩。"射皋君点头道，"事儿出来后，秦国闹翻了，都在抱怨张大人，说是他挑起这桩事儿的，纵使张大人也是解说不清。被逼无奈，张大人只好立下保书，说若是讨不回来这些钱，他就拿命顶。唉，没想到这事儿，竟把张大人逼到绝路上了。"

"可盐又不是钱哪？"子启挠了挠头皮。

"这个张大人有主意，"射皋君笑了，"听车卫秦说，张大人的盘算是，盐到手后，他就组织专人贩往西戎。西戎地盘大，盐是稀缺物品。"

"西戎哪有那么多的金子？"

"拿盐换马，再拿马换金子，来偿还贵族们的这笔钱！"

"啧啧，"子启服气了，竖起拇指道，"这人真是个鬼精，主意这么多！要是全都用在生意上，岂不是把天下的钱都赚完了？"

众人皆笑起来，对拿巴盐抵债这件事不再疑虑。

"怎么个抵法？"王叔问道。

"彭哥，你说。"射皋君看向彭君。

"车卫秦提议按现价折算，我没同意。若按现价，咱就亏大了。"

"咦？"子启纳闷道，"咋个亏大了？"

"犁头咱实际收的是平常价格的三倍价，"彭君扳着指头算道，

“也就是一个犁头十又五铢，可实际上，一个犁头才值五铢。按一个犁头换五斤盐算，秦人买的一个犁头就当换十五斤盐，岂不是亏大了？”

彭君这么一计算，把大家全都搞晕乎了。

“彭叔，说利索点，你想咋谈哩？”子启急了。

“我的意思是，”彭君不急不慌道，“当初犁头是急货，且数量大，因而价格高些，不能按市场价折算。我们好不容易备齐犁头，这又改作盐了。秦人要吃盐，楚人也得吃，这么大的量输往秦国，楚盐必涨，若按现在的价格折算，这不合理！”

“哎哟，”子启竖起拇指，“还是彭叔厉害！卫秦咋说？”

“卫秦让我开价，然后，他再与张大人沟通。我不敢开呀，所以这才来与你们商量。”彭君看向王叔，“一切由二哥定！”

几人看向王叔。

王叔闭目。众人看他皱着眉头，知道他在思虑。

三人也都静下，等待王叔的回答。

“你们看这样如何？”王叔抬头道，“拿巴盐抵扣，这事儿可以定下。至于价格，就按秦人说的，市价！”

“二哥？”彭叔急了，“市价一斤才一铢呀！”

“为什么一定是一铢呢？”王叔随口反问。

几人没有反应过来，全都愣怔了。

最先悟出玄机的倒是子启，他一拳震几道：“好！”

彭君、射皋君皆看向他。

“盐是咱家的，肆店是咱开的，市价也是咱定的，哈哈哈哈，契约一旦签上，还不整死秦人？”子启讲出了谜底。

彭君、射皋君这才反应过来，一齐竖大拇指。

“可以与他们签约了，要写明市场浮动价。从明日起，各家盐肆暂停售盐。理由嘛，你们自己找个理由。”王叔看向子启，“贤侄，你的身体撑得住否？”

子启拍拍胸脯：“棒棒的了！”

“你去盯着几个盐泉，让巴人加快煮盐。要善待巴人，衣食住行各类供应要充足，还可以悬赏点儿金钱，奖勤罚懒，让他们有个奔头。”

王叔长叹一声，感慨道，“唉，这些年来，咱们欠下巴人不少债呀。”

“小侄晓得！”

“真没想到，”射皋君按捺不住心头兴奋，“巫咸大神不但救下贤侄性命，还让巴盐解决掉咱一个大难题呢！”

“射皋叔说得是，”子启接道，“我们要敬奉巫咸大神！小侄有个想法，巫咸山盐泉是巫咸大神赐给巴人的，今朝转给我们楚人了，大神这次又救下了小侄的命，看来，巫咸大神不完全是巴人的神，也是我们楚人的。我们可在各家封地设立巫咸庙，在各家盐肆设巫咸大神的牌位，聘请巴人祭司侍奉巫咸大神，让巫咸神永世为我们楚人赐福！”说着指向王叔，又看向二君，“为此，王叔已经率先捐金一百锾，小侄也捐出了东街闹市区的一块宝地，打算合力在那儿设立一座巫咸大庙，供楚人祭拜！”

射皋君、彭君尽皆鼓掌，并且表态，将在各自封地传扬并敬奉巫咸大神。

乌金事毕，屈平写出一封长信，将楚国的情势及自己得到楚王重用等信息悉数禀报苏秦，邀请他赴楚，用楚之力，推动合纵制秦。

书信发走后，屈平开始考虑出使齐国的事。

就眼下来说，最合适的人选是他自己，但此时此刻，他真还走不了，怀王也不会让他走，否则，就不会让他寻找“合适人选”了。

谁是这个“合适人选”呢？

屈平思来想去，竟无一人。满朝文武，谁都可以去，但都不能称作“合适人选”。

一个稍稍“合适”的人选是公子如，但屈平旋即打消了这个念头，一则公子如远在位于湘沅的封地，离郢一千多里，山高水远，此时派人去请，待他回来也要数月；二则子如原本便是个闲散的人，志不在朝政。前番从苏秦合纵，子如虽为楚国主使，但在所有事情上都没显出主见，他是个好人，但不是个理想的使臣。

就在屈平绞尽脑汁时，一个人猛地闯入了他的脑海。

陈轸。

是的，无论从哪个角度看，陈轸都可称得上怀王所要的“合适人选”。说实在的，原先屈平对陈轸的印象并不好，尤其是他陷害张仪、阻挠苏秦合纵这些事，使屈平一度将陈轸划归大恶之徒。但桑丘之会让他完全改变了对陈轸的印象。

屈平即刻动身，走向陈轸的府宅。

左徒府挨住昭阳府，陈轸府宅就在他的错对门，两处地方在宅地、建筑风格上趋近一致，不同的是，昭府与左徒府是楚王赐的，而陈轸的府宅是他花钱买的。

比较起来，陈轸的府宅略小一些，但在郢都这个位置有这么一栋宅子，也堪称是上等人了。

陈轸闻报，迎了出来，携住屈平的手进了厅堂。

“啧啧啧，”陈轸盯住屈平看了一会儿，感慨道，“真正没想到啊，堂堂大楚，竟然治在你个小小年纪的人手里！”

显然，陈轸对他评价很高。

“先生怕是言早了！”屈平拱手谢过，苦笑一声，叹道，“楚国太老了，沉疴太多了，积重难返啊！”

“就冲左徒此言，楚国有望矣！”陈轸回了个礼，竖起拇指道，“左徒百忙之身，屈尊寒舍，想必是有用轸之处。你我都是直人，说吧！”

“希望你出使齐国。”

“结齐制秦？”

“正是。”

“是大王旨意吗？”陈轸盯住屈平。

“不是。”屈平摇头，“大王令晚生荐举使齐人选，晚生思来想去，最合适之人，莫过于先生！”

陈轸闭目，沉思。

“先生，”屈平缓缓说道，“淅水一战，大王让秦人打醒了。大王开始明白，我之大患，不是秦人，而是楚人自己。大王已下决心整治国家，然而，治内是场硬仗，尤其是楚国山高水广，地大人杂，稍有不慎，后果不堪设想。是以短期之内，不可外战。”

“咦，”陈轸目光错愕，“左徒为何一口断定楚国短期之内会有外战呢？”

“敢问先生，”屈平目光直射陈轸，“如果您是秦王，是张仪，能心平气和地看着我泱泱大楚全力内治吗？大王卡断了秦人的乌金供应，您能就此息心吗？”

陈轸微笑，点头。

“还有，”屈平接话道，“无论是魏国、赵国、韩国、燕国还是齐国，苏秦连战连胜，张仪处处吃败仗，如果您是张仪，能甘心吗？前番在啮桑，晚辈私会苏秦，苏秦说，张仪下一步落棋的地方，必在楚国！晚辈年少言轻，苏秦的话不能不听啊！”

“好哇，左徒大人，”陈轸称赞道，“能够明白这个的，在楚国没有几人了！”

“先生谬奖！”屈平拱手道。

“你可以把我荐给大王，”陈轸拱手道，“就说陈轸愿为左徒走这一趟！”

几乎是一夜之间，郢都的大小盐肆，全都不卖盐了。

起初，店家没给任何解释，后来问的人多了，才各自寻个因由，什么盘账啦，检修啦，换人手啦，盐卖完啦，在进货啦……

郢都人没有在意，因为一日不吃盐没啥问题。

第二日再去，依旧没盐。

及至第三日，店门开了，但买家吃惊地发现，盐价变了，由每斤一铢变为了二铢。足金一铢折铜钱一个布币或两个小贝币。贝币也叫蚁鼻币，因它看起来像是放大了的蚂蚁鼻子。具体折算是约定俗成的，但市场的盐价统一定为足金。二十四铢为一两，一锾金为足金六两。

休市两日，巴盐竟然涨价了一倍，郢都人不再淡定了，各处盐家的门前迅速闹腾起来。听闻风声的百姓也都急眼了，纷纷赶到店里打探消息，但没有一人肯买，即使已经断盐也不肯加价。

关于涨价，店肆没给任何解释。

又是两天过去了，人们依旧只看不买。到第三日头上，店家又贴出告示，盐价调至每斤三铢足金。

盐价五日翻两番，郢都人全疯了，成群结队的百姓赶到左徒府投诉。

与此同时，黑水关卡急报飞来，说是有几辆辎车满载食盐，过关入秦。由于食盐不在关禁之列，且对方出示了大王金节，他们非但不能拦阻，连关税也无法加收。

屈平明白，一场远比乌金还要凶猛的大战来临了。

屈平知道，这场大战的对手，正是以王叔为核心的王亲封君集团，因为巴地三大盐泉的治权，完全操控在他们手里。

屈平决定走一步险棋，在向怀王举荐陈轸之后，他拉上昭睢，直入陈轸府宅。

“先生，”屈平开门见山，“前番所请之事，大王已经允准。请先生收下这些！”说完他取出诏令与使节，放在陈轸案上，然后指了指昭睢，“出使的所有其他细节，由昭睢具体办理，劳烦先生辛苦一趟了！”说罢拱手。

“轸乐意效劳！”陈轸拱手回礼，“敢问左徒，何时动身？”

“越快越好，等不得了！”屈平苦笑。

“何事急切？”

“盐。”

“左徒是说，”陈轸的眼皮眨巴了几下，“轸在使命之外，还有——”说完顿住。

“是的，”屈平拱手道，“想请先生顺带做笔生意，带一些海盐回来。听闻齐地海盐物美价廉，味道也不比巴盐差呢。”

“呵呵呵，”陈轸话中有话道，“是呀，有钱大家赚，不能让人独吞哪！”

“先生说得是，”屈平应道，“这笔生意可算先生一份！”

“太好了！”陈轸拱手道，“我候的就是这句话呢！敢问左徒，想买多少？”

“多多益善。”

“善也该有个善的数呀！”

“三百车吧。”屈平略略一想，“分作三批运来，第一批五十车，第二批一百车，第三批一百五十车！”

“左徒的胃口还不小哩！”陈轸接道，“一车若是码实，少说也有四五担哪！”

“楚地大，生意好做。”屈平笑了，“再说，也是为先生方便呀。”

“呵呵呵，”陈轸笑了，“是呀，老夫带给齐王这么大一宗生意，他想不结盟怕也难哟！话说回来，既然是生意，如何开价，如何结款，左徒可有考虑？”

“依齐市行价，运抵楚境，运费归齐人，货到付款，如何？”

“左徒得出个订金。万一货发到了，最后又不要呢？”

“先生放心，”屈平应道，“既做买卖，在下自会遵守行规！”说着看向昭睢，“昭兄，按照行规，订金怎么出？”

“这个不一定呢，有出一成的，有出三成的！”昭睢应道。

“先生，二成如何？”屈平看向陈轸。

“成。”

二人出门，昭睢盯住屈平道：“左徒，三百车，二成您知道要多少钱吗？哪儿弄去？”

“走，我们这就找人讨去！”屈平拉上昭睢，拐了个弯，竟然直入昭睢自家的府宅。

“向齐人买盐？五十车？”昭阳眯缝起眼睛，良久，转身对家宰道，“邢才，你算算看，依齐地市价，五十车需要多少镒金？”

“七百镒金足矣！”邢才拨拉了一会儿算盘后说道。

“备足七百镒！”

“老奴遵命！”邢才拱手道。

“呵呵呵，”昭阳看向屈平，“年轻人，这是一笔好生意呢，你该当入一份才是！”

“谢前辈提携！”屈平拱手道，“有前辈打伞，晚辈自当乘凉。不只是晚辈，相信屈门、景门也不会放过这千载一遇的好机缘呢！如果大人不介意，说不定大王、娘娘也会凑个份子！”

“好哇，好哇，”昭阳惊喜，“有钱大家赚嘛。”然后拱手道，“屈门、景门，还有大王、娘娘那儿，有劳左徒了！”

“晚辈乐意效劳！”屈平示意昭睢，辞别出府。

“不是三百车吗，怎么才说五十车？”昭睢不解。

“呵呵呵，”屈平诡秘一笑，“说多了，吓到令尊怎么办？再说，有这七百锾，下个订金绰绰有余矣！”

兵贵神速。

陈轸一行使齐人马于翌日凌晨就出发了。

车辆将行，屈平送别，握陈轸手道：“先生，盐的事，不可差池。现金买卖，大可不必禀明齐王，一到齐地就购货，速发五十车回来！”

“晓得！”陈轸指向身后一辆辎车，“有个账头清、性子急的人跟在身后呢。”

屈平抬头望去，身后的一辆辎车里露出一个头来。

是昭府的家宰邢才。

又是一个漫漫长夜。

草舍里，屈平闭目端坐，身后墙上是满架的竹简。

白云走进，端着一碗她亲手炖的莲子羹，轻轻放到屈平案上，之后拨灯，加油，续香。

屈平似无所见。

白云瞟了他一眼：“阿哥？”

“嗯。”屈平心不在焉。

“盐价涨到六铢了！”

“嗯。”

“百姓怨声载道啊！”

“嗯。”

“听说盐肆明天又要关门了！”

“嗯。”

“嗯嗯嗯，”白云急了，朝他翻了个白眼，“你就晓得嗯，听见我说话没？我是白云，你阿妹！”

“让他们涨吧。”屈平这才抬头，看了她一眼，抱歉地笑笑，“再有一个月，盐价就会降回来！”

“为什么？”白云怔了。

“因为你的阿哥已经派人前往齐国，如果不出所料，三百车齐盐不日将至！”

“太好了！”白云兴奋地跑到他跟前，语气钦敬，“原以为阿哥是只书虫呢，没想到阿哥这还……”

“唉！”屈平长叹一声。

“阿哥，”白云诧异了，“有盐要来，你该高兴才是，叹什么气呢？”

“阿妹有所不知，盐只是表，不是里。”

“里在何处？”

“在制。”

“制？”白云诧异了。

“譬如说这盐吧。”屈平解释道，“依据王制，楚国的盐铁杂金、江河湖产，表面上为王室所有，实际治权却在不同的封君手里，尤其是，”说着瞟了她一眼，“某人梦中的某王叔，几乎拥有所有盐泉，把持所有盐肆！”

“咦？”白云的大眼眨巴了几下，“既然为王室所有，大王下道旨令，全部收回就是！”

“大王只能收回自己的封赏，不能收回全部！”

“为什么呢？”

“这就是制了，也就是症结所在！”屈平指向案上摆着的一捆捆历代王制命书，“楚国的祖制为分封，国土属于大王，也属于整个王族，由大王依据文治武功、亲疏远近，分封给王室的全体成员。立楚迄今，每一代大王都有封赏，受封赏者均视所封所赏为己产，世袭传承，后世继统的封赏大王是无法取缔的！”

“这……”白云眼珠子转动了几下，“土地有限，代代分封，岂不封完了？”

“封完了，楚人就发动战争，征伐邻国。楚国原在丹阳，只有弹丸大，今日纵横数千里，皆因于此！”

“就没办法了吗？”白云皱眉。

"办法有一个，"屈平指着这些卷轴，"变先王之法，改先王之制！"

"对呀，"白云急切道，"阿哥为什么不进谏大王呢？先王是王，大王也是王。先王可以立法，大王为何不可立法？先王可以定制，大王为何不可定制？"

"阿哥进谏过了，"屈平苦笑一下，摇摇头，"可大王之心，迟迟未决啊！"

"难道大王不想改制吗？"

"做梦都想。大王甚至晓得，法制若不变，楚将亡其国！"

白云想了一会儿，抬头道："盐价涨成这样，大王晓得不？"

"晓得。"屈平点头道，"阿哥天天奏报！"

"奏报，奏报，"白云眉头紧皱，"你们这些臣子就晓得奏报！你该拉他去市集上走走，让他亲眼看看他的子民！"

屈平略一沉思，突然两眼放光，一拳砸在几案上，随即端起汤碗，夸张地嗅了几下，又咕噜一口，咂巴几下道："嘿，这汤真甜哪！"

"人就不甜了？"白云娇嗔地瞟了他一眼。

"这人嘛，阿哥还得再品一下，"屈平眨了下眼睛，又喝了一口，然后更为夸张地咂巴了几下嘴皮子，"嗯，比这羹汤甜！"

白云嘴角一撇，扑哧笑了。

郢都西市的闹市区，初冬，一个晴朗的天气。

怀王一身商人打扮，与屈平、屈遥、宫尹一行四人有说有笑地穿行在人流中。街道主巷两侧是各种各样的行、铺、肆、馆，时不时会出现一堆人，有玩杂耍的、摆街摊的、看相算命的、卖小吃的……

人来人往，或聚或散，或说或笑，或吵或嚷，真是说不尽的热闹。

西街是平民的街市，怀王从未来过，一路不停地向屈平与屈遥问这问那，表现出道不尽的好奇。

陡然，前路被一群愤怒的民众挡住。

民众很多，不下两百，将街道完全堵死。

怀王加快脚步赶过去。

只见一家铺面铺门紧闭，愤怒的民众正在拍打并撞击店门，斥骂声不绝。

“请问老丈，”怀王询问身边一个老者，指着众人道，“他们这是——”

老丈扫了他一眼，朝上面一指道：“看上面！”

怀王顺手望去，见门楣上有块匾额，上面写的是“彭氏巴盐”四字。

怀王一下子想到盐的事，心中一惊，问老丈道：“这盐……今朝几铢？”

“唉，”老丈指向铺门，“不是几铢不几铢的事，是根本不开门！”

“咦，为何不开门？”

“说是仓里没货了。”

“没货了？”怀王纳闷，“再进货呀！”

老丈盯了他一眼：“听口音，客人不像是外地人呀，哪能不晓得呢？”说着指指店门，无奈中现出激愤，“仓里有的是货，这辰光全都码在后院里呢！”

“这就奇怪了，”怀王越发不解，“有货为何不卖？”

“为涨价呀！”老丈情绪激动，“这个月来，店家已经断货六次，每断一次，盐价就涨一铢，这辰光，巴盐已经贵过黄铜了！这且不说，大家好不容易熬到开门，店家还要限购，每人只许购四两！一家几口人，四两才够吃几天啊？”

“这……竟有这等事？”怀王愕然，略略一顿，又道，“这家断货，为何不到别家盐肆去买呢？”

“唉，”老丈长叹一声，“在这郢都，所有盐肆都是一个价，说断货，都断货；说涨价，都涨价；说限购，都限购。”说完又抹泪，“人不吃菜可以，不吃盐不成啊，饭菜不香不说，浑身也没力道，干不成重活啊！”说完摇头走开。

“这家盐肆为何人所开？”怀王看向屈平，火气上冲。

“彭氏，”屈平指向匾额，悄声道，“当是彭君。所有市集，店家招牌大多冠以姓氏、门第，彭氏是彭君的，前面还有一家，是射皋氏，再旁边一条街道还有两家，一家是鄂氏，一家是纪氏。”

“偌大个郢都，难道只有他们几家？”

“在郢都，还有其他几个氏，但全都是王室封君的。”屈平指向不同的方向，“在郢都之外，有部分店肆为屈、昭、景等宗亲所开，但他们的盐都得从盐泉进货，因而不敢不听命于盐泉。”

怀王的脸色阴沉下来，大踏步向前走去。

“不仅仅是盐，”屈平跟上几步，“铜、乌金、鱼、肉……大多数货色和店肆，甚至说，凡是能够生钱的地方，都脱离不开这些姓氏！”

怀王顿住步子，回身盯了一眼盐肆上面的匾额，又大踏步拐向另一条街。

屈平压低声问：“还看盐肆？”

“看！”怀王气冲冲地道，“我要看它个遍！”

怀王连看了几个街道，处处都是暴怒的购盐人及叫骂声，有过分的人骂着骂着就骂到他这个楚国之王的头上了。

怀王的火气越聚越大，眉头紧皱，腿脚也越走越沉。

“大王，”屈平低声道，“这已看过八家了！”

“唉，触目惊心哪！”怀王语气沉痛。

“大王若想赏心悦目，前面有条花巷！”屈平指向另外一条街巷。

“花街？”怀王顿来精神，“走！”

几人连拐几拐，步入花巷。

花巷不长，满是奇花异草，品色甚多。

看过几家后，怀王嗅到一阵幽香，抬头一看，匾额上写的是“巴山兰苑”，店里人不多，只有三人，看样子都在选货。

“嘿，这儿有家兰苑呢！”怀王看向屈平。

“嘘！”屈平压低声，朝店中努嘴。

怀王看过去，站在花盆后面的是白云，一身巴女的打扮，正在为客人介绍货品。

“是祭司！”怀王来劲了，又看了一眼匾额，“是她的店呢！”

“唉，”屈平苦笑一下，摇头道，“不瞒大王说，自祭司住到臣舍，臣的兰苑就遭殃了，各种兰花相继失踪，先是一株一株，继而是一片一片，臣明察暗访，方才查明，原来是祭司干的，这不，全让她搬到这儿开店了！”

怀王跨前一步，走进店里，寻了个空间站定。

屈遥、宫尹要跟进去，被屈平拉住。

有两个客户已经选好，付钱后端着花盆走了。

店中只剩下怀王与最后一个客户。

白云看向怀王，假作没认出来，揖礼道：“这位贵人，要买盆花吗？”

见白云没有认出，怀王一阵高兴，揖手回过礼，指一盆花道：“这是何兰？”

“燕兰！”白云应道，“这盆好呢，在孕期，马上要开花了！”

“拿过来！”怀王又指向另一盆，“这是何兰？”

“鸢尾兰！”

“拿过来。”怀王又指向一盆没有开花的，“这一盆呢？”

“报春兰！”

“拿过来。”

怀王指一盆，白云拿一盆。

眼见怀王将店中的花全指了个遍，剩下那个仍在挑三拣四的人急了，指着一盆道：“这这这……这一盆！”

白云将花移给他，笑了：“还拣不？”

“不不不，不拣了。多少钱？”

“一贝。”

那人摸出一个贝币，递给白云，拱手谢过，端起就走。

“水不要多浇，一个月一次，一定要浇透。”白云叮嘱他。

那人谢过，匆匆走了。

怀王笑笑，将店中剩下的兰花一个挨一个皆指一遍。指到后来，白云不拿了，笑道：“贵人哪，您这是要把小店买空吗？”

“店家舍不得吗？”

“生意好，哪能舍不得呢？贵人就说全要，我就省得搬了！”

“看你搬花，很受用呢。”

“哟嘿，”白云笑了，“那我得加收一份搬花的钱！”说完将剩下的兰花全搬了出来，密密麻麻，排了两排。

“多少钱？”怀王捋了一把胡须。

“我数数看！”白云数过，道，“打总儿三十三盆。其中有十盆是每盆三铢，十盆为每盆两铢，其余十三盆，每盆一铢，打总儿是——”白云扳扳指头，“六十三铢！”

怀王击掌。

屈平三人走了进来。

“屈……屈大人？”白云佯作惊讶。

“是你呀，今朝我是来起赃的呢！”屈平指着几十盆兰花，“怪道我那兰苑越来越不齐整了！”

众人皆笑。

“有什么好稀罕的？”白云撇嘴，“待我回那巴山里去，给你挖出一大船来！”

“好吧，服了你。”屈平笑了，“晓得你把这些花卖给何人了吗？”

“卖给这位贵人了呀！”白云指指怀王。

“晓得这位贵人是何人吗？”屈平盯住她。

白云假作认不出，盯住怀王道：“这位贵人，您是何人？”

屈平正要解释，怀王摆手止住，朝白云拱手道：“郢都荆槐见过店家！”

“巴女白云见过荆大人！”白云拱手回礼。

“不瞒店家，”怀王指着地上的兰盆，“这些兰花堪称花中之娇、草中之贵。荆槐甚觉有趣，也想在后花园里辟块兰苑，荟萃天下之兰，日日赏玩，岂不成趣？”

“听到荆大人这番高论，”白云敛笑，一本正经道，“小女子奉劝大人不要买了！”

“哦？”

“因为它们既不娇，也不贵。”白云指着兰盆道，“在巴山绝谷，遍地皆是。它们生于山，长于野，断非高屋大厦所能豢养。”说完略顿，“小女子实在忧心贵人将它们养死了呢！”

“这……”荆槐看向屈平。

“天下有趣者，莫过于人。大人若是只想寻个趣味，倒是不妨看看人市！”

“人市？”怀王略显尴尬，干笑一下，“好呀，好呀，荆槐此来，为的正是寻个趣味！敢问店家，人市何在？”

“贵人请跟我来！”白云跨出店门，朝前头走去。

人市就在下里，与花巷隔了三条街巷。巷子很长，是郢都唯一的奴隶市场。

这里由远及近全是摊位，站在摊中的不是货物，而是一个个失去人身自由的男女奴仆。被售卖者身上插了一根茅草，众多买家东游西走，拍屁股，摸腰，审牙口，挑肥拣瘦，如相牲口一般审察着这些奴隶。

白云带着怀王四人一家一家地看过去。

场面触目惊心，怀王目瞪口呆。

几人正自观察，前面突然传来凄厉的哭叫声：“娘——”

原来是个孩子。

听到声音，白云心里一揪，加快了脚步。

怀王四人紧跟其后。

一个衣衫褴褛的女人蜷缩在一个摊位上，背上插着一根茅草，身边已经不见卖主。白云急赶过去，见她嘴里吐血，已经咽气了。

白云蹲下，把脉，泪水夺眶而出，然后从随身所带的箱包中摸出一块白布盖在她脸上。

“阿姐，阿姐呀，”孩子抱住白云的腿，使劲哀求，“救救我娘亲吧，囡囡只有一个娘亲了！”

白云跪在地上，无声悲泣。

囡囡这才明白过来，扑到那个女人身上大哭起来。

怀王常年住在深宫里，不曾见到这般悲惨场景，他眼里落泪，走过去，抱起囡囡，将她背上的稻草拔下来。

“孩子，”怀王问道，“你……你们为什么会……会在这儿？”

“娘亲啊，我的娘亲啊！”囡囡死命挣脱，怀王只好放她下来。

囡囡抱住她的娘亲号哭。囡囡的哭声凄厉、悲怆，让人不忍卒听。

怀王的泪水哗哗地流出。

屈平扯了一下怀王，走向旁边一个卖孩子的摊位，问那摊主："请问，这家的主人呢？"

"唉，"那摊主长叹一声，"看到这女人实在不行了，便扔下她们跑了。"

"你认识这个女人不？"

"知道一点，"那摊主应道，"她主人对我抱怨了足足两个时辰呢，说是倒霉死了。"

"怎么个倒霉法？"

"她是隶农，"摊主指着尸体道，"她的公公二十年前跟从领主出征，战死在宋国。她的男人几个月前又出征，战死在淅水。她的婆婆伤心过度，于上个月病死了。为给婆婆治病和安葬婆婆，她借下了领主一些钱。领主看她们家没有男人，短时间内还不起钱，就将她们母子三人卖给了人贩，也就是刚刚卖她的主人。那主人将她娘儿仨带到郢都，本想多赚几个钱，没想到她在这节骨眼染上了大病……唉，寒人心哪！"

"她的儿子呢？"屈平急问。

"昨天让人买走了。领人的时候，这女人就已经病得快不行了，那孩子不肯走，抱住他娘那个哭啊。"那摊主流泪道，"我天天在这儿卖人，也算是个铁石心肠了，看到这生离死别，真心受不了。"

屈平拱手谢过他，看向屈遥道："遥弟，去买个棺木！"

夜深了，屈平的草庐外面，燃起了一堆篝火，躺着一口黑棺。三面招魂幡插在棺上，另有旗幡插在草庐各处。

囡囡一身缟服，一脸虔诚地跪在棺前，两只大眼盯住在风中摆来摆去的旗幡。听白姐姐说，她妈妈的灵魂就附在那些旗幡上面。

屈遥击磬，内尹起节，屈平做巫阳，白云做巫祝，伴随节拍，绕着篝火跳起招魂舞。

怀王静坐于一侧，一脸沉重地看着整场丧事。

招魂仪式结束，四周静穆，远处传来更鼓声。

"白姐姐，我娘亲回来了吗？"囡囡扯了一下白云的衣襟，轻声问道。

“回来了。”

“她在哪儿，”囡囡一脸急切，“我怎么没看到呢？”

白云指向一面旗幡：“就在那面旗上，她在看着你呢。”

“娘，娘！”囡囡站起来，冲向那面旗幡。

白云眼疾手快，将她一把扯住，抱在怀里。

“我要去寻我娘亲！”囡囡挣扎道。

“你不能去！”白云轻声道，“你去了，你的娘亲就飞走了！阴阳相隔，你是看不到她的。”

“我娘亲……会走吗？”囡囡紧张地问。

“不会的，她会永远在你身边，护佑你。”

“可我哪能晓得她在我身边呢？”

“过一会儿，你的娘亲就会飞过来，住在你的心窝里，你早晚想到她，她就来了！”

“阿姐，你怎么晓得？”

白云指指自己的心，道：“因为阿姐这儿也住着一个娘亲，无论何时，阿姐一想到娘亲，娘亲就会出现在阿姐跟前。”

“阿姐，你的娘亲什么样子？”

“跟阿姐一样，穿着白衣服，会飞。”

“会飞？”囡囡睁大眼睛。

“是的。”白云似是回到过去，“有一天，我睡醒起来，发现见不到娘亲了，我四处寻她，外公说，娘亲飞走了。我问外公，娘亲在哪儿飞走的。外公把我领到山崖上，指着远处说，我娘亲就是在那儿飞走的。我也要飞，可外公不让我飞。”

屈平惊呆了。

老天，这是白云第一次吐露她的家世，对另一个同样失去娘亲的囡囡。她的娘亲是跳崖去世的！可她讲得那么平静，仿佛在讲述一个远古的故事。

“阿姐，那辰光你多大了？”

“应该是……”白云指了一下囡囡的下巴，“到你这儿！”

“比我还小哩？”囡囡惊讶。

“是哩。”白云轻道。

“可你有外公，我……”囡囡流泪了，“我啥也没有了。阿大没了，奶奶没了，娘亲没了，只有一个阿哥，可……我再也寻不到他了……”说完伤心地哭起来。

“你有阿姐！”白云轻轻拍她，“从今天起，你就守在阿姐身边，阿姐到哪儿都会带着你。”

“阿姐——”囡囡紧紧地搂住白云。

姐妹俩的对话很轻，但在这静穆的夜里，字字入耳。

怀王静静地听着。

怀王的心被这对姐妹搅动了。

“入二更了！”内尹凑近怀王耳边，轻声道，“该回了。”

“不回，”怀王语气决断，指向棺木，“就在这儿，为亡妇守灵！”

堂堂大楚之王，却要为一个连名字也没有的亡妇守灵！内尹咂巴了两下嘴皮子，咽下已到口边的话。

夜越来越深，寒气入侵着每个人的身体。

囡囡在白云的怀抱里睡熟了。

见篝火小下去，园丁老伯抱来更多的薪柴，架在篝火上。

篝火燃烧得越来越旺。

怀王、屈平、屈遥绕着篝火席地而坐，白云则抱着熟睡的囡囡守在棺前。

“我王，”屈平声音很小，“想不想听听囡囡的阿大是怎么战死在淅水的？”

已经打盹的怀王猛地睁眼，盯住他：“讲。”

屈平指向屈遥：“我王可问屈遥，他是见证者。”

怀王看向屈遥。

屈遥讲起真实的淅水之战，一步接一步，从景翠如何布局，到战役如何发生，再到秦兵摆阵，景翠击鼓进攻，一直讲到败退的最后环节，末了道：“除兵器之外，其实还有一个重要的败因就是士卒厌战。看到前锋溃败，大家便争相撤退。多数兵士不是死于秦人，而是死于自己人。”

“他们……”怀王震惊道，“为何厌战？”

“个中原因，大王在人市上已经看到了。”屈遥的目光转向棺木。

怀王闭上眼睛，似乎不相信这一切是真的。

“不瞒我王，”屈遥不无沉痛道，“殉国的万人中，真正战死沙场的不超过三千，未战而折者不下七千，惨不忍睹啊！”

怀王面色变白，呼哧喘气。

“大王，”屈平接道，“非臣危言，大楚号称雄兵六十万，实则多是封君家兵。家兵多为奴仆、皂隶临时拼凑，胜败为领主之事，与己无关，一旦战死沙场，却会身为乌食，家亦无养，所以兵卒惜死厌战。而封君各为己私，无不视其家兵为逐利之器，所以不愿争先。民不聊生，贵门侈靡，官贪吏腐，将士惜死，凡此种种，皆亡国之象，再不整治，大楚不堪设想！”

“你……”听到“亡国”二字，怀王略显不快，顿住，又轻叹道，“唉，以你之见，当如何整治？”

“无他，”屈平应道，“变法改制，收回治权，奖励耕战，重整朝纲，刻不容缓了！”

“你先行筹策吧。当务之急是盐，齐盐何时能到？”

“听令尹说，若是不出意外，首批五十车可在二十日内抵达郢都！”

“转谕昭阳，这批海盐免征关税！”

屈平拱手：“谢王鼎持！”

第二章

造宪令屈平受命　谋大楚张仪使郢

怀王一宿没回。

赶巧的是，这夜该当南后侍寝。郑袖早早沐浴熏香，一直候到天亮，却不见怀王，使人打探，得知怀王竟然不在宫里。

郑袖正着急，怀王回来了。也许是一宿没有睡好，怀王一到宫中，就在书房歇了。

郑袖寻到内尹，探得大王竟夜宿于屈平草舍。

显然，这已不是雨露承恩的事了。郑袖越想越觉得事儿大，便下旨令亲信召请靳尚。

靳尚一进南宫，就见情势紧张，宫女个个跪在地上，如丧考妣。隐约听到屋里传出哭声，靳尚急步趋进，见郑袖怀抱子兰，正在悲哭。

“娘娘，”靳尚顾不上叩首，便直走过来，“快说，怎么回事儿？”

“靳大人呀，”郑袖抹泪，“大王他……不要我了，不要我们母子俩了！”

“啊？”靳尚吃惊不小。

“靳大人呀，”郑袖哭泣道，“大王的心思全都移到巫咸山那个小妖女身上了，这让我娘儿俩怎么活呀！”

子兰及时发出号哭。

见是这个事儿，靳尚反倒松了一口气，揖道：“娘娘呀，这个事儿倒是大哩，您且讲讲，究竟发生什么事了？”

听到靳尚说事儿大，郑袖愈发哭个不住。

靳尚看向宫女。

“禀报大人，”宫女小声禀道，“昨晚本该娘娘侍寝，可大王一宿未回，直到天亮才回宫，这辰光正在前殿歇息。娘娘追询，得知大王是歇在屈大人府上了！”

天哪，大王竟然在屈平府上歇息了一宿，而身为大王多年宠臣的他竟然毫不知情！

靳尚震惊了。

怀王留宿屈平草舍之后，郢都开始风传左徒府购进的大量齐盐行将到郢的消息，郢人奔走相告，各家盐肆门可罗雀。

与此同时，子启也得到边境详报，急入纪陵君府。

射皋君、彭君等不少王亲已经守在府中，人人面上烦躁，怨恨填膺。

“启儿，你来得正好！”王叔倒是情绪不错，微笑扬手，指指身边席位，“坐。”

子启坐下。

“可有好音讯？”王叔问道。

“只有不好的。”子启两手一摊，眉头皱起，“小侄探清楚了，一切都是屈平的主意，昭阳出资，陈轸洽谈，昭府家宰邢才具体采购，首批齐盐五十车已于昨日进入楚境。”

“没想到，这个左徒脑筋活哩！”王叔兴致颇高，语气透出赞许。

“二哥呀，”彭叔急了，“他这脑筋活了，我们可就让他整死了！”说完气呼呼地指向外面，“待齐盐进来，盐价岂不就扑通一声——”接着顿住话头。

“是呀，二哥，”射皋君一脸急切，“得生个办法阻止这事儿。别的不说，昭府若是借此在郢都大开盐肆，今后的日子咋过哩？”

显然，射皋君所忧才是真章，所有人的目光看向王叔。

“你讲得是，这个我倒是未曾想到。”王叔称赞他，又转向子启道，“市面上盐价多少了？”

“八铢。”

“八铢？”王叔自语一声，闭目良久，看向彭君，“与秦人交货多少了？”

“没交多少。”彭君应道，“是我压起来了，原想涨到十铢再出手。”

“盐都运到地方了吗？”

“运到了，离边关不远，我们临时征用了不少仓库，码得好好的，只待市价……”

“甚好。”王叔看向子启，“你去见下车卫秦，兑现契约吧。”

“齐盐的事？”子启迟疑了一下，小声道。

“齐盐来得好呢！”王叔不无感叹，“小小左徒，实在是帮下我们的大忙了啊！”

“啥？”彭君、射皋君等全都瞪大了眼。

“你们瞪啥眼？”王叔瞄一圈众人，随后看向远方，长叹一声，半是责怪道，“唉，你们呀，全都是些没心没肺的人。你们也不想想，咱这食盐能卖多少钱一斤？原本是一斤一铢，让你们涨到一斤八铢，生生涨了八倍价。可你们仍不满足，还要再涨到十铢。待涨到十铢，你们会满意吗？如果仍不满意，又会怎么办呢？是不是还要涨到二十铢呢？”

见王叔讲出这般狠话，众人无不低头。

“诸位兄弟，诸位亲友，”王叔由衷慨叹，“盐是用来吃的。莫说是人，即使一只畜生，也不能不给它吃盐。我让盐涨价，本为对付秦人，没想到反而是挤对了我们楚人自己，偌大一个郢都竟然无盐可买呀！盐泉来不及量产，我正急得没辙儿，人家左徒想到运来齐盐，真正是帮下我们大忙了呢，可你们一个一个恨得牙根痒痒的，什么叫作不知好歹，这就是！”

“彭叔，射皋叔，”子启最先明白过来，不无兴奋地道，“王叔讲得是。我们抓紧交易，将库中留下备急的盐巴全部运走，全部交付秦人，抵掉欠账。待交易完成，我们就降盐价，仍旧降为一斤一铢，气死昭阳！”

彭叔皱眉道："百姓恨咱了，不会有人来买！"

"来买也没盐哪！"子启笑道，"库中的应急盐也得全部运走，交割给秦人！节骨眼上，能赚多少是多少！"

"这样就连一粒盐也没有了，我们拿什么卖呢？"射皋君看向王叔。

"暂时关门吧，让左徒府去卖！"王叔应道，"我们先尽全力，将秦人支应过去，消去这桩心事。齐盐的事，以后再说。无论如何，楚人习惯的是巴盐，不是海盐。"

"二哥呀！"射皋君急了，"眼下已经是生意还做不做的事，而不是左徒卖不卖盐的事了。事情是左徒起的，生意却是昭阳做的。昭阳做梦也想插手郢都盐肆，这下成了。郢都里我们的店肆无盐可卖，百姓也不相信我们了，只要齐盐运到郢都，所有人都会去买。到那个辰光，我们的盐肆就会死绝，即使有盐，即使盐价一样，百姓也会永远记着这次涨价的事！"

"是呀，二哥，"彭君接道，"其他地方都可退让，郢都是万万让不得的。昭氏得寸，就会进尺！"

王叔闭目。

彭君、射皋君看向子启，彭君朝他努嘴。

"王叔，"子启眼珠子连转几转，道，"二位阿叔讲的也是事实，不能让齐盐进郢都！"

"你们有何良策？"王叔抬头。

"小侄倒是想到一策，到底合不合适，还请几位王叔定夺。"子启略略一顿，接话道，"我们一面调运现存应急库盐至秦抵债，一面从盐池调新产巴盐至郢，同时，阻止首批齐盐入郢。待第二批齐盐入郢，我们库中已经有盐，他卖一铢一斤，我们就卖一铢二斤，将齐盐全挤出我们的市场！"

"好主意！"彭君击掌，"我晓得郢人，这些人有奶就是娘，只要有便宜可占，他们才不记什么恩怨情仇呢！"

"贤侄，"王叔睁眼，看向子启，"如何阻止齐盐入郢？"

"走步险棋，抢！"

几人皆是一怔。

彭君、射皋君互望一眼，看向王叔。

“怎么抢？”王叔淡淡问道。

“安排家兵扮作劫匪，再鼓动些游手好闲的刁民。”

“得有人牵个头才是。”王叔显然同意这个方案，“最好还是个信得过的人！”

“我想到一个人，昭鼠。”子启应道，“这些日来他常到我家，我们聊得不错。我应承他过些日子会补他一个县尹的缺，他盼着这件事情呢。”

让昭家的人抢昭家的盐，真正是个不错的主意，王叔等三人纷纷点头。

方略定下后，大家便分头行动去了。

“启儿，”王叔留住子启，问道，“巫咸山那边可有音讯？”

“巫咸山？”子启怔了，“很好呀，听到发钱加饷，盐民们正干得欢哩。”

“是祭司！”王叔急道。

“哎哟哟，”子启连拍几下脑门，不无抱歉道，“小侄一心只在盐的事情上，忘禀此事了。小侄已查清爽，确如王叔所言，白云祭司正是巫咸庙先祭司之女。先祭司于十八年前跳崖而死，此女被其外公养大，其外公是个隐人，在巴人中名声很大，因头戴鹖冠，人称‘鹖冠子’！”说完又笑了笑，“说是这辰光鹖冠子在急切探访他外孙女的音讯呢。”

王叔身子一晃，伸手摸在胸口上。

“王叔？”子启盯住他。

王叔稳住身子，苦涩一笑，从怀中摸出半块玉佩道：“这块玉佩我压箱多年了，自前番见到云儿，才又戴上！”

子启拿过玉佩，仔细审视。

王叔微微闭目，眼前幻出：

巫咸庙中，少年才俊、风流倜傥、扮作盐商的纪陵君祭拜巫咸大神，震惊于祭司的绝世之美；

祭司在断崖边弹琴，崖风吹动她的长发；纪陵君坐在对面鼓瑟，琴瑟偕奏，四目相视；

帐幔动荡，纪陵君与祭司缠绵悱恻，激情迸发；

清泉旁边，二人偎依，祭司轻轻抚摩小腹，一脸幸福；纪陵君亲吻她，拿出两块玉佩，一块挂在她的胸前，一块挂在自己的胸前；

巫咸庙中，纪陵君与众巴人围在篝火边，载歌载舞，畅饮美酒；

黎明时分，纪陵君引楚军攻入巴寨，火光四起，杀声震天，巴人血染盐泉；

巫咸庙中，纪陵君推开庙门，见祭司长跪于巫咸像前，一身缟素；

祭司一头披发，当门而立，指着纪陵君凄厉怒喝："滚——"

那声"滚"字如九天闷雷再次滚来，震得王叔打了个趔趄，他的泪水流出，扑嗒扑嗒落到地上。

"王叔？"鄂君启移过目光，看向他。

"启儿，"王叔再次稳住身子，抹去泪，盯住他道，"毫无疑问，左徒府中的白祭司，她是阿叔的嫡血，是你的阿妹。阿叔拜托你，好生守护她，莫使她受到任何伤害！"

子启先是震惊，继而点头道："启儿记下了。"

当车卫秦将八倍于楚国市价的一车车巴盐运进秦境时，咸阳人炸了，尤其是王公贵胄，因为买盐的金子虽说取自国库，但在名义上是属于整个王室的。再说，当初为了赚大利，在国库短缺时，他们一家又一家的人，真还投资过不少金子。

关键是，这批巴盐在秦国怎么卖？

在巴盐入境后的第二日傍黑，张仪接到秦惠王谕旨，入宫赴宴。

参与宴会的共有六个人，除张仪之外，另有公子疾、公子华、甘茂与司马错，全是与张仪相熟的面孔。

菜肴端上来了，一盘接一盘，全是好菜。好酒也上来了，单嗅香味就晓得是他最爱喝的多年陈酿。

惠王挽起袖子，拿起刀子，从一条炖鹿腿上割下一小块肉，递给张仪道："相国大人，来，尝尝寡人的手艺！"

"啥？"张仪接过，吃惊地盯住肉块，"是王上亲自动手的？"

"呵呵呵，"惠王笑道，"寡人多年未曾下厨，是不是手生，有待相国品鉴哪！"

张仪接过肉块，放入嘴中，使劲咬嚼。

"滋味如何？"惠王二目期待地看着他。

场上所有人的目光都齐刷刷地盯住他。

一块肉下肚，张仪夸张地咂巴了几下嘴皮子道："多煮一分则过熟，少煮一分则过生！"

众人皆笑起来。

"相国再尝一道菜！"惠王拿箸夹起另一道菜，递给张仪。

张仪尝过后，惠王又夹一道菜。不一会儿，在惠王的殷勤招待下，张仪已将宴席上的所有菜品、汤羹尽尝一遍。

"相国大人，这些菜品，滋味如何？"惠王指点案上的菜肴道。

"王上欲知佳肴的滋味，"张仪扫了一眼众人道，"只问臣一人是不公允的。"

"是哩，"惠王笑了笑，看向众臣，"寡人就不分发了，你们自行品尝。"

众人夹菜，咬嚼，无不吐舌。

"诸卿这都尝过了吧？"惠王也夹了一块肉，一口吃下，"说说，滋味如何？"

所有人的目光再次转向张仪。

"相国大人，"惠王也看过来，"大家都看着你呢。"

"色香味俱佳，仪饮之若甘霖，食之若仙品！"张仪应毕，又不失时机地咂巴了几下嘴皮。

"没有觉得还差点儿什么？"惠王倾身问道。

张仪摇了摇头。

“诸卿，”惠王看向众臣，“相国大人饮之若甘霖，食之若仙品，你们是否有同样感受？”

“王上，”司马错略作迟疑，拱手应道，“恕臣不敬，所有菜品皆缺一味！”

“何味？”惠王来劲了，拿起箸子敲响案面。

“巴盐！”司马错四人突然明白了惠王设宴的用意，几乎是异口同声了。

“诸卿说说，寡人为何没用巴盐？”惠王再次敲响案面。

“因为巴盐太贵了！”司马错四人再次异口同声。

“诸卿讲得是啊，”惠王瞄了一眼张仪，极尽夸张地发出一声富有乐感的长叹，“噫吁嚱，楚国巴盐，寡人实在是吃不起了！”

“臣等更是吃不起！”几人再次应和。

显然，这个宴席是专门为张仪摆的。

“王上，诸位大人，”张仪不慌不忙地从袖管里摸出一卷羊皮，摊在几案上，“仪若加上这一味，想必诸位就吃得起了！”

众人视之，是幅楚国地域图。

众人看图，不知所以。

“王上，臣请借朱笔一用！”张仪看向惠王。

惠王递上朱笔，张仪接过，就图画出了两个圆圈，一个圈在紧挨汉中的上庸地区，另一个圈在黔东南地区。

所有人都张大了嘴巴。

从张仪所画的两个圆圈来看，上庸紧挨房陵，若由上庸顺汉水飞流而下，可直取郢都。而黔东南的大片山地不但有两大盐泉，更可由南部包抄郢都。如果两地皆归秦人所有，则楚国郢都指日可下。

惠王回味过来，转头看向张仪道：“相国不会是画出两个大饼安慰寡人吧？”

“敢问君上，臣画过饼吗？”

“寡人如何才能得到这两个圆圈？”

“就凭臣的这个！”张仪张开嘴巴，伸出舌头。

众人又是一惊。

“这么说来，相国是要亲自出战了？”惠王吸了一口气。

“臣请出使郢都！”张仪字字结实。

时交二更，昭阳正自酣梦，邢才带着昭鼠敲响了他的房门。

“阿叔，打扰您了！”昭鼠声音很低。

昭阳下榻，开门，又坐回榻上，揉揉睡眼道：“出啥事了？”

“大事。”昭鼠进来，悄声道，“方才鄂君寻我，让我去抢盐。”

“抢盐？”昭阳吃了一惊，“抢啥盐？”

“就是阿叔从齐国买回来的五十车海盐。”

昭阳睡意全无，吸了口长气，闭目沉思。

“你答应他了？”昭阳抬头，看向他。

“没有。”

“啥理由？”

“我说这事儿风险太大，再说，此事涉及族人，尤其是阿叔，我下不了手。”

“他怎么说？”

“鄂君没说啥，让我再考虑考虑。临走时，鄂君说，他对王叔讲好了，计划让我去做个县尹。我问是到哪儿，他说是邓县或丹阳，让我选一个。我说丹阳位重，怕是争不到呢。他说，那就邓县吧。我问啥辰光可定。他说，王叔已经把我列入册中了，迟至年底，若是顺遂，个把月就能成。”

“若是这么说，你不得不抢盐了。”昭阳苦笑。

“到底抢还是不抢，由阿叔定夺。”昭鼠接道。

昭阳沉思良久，毅然决断道：“抢。”说着看向昭鼠，“你可对鄂君直接提及邓地县尹的事，让他为你立个字据。”

“他不会立的。但王叔应下的事，应该可以。”

“也好。不过，你得与他一起面见王叔，当面向王叔讨个准信。”

“成。”昭鼠略顿，“阿叔，你会抓我吗？”

“阿叔不会抓你，但左徒会。”

“那怎么办哩？会不会像上次一样，杀我的头？”

“有王叔在，应该不会。不过，想不吃点儿苦头，怕是难哩。”

“嗯。”昭鼠点头道，“所以我不肯应他。阿叔让我应下，有何妙意？”

“王叔抢盐，是为阻止我们带回的齐盐进郢都。俟齐盐进郢，王叔手里的盐泉就不值钱了。楚地虽大，郢都毕竟是个风向标，王叔他们不会轻易放弃郢都。眼下他们的盐肆砸牌了，于我们是百年不遇的入场机会。王叔若是不想让我们的盐肆入郢，就只能闹事情。反之，对我们来说，只有让他们闹出事情，最好是闹到不可收拾，大王才会起肝火，我们也才会有机会。”

显然，昭阳考虑得更加长远。

“嗯。”昭鼠点头。

“记住，这事儿要暗做，对谁都不可讲，更不可让人抓住任何把柄。如果被左徒抓到，你就宁死不招。只要他们拿不到实证，王叔就会救你，阿叔也好想办法。”

“小侄记下了。”

按照预期，再过一日，首批五十车齐盐就可抵达郢都了。

郢都百姓欢欣鼓舞，翘首以盼。与此同时，由靳尚主持修建的后宫巫咸庙也接近完工，怀王兴甚，于这日后晌召请屈平、白云入宫。

怀王兴致勃勃地引领二人将庙殿里里外外巡察了一番，然后留下白云与郑袖、靳尚磋商大庙落成大典的筹备事宜，自己则一把扯起屈平，径往前殿去了。

“屈平哪，”怀王笑逐颜开，“不瞒你说，寡人自即位以来，就数这几日畅意呢！”

“敢问我王，都是何处畅意了？”屈平笑问。

“共有四喜临门哪！”怀王扳起手指头，“第一喜，郢人马上就能吃上盐了；第二喜，巫咸庙落成，巫咸大神入驻寡人后宫，楚、巴行将琴瑟和合，风调雨顺，福利长远；第三喜，昭睢奏报，兵坊已试制成功乌金利器，寡人亲试样品，不弱于秦器，我若再与秦战，秦人就占不上这个便宜了；这第四喜嘛，是陈轸的捷报，说是齐王不仅签下了睦邻盟约，还额外赠送寡人海盐五十车，并约寡人于秋后去徐州游猎！”

“贺喜我王！”屈平拱手道，“四喜临门，实为我王洪德厚积，此为我大楚时来运转之吉相也！”

“哈哈哈哈，”怀王大笑几声，盯住屈平道，“洪德也好，时运也罢，于寡人只认一个事情，就是用对了你屈平一人！”

屈平拱手：“臣诚惶诚恐，愧不敢当！”

“敢当，敢当，”怀王喜不自禁，“寡人得卿，犹如当年秦公得商鞅啊！”

“谢我王偏爱！”屈平奏道，“我王既然将臣喻作商鞅，臣请再进一言！”

“屈子，”怀王扬手，“莫说是一言，纵有十言、百言，你也只管讲来！”

“乌金、巴盐，尽皆是表，动表不动里，一切徒劳。积弊之于楚，犹如重症之于人，大王不下狠手，或将前功尽弃了！”屈平一脸忧急。

怀王正欲说话，一个宫人走进，叩道：“王上，香汤备妥了！”

“好哩，寡人这就去！”怀王笑着转身对屈平道，“你讲的这个该如何动里子，是个重大话题，我们要沐浴熏香，之后再讲。”说罢伸手道，“左徒大人，请！”

屈平显然没有料到这个，正自犹疑，怀王却跨前一步，挽起他的袖子，带他直入后宫汤池的更衣间。这边又有宫人进来，将二人衣服三两下脱了个精光。

汤池是一个设在室内的澡堂，分热冷两个池子。冷池巨大，由大理石砌成，宽两丈，长五丈，可容纳二十人自由泳游，平素是怀王与妃子在夏秋戏水的地方。冷池旁边有个单独的房间，里面有个热池，约一丈见方，池下有个火灶，可烧炭加热，使水温恒定，里面泡着各种中药与香草，是出汗、解乏之处，被怀王称作香汤池。

诚惶诚恐中，一丝不挂的屈平被同样一丝不挂的怀王拖入香汤池，浸入汤水中。水温略烫，不消一刻钟，屈平已是大汗淋漓，怀王额头也出了汗，但显而易见，怀王十分享受这种热烫的感觉。

“屈平，来，为寡人搓个背！”怀王转过身体，朝屈平露出背脊，

“听说人是尘土做的，真还就是呢，寡人天天搓背，可背上总有搓不完的尘灰。”

“臣遵旨！”屈平拿过搓巾，为怀王搓背。

屈平用劲较大，没搓几下，怀王的背上就红彤彤的一片，皮屑让他搓出不少，一条一条的被他赶到怀王的肩膀上。

怀王伸手摸到最大的一条，震惊道：“这是你从寡人身上搓下来的？”

“是的，王上。”屈平应道。

怀王深吸一口长气，良久，叹道：“唉，这些宫人天天帮寡人搓澡，可搓来搓去，能搓下这么粗大灰条的，只有你屈平一个人哪！”

“想是他们怕伤到王上！”屈平笑应。

“你就不怕了？”

“王上令臣搓灰，在臣眼里，就只有灰条！”

“答得好！”怀王将身子泡到水里，冲净灰条，又拿过搓巾道，“你背过去！”

屈平背过身去。

怀王用搓巾使劲地在屈平身上搓起来，不消一时，亦搓下一根根粗大的灰条。

“哈哈哈哈，”怀王得胜一般大笑了几声，将粗大的灰条赶过屈平的肩头，“屈子，快瞧，你身上这条条儿毫不弱于寡人的呢！”

屈平亦笑起来。

“屈平，”互相搓完灰，怀王指着自己的裸体，又指向屈平的身体，意味深长道，“臣子中能与寡人同室共浴的，你是第一人，恐怕也会是最后一人哪！”

“谢我王垂爱！”屈平拱手道。

怀王沐浴后走出水池，走向一侧，早有宫人过来，为他擦干身体，披上浴衣。屈平也走了出去，披上浴衣，坐在怀王对面的木墩上。

“屈平哪，”怀王支走宫人，盯住屈平，“你我同池而浴，赤裸相见，可称知己，堪为肺腑，已非兄弟手足可比。”

“王上……”屈平终于明白这场洗浴的意义，感动得讲不下去了。

“屈平，”怀王敛神，略略倾身，凝视屈平，“你我之间既非手足兄弟可比，就可讲讲我们之前所说的这个里子了。常言说，工有次第，得寸进尺。有前面四喜铺底，我们君臣算是得寸了，下面应当考虑如何进尺了！”说完略顿，盯住屈平道，“记得你此前催问多次，要寡人变法治本，寡人均未应声。不是寡人不应承你，是机缘未到。这几日来，寡人一得空闲，就反复研读你的奏本，越看越是看不够，越看越是心动。一切如你所奏，变法改制，取缔治权，动的是封君根基，不知会有多少人食不甘味。”

“是哩。”

“如果改制，就将是一场恶战，寡人可以为你撑腰，你也该当有所防备才是。若是我们逼得急了，他们狗急跳墙，什么恶事都做得出来！当年吴起更制，结果你是知道的。”

“王上知遇之恩，臣万死不足以报！”

“屈平，”怀王摆手，一脸严肃，“从今日起，不要再讲死与不死，因为你我二人，是谁也死不起的！首先是寡人不能死。想当年，悼王驾崩，吴起即遭万箭穿身；孝公归天，商鞅旋有车裂之祸。同样，你也不能死。没有你，寡人就如悼王无吴起、孝公无商鞅，面对大楚这陈年积弊，寡人只能是徒唤奈何啊！”

“臣……”屈平起身，叩首道，“唯王命是从！”

“为稳妥计，”怀王盯住他，缓缓说道，“我们可以不叫变法，也不叫改制，就叫造宪令。一宪一宪地造，一令一令地推，我们君臣不急不缓，稳步推进，于无声无息中成就大业！”

屈平拱手道：“我王圣明！”

“名正方能言顺。”怀王略顿，看向远方，“昭阳老矣，当不得大事，寡人有心让你接任他的令尹之职。宫中有寡人，宫外有屈子，你我合力，大楚未来或可奠定。你心里先有个数，大凡事务，从长远筹备，从全局着眼！”

屈平惊呆了，竟是忘了叩谢。

“哈哈哈哈，”望着屈平的呆状，怀王笑了，“现在讲这事儿还早，寡人尚须寻个机缘。要动昭阳并不是易事哟！”

二人又议一时如何造宪令并推动宪令的事，而后更衣出去，回到前殿，见南后、靳尚、白云三人已在等候。

“呵呵呵呵，”怀王看向白云，一脸是笑，“白祭司，你们议得如何了？”

“托大王的福，”白云回他个笑，“巫咸庙一切准备就绪，可择吉日举行大祭！”

“既然是祭拜巫咸，”怀王朗声接道，“吉日吉时就由祭司确定！”

“巫咸庙大祭通常为每月的望日日中，但在大王宫中，可定于每月的朔日平旦！”

“朔日平旦？”怀王沉思一时，看向她，“这个日期可有讲究？”

“朔日为每月的初日，平旦为朔日的初时。朔日为一月之首，平旦为一日之首，大王为一国之首。大王于朔日平旦起祭，开一月之始，巫咸大神有感于大王诚意，便施以雨露恩泽，惠及四方。朝野受益，遂再于望日行祭，以感恩巫咸大神并大王厚德！”白云淡淡应道。

“讲得好！”怀王拱手，看向内尹，“拟旨，封巫咸山祭司白云为王室巫咸庙祭尹，司楚、巴二地所有巫咸庙祭事！”

“臣领旨！”内尹应道。

“谢大王厚遇！”白云拱手道，“只是，楚地广袤，巫咸庙却寥若晨星，白云不知如何司尹！”

“这正是祭尹未来所要致力的事情！”怀王看向郑袖与靳尚，“爱妃，靳大人，你二人协助祭尹，传寡人旨令，凡楚之地，万人之邑，须立巫咸庙一座，以祭我东皇之仪礼敬奉巫咸大神，祈请大神佑我楚地风调雨顺，国泰民安！”

二人受命毕，郑袖笑着拱手道：“我王，臣妾有奏！”

“你说。”怀王看向她。

“庙宇初成，朔日在即，巫咸庙欲行大祭，有万千之事待筹。臣妾力不胜逮，想请祭尹留宿宫中，以便随时磋商。”

“屈大人，”怀王转向屈平，一脸堆笑，“娘娘恳请祭尹留宿宫中，你意下如何？”

“臣谨听娘娘！”屈平拱手道。

几人正在议论，当值宫人引领昭阳急急走进。

见过君臣之礼，昭阳入席。

“昭卿，”怀王看向昭阳，“观你气色，可有事情？”

“回禀王上，是出事了！”昭阳拱手应道。

“何事？”

“这批海盐让盗贼抢了！”

“啊？”几人同时惊叫，尤其是怀王，简直感到震惊。

“是昨夜的事！”昭阳缓缓奏道，“臣使家奴邢才统筹运盐。车队行过荆门，天色已黑，就在荆门附近寻个空旷处歇了。睡至半夜，有暴民冲来，拿刀逼住运盐的人，将他们全部捆绑起来，塞上嘴巴，绑在一片林子里，然后将五十辆盐车上的所有盐包都扛走了。”

盗贼竟然在荆门之内抢劫王命齐盐，且一包不剩地全部扛走，真正是匪夷所思，胆大妄为至极。

怀王气得手指哆嗦，一时讲不出话来。

“天色大亮，有人入林，方才看到众人，将他们解救出来。邢才先使人报案，后急驰回郢，报告于臣。臣知事大，迅即入宫奏报我王！”

怀王看向屈平。

“能肯定全部的盐都被扛走了？”屈平问道。

“听邢才说，车马皆在，盐包都被扛走了。他们全部蒙面，得手之后尽走小径，顷刻没入林子，无影无踪。臣已使刑尹前往事发地缉查盗贼了！”

五十车盐全部被扛走，对方的人数应当不会少。

“传谕刑尹，”怀王看向昭阳，一字一顿道，“查到盗贼，全部押入死牢！”

张仪使楚了。

张仪没有直接赶赴郢都，而是来到了纪陵君的封地，且与前一次一样，他依旧杂在商队中，没有打出任何旗号。

纪陵君、鄂君、彭君等也都得到音讯，提前赶至纪陵，恭迎他们。

洗尘宴上，张仪搁下筷子，长叹一声，迟迟不动。

作为主宾，张仪不动筷，谁都不好动了。

几个陪客面面相觑，坐在主位的王叔面上挂不住了，开口道："张子，你这……"

"唉——"张仪发出一声长叹，继续按筷不动。

"王叔呀，"车卫秦接过话头，"相国怕是想到咸阳的事，吃不下了。"

"咸阳的事？"王叔盯住他。

车卫秦遂将咸阳权贵，尤其是秦王为高价盐一事如何责难张仪的诸事略述了一遍，听得众人唏嘘不已。

"诸位有所不知，"张仪苦笑一声道，"那天晚上，秦王在宫里摆出一席宴，请来一群王公重臣，"说着指向车卫秦，"他没资格入席……"然后顿住不说了。

"一席啥宴？"子启急了。

"山珍海味，皆是好吃的东西。"张仪又发出一声苦笑，"众人个个眼馋，正要大快朵颐，但秦王不急，缓缓拿起刀，割下一块他亲自烤的鹿腿肉，要我品尝。我一口咽下。秦王问，滋味如何，我说，香哩。秦王见我说香，就把所有的菜品皆夹了一遍让我一个人吃，待我全尝过一遍，他又问我滋味如何。"

"你怎么讲哩？"子启被他的语境吊起胃口了。

"我只能讲实话呀，说是一切皆好，只差一味。"

"啥味？"彭君也急不可待了。

"盐味。"

显然，这是秦王专门摆给他的一席无盐之宴。

"为什么不放盐？"子启纳闷。

"是呀，"张仪缓缓接道，"仪也是这般发问。秦王应道，相国贩来的楚盐太贵了，寡人吃不起呀。"

见他绕来绕去，最终将话绕到了盐价上，众人皆无话说，席上一时冷场。

"张子，你受委屈了。"良久，王叔开腔了，举爵道，"芈楸以一杯薄酒，为你压惊。”

“不瞒王叔，”张仪饮下酒，苦笑道，“惊倒没有，在下只是有口难辩而已。无论如何，生意是在下谈的，契约是在下吩咐卫秦签的，自己酿的酒，再苦也得喝下，是不是这样？”然后摇头长叹，“唉，人说在下巧舌如簧，可那天晚上，在下愣是讲不出哪怕一个辩解的词儿，真是羞煞人也。”

“张子，你看这样如何？”王叔略略一想，接道，“我对大伙儿讲一声，补偿张子并卫秦五百镒金，聊作解嘲。”

“王叔不可！”张仪急切阻止道，“生意归生意，契约归契约。那天签约时，仪想到的只是盐的市价，万没想到盐的市价会涨那么高，这个教训是多少金子都换不来的。仪一生言出必行，起誓必践，岂能为这区区五百镒金而坏了规矩？”

“张子讲得是，”王叔亦叹一声，“当初签协议时，市价确实是一斤一铢。可由于还款数量庞大，张子又不要他物，只要食盐，各地盐肆无奈，只得提走所有巴盐，清库运秦。楚人离不开巴盐，皆来盐肆求购，盐肆又不能说无盐可卖，只好涨价，涨来涨去，市场也就涨疯了。所幸大王已从齐地调来些许海盐，否则，芈楸真还不知这事儿该如何收场呢。”

“是在下之错，没想到也让王叔为难了。”张仪举爵，“来，为我们共同的难，干！”

众人碰爵，各各饮下。

“敢问张子，此番来楚，可有芈楸效力之处？”

“巴盐之事，秦王着实生气了，一方面怪在下不会做生意，另一方面，也指责楚人奸诈，会设圈套。在下千般解释，说王叔不是那样的人，还说楚人离不开巴盐，巴盐全部依约卖给秦人，盐价自然是涨的，可秦王就是听不进去，还声称要起兵伐楚，为这场生意讨个公道。这事儿不仅涉及在下颜面，更涉及王叔并众亲的颜面。在下急了，说大王哪，你哪能出兵去伐翁家呢。秦王愣了，问翁家何来。在下就讲起月公主的事，将月公主夸成个天仙似的。秦王不肯信，又打问卫秦，见卫秦也是此说，不由得就动心了，要我即刻使楚求聘。”张仪说着从袖中摸出礼册，双手呈上，“聘礼在此，望王叔笑纳！”

“难得张子不计得失，以一力承担，还不遗余力地促成秦楚和睦，芈楸致敬了！”王叔拱手。

“王叔呀，”张仪拱手回了个礼，指指自己的舌头，“子曰，君子谦谦，动口不动手，在下是靠这个吃饭的，见不得打仗。楚、秦和亲睦邻，无论是对秦人还是对楚人，都是长远利好，是不是？”

“好一个谦谦君子！”王叔笑笑，晓得他是胡诌的，随后接过聘礼，转递给车卫秦，“既然是为秦王聘亲，就是国事，这份聘礼，张子还是亲手交给大王为妥。”说罢王叔转身对子启道，“明日我们就随秦使赴郢，你可先走一步，将秦王欲聘月公主之事奏报你父王！”

“启儿遵命。”

留白云宿于宫中是靳尚的主意。后宫佳丽如云，在大王面前争风吃醋的确不智。无论何人，即使贵为南后，也唯有顺应大王，才能谋得长久。

郑袖一旦想通透了，就想把事情做到极处，成全大王的好事。郑袖的如意算盘是，让白云与她共歇于南宫，与她同榻共寝，之后邀大王前来临幸自己。白云在侧侍奉，近距离感受到大王雄风，便由不得她不动情了。

夜幕降临，郑袖依计邀白云共宿，不料刚一张口，就被白云驳回。白云自称是巫咸大神的人，自幼就宿在巫咸庙里，侍奉巫咸大神，不习惯与人共寝。巫咸庙已经落成，作为祭司，白云住庙侍奉巫咸大神合于情理。郑袖勉强不得，在放弃努力的同时，也深为白云的执念所动，明白之前是自己想多了。

可怀王却不这么想。

自白云入住后宫，怀王的心神就再也守不住舍了，一闭眼脑海中就是白云跳巫舞时的赤身裸体，也时不时地回味起更早时那个与她在巫山深处的云雨之梦。

巫咸庙落成大典如期举办。这是南宫郑袖一手搞出来的，更因为有怀王的关注，整个后宫的人都来观赏。然而，让怀王略觉失望的是，他想看到的场面并未出现。主祭白云全场衣着得体，即使与巫阳屈平向神献舞之时，衣服也都是穿着的。怀王不好讲什么，也不能讲什么。毕竟他想看白云的身体，却不想看屈平的。如果屈平真的在他的后宫里赤身裸体，他的爱妃、公主及众多宫人会作何想？

大祭后数日，怀王的神经绷得更紧了，有时甚至到了茶饭不思的程度。他也不让任何妃、后侍寝，白天忙于朝政，夜间就坐在他的御书房里胡思乱想，想得累了，就到旁边的小卧房里眯上一觉。

至第五日夜，怀王终于按捺不住，使内尹悄悄请来白云。

夜深了，万籁俱静，御书房里灯光暧昧。

白云走进时，怀王正假模假样地就着灯光批阅奏章，案上放着一杯山茶。

“夜深了，大王还不歇息？”白云站了一会儿，见怀王仍旧在看奏章，半是关切，半是提示自己的存在。

“是祭尹呀，”怀王放下朱笔，抬头看向她，“这几日来，寡人有点儿心烦，魂不守舍哩！”

“大王为何心烦，又为何魂不守舍？”白云歪头望着他。

“心烦是为那伙盗盐贼，魂不守舍是为这些奏章！”怀王指了一下眼前的奏章。

“盗贼没有抓到吗？”白云问道。

“抓到几个，其他的还在缉查。”

“大王召我，想必是为魂不守舍了！”

“正是，”怀王苦笑一下，指向面前的奏章，“尤其是屈平的这几道奏章，寡人翻来覆去地看，越看越是睡不着呀。”

“屈大人奏报什么了吗？”听他提到屈平，白云走近了几步。

“奏报楚国如何治内之事。屈平讲得好呀！国多亡于内不治。魏国变法治内，魏势兴盛六十年，独霸中原。秦国变法治内，秦势突起，天下惶惶。天下皆已变法，唯我大楚积弊日久，落后于人哪。先王也曾改制来着，可你晓得吗？吴起行法半途而废……”

“大王若为国事，”白云截住他的话头，“何不请屈大人入宫谋议呢？作为祭司，白云只知侍奉神灵，不知天下治乱呢。”

“唉，”怀王轻叹一声，“你讲得是。寡人请你来，是想……是想与你说会儿话。”

“大王有何话，这就请说吧。”

“祭尹请坐，”怀王指着对面的席位，又转对内尹道，“为祭尹上茶！”

“谢大王香茶，”白云拱手道，“白云早已形成习惯，过午不食，入夜不饮！”

“是吗？”怀王苦笑一下，“好吧，寡人就不请你饮茶了。敢问祭司，能为寡人跳支舞吗？”

“什么舞？”白云问道。

“就是……”怀王略略一顿，“就是那天为子启之事你在祭坛上所跳的那支。”

“那是白云跳给巫咸大神的，非祭事不跳。这辰光没有祭事，请大王不要勉强白云。”

“你不是跳过吗？”怀王眯眼盯住她，“就在屈平的草舍里。”

“那是屈大人欲学巫咸大舞，向白云求教。白云求问巫咸大神，大神降谕，许我教他，我才教他跳的。”

“太好了！”怀王来劲了，“寡人也想习练那舞，敬请祭司教我！”

“大王不可。”

“哦？”怀王沉下脸来，“请问祭司，为何那舞屈平跳得，寡人却跳不得？”

“因为屈平是屈平，大王是大王。”

“这……”怀王不解了。

“屈平是大王子民，白云是巫咸大神子民。巫咸大神是巴楚天空之主，大王是楚巴大地之主。屈平学舞是为供奉巫咸大神，使巫咸大神为楚民降福，所以白云可教。而大王身为楚巴大地之主，即使想学，白云亦不敢教！”

“呵呵呵，”怀王释然，“那你就为寡人跳一支吧，寡人赏舞总是可以的。”

“大王若要赏舞，就得将屈大人召来，有他扮巫阳，白云才能跳起来。”

“这……”怀王咂巴了一下嘴皮子。

“大王，若无别的事，白云就要歇息了。白云一向早睡，早上还要行功呢。”话音落处，白云一个转身，款款离开。

怀王站起来，一路将她送出殿门，送到后宫。他目送白云走到巫咸庙前，推开庙门，闪身进去，再将庙门由里面闩牢。

白云感受到了身后的怀王，故意将闩门的声音弄得很响。

怀王轻叹一声，扭转身，一步一步地挪回书房。

张仪车队打起“秦”“使”“聘”等各样幡旗，一路招摇地赶赴郢都。与此同时，子启先入宫城，将秦王亲自出面和亲、使相国张仪来郢都求聘月公主的事细细地向怀王作了禀报。

怀王听完，深感震惊。

显然，秦王的这一步棋是怀王未曾料到的。淅水之战未了，商於之仇未结，秦王却先一步派遣重臣使楚和亲，且往聘的并不是他的女儿，而是他阿姐的女儿芈月，确切地说，应该是叫魏月，这真真让他如堕五里雾中。

怀王召来屈平与靳尚，谋议应对的办法。

张仪使楚，靳尚是最感舒怀的人。想当年，他救过张仪一命，这辰光，张仪使楚，对他只有益处，没有半点儿不利。再说，前番伐秦，他原本就是反对的。自从襄陵一战后，靳尚与昭氏日益敌对，对外战略逐渐转为结秦制齐。近日更因为有王亲等利益在手，自然对张仪此来和亲举双手赞成。

靳尚晓得屈平致力于结齐制秦，因而未讲结秦制齐的事，只将张仪与楚国的恩恩怨怨略作陈述，末了讲道：“王上呀，若无张仪使力，越地或就是齐人的了。”

“你讲得是！”怀王深有感触，慨叹道，“唉，只可惜他未能容于昭氏！”

“不是张子不容，是昭氏嫉贤妒能，为令尹之位设套陷害张子，这件事儿王上是知情的。”

“好了，过去的事情，不必再提。”怀王看向屈平，“左徒，秦使此来和亲睦邻，你准备作何应对？”

“臣贺喜王上，贺喜芈月公主！”屈平拱手道。

“呵呵呵，”见屈平支持，怀王笑了笑，转对靳尚道，“上官大人，芈月是我阿姐骨血，命运多舛，今能嫁入秦室，不失为一个好的归宿。寡人晓得你与秦使张仪有旧，秦使此来，就由你酌情款待。你这就去精心筹备，莫让客人觉得被慢待了。”

“臣受命！”靳尚告退。

屈平起身欲走，被怀王留住。

“屈平，你说说，秦使此番过来，你为何不加反对，反而道贺？”怀王盯住他问。

“为我大楚，亦为王上。”

“讲明白。”

“王上时常自比孝公，将臣比作商鞅，”屈平盯住怀王，“敢问王上可知孝公，可知商鞅？”

“这……”怀王怔了，“你说，孝公、商鞅怎么了？”

“孝公为报河西之仇，韬光养晦十六年，直至孟津朝王。就臣所知，孟津朝王的辰光，孝公明白魏侯是要找碴儿，可他自信有实力，决心与魏一战，是商鞅在最后关头阻止了他。商鞅以退为进，亲赴魏都，以秦公名义拥戴魏侯称王，称秦公甘愿称臣。魏侯不知是计，做起强强联合之梦，遂于逢泽南面称尊，结果王上全都看到了。”

“你的意思是说——”怀王引而不发，用目光征询。

“臣意是，无论秦人是结亲睦邻，还是讲出其他任何的漂亮话，王上皆不可信，尤其是张仪的话。这人是个祸事精，走到哪儿，哪儿遭殃。”

“当年他在楚国，不是帮我们灭掉越国了吗？”

“当年他来楚国，是想以楚国为本，实现他的壮志，因而一心事楚。不料事不遂心，因昭大人之故，他与楚国结怨，就又到秦国去了。眼下他是一心事秦哪！”

“如果寡人说服他，让他留在楚国呢？”

“魏王也曾说服他，让他留在魏国，结果呢？他身在大梁，心在咸阳，唆使魏国放弃河西之仇，转而先伐赵，后伐韩。魏国两战两败，元气大伤，魏国太子、庞涓尽皆战死，魏王最终也死于非命！”

屈平短短几句，令怀王心底发寒，不由得打了个寒噤。

“既如此，你为何又……”怀王略略回过神，不解地看向屈平。

“臣以为，”屈平接话道，“无论如何，张仪是来聘亲的，且是为秦王聘亲。聘亲是好事，臣是以贺喜，此其一。其二是，大王的要务是变法治内。古今一理，若要治内，就不可外战。商鞅变法期间，秦国几乎没有外战，致力于休养生息。我王也应该这样。臣所以提议与齐结盟，其实意亦在此处。三晋势弱，我之劲敌只在两处，东北是齐，西北是秦。秦、齐之间远隔三晋，各自鞭长莫及，唯我大楚，东北与齐接，西北与秦接。大国争锋，不可两面皆战，我之长策，要么结齐制秦，要么结秦制齐。今我已与齐人结盟，如果再与秦人成盟，短期内我就外无战事，大王就可全力治内！待大王练好内功，身强体壮，那时，无论是秦是齐，都只能遣使来朝，唯我王马首是瞻！”

“哈哈哈哈，”怀王长笑几声，竖起拇指，“好你个左徒，真乃我大楚柱国也！”

“大王谬赞，臣不敢当！”屈平拱手。

“敢当，敢当！”怀王又笑几声，“不过，你是一个大才，柱国这个虚衔只会埋没了你，寡人就不封赏了。你且回去安心造宪，任他张仪吹来何风，你我皆须不为所动，专心治内，如何？”

“臣遵命！”

张仪抵郢，依惯例入驻列国使臣馆驿。

张仪一行下榻后不久，靳尚即奉王命造访。张仪迎出，对靳尚深鞠一躬，携手入内。几句寒暄过后，张仪拿出玉璧一双，呈送靳尚，拱手道：“此玉璧为在下征蜀所得，区区薄意，不成敬意，还望靳大人笑纳！”

“呵呵呵，”靳尚接过玉璧，欣赏了一会儿，抬头看向他，笑道，“敢问秦使，如此宝贝，算不算作贿赂呢？”

“大人言过了，”张仪回应他一个微笑，淡淡应道，“不过是在下的一点小小私情而已。若作贿赂，此璧就污了大人的身价！”

“哟嘿，照秦使说来，靳尚的身价还不小哩！”

“是哩。”

“敢问秦使，在下身价几许？”

“一块和氏璧，外加眼前秦使的一条贱命！”

张仪出口言及当年之事，靳尚颇为感慨，眼前不由得浮现出到他府中裸身求情的香女，良久，拱手问道：“举手之劳而已，张兄不必挂齿。既然说起此事，那么请问张兄，此番远足，怎么没带香夫人来？”

见靳尚改称张兄，张仪也换过语气道：“不瞒靳兄，就这辰光，你嫂夫人当是在终南山里逗孩子呢。”

“贺喜张兄并嫂夫人了！”靳尚回了个礼，笑问，“请问张兄，嫂夫人所出，是公子还是公主？”

“眼下是个公子，再过两年，说不定还会生出个公主呢！”

“哈哈哈哈，”靳尚大笑起来，竖起拇指，“必须有的，有儿有女才是好！”

“靳兄几个了？”

“夫人所生三个，皆是公子。两个妾室不争气，各生出两个女娃。早晚回家，高高低低七个娃，外加三个妇人，吵得寒舍鸡犬不宁哩！”

“靳兄好福气！”张仪拱手贺过，又在一堆箱笼里寻找了一会儿，搬出一只箱子来，指着它道，“靳兄，请看此箱！”

靳尚打开一看，是一箱锦缎。

“这是蜀国宫锦，细软光滑，堪称上等好丝，是征蜀辰光蜀王通国赠送在下的。一共是三箱，一箱给你香嫂子了，另一箱给了你另外一个嫂子，就是大秦国的紫云公主，还剩这一箱，你香嫂子吩咐谁也不给，只赠送给靳夫人！这不，在下一直留到今日，箱中之物连细丝儿也没少掉一根哪！”

“哎哟哟，”靳尚朝空中连揖两下，“谢嫂夫人了！”说完看向张仪，“不瞒张兄，无论你发多大的财、做多大的官，在下都不眼热，唯有张兄所娶的这个香嫂，实让在下眼馋哪！啧啧啧，内慧外秀，贤淑端庄，对张兄的忠贞，更是没得说的。唉，比起香嫂来，我家那口子，”说着又看向一箱蜀锦，摇头道，“配不上这箱宝物哩！”

“哈哈哈哈，”张仪长笑几声，“靳兄，在下是为秦王聘亲来的，不是到你府上抢弟妹来的，你就甭自夸了，在下晓得你府上有个好弟妹！”

靳尚亦笑起来。

二人扯了会儿闲筋，靳尚敛住笑，盯住张仪道：“张兄如此记恩，想必也不会忘仇吧。现在可谓是今非昔比，相国对令尹，大秦对大楚。张兄此来，聘亲是外，内中可是为平复积怨？”

“靳兄说笑了。”张仪笑应道，“大丈夫处事，天下为先，社稷次之，而后才是家，再后方是身。在下心胸虽狭，却也容得下几节棍棒。再说，即使是寻仇，也当与令尹大人无涉。不瞒靳兄，在下早已查明，令尹大人之所以误会在下，是受了陈轸那厮的蛊惑！”

“这倒新奇哩。”靳尚急问，“张兄与姓陈的有何过节？”

“唉，说来话长。”张仪长叹一声，“陈轸仕魏时，曾与在下师弟庞涓结下杀父之仇。庞涓出山后得到魏王赏识，陈轸逃得快，方才躲过一劫。为查明庞涓来历，陈轸潜入鬼谷摸底，刚巧遇到在下，遭受在下一通奚落之后，由是结怨了。”

“哎哟嘿，”靳尚恍然有悟，乐了，“江湖恩怨多啊。”说完盯住张仪，“听闻陈轸与张兄在秦曾有一争，陈轸败阵了，适才至楚，可有此事？”

“靳兄又说笑了，陈大人怎么可能败阵呢？陈大人不过是不屑与仪同朝为臣而已！”

“啧啧啧，张兄真是给足了姓陈的面子！”靳尚竖起拇指，“说到这里，在下倒有一句要提醒张兄！”

张仪拱手道：“在下恭听！”

“依在下看来，陈轸这步棋走对了，张兄却是明珠暗投呀。”

“唉，”张仪再出一声长叹，“在下落到这步田地，别人不知，靳兄不该不知呀！”

“此一时，彼一时也。”靳尚接道，“张兄未得先王赏识，却得大王器重哪！”说着倾身，压低声音道，“不瞒张兄，大王多次与在下谈及当年之事，认为张兄之才雄冠列国，无人可及！”

“哦？”

靳尚一脸热切道：“昭阳虽为令尹，但大王从骨子里信不过他，令尹之位形同虚设。只要张兄弃暗投明，大王必以大楚五千里江山相托！”

“靳兄——”张仪眼中流出热望。

“令尹之位，非张兄莫属啊！”

张仪眼中的热望渐渐冷凝，微微摇头道：“靳兄怕是一厢情愿了！”

“在下愿以家族名誉担保！”

“据在下所知，”张仪压低声，“令尹之位，大王早有心仪之人了！”

靳尚震惊：“何人？”

“大楚左徒，屈平！”

靳尚心底一寒，嘴角却撇出哂笑道：“张兄想多了，大王眼睛雪亮着呢。那小子不过会写几首辞赋而已，焉能与张兄相提并论？”

“哈哈哈哈，”张仪长笑几声，又压低声音，“大王的眼睛雪亮不雪亮，别人不晓得，靳兄难道还看不出吗？”

“张兄？”靳尚怔了。

“靳兄跟从大王多年，为大王立下不知多少功劳，以靳兄之才，难道就配不上左徒之位？可大王呢？偏让一个只会写诗赋的毛头小子居此高位，难道他的眼睛雪亮就是这样的吗？”

张仪一句话点到了问题的死穴，靳尚勾下头去。

“靳兄，”张仪趁热打铁，“许多事情，不争是得不到的。譬如说当年，在下初涉世，没有与昭阳争，结果就败下阵来。之后入秦，在下便汲取教训，使出狠招，生生挤走公孙衍，之后又挤走陈轸。再后入魏，在下又挤走惠子……”说完顿住话头，看向远方。

“敢问张兄，又有哪个人能挤你呢？”靳尚感兴趣的显然是这个。

张仪遂将挤走几人的方法与过程一一述过，靳尚听得心服口服，拱手道：“张兄高才，在下不及！”

“什么高才呀，”张仪苦笑一声，“不过是心狠而已。不瞒靳兄，在下私底下还是佩服公孙衍、陈轸与惠子的，但一槽不容二马，一山不容二虎，如果他们占住位置，在下就连个吃草的地儿也没了。”

“张兄说得是，”靳尚拱手道，“请问张兄，眼前之事，在下该当如何应对那个写诗的？”

“就像在下在秦、赴魏时一样，挤走屈平，独占食槽！”

“这……”靳尚迟疑了一下，“应该用怎样的挤法？”

“靳兄只需记牢三个字！”

“什么字？”

“重累之。”

“重累之？”靳尚蒙了，盯住他，“这要作何解？”

“曾经有人云，‘将欲毁之，必重累之’。”

“这……”靳尚解不出来，挠挠头。

“呵呵呵，”张仪笑道，“此句不在《诗》中，靳兄是以不知。全诗是，‘将欲毁之，必重累之；将欲踣之，必高举之；君君子则正，以行其德；君贱人则宽，以尽其力。唯则定国。’”

“怪道没有听说过呢。”靳尚笑笑，拱手道，“在下愚痴，此三字何解，还请张兄赐教！”

“‘重’为反复，‘累’为屡次。‘重累’合在一起，就是反反复复，屡屡使用。”

“使用什么？”

“这个呀！”张仪张口，吐出长长的舌头，“就是言辞。”

“什么言辞？”

“可以‘毁之’的言辞。”

“张兄是说，在下到大王面前反反复复地讲他的坏话？”

“不不不，”张仪摆手，“靳兄忘了此诗下面还有一句，‘将欲踣之，必高举之’。”

“张兄之意是，讲他好话？”

“正是！”张仪竖了下拇指，“这是在下于鬼谷求学之时，先生所教的一招秘术，叫‘飞箝术’，就是‘飞而箝之’。‘飞’就是‘重累’，就是‘高举’。而‘飞’字只有一个目标，就是‘毁之’，抑或是‘踣之’。”

靳尚张大了口，良久，缓缓吁出一口气，咂巴几下道：“啧啧啧，在下明白了。”略顿，又道，“如何‘箝’呢？”

“‘飞’是为‘毁’。如何使其‘毁’呢？就要用到这个‘箝’字。”

“怎么用？”靳尚眼睛睁大。

“靳兄‘重累’使用‘飞’术后，屈平必是飘飘然，亦必是愈加勤奋，愈加精进，恨不得一人当十人用，一天做十天的活。活做多了，就会有疏漏。待那辰光，靳兄什么也不必做，只要睁大眼睛，盯住他所做下的一切，瞧准疏漏，轻轻地这么一‘箝’。”张仪伸出两个指头，做出“箝”的动作，“打蛇要打七寸，是不？”

“啧啧啧！”靳尚不无叹服地再次咂巴了几下嘴皮子。

“不过，”张仪接道，“若用此术，仅靠靳兄一人是不够的，靳兄还得寻找一个帮手。”

“帮手？”靳尚闭目良久，然后看向张仪，“依张兄之意，何人为宜？”

“南宫郑后。”

“唉！”靳尚长叹一声。

“靳兄为何而叹？”

“不瞒张兄，娘娘心正烦呢，怕是帮不上我的忙了。”

“娘娘的烦恼可是来自一个祭司？”张仪点题。

“正是。”靳尚震惊道，“张兄连这个也晓得了？”

“呵呵呵，”张仪笑道，“此番使楚，前有昭阳，后有屈平，外加一个无所不能的陈轸，在下是如履薄冰、如临深渊，不敢不晓得呀！”

“张兄既已看破，可有解招？”

“你可转呈南后，只要她肯听仪，莫说是夺回眼前恩宠，即使是楚王的偌大后宫，也将只为她一人而设！”

靳尚吸一口长气道：“张兄有何妙策？”

“八个字，想王所想，好王所好！”

就南后而言，迎合王之所想与王之所好的范围，只能局限于后宫，否则就是僭越。

于后宫来说，怀王最大的心事有两个：一个是因白云而起的巫咸庙，这个郑袖已经办妥了；另一个是，淅水之战后，怀王一时冲动，慷慨解囊，拨出不少库金以抚恤伤亡，而各地税赋又未能及时补足，由是造成了宫所之用短缺。总管后宫的内尹使尽浑身解数，仍旧是捉襟见肘。内尹无奈，只好缩减各宫的用度。宫人奢华惯了，见用度一下子缩减近半，顿时怨声四起，或对怀王诉苦，或向他告发内尹克扣脂粉之罪。作为楚宫之主，怀王是不能在自己的女人面前显出朝廷困顿的，因而对她们的抱怨不胜其烦。不得不说，这可能也是他近日独居书斋、不想亲近她们的潜在原因。

显然，张仪早将楚宫内幕探清楚了，所以，他向南后献的计谋是养蚕织布，替王分忧。

“这……”郑袖皱眉，苦笑道，“行吗？”

“张仪既已夸口，娘娘何不一试呢？”靳尚笑道。

“好吧，”郑袖一咬牙根，“为了子兰，本宫豁出去了。可这织机——”

“娘娘放心，一应物事，臣已备妥。臣忧心娘娘不会，还为娘娘寻到两个巧手织女呢。”

“养蚕织布、缝衣引线诸事，本宫自幼就会，只是多年没干，手有点儿生了，有这两个织女甚好！”

郑袖说干就干，不消几日，就将宫中布置一新，宛如一个民间工坊。宫女大多是从民间选来的，让她们养蚕织布本就并非难事。在南后的带动下，南宫之内一时人机嘈杂，一片繁忙的景象。

南宫的大动作自然惊动了内尹。内尹躬身探看，自也忖出娘娘心思，便暗示娘娘，大王或会在晚上过来看看呢。

入夜，怀王看书至一更，想是困顿了，便打了个哈欠，站起来，又美美地伸了一个懒腰。

“我王，出去走走如何？今宵天气不错哩！”内尹小声奏道。

“走！”怀王扬手应过，脚已跨出房门。

天气果然晴好，漫天星斗。

君臣二人沿宫中小径漫步而去，走着走着就到了后宫，到了巫咸庙外。怀王驻足，望着关得严严实实的庙门，若有所思。自那日被白云以神的名义婉拒之后，怀王的人生里第一次对女人产生了敬畏，不敢再轻易地叫她侍茶或伴舞了，至于侍寝，更是再也没有想过的。

然而，人就是奇怪，越是得不到，就越是念念不忘。怀王在巫咸庙外站了良久，见庙中一丝儿动静也没有，晓得祭司睡去了，便轻叹一声，动身欲回书房。

内尹笑道："我王，要不要去各家宫院转转，看看娘娘们都睡了没有？"

怀王心动，便朝各处宫院信步走去。

所有宫院皆已熄灯，唯有一处隐隐映出亮光。

"哪个院，"怀王看过去，略觉不满，"大半夜了，还不熄灯，真是没个规矩？"

内尹看了一会儿，压低声音道："看方位，当是南宫！"

"郑袖？"怀王叫出二字，朝亮光快步走去。

院门没有上闩，内尹轻轻一推便开了，怀王跨进，但见各个宫室灯火辉煌，声音嘈杂，宫院里也摆满劳作工具，所有宫女皆在忙活，或挑蚕茧，或理蚕丝，动作娴熟，没有一人说话。所有物品码放得整整齐齐，两间稍大的屋子里，各摆了一台织机，一台正在安装，另一台已经在挂丝了。

怀王走近挂丝的那架织机，见郑袖坐在机旁，一身农家短衣，正与两个宫女煞有介事地调试机杼。

怀王显然未曾料到这阵势，疾步走到机前道："袖儿？"

郑袖假作惊讶，紧忙下机，深深一揖："王上——"

"你这是——"怀王指向织机。

"王上，"郑袖侃侃言道，"听闻国事艰难，用度吃紧，大王为此心烦，臣妾心疼，却又帮不上忙。前几日，臣妾突然想到幼时从母学过织绣，就想为大王分担一二！"

"贤妃啊！"怀王由衷感动，抚摩其手，"你这纤弱之手……"

郑袖抽回手，甜甜一笑道："大王莫要扁看臣妾哟，若论织锦刺绣，"她指向两位帮她调试机杼的宫女，"她们可就差得远呢。大王若是不信，这就问问她俩！"

"信信信，"怀王乐了，"爱妃的话，寡人哪能不信呢？"说着转身对二位宫女道，"夜深了，叫大家歇息去，明晨再劳作不迟！"说罢挽起郑袖的纤手，双双走向寝处。

内尹笑了。

翌日清晨，怀王早早起榻，将南宫里外宫院巡视了一遍，相中一块草坪，然后躬身翻耕，拓出了一块小菜园。

在怀王、南宫的带动下，其他宫室不敢怠慢，也都各寻擅长的活计。楚宫庞大的芈字宫苑在短短的十来天里，如同乡野农忙时节，男耕女织，煞是热闹，再没有宫妃抱怨大王克扣脂粉钱了。

大楚后宫由郑妃引发的这场大生产运动迅速传扬到宫外，满朝文武及郢都百姓无不赞颂郑妃贤淑。

屈平听闻此事，先是涕泪交流，继而怦然心动。

无论如何，这是个启动改制的良机。

屈平晓得，如果怀王真的启动改制变法，这在楚国将是惊天动地的一件事情。同池共浴之后，屈平晓得，怀王已经准备好了，既然已下定决心，下面便该他屈平登场，改制变法，强楚制秦。

这是一场硬战，也是一场苦战，他屈平不打则已，若打，就必须打好。

而要打好这一战，仅凭一己之力，屈平深感力不从心。

因为，张仪来了。

屈平晓得，他远不是张仪的对手。沉思良久，屈平提笔拟就一封长信，将楚国近况，尤其是乌金、巴盐、张仪使楚诸事扼要述过，随后便邀请苏秦入楚。

书信写毕，屈平将之交给屈遥，让他派一心腹前往邯郸，将书信亲手呈交给苏秦。

第三章

游北疆赵雍赦贤　受蛊惑燕王让位

就在屈平写信邀请苏秦赴楚的当儿，一行二十多个胡人打扮的骑手正在恒山以北的辽阔原野上策马疾驰。他们一手握缰，一手持弓，两腿紧紧夹住马肚子，屁股稳稳地坐在马背上，身躯前倾，随着战马的奔驰而有节奏地起伏。每位骑手的身边都跑着一匹无人的空马，使这支骑队增大了一倍。

这片辽阔无际的草原起初是代人的地盘。赵襄子时代，代国被赵所灭，代地便归属于赵国，成为赵国的北方边郡，也就是代郡。

骑队首领是一名英俊刚毅的骑手，这个人不是别人，正是赵襄子之后的第八代君主，武灵王赵雍。

紧跟于后的是赵雍的信臣肥义。

赵雍已经远不是苏秦初见时的那个半大孩子了。在历经邯郸被围等一系列大事之后，已近而立之年的赵雍在各方面都趋向成熟，且血气方刚。此时此刻，他正带着一行侍卫，将一腔凌云之志肆意挥洒在这片一望无际的草原上。

战马不知驰骋了多久，山峦在前方出现。赵雍松开马缰，减弱两腿夹力，前倾的身体也随着胯下战马的逐步减速而渐渐直起。

紧随他的节奏，马队渐渐停下。

肥义策马，与赵雍并肩而行。

“主人，前方就是飞狐峪了！”肥义扬鞭指向不远处的一道山峪。

“你说的地方就在飞狐峪里？”赵雍眯起眼睛，看向山峪。

“正是。入峪之后，再走三十里路！”肥义看看天色，“我们若是赶得急些，天黑之前或能赶到。”

“换马！”赵雍跳下胯下的战马，飞身跃上了伴马。

众人也都纷纷换马，同时看向赵雍。

赵雍勒紧缰绳，两腿一夹，放马冲向峪口。

众卫士紧紧跟上。

飞狐峪口设有赵国关卡。守卡军尉验过校牌，开关放人。

山道崎岖，两侧无不是垂立的绝壁，悬石欲坠，仰头望去，最窄处果然只有飞狐可过。在这样的山道里行走，什么样的战马也难以驰骋。

虽然如此，武灵王依旧是一马当先，在时窄时宽的绝谷底部放马穿行。肥义等随从难以并行，只得排作一线跟在武灵王身后。行了有二十余里，山道越来越难走，突然前路被一道绝壁挡住，天光也在绝壁的拦阻下幽暗下来。

于武灵王来说，这条飞狐绝道他还是第一次行走。眼见前路断绝，他正自寻思，身后传来一个声音：“主人，到了！”

武灵王驻马，目光投向眼前的断壁。

山径在断壁左侧拐弯，绕过断壁，一路向东南蜿蜒而去。武灵王策马拐弯，肥义的声音却再次传出：“是右边。”

话音落处，肥义下马，走向右侧的一道石缝。那石缝勉强可以过人，肥义拉马通过后，向武灵王招手。

武灵王亦跳下马，拉马穿过石缝。肥义在前开路，武灵王与众卫士紧跟其后，沿着一条掩护在乱石杂树之间的隐秘小径，直向西略偏北方向，爬坡而行。

坡越来越陡，路越来越难走。约过了大半个时辰，在天光完全黑下来时，武灵王一行终于抵达了一个峪口。

出得峪口，武灵王惊呆了，似乎是不相信自己的眼睛。只见天空突然开阔，眼前一片平坦，一望无际的草原在残霞的映照下，泛着幽幽的光。

隐在暗中的一排赵卒包抄上来，不动声色地断开他们的退路，将他们团团围住。

肥义出示印牒，为首军尉验过后，便行个军礼，指向南方。肥义上马，带武灵王一行向南疾驰，过了一会儿，便来到一片接一片的营帐区。

放眼望去，但见营帐连营帐，随处可见胡人打扮的赵人在照管数以万计的马匹，人语声、马嘶声、鸣金声汇在一起，时不时还夹杂了几声山羊被宰前的哀鸣。

武灵王一行在一座最大的帐篷前面停下，下马走进帐篷。

帐中坐着一人，正在啃食一大块烤羊腿，满帐子皆是烤肉的香味。那人猛见这么多人跨步走进，先是一怔，继而扔下羊腿，噌地站起，绕过面前几案，纳头拜道："臣仆石拓叩见我王，叩见主公！"

石拓是胡人，自幼就跟从肥义，先为书童，后为宫廷侍卫，再后被肥义荐举为裨将军，受命在此训练骑卒。作为王室侍卫，石拓自然熟识武灵王，这才纳头大拜。

"嘿，你倒是吃得香哩！"武灵王踢了他一脚，目光落在一大盘烤肉上，"快爬起来，拿烤肉来，大家伙儿都饿坏了！"说罢不由分说，径直走到石拓的主将席上坐下，拿起一块肉扔给肥义，又将一块送入自己口中。

众人皆笑起来。

恰好是晚餐辰光，肉早就烤好了。石拓一声招呼，几名军士便迅速端进几大盆子肉，每人发了一大块。大家都饿极了，二话不说，便各自埋头享用。肉未啃完，两名军士又抬着一桶热乎乎的鲜马奶走进来，给每人各舀了一碗。

奶足肉饱，武灵王也是累了，实实在在地睡了一大觉，于次日凌晨，被一阵接一阵的马嘶声与马蹄声惊醒。

武灵王从榻上弹起，见肥义、石拓等人已在帐外候着。

"王上赶巧了，今朝有活靶！"石拓兴奋道。

"活靶？"武灵王吃了一惊，盯住他。

"也就是昨日，"石拓禀道，"有几个中山奸细进入此地，被我们活擒。按照当初与肥义将军定下的规矩，凡是捉到的奸细，就做将士们的骑射活靶！”

“活靶在哪儿？”武灵王问道。

“在靶场里！”石拓抬手指向一个方向，“末将已经传令，今朝我王观靶，将士们已急不可待了！”

武灵王没有直驰靶场，而是沿草场的边缘巡视了一圈，一度攀上了位于草场西北侧的一座高峰。站在峰顶，武灵王放眼回望，只见这里的风景别具风光。四周环山，中间一片草场，模样方正，长宽各约十二里，如同一张巨大的方几，只在个别地方有山峦突破，构成这台方几的毛边。方几上面，场地平坦，百草竞茂，宛如胡人牧场。

“真神地也！”武灵王心旷神怡，冲肥义握拳。

“王上圣明，”肥义应道，“这是上天赐给我王训练骑射的福地，可养战马三万匹，绵羊五万头，供三万军士在此训练七个月。从十一月到次年三月，此地高寒，大雪封山，无法住人。”说着指向场中军人，“他们是臣选来的首批军士，共两万人！”

“去靶场！”武灵王扬扬手，飞步下山，不一时便驰至靶场。

所谓靶场，其实并无一只靶子，不过是一片开阔平坦的沃野。十几个被俘的中山奸细坐在草地上，手被反绑，面容惊惧。一行赵国骑士个个手持长弓，腰插利矢，昂然坐于马上，只待赵王一声令下，就在这块草原上将那十余个活靶射作“刺猬”。

赵人最恨的便是中山人，尤其是中山派来的奸细，早晚逮住，不由分说，或吊死，或斩首。而在这块新开发的小草原上，拿他们打活靶自然是上佳选择。

所谓打活靶，就是将奸细的手脚松开，让他们在草原上自由奔跑，而赵人骑卒则四下追逐，练习骑射之术。当然，他们也提供给活靶两个保障条件，一是骑手们不可在距离活靶二十步之内出矢，二是凡在一刻钟内未被射死者，就可得到救治，保全性命。他们不可擅离靶场，一切都要听命于赵人，实际上就是赵人的奴隶了。因此，如何奔走，如何在一刻钟内躲闪来自四面八方的利矢，是活靶们想活命唯一需要考虑的问题。

武灵王一到，所有人的目光皆朝他看过来。

武灵王扫了一眼活靶，朝石拓扬手，示意开始，同时，他取下背上的长弓，拿在手中，另一只手摸向箭袋。

见赵王也要参与打靶，众军士雀跃起来。

石拓不无兴奋，大叫道："开靶！"

号角响了起来，三十名参与打靶的军士纷纷从背上取下长弓，摸出利矢，准备跃马出击。

几个赵卒跑到中山人那儿，动作麻利地解下了他们手上的绳索。

所有中山人都看向中间的一个年轻后生。

那后生轻轻地咳嗽一声，双目微闭，端坐不动。

所有中山人如同得到指令，纷纷挪动屁股，将那后生围拢在中间，然后学那后生模样，双目闭起，静坐不动。

石拓急了，冲他们大叫："尔等奸人，规矩已经讲给你们了，你们有一刻钟机会，能脱死者就可获释！"

中山人无一站起。

中山人不站起来，不跑动，就不是活靶。

在场赵人未曾遇到过这等情势，一时怔了，所有目光都看向武灵王。

武灵王驱马驰到中山人跟前，绕行一周，然后拿弓指向中间的后生道："中间后生，你是何方人氏，报上名号！"

"中山灵寿人氏，姓乐名毅！"那后生纹丝不动，眼睛不睁，声音却是清朗。

"乐毅？"武灵王轻轻重复了一下，大声再问，"可是乐羊后人？"

"魏将乐羊五世嫡孙！"乐毅再次出声。

武灵王驰回，扬弓指向石拓，下旨道："且住，将中山人带回大帐，由寡人亲审！"话音落地，他便策马驰去。

武灵王回到大帐，不消一时，石拓已将乐毅等人押解过来。

"乐毅，"武灵王直盯住他，盯有足足三息时间，方才开口，"说说，作为活靶，你为何端坐不跑？"

"跑是死，不跑也是死！"乐毅淡淡应道，"跑，死得慌张；不跑，死得安定！乐毅生于安定，是以不想死于慌张！"

“中山四邻皆敌，战乱频仍，你何以生于安定？”

“那是于中山王及司马氏权贵而言的，非我们乐门。身为乐门后人，乐毅是以安定。”

“咦？”武灵王惊诧了，“中山王不重用你们乐氏一门了吗？”

“先王还用，方今之王不用了。方今之王只用司马氏。”

“既为活靶，静坐必死，奔跑还或许有机会。听闻他们已经讲明规则，只要在一刻钟内不死，你们就可以获得赦免！”

“赵人不会给中山人任何机会！”

“你不相信赵人？”

“是赵人不相信中山人！”

“你何以晓得赵人不相信中山人？”

“因为一个故事。”

“什么故事？”

“东郭先生与狼。”

“东郭先生与狼”是赵人编出的一个寓言，大意是东郭先生行至中山，路遇一狼，后有猎人在追。狼求助于东郭先生，先生拿出一袋，让狼钻进，待猎人追过后，先生放出狼，可狼却要吃东郭先生。

“这个故事寡人有所听闻。你能说说东郭先生指代何人吗？”

“赵人。”

“猎人呢？”

“魏人。”

“为什么呢？”

“因为这个寓言是赵人编出来的。赵人认为，在魏人攻灭中山之后，是赵人助中山人赶走魏人，而中山人在复国之后，却忘恩负义，又与赵人为敌。”

“哈哈哈哈，你果然是乐氏后人了，”武灵王长笑几声，起身走到乐毅跟前，亲手解开他身上的绳子，将他让至客席，“凭你解读的这个故事，寡人赦免你的奸细之罪。”

“我们不是奸细！”乐毅淡淡应道。

“哦？”

“为谋生计，乐毅辞别娘亲，前往楼烦买马。行至此地，见峰回路转，山势奇峻，就驻马欣赏。我看到右侧石壁上有不少马毛，石缝下面也有马蹄印痕，出于好奇，我等便寻踪而来。一路攀爬，抵达峪口，方见这片人间天堂，正自嗟叹，却被他们当作奸细抓起来了。”

“原来是这么回事呀！”武灵王想到自己初见那道石缝时的感受，深信其言。

“乐毅原以为必死无疑，没想到命不该死，遇到大王了！”乐毅起身，叩首道，“大王在上，请受乐毅一拜！”

武灵王扶他起来，与他共进早餐。

餐毕，武灵王引领乐毅参观草场，观赏将卒骑射技艺，相谈甚笃。

“敢问大王，”乐毅指着远处往来奔驰、弯弓射箭的骑卒，“您让赵人演习胡人技巧，是为制伏胡人吗？”

“正是。”武灵王指向西北，“寡人的首敌，就是楼烦国。这些年来，他们频频犯我代郡，寡人受够他们了。”

“大王怕是搞错方向了。”乐毅笑道。

“哦？”武灵王盯住他。

“大王真正受够的当是中山人，不是楼烦人。不过，在毅眼里，大王若得楼烦，就可以得中山了。”

“为何？”

“楼烦出好马呀。”乐毅指向草场上往来奔驰的骑卒道，“若无好马，大王的这些骑卒岂不是白练了？”

武灵王倒吸一口冷气，盯住乐毅道：“乐毅，你年齿几何？”

“虚度一十七春秋。”

“想不想跟从寡人，灭掉你的中山？”

“敢问大王，是灭中山的宗庙呢，还是灭中山人？”

“当然是中山的宗庙了。”武灵王笑道，“没有中山人，寡人得来中山又有何用？”

“臣之先祖已跟从先魏王灭过一次中山庙祠，乐毅不才，若是大王不弃，许毅跟从大王再灭一次，亦为毅之幸运。”

“哈哈哈哈！”武灵王大笑几声，“不弃不弃，寡人求贤若渴，遇到大贤，怎么肯弃呢？”说着略一思忖，“乐毅，你这就去楼烦，为寡人购置良马。所需物事，无论多少，皆由寡人配给。”

“毅受命！”

“记住，购马是虚，探底为实。楼烦人惧的是赵人，而你是中山人，他们非但不会设防，还会将你视为盟友。”

“毅明白。”乐毅略顿一下，又看向武灵王，“毅有一疑，不吐不快。”

“你讲。”

“大王有此草场，在此训练骑射就是。缘何严防如此，凡入此地者一概当作活靶？”

“这个，”武灵王略略一顿，“想是他们担心泄密吧，尤其是对你们中山人来说。”

“大王大可不必为此忧心。”乐毅应道，“骑射非新技，胡人皆行之。中山人本为胡人，也大多熟悉此技。毅自幼即习骑射，十二岁时，就可于马上百步穿杨。只是中山人久居平原，习惯于农耕，这才使用马车。”

武灵王深吸一口气。

“毅以为，”乐毅盯住他，“大王非但不必保密，反倒要大张旗鼓，举国行胡服骑射，使赵人皆穿胡服，皆习骑射，一如胡人。”

武灵王再次深吸一口气。

“大王若此，一可结好胡人，二可后继有人，从而不必这等煞费苦心地秘密集训。”乐毅指向外面，“大王若行大业，仅凭这些勇士是不够的，而仅凭这块草地，也是训不出大量骑卒的。反之，国人皆穿胡服，皆行骑射，大王自然就不愁骑士能够驰骋于天下了。”

武灵王如见先贤，起身，朝乐毅行了个鞠躬礼。

武灵王经过数日的反复思虑，终于下定决心，使肥义悉心安排乐毅赴楼烦一事，让乐毅遇事直接与肥义对接。

一切备妥，武灵王亲送乐毅至飞狐峪道，在绝壁下为他置酒饯行。

别过乐毅，武灵王一行又沿峡道向南，一路驰至涞源邑。

涞源即涞水之源。这儿位于太行山腹地，四面环山，中间现出一块盆地，方七十里，约等于现今周王室的实控地，堪称天赐。盆地四周之水汇入盆底，成为涞水之源，向东北方向穿越高山峡谷，绝尘而去。

武灵王此行，探访飞狐草场倒在其次，巡视涞源邑才是真章。

涞源邑位于涞源盆地的正中，涞水在城邑的西、南、东三个方向打了个“几”字形的弯，形成一道天然屏障，堪称易守难攻之城。赵人是在冬日涞水封冻之时，采用四面围攻的战术破城的。赵人吃准中山兵马将于冬至日换防，遂赶在三千老兵将走未走、三千新卒将至未至的三天黄金期，于黎明前发动了突袭。待人心思动的中山守卒发觉敌情时，赵人已经兵临城头了。

即使这样，赵人仍然付出了伤亡逾五千的代价。

武灵王之所以要不顾一切地攻占此邑，是因其牢牢地卡在北太行的腹心。经由此邑，向西可经由唐水，抵达灵丘邑；向北可经由飞狐道，直抵代王城。更重要的是，由此邑沿涞水河谷向东北，可至紫荆岭，燕人在此设立了一关，称紫荆关，穿过紫荆关，沿北易水河谷，就可直达燕国下都武阳。由此邑向南，沿唐水河谷穿越一座大山，远古称作恒山，中山人在此亦设立了一关，称作“鸱之塞”——鸱即鹞鹰，鸱之塞就是指连鹞鹰也不敢过的要塞，由此可见此塞的凶险——越过此塞，继续沿唐水南下，就可直抵中山国的两大战略要邑，中人城与左人城。

居中而制四径，即可达三国，可见涞源邑的战略地位十分重要，是以复国之后的中山人代代视其为命穴，常年都要派驻六千以上的锐卒予以镇守。当年魏人乐羊就是在得到涞源邑之后，又破了鸱之塞，围困了中人城与左人城，从而制伏了中山人。今朝赵人再破涞源邑，实让中山人受惊不轻，中山王旋即调动重兵，严守鸱之塞，防止赵人进一步南犯。

武灵王却没有南犯，而是见好就收。他一边结好燕人，与紫荆关沟通边贸，一边于唐水河谷择地设关，严密盘查经过此地的中山人，同时又在涞源邑建制设吏，坚固城墙，囤积辎重，派遣骁将牛赞引重兵镇守。

在牛赞的引领下，武灵王、肥义巡视了一圈防御后，回到守府。

武灵王在主席的位置坐下，讲评了几句防御布置后，朝牛赞竖了个拇指，然后转向肥义道：“听说此地原为你家祖上所居，后来被中山人占据了，可有此事？”

“唉，”肥义长叹一声，“往事不堪回首！”

“说说，寡人还不知这件事情呢！”

“自商汤时起，我们肥氏一脉就住在这块大山腹地，耕作狩猎。天下治时，就以四径沟通往来；天下乱时，就把关守隘，自成一统。及至三百年前，白狄人受晋人所迫，东迁避难，欲向先祖借道。先祖看在对方情势窘迫的份儿上，便借道于白狄。岂料白狄忘恩负义，借道之时，不但喧宾夺主，后来竟还使出毒计，将先祖囚禁，用武力将我族人徙至井陉之外，与另一族人鼓氏杂居于一起，自己则将此宝地据为己有。我先祖抗不过白狄，只得忍气吞声。又过了百年，晋人东犯，白狄人利用晋人之手将我肥、鼓二氏全部灭祠。但晋人也并没有放过白狄人，将其所住的中人城、左人城尽皆破了。之后，白狄人醒悟过来，趁晋人内争之时，将晋人逐走，立了中山国，再往后就是现在的事情了！”肥义止住话头，显然不想更多地讲其族史。

“看来，”武灵王颇是感慨，“得此地者，可立于不败；失此地者，必受制于人。”说着转向牛赞，“牛将军，寡人能否立于不败，责任可就落在你身上喽！”

“末将肝脑涂地，誓与此地共存亡！”牛赞握拳。

“前日在草场，”武灵王看向远方，“少年乐毅讲到一事，颇合寡人心意。寡人今朝说给二位，甚想听听你们的意见。”

“可是胡服骑射？”肥义问道。

“正是。”武灵王接道，“乐毅讲得甚是，骑射非新技，胡人皆行之。于是乐毅出策，不是在此高山草原密练骑射，而是要大张旗鼓，举国穿胡服，行骑射。寡人连想数日，越想越觉得妙，越想越睡不着啊。”

“敢问大王，因何睡不着？”肥义再问。

“因为世俗。”武灵王面现忧色，“古人云，‘有高世之功者，必负遗俗之累；有独知之虑者，必披庶人之恐’。如果寡人使赵人皆穿胡服，行骑射，他们会怎么议论呢？”

“王上，”肥义拱手道，“臣闻之，疑事无功，疑行无名。自古迄今，论至德者不合于俗，成大功者不谋于众。昔日舜帝歌舞于有苗之乡，禹帝裸身于无衣之国，并不是因为他们想要放纵情欲，而是要先入乡随俗，后再施以教化之功。愚者往往在事情做成之时仍旧懵懂，智者总是在事情未萌之时就已感知。我王既然有意推行胡服，就可放胆行之，这有什么好疑虑的呢？”

“唉！”武灵王叹道，“寡人不是疑虑胡服，而是怕天下人耻笑啊。常言道，‘狂夫之乐，知者哀焉；愚者之笑，贤者戚焉’。如果国人真的能够听从我言，皆穿胡服，那么，于赵而言，胡服所建之功可真就难以预料了！”说着握拳道，“若真有那么一天，赵人能以骑射之术慑服北方的广袤胡地，拔掉中山这个心腹大患，纵使天下人尽皆笑我，寡人复何憾哉？”

武灵王定下胡服长策，兴致勃勃地离开涞源，沿涞水河谷朝东北方向进发，越过紫荆关，进入了燕国地界。

武灵王一路观察燕国的道路城防、风土民情。当然，他并非在涉险，无论是在燕地还是在中山，赵宫早已罗织起庞大的间谍网络，武灵王的每一个行动，全都在这张网络的安全保护之下。

这日午时，一身赵国代地胡商打扮的武灵王抵达了燕国下都武阳。武阳位于北易水之阳，南控易水，西制紫荆道，东南可望齐境，堪称是燕地南部不可有失的边城。

武灵王第一次来到这个城邑，决定小住几日，详察一下这个他一直惦记的燕国边城。

因有涞水、两条易水及下游河水的累世冲积，武阳城周边各邑的土地平坦而肥沃，燕人更是从易水上游引流灌溉，这儿的庄稼是以旱涝保收，尤其是成片的将熟麦子，黄澄澄一地，长势喜人。

馆驿早就订好了。武灵王下榻之后，顾不上休息，就扯上肥义沿街转悠，打探商品行情。

天色将黑，一辆轺车驰至武灵王下榻的馆驿，一个商人模样的人对过暗号，被人带到武灵王的客舍里面。

这个人是潜伏于蓟城的赵人细作毕旦。毕旦原为奉阳君的门人，被奉阳君安排在蓟城，奉阳君死后，他便改投安阳君。武灵王继位后，在安阳君的举荐下，他得到了大夫之职，依旧潜伏于燕。

毕旦叩首，从内褂里摸出一个密囊，双手呈上。

武灵王开囊，掏出一长条丝帛，展开，见上面密密麻麻地写满了文字，达数千言。

武灵王逐言审看，先是紧凝眉头，继而渐渐舒展，待看完时眉头已完全舒展开来。他将丝帛重新折起，细心放回囊中，然后盯住毕旦，晃晃密囊道："囊中所述可是真的？"

"臣不敢有半句诳言！"毕旦再叩，小声禀道，"近年来，臣在燕宫内外安置了二十余人，帛书所写或为他们亲见，或为宫中相传，句句不虚！"

"燕宫有好戏了！"武灵王转对肥义，握拳道，"赏毕旦并众勇士黄金三十镒！"

如毕旦所报，燕宫的好戏，起始于子哙继位，主角是子之。

易王驾崩，子哙顺理成章继位，燕国朝臣虽有疑惑，却也讲不出什么意见。子哙仓促上位，心里原无准备，对朝政大事一无所虑，一切听凭子之安排。

为这一天，子之准备了很久，因而，子哙继位及先王大礼等相关事宜，都被他安排得井井有条，让朝臣看不出任何差错。那些唯易王马首是瞻的死忠朝臣，或被悄悄处死，或被秘密控制，再也翻不起浪花了。

燕国政坛完成了和平过渡。

然而，仅仅做个权臣，显然不是子之所想。子之的血管里也流着燕桓公的骨血，他自然要多想一些。

大权在握后，子之在燕国的政坛上连落三子：第一子，将自己的门人悉数安插在朝廷各个要职；第二子，使鹿毛寿为媒，与苏门结亲，将长女嫁给了苏代的长子，并提请燕王封苏代为客卿，与鹿毛寿同食上大夫俸禄；第三子，调整地方官员，安排忠于自己的部将控制燕国各大城邑和要塞，形成了自己的网络。

渐渐地，燕王哙也适应了自己的位置，开始以自己的方式打理朝政，打理的方式也是用三步落子：第一子，封嫡长子姬平为燕国太子；

第二子，起用先君文公时代被易王罢黜或弃用的旧臣，其中包括褚敏；第三子，派使臣至齐，与齐国重修旧好。

姬平十八了，已渐渐立事，在被立为太子的第二日，他就向父王提交了一份任用名单，开始安插他身边的人。而以褚敏为首的文公旧人，也都站在太子一边。没过多久，除子之派系之外，燕国朝野又形成了一个派系——太子派系。

子之开始沉不住气了。

子之一向以低调著称，为人平和，生活节俭，这与他五大三粗的孔武形象大相径庭。

然而，这都是在他成为燕相之前。

今日不同了。大权在握的子之不再谨小慎微，开始高调行事，他先是搬出曾被苏秦与子哙赞叹不绝的草舍，住进宽大明亮、在蓟城当是除王宫之外最奢华的宅第，继而四处招揽人才，几乎天天大宴宾客。寄居于他舍下的门客多达数百，但凡谈得投机者，他就委以重任。燕地年轻才俊，除少数投奔太子外，大多入了他的门下。

门客多了，子之说话也就气粗起来。无论走到哪儿，他身边都是前呼后拥，似乎他才是蓟城的中心。

当然，对于这些宾客，子之也会耍些心眼。

这日子之正与宾客闲坐，突然指着门口，惊道："方才是不是有匹白马出门去了？"

堂堂相府客堂之内，不可能出现一匹白马。

众宾客不知如何作答，面面相觑。

一个宾客飞跑出去，在外面兜转一圈，回来禀道："真的是有匹白马出去，我跟几个人打听，都说看到了。奇怪，谁家的白马，怎么能来到这地方呢？"

"会不会是匹龙马？"另一个宾客听出话音，若有所思地迎合。

"对对对，一定是匹龙马！"众宾客纷纷点头。

"哈哈哈哈，想必是我眼花了。"子之爆出一串长笑，给出答案。

众宾客无不尴尬，尤其是那个出去转了一圈的人，站在那儿嘿嘿地傻笑，聊以自嘲。

“辰光到了，摆宴！”子之心满意足，瞄了他一眼，又转对家宰，指了指几案。

家宰吩咐摆宴，众宾客随即吆五喝六起来。美味佳肴就如一阵轻风，将方才的尴尬吹得烟消云散。

子之正与门人尽兴交谈，燕国上卿鹿毛寿到了。作为子之最早的门客，鹿毛寿今日的发达让众门客羡慕不已，自然也对他分外敬重，纷纷站起来敬酒。

鹿毛寿却不是来喝酒的。

鹿毛寿走至子之身边，在他耳边嘀咕了几句。

“太子使齐问聘？”子之震惊，“没听大王讲过呀！”

“大王也是刚刚透露给臣的。”鹿毛寿压低声音，“听话音，大王不像是突发奇想。这几日太子天天缠在宫里，我还以为是他又想安置哪些人呢，原来是为这事儿！”

“齐人是燕国的噩梦！”子之咒道。

“怎么办呢？”鹿毛寿道，“齐王是大王的舅公，让太子前往认亲，于情于理都还算合适！”

“你对大王讲一声，就说是我讲的，太子刚立事，可让苏卿陪同！齐王最信任的是苏秦，但苏秦有病在身，让他弟弟陪太子是最合适的。”子之略略一想，吩咐他道。

“臣这就去。”

子之转对身边一个门客道：“去客卿府，有请苏大人！”

听闻要陪太子使齐问聘，苏代既兴奋又紧张。兴奋的是，自周赴燕，从苏秦习练纵横术迄今，他寒窗苦读近十年，今朝总算有了用武之地；紧张的是，首次出使，就是使齐，而齐国非同寻常，不仅是燕国恶邻，更是将魏国、秦国皆打趴下的一个东方大国，若是一不小心玩砸了，他这辈子就算完了，近十年的各种辛苦也就付诸东流。

但这些心事，苏代并未表露出来。他只是闭目端坐，显出深沉的样子。他记下了苏秦曾对他说的一句话，纵横术重在何时闭口和何时开口。若是未想明白，最好不要开口。

“亲家呀！”子之急了，“这事儿你必须出马，其他人都不成！”

“关于此番出使，相国可有赐教？”苏代开口了。

是的，他必须摸清楚子之想要什么。

“赐什么教呀！”子之应道，“你去齐国，盯住姬平就成！哦，对了，见到齐王，代亲家问候他一声。过去的事，就是指那十城的事，让他甭放心上。”

“要是齐王不肯面见太子呢？”苏代问道。

“这……”子之思忖一时，“若此，你可去寻淳于子。那人多智，爱酒，爱财，爱女人。那年来燕国，先君待他甚重，在下也请他喝过几次酒，还陪他到燕山深处消过暑呢！听说这辰光他是稷宫里的祭酒，你可多带些钱财，求他引荐！”

“我就打你的牌子？”苏代用目光征询。

“打你胞兄苏秦的牌子。”

次日上朝，燕王哙果然旨令客卿苏代陪同太子问聘齐国，袁豹担任旅途侍卫。燕国使团一路顺利，不日即到临淄，入住于列国馆驿，向齐宫呈递了问聘国书。

齐王收到国书，却未宣见。

太子连候三日，俱不得见，急了，与苏代谋议。

苏代照苏秦模样闭了会儿眼，便起身赶往稷宫，以苏秦胞弟苏代的名分求见祭酒淳于髡，递上名帖。

不一会儿，淳于髡便晃着光头出迎。

苏代深深一揖，学苏秦语气道：“洛阳人苏秦胞弟苏代叩见前辈淳于髡大人！”

“呵呵呵，”淳于髡连晃了几下光头，调侃他道，“洛阳人苏秦的这个胞弟，你叫前辈可以，叫大人可就错了，光头担当不起哩。你是燕使，是燕国新王新封的卿，光头理该叫你大人才是！”

一出口就被纠错，苏代心里慌了，急急拱手道：“前辈教训得是！”

听他应出这般话来，淳于髡倒是怔了。天下人无不晓得他淳于髡是个爱开玩笑的人，苏代自称是苏秦胞弟，而苏秦与他又算是挚友，他说出那话本为打趣，不想对方竟听不出话音，反倒认起错来。

“呵呵呵，”淳于髡晓得玩笑开不得了，盯住苏代审视一时，又强笑几声，礼让道，“燕使大人，此地风大，寒舍请！”

二人在客堂坐定，淳于髡敛神正襟，直入主题道：“燕使大人，你千里迢迢，由燕使齐，当为百忙之人，今朝莅临寒舍，可有使用髡人之处？”

“百忙不敢！”苏代心里紧张，四字刚一出口，就觉不妥，越发乱了方寸，赶紧运气宁神，强使自己镇静下来，吟诵起在使齐途中就已想定的说辞，“人有卖骏马者，立于市集一连三旦矣，人莫知其马为骏马。卖马者往见伯乐，直言以告：‘在下有骏马一匹，欲售卖之，立于市集三旦矣，人莫知其为骏马。在下请您前往视之。您只是去看看，并在离去时回望一眼。作为报答，在下愿付给您一整天的酬劳。’伯乐答应，走到那匹马前看了看，并在离去时回望了一眼，并无一句说辞。伯乐刚一离开，那马就遭到众人抢购，价码哄抬至十倍。今朝晚生使齐，欲以骏马见于齐王。可晚生是初次使齐，人地两生，已至齐三日矣，却无一人能为晚生周旋。敢问前辈，能为晚生做一次伯乐吗？作为酬谢，晚生请献白璧一双、黄金些微，望前辈不弃！”话音落下，便朝外击掌。

听到掌声，门外二人立时抬进一只重重的礼箱。

苏代启开箱盖，示给淳于髡。

箱中整齐地码满了黄澄澄的金块。金块之间，另置一盒，毋庸置疑，盒中之物，当是那“白璧一双”了。

“啧啧啧啧，”望着箱中之物，淳于髡不无夸张地连出几声，晃着脑袋道，“髡人闷在稷下这个宫里，久没见过这么多黄物了。啧啧啧，真是好东西呀！”说着抬头，看向苏代，“你的骏马在哪儿？”

“在馆驿。”

“可是燕国太子？”

“正是燕国太子姬平，方今齐王是其舅爷！”

“呵呵呵呵，”淳于髡轻笑几声，看向那只箱子，“凭这一箱黄物，髡人应下你了。你且回去，打理好你的骏马。明日平旦，牵马入宫！”

“诚谢前辈，晚辈告退！”苏代揖别。

淳于髡送至门外，拱手赞道："卖马的，听你方才说辞，不输你胞兄矣！"

"谢前辈谬赞！"苏代幸甚至哉，再揖而别。

在苏代谒见淳于髡时，齐宣王也在与相国田婴谋议燕国的事。

河间之地不仅鱼肥虾壮，且紧临首都临淄，堪称齐都的北方屏障，是与燕、赵两个大国之间的战略缓冲之地。历代齐君都想将此地据为己有，以求高枕无忧。前些年威王费尽心力拿回十邑，却又被苏秦一番说辞，全都还了回去。

宣王还记着这个事儿。

易王暴死，外甥子哙执政，这于宣王来说既是好事，也不是好事。说是好事，是因子哙亲齐，齐与燕之间或可短暂无争；说不是好事，是因作为舅国，齐室反倒不好再争河间。这个时候，子哙使太子问聘结好，宣王就很棘手。见之，后面的戏就不好唱了；不见，面上又说不过去。

拖延三日，宣王仍旧想不出妙招，便召来田婴谋议。

看气色，田婴已经有谋了。

果然如此。

"敢问我王，"宣王刚刚讲出难题，田婴便脱口而出一个实质性问题，"是想让燕国走向大治呢，还是想让燕国生出内乱？"

"这个……"宣王咂巴了几下嘴皮子，"寡人什么也不想，只想收回河间十邑！"

"那就是想要燕乱了。"田婴诡诈一笑。

"子哙实诚，为人谦卑；子之务实，踏实肯干，燕国怎么会乱呢？外有甥舅这层皮，内有子之这块硬骨头，唉，"宣王轻叹一声，"在寡人有生之年，河间十邑怕是讨不回来了！"

"臣所看到的与我王不同！"田婴又是一笑，"子哙过柔，过柔则无主；子之过刚，过刚则易折。"

"刚柔不是相济吗？"宣王仍旧不解。

"刚柔的确相济，"田婴给出谜底，"可如果另有一刚呢？"

“另有一刚？”宣王怔了。

“此人就在临淄！”

“你是说，此番问聘的燕使！”

“正是，燕使姬平，燕王哙的嫡长子，该叫我王舅爷呢！”

“他是怎么个刚法？”宣王来劲了，倾身问道。

“王上请看！”田婴摸出一函，双手呈上，“这是臣之密探近日从燕宫里发来的，燕国蓟都热闹着哩！”

宣王读完，闭目思索，有顷，又睁眼，看向田婴：“相国可有应对妙策？”

“妙策没有，不过，臣倒是有个应对！”田婴微微一笑，给出应策，“眼下的燕国朝廷，早晚上朝，您的外甥坐在中间，左侧是相国的人，右侧是太子的人。中间无主，左右角力，反倒会达成平衡。臣之应对办法便是由我王来打破这个平衡，坐看燕国朝廷好戏上演。”

“如何打破？”宣王急不可待了。

“盛待眼前的甥孙，将他留在临淄，凡是他想要的，大王都予应承！”

“与他同来的苏代呢？”

“让他回去，给子之报信！就臣所知，苏代已与子之结为儿女亲家。子之若是得知大王成为太子的靠山，会是怎么个反应呢？”

宣王正要应话，当值宫人入见，禀道：“学宫祭酒淳于先生求见！”

“嘿，老光头来了！”宣王呵呵乐了，起身扯起田婴，“走，随寡人出迎！”

二人迎出，与淳于髡见过礼后，宣王笑道：“真叫个心有灵犀啊！辟疆久未见到先生，正说要请先生喝一壶呢，先生可就……”

“听闻大王好马，光头这就来举荐一匹！”淳于髡晃着光脑袋。

“是千里马吗？”宣王来劲了。

“比千里马值钱！”

“天哪！”宣王越发兴奋，“先生，快讲，这宝马在哪儿？”

“明日平旦，大王只要守在正殿，就能看到了！”淳于髡应道。

“这……”宣王看向田婴，见他也是茫然，便压低声音道，“先生，您要将这马牵进朝堂？”

“是呀，朝堂上来匹宝马，岂不是妙？”

“这这这……”宣王摇头，“朝堂非审马之所，此事若是传扬出去，再让史官记下，寡人可就……”说完再次摇头。

“大王名垂青史，岂不是更妙了？”淳于髡连连晃动脑袋。

“不可，不可，”宣王迭声说着，打出手势，“此事儿万万不可！”

“大王，”淳于髡凑近一步，压低声音，“如此宝驹，若是错过，怕就……”说着顿住，轻轻摇头。

“先生，”宣王被他吊足了胃口，“您举荐这马，究底是——”说着用目光征询。

“千金马！”淳于髡晃起光头。

“千金马？”宣王怔了，眯起眼睛，“是用千金做的？”

“非也，非也！”眼前的光头晃得越发厉害了。

“非千金做的，却叫千金马，还要牵进朝堂……”宣王一边自语，一边陷入苦思，良久，摇头，盯住淳于髡，“先生，你就说出来吧，为何它叫千金马？是它价值千金吗？”

“外加一对上好玉璧！”

“啥？”宣王眼睛僵住，完全蒙了。

“哈哈哈哈，”淳于髡长笑几声，指向殿里，“大王不是要请光头喝酒吗？酒呢？”

宣王挽起淳于髡，转对内臣道：“传旨，上酒！”

翌日平旦，宣王在齐宫正殿守到的千金马不是别个，正是燕国太子姬平。

因有与淳于髡一战的底气，苏代不再紧张，在朝堂上的应对也还得体。宣王兴甚，扯起姬平嘘寒问暖，叙话至中午，留他于后宫用过午膳，又使几个公子陪他游玩稷都，当夜又留他宿于宫中，完全是作为贵重亲戚款待了。

三日之后，太子姬平吩咐苏代回燕复命，他要在舅爷家里住些时日。

苏代回到蓟城，未入王宫，先至相府，将齐国之行扼要述过。

子之听毕，眉头紧凝，好半天，方才吱出一声："他不回来更好！"略顿，看向苏代，"亲家可知如何向王上复命？"

苏代听出话音，回问："相国有什么要在下转呈的？"

"唉，"子之长叹一声，"其他倒没什么，只是……唉！"

"亲家有何难言之隐？"苏代改过称呼。

"不瞒亲家，"子之再叹一声，做出一脸苦相，"你可晓得，大王是如何坐到此位上的？"

"这……"苏代盯住他，"先王驾崩，大王身为太子，自然是要继位的！"

"亲家有所不知，"子之托出底牌，"当其时，若不是在下，大王非但坐不到王位上，就连命也怕是早没有了！"

"啊？"苏代震惊。

"不瞒亲家，"子之接道，"在燕宫，先王最不待见的就是方今大王，可大王与齐王是甥舅，加之你兄长苏相国力撑大王，先王奈何他不得。可先王又见不得他，这才将他打发到北地造阳。先王几次想改立太子，都被你兄长制止。你兄长身为纵约长，携六国之威，先王不敢不听他。在下身为先君文公的旧臣，又是大王挚友，自然也成了先王重点提防的人。先王将在下兵权罢黜不说，还严密监探，不让在下与大王有任何联系……"

"这些在下晓得。"

"是的，"子之接道，"亲家晓得不少，可亲家不晓得的是，先王趁你兄长不在，再次听信秦使之言，欲废立大王的太子之位，改立秦室之女嬴芷所出的公子职。当其时，情势危急，先王将废立诏书都拟好了。你兄长闻讯，紧急赶回蓟都，再次说服先王。听到你兄长回来，秦使便走了。没有秦使在侧催逼，先王便将此事满口应承下来，当场撕毁废立诏书不说，还将大王从造阳召回，再次确立为太子。你兄长以为一切无事，便再赴邯郸。不料你兄长刚走，秦使又突然出现于燕宫。是夜，先王暴毙。我敢肯定，先王死于秦女与秦使之手。秦人谋害先王之后，却寻不到先王的废立诏书。由于前番的废立诏书是先王召鹿毛寿大人所拟，秦人无奈，只好再召鹿大人入宫。鹿大人佯作应下，说是留有底稿，要回家查找，之后便暗中通报了在下。在下急了，忙杀死看守，寻到市被将军，又召集旧部，随后打开宫城西门，将秦使并王后一举擒获。之后便请到太子，扶他坐上王位！”

“天哪！”苏代目瞪口呆，“弑君之罪，当诛九族，为何不治他们的罪？”

“怎么治呢？”子之应道，“王后是方今秦王的长女，公子职是方今秦王的外孙，秦使是方今秦王的胞弟，若是治罪，燕国就与秦人结下死仇了。为此，在下与苏子，就是你兄长，反复商议，最终建议大王，非但不要治罪于他们，反而要放人。至于先王，人死不能复生，厚葬他也就是了。无论如何，一切皆是他造的孽，他该承受！”

“是哩！”苏代看向子之，回归主题，“所以，亲家想说的是——”

“宫中的事，想必亲家都看到了。大王的位置坐稳了，我这个相国也就可有可无了，你说，叫人憋闷不？不瞒亲家，近些日来我都想撂下挑子，依旧回我的草舍去了！”

“这……”苏代纳闷道，“就在下所观，大王对亲家是言听计从呀！没有觉得大王他——”说着顿住话头。

“那是面上，不是里子！”子之恨道，“早晚上朝的时候，你也该看到了吧。我这边一排，太子那边一排，我荐举几个人，太子立马也荐举几个人。太子是啥意思？难道不是在意我的这个相位吗？我与大王是君臣，他与大王是父子！燕国早晚都是他家的，太子这么忌惮我，等他继位后，还不把我剁成肉酱？”

“以亲家之意，在下该如何向大王复命？”苏代再次回到主题。

“你想个措辞，把这事儿摆给大王。用人不疑，疑人不用。大王若是信不过我，我封印走人就是；而大王若是信我，就不要猜三忌四。我是为谁忙？还不是为了他们父子。”

苏代闭目有顷，而后睁眼道：“亲家的意思，在下晓得了！”

翌日，苏代入宫复命，将使齐问聘的前后过程细述了一遍，尤其提到了齐王是如何认他这个孙外甥，如何请他宴饮，如何留他在宫中过夜并如何留他多待些时日，只要自己回来复命等。

“善哉，善哉！”燕王哙赞出两声，朝临淄方向拱手道，“舅公能够不计旧怨，认下子平，实乃燕人之福！”

“敢问我王，”苏代接过话头，“齐国是齐国，燕国是燕国，为何我王却说齐王认下太子是燕人之福？”

“苏卿有所不知，”燕王哙看向他，不无感慨道，“齐、燕二国，为河间之地多有争执。河间虽说洪涝不定，亦非米粮产区，但有入海河水作为屏障，这于齐于燕都是好事。河水本有三道，燕人据北河水，齐人据南河水，边界就划在中间一道。”

“既然已经划定边界，缘何还有争执？”苏代纳闷了。

“这个说来话就长了。”燕王哙娓娓道来，“因中间那道河水时常泛滥改迁，今年流这儿，明年冲那儿，年年飘忽不定，河间之界也就难以定下。正因边界不定，鱼肥虾壮时节，两国边民为捕捞鱼虾常有冲突，甚者波及边防刀兵。好在先祖文公与先齐王威公皆是明理之人，先祖使人做媒说合，为先父娶下先齐王爱女，就是寡人母妃。之后，先祖文公听从苏秦合纵之说，赴孟津会盟六国之君，先王一时糊涂，偏信秦使之言，废除母妃，迎娶秦女。外公震怒，使田忌袭占我河间十邑。燕人举国震惊，先祖无奈，命子之将军引兵对抗。之后先祖驾崩，先王继位，正式废除母妃，立秦女为后。我外公再怒，又使田忌发兵蓟城。眼见纵亲内部将起大战，苏秦与寡人赶赴临淄，劝说我外公以合纵大局为重，归还燕人十邑。外公听从了，但要求先王确立寡人为太子。所幸先王应下了，这段恩怨才暂时缓解。今先王逝去，寡人继统，遂使苏卿陪太子问聘示好。舅公能认下子平，两国自此消弭刀兵，岂不是燕人之福吗？”

“原来如此，”苏代若有所悟，“听我王讲来，燕人实在是惧怕齐人哪。”

“唉，”燕王哙轻叹一声，“非燕人惧怕齐人，而是不得不惧呀。齐地富庶，齐人众多，齐国五都技击名闻天下，连败魏、秦两个大国，实力强大啊！”

“临淄一行，臣不以为然！”苏代淡淡一笑。

“哦？”燕王哙看向他。

“国之强大，不在民，在君；军之强大，不在卒，在将；君之强大，不在威，在德。”苏代侃侃而谈。

“卿说得是！”燕王哙听进去了，盯住他道，“齐王德行不够吗？”

“国君之德，在于服臣之心。服臣之心，在于信臣。魏国文侯之时，治民信李悝，治军信吴起，始有魏武卒，魏国强大；齐国威公之时，治民信邹忌，治军信田忌，始有齐技击，齐国强大；秦国孝公之时，治民信商鞅，治军信司马错，始有河西之胜。齐国技击连胜魏国庞涓，是先齐公信任孙膑；齐国技击再胜秦人，是因方今齐王信任匡章。”苏代句句盘在“信”字上。

“听卿所言，难道舅公他不信其臣了吗？”

“正是。”苏代点出主题，“匡章建大功于齐，却未得相应封赏。秦人去后，匡章未得重用。何也？因齐王听信谗言，说匡章是不忠不孝之人，是以不信匡章。邹忌为齐立下内治大功，方今齐王亦弃而不用，而用田婴。可齐王用田婴为相，却又不信任田婴，朝臣任免、重大决策，皆不听田婴。田婴名为相国，却无实权，实在憋屈。他一日喝多了，向臣吐露心事，臣是以晓得齐王不信其臣。王不信其臣，臣诚惶诚恐，一旦遇事，必不敢尽力。臣不尽力，为事必败。”

燕王哙大吃一惊。

“臣以为，”苏代接道，“燕不必惧齐，因为我王之德远胜方今齐王。子之将军外可治军御敌，内可治政御民，堪称世之大才，而我王信之。假使我王能进一步信任相国，臣以为，燕必大治，燕人非但不会惧齐，齐人反会惧燕。”

“寡人一切都听凭相国了呀！”燕王哙怔了。

“大王是否信任相国，臣不敢忖知。不过，相国曾与臣饮酒，想是喝多了，脱口而出一句醉话。”

“什么话？”燕王哙急问。

“疑人不用，用人不疑。”

燕王哙闭目，良久，一脸委屈地看向苏代道：“请苏卿转告相国，寡人对他毫无疑心，燕国之事，一切听他！”

“若此，燕国之幸也！”苏代起身，“臣这就转告！”

苏代告退，径去相府，回禀子之。

听他讲毕，子之连连拱手，赠他百镒足金。

仅凭几句闲言，就得足金百镒，苏代惊诧不已。想到淳于髡不过是引荐一人，所得黄金更多，苏代又是一番嗟叹。回到府中，苏代闭门谢客，将使齐并回说燕王的前后过程反复回忆，咂巴其味，品评得失，愈加勤奋于二哥苏秦所教之术。

此后数日，燕王哙对子之敬畏有加，毕恭毕敬。凡子之所奏，燕王哙无不准允；凡子之所言，燕王哙无不听从。朝堂之上，一些原本跟从太子的官员，开始悄悄联络子之门人，转而出入于相府了。

与此同时，子之再奏一大喜事，北地山戎的两大胡人部族，各率部属四万余众归附燕室。这两大部族控制北地草原逾千里，带给燕室牛羊无数，良马近十万匹，燕国实力一时大增。尽管这种归附只是名义上的，无论是人还是马、牛、羊，依旧控制在胡人手里，但燕国因此扩地逾千里，北疆安稳。一向骚扰边境的胡人首领立于朝廷，俯首称臣，这在燕国史上是破天荒的。燕人举国相庆，燕室自也将这份功劳记在了子之身上，因为这两个部族，一个是由子之夫人的两个弟弟控制，另一个的首领则是其夫人的姐丈。

有此大功在身，子之在朝野的威望更高了，燕王哙也对他愈加听从。

"毛寿，"子之踌躇满志，召来鹿毛寿，在他面前摆开棋盘，笑吟吟道，"当年苏秦在时，曾教本公弈棋。本公初时不屑一顾，及至后来，竟是越琢磨越有味儿。"

"敢问主公，琢磨出什么味儿来了？"鹿毛寿忖出话音，拱手问道。

"是这人世间的味儿。"子之指着棋局，"譬如说这个棋盘，它是天下，"说着指向一角，"这儿是燕国。"又指向整个棋盘，"天下很大，本公力微，顾不过来，只能着力于这个角落。虽说此角地儿不大，但也是横竖成道，富有意趣啊。"

"有何意趣？"鹿毛寿不解。

"毛寿请看，"子之指棋比画，"如果我们将这个角落放大，一直放到整个棋盘这么大，而无视其他，又将如何？"

鹿毛寿盯着棋局，上面空落落的，没有一子。

“这是天元，”子之摆出一枚白子，放在棋局正中，“坐镇中央，雄视八方啊！”

听到此处，鹿毛寿豁然明白，拿下白子，取出一枚黑子摆上，然后看向子之道：“敢问主公，所悟之味，可是这个？”

“哈哈哈哈，”子之长笑几声，“棋不是这般下的，”说着在棋局上摆子，先摆四角，继而是边，继而是中腹，“子要一枚一枚落，急不得哟！”

“臣以为，”鹿毛寿看向棋局，“棋局已入中腹，主公该当落子于天元了！”

子之摸出一子，递给鹿毛寿道：“这枚棋子，该当你去落才是！”

“臣受命！”鹿毛寿拱了下手，接过棋子，盯住天元之位，有顷，又看向子之，“敢问主公，是要武落还是文落？”

“何谓武落，何谓文落，你且说来！”

“武落是仿效先王……”

“这怎么可以呢？”子之摆手打断，“大王不是先王，是本公挚友，动粗不得！”说着盯住他，“说说文落！”

“让大王自行离开此位，求请主公就座！”

“这个也成？”子之惊问。

“臣已想定一策，或可成功！”

“有意趣！”子之竖起拇指，又指着天元旁侧一子道，“此位是本公现在所据，待大功告成，就由你坐，如何？”

“臣不敢想！”鹿毛寿拱手道。

“方今天下，没有不敢想的事！”子之盯住他，“在本公眼里，你是燕国第一才子，有你坐在相位，本公踏实！”

“谢主公，哦，不，”鹿毛寿改过坐姿，跪地叩首，“臣毛寿叩谢我王厚遇！”

“起来，起来，”子之扬手召他，“大事未定，还是叫主公为好！”

三日之后，鹿毛寿入宫觐见，奏报北地胡人青年二百人欲来蓟城就学于辟雍一事。

“王上，”鹿毛寿奏报完毕，扯入正题，“这二百名年轻人皆是胡人中的贵胄。胡人野蛮，大王若能以往圣之道、尧舜之德化之，使其感染中原圣贤之道，实在是功在今朝、德在千秋啊！”

“善哉，善哉！”听到圣贤之道，燕王哙连出两声，拱手朝天，“几百年来，燕地饱受胡人之苦。今朝上苍有灵，得使胡人归化，真乃燕人福祉！”

“大王圣明！”鹿毛寿顺从上意，接道，“臣在想，我王只需传以仓颉之字、钟鼓之乐、春秋史诗、御射六术、先圣之道、尧舜之德，胡人必会感同身受，从而仰慕我朝，永远归附！”

“甚好！”燕王哙赞道，“事关胡人，你可与相国谋议此事，一切由相国做主！”

“回禀我王，”鹿毛寿应道，“臣禀过相国了，可相国说，仓颉之字、钟鼓之乐、春秋史诗、御射六术倒还好办，只这先圣之道、尧舜之德颇是难为！”

“哦？”燕王哙倾身道，“何以难为了？”

“难为之处在于，一旦讲出来，只怕胡人不肯信不说，还会以为我们是骗子呢！”

“这这这……”燕王哙苦笑，“怎么可能呢？先圣之道、尧舜之德是我华夏诸民千年所宗、百世所倚。方今一切，无不源出于此，他们怎能不信呢？”

“譬如说吧，”鹿毛寿侃侃接道，“尧舜之德，在于禅让天下。帝尧先让天下于许由，许由逃以避之；再让天下于子州支父，支父称病不受。后闻舜贤，尧遂嫁二女于舜，考察其德行合格后，便将天下禅让于舜。帝舜不负帝尧所望，使天下大治，及老，亦未传其嫡子，而让天下于大禹。大王啊，尧、舜之德，俱往矣，自夏启以来，至商，再至周，前后历经不知多少代，臣只听闻弑主篡位之不肖子孙，未闻禅让之圣人君子。尧、舜之德，只能成为传说，连臣也不信，何况是野蛮胡人呢？”

显然，燕王哙被鹿毛寿的说辞塞住了口，支吾半晌，说不出一语。

“臣以此话讲给相国，以相国之贤之能，竟无应策，是以要臣请教大王，说是大王幼读圣贤，通解尧、舜德术。臣虽愚塞，却也早闻大王饱读史书，通达礼乐，学养深厚，诚望大王昭示愚臣，以通塞解惑！”鹿毛寿趁势进逼。

“这……”燕王哙抓耳挠腮，不成语句，声音嗫嚅，“寡人……”

“大王，”鹿毛寿瞧准机缘，给出解方，“臣有一策，或可解此难题。”

“哦？”燕王哙急看过来。

“百闻不如一见，巧辩不如践行。”鹿毛寿顿住，再吊胃口。

“卿之意——”燕王哙用目光征询。

“臣之策是，大王在燕宫可再践行一次禅让大礼。古有尧、舜禅让天下，今有大王禅让燕国。此一可为天下立则，羞煞弑君篡位之徒；二可使胡人后生坚信我华夏圣贤文化源流不绝；三可彰大王贤德。只要大王有此圣举，大王圣名必追尧舜，大王美名必扬天下，天下史官亦必浓墨重笔，铭大王之名于史册，万世流芳！”鹿毛寿妙语连珠，口吐莲花。

“寡人倒不在意什么万世流芳，只要能让胡人不疑我华夏圣德高尚，卿之策就可一试。只是，以卿之意，寡人将燕国让于何人为妥？”燕王哙看向鹿毛寿。

“当然是让于贤者了！”鹿毛寿朗声应道，“天下皆言许由贤，帝尧让之；天下皆言子州支父贤，帝尧让之；有人禀报舜有贤名，帝尧试之以女，信之，方让天下。帝舜让天下于禹，亦然。”

“以卿之见，方今天下何人为贤？”

“天下贤人多了，但不合于大王。大王非帝尧，只能让燕国，不能让天下。大王若让燕国，就只能在燕地择贤。”鹿毛寿目光直射燕王哙，“臣斗胆请问大王，以大王目力所及，燕地何人为贤？”

“若叫寡人来断，燕地贤德之人可有两个，一是苏秦，二是子之！”燕王哙道。

“敢问大王，”鹿毛寿再问，“若是真的效仿往圣，此二贤中，大王欲让燕国于何人？”

“苏秦。”燕王哙脱口而出。

“臣以为不妥。”

“哦？”燕王哙看过去。

“敢问大王，您是要让天下呢，还是只让燕国？”鹿毛寿眯起眼睛。

“寡人只能让燕国。”

“臣以为，大王若是要让天下，让给苏秦合适。若是只让燕国，苏秦怕就不合适了！”

“能治天下者，必是大贤，难道还治不了一国吗？”燕王哙不解。

“苏秦虽贤，却是周地鄙人。周以礼乐定天下，礼者，别也。燕地是周王封赏给周公召的封地，到大王这儿，却以燕地让给外乡鄙人，燕室贵胄必不拥戴。贵胄不拥戴，大王纵使将大位让给苏秦，苏秦怕也坐不下去。臣已讲明，尧让天下，自然要选天下之贤而让之。大王让的只是燕国，自然是要选燕地贤良而让了。”

被鹿毛寿连绕几个来回，燕王哙有点儿晕头，不过也算听明白一个理儿：若让燕国，他只能让给子之。

燕王哙闭目沉思。

鹿毛寿亦闭上眼去。

“鹿卿，”燕王哙睁眼道，“寡人从未在意这个燕王之位，之所以坐上，是为了燕国。如果能使燕国更好，如果能使燕人更有福祉，寡人愿意将此位让给子之。子之之贤，子之之能，寡人放心。寡人只有一个忧心，就是燕人是否接受子之。如果寡人受让引发燕乱，岂不是……”

“大王所忧甚是，”鹿毛寿拱手道，“不过，就臣所见，大王若是真行禅让，非但不会引发燕乱，还会使燕人愈加拥戴。原因无他，只因子之不是篡位，而是受让于大王；大王不是被逼宫，而是真心让贤。如此圣德之事，实乃千年一遇，燕人恭敬唯恐不够，怎么可能作乱呢？再说，大王仍在宫中，仍在燕国，即使有不明真相之人，只要大王出面解释，为新君保驾护航，还有谁能说什么呢？”

“倒也是。”燕王哙再次闭目。

“大王，让国以践尧舜千古圣德，于燕是大事，于大王也是大事。既为大事，大王何不广开言路，听听圣贤有何说辞？譬如说，苏秦。”

“听闻苏秦身体有恙，在邯郸养病。”

“苏秦不在，其弟苏代却在。听闻苏代之贤不弱于其兄，此番使齐，齐人无不叹服，纵使稷宫祭酒淳于髡，对苏代也是赞赏有加呢。”

“传苏代！”燕王哙转对内臣道。

宫中传召，苏代听到燕王哙是要让国，大吃一惊。

“就臣所知，”苏代拱手道，“让国之事，古圣贤有之。而今不比昔，天下为私，无君主再行禅让了。我王若让，或为天下楷模。不过……”苏代欲言又止。

“苏卿快讲！”

“听王之意，我王让国，非为让贤，实乃为胡人立模，以服胡人之心。若是此说，以臣之意，大王可明让实不让！”

“何为明让实不让？”

“就是大朝之时，我王宣诏让国于相国子之。以相国之贤，必不肯受。大王再让，相国再不受。大王三让，相国三不受。此时，大王就不必再让了。胡人见大王三让燕国，而相国三不受，其心必感震撼，诚意归附。若此，我王既可得尧舜之名，圣德传扬天下，又可收燕国之实。我王依然是燕王，子之依然是相国。君圣臣贤，天下传为美谈，不仅可化胡人，亦必附远来近。”

“不可。”燕王哙摆手道，“让就是让，不让就是不让，岂有虚礼之说？”

“我王若是真让，实乃今之圣人矣！”苏代起身，叩首。

三日之后，燕宫大朝，殿中立着百余臣子，其中赫然可见几个胡臣。

燕王哙宣诏，历数相国子之贤能之处，称自己老迈，精力不济，将禅让其位于相国子之。

燕王哙毫无预兆地宣诏让国，满朝哗然，面面相觑。

果如苏代所言，子之佯作震惊，继而叩首，号啕大哭道：“呜呜呜呜，我的王啊，万万使不得，我的王啊——”

几个胡人开始没弄明白，左右打问，得知实情后，瞠目结舌。

燕王哙却是真心要让，起身走下高位，扶起子之，拉他走向王位。

子之走有两步，便再次跪地，连连叩首，泣道：“我王贤德，堪比尧舜，姬之何德何能，能得王上如此厚爱啊？我王厚遇，姬之没齿不忘，但我王此请，姬之受不得啊！苍天在上，姬之叩请我王三思啊！”

“燕王哙已思数日，为燕国计，为燕民计，燕王哙诚意让贤，望相国莫再辞让！”燕王哙再次拉起子之，将他推到王位上。

子之诚惶诚恐地坐了下来。

朝堂骚动起来，褚敏等老臣总算是弄明白发生了什么事，纷纷奏请燕王哙，让他三思而行。即使上将军市被也奏请并阻止燕王哙。

燕王哙不听，执意让位。

待子之坐定，燕王哙当堂脱掉头上王冠，戴在子之头上。同时脱掉王服，摆在王位上面，将王玺等物一并交给子之。最后起身，走到王位前面，跪地叩首：“我王在上，请受臣哙一拜！”

朝堂上众臣皆哭，全都跪下。

“我的王啊！”子之脱下王冠，摆在几案上，然后走下王位，扶起燕王哙。

燕王哙却不肯起。

子之扭身，带着哭声道：“传旨，散朝！”

燕宫惊变不到三日，太子姬平就晓得了。

“老舅爷啊——”姬平冲进齐宫，哭倒在齐宣王脚下。

宣王问明情由，急召田婴。

“姬平，”见田婴进来，宣王指向门外道，“你到耳旁稍候，俟舅爷与相国谋个方案，再召你来！”

姬平应过，哭着出去了。

“呵呵呵，”宣王笑对田婴道，“你种下的因，结出果了。”

“是我王之福！”田婴拱手道贺。

“唉！”宣王敛起笑，改作一叹，“这个燕王哙，实在让人意外。寡人设想过一万遍，只未料到他迂腐至此，去效法什么尧舜！子之这人，寡人真还小瞧他了！”

“敢问我王是何旨意？”田婴直入主题。

“寡人正要问你呢。”

“以臣愚见，”田婴略一思索，“我王这就承诺太子，让他不惜代价阻止此事。以燕王哙品性，他是不想做王的，而太子则完全不同。这些日来，臣与太子多有交流，从出生那天起，他就认定燕国是他的。没有燕国，他是断不能存活于世的！子之惹上子平，是依旧将他视作小孩子！”

“之后呢？”宣王问道。

“太子要钱，我王就给钱；太子要枪，我王就给枪；太子要人，我王就承诺派兵……”

“承诺派兵？”宣王不解。

“我王可屯兵于河间，以呼应太子，牵制子之。但眼下，我王尚不能派兵入燕。太子有我王做靠山，必死战子之。有太子出头，燕国朝野必乱。燕人若乱，民心势必涣散。那时，只要我王伺机而动，就可事半功倍，莫说是取河间之地，纵使……”田婴打住话头。

“就依你言！”宣王不再迟疑，使内臣召来姬平，好生抚慰了一阵，又赠他足金三百镒，同时承诺出兵三万，屯驻于河间的齐燕边邑，为他助威。

得到舅爷如此扶持，姬平如打鸡血，叩首涕泣，拔剑断指，向天地发起毒誓说，不夺回属于他的燕国，身如断指。

第四章

拒胡服赵臣抗旨　争王权燕宫起乱

就在燕国太子姬平星夜兼程赶回蓟都之时，武灵王亦离开武阳，过中山境，快马扬鞭，赶回邯郸，一进北城门，他就命肥义赶往相府，邀苏秦入宫。

肥义驰至相府，翻身下马。守卫认出是他，放他入府。

相府前院甚是闹猛，几辆车马已经套好，飞刀邹等正在装车，木实、木华等一众墨者二十余人，外加赵王特批的护卫逾百人，严阵以待。

“你们这是——”肥义不及施礼，便盯住飞刀邹，手指向众人及三辆辎车。

飞刀邹见是肥义，就笑了笑，拱手应道：“苏大人欲往郢都，正要走呢！”

“郢都？”肥义怔了，“他的病好了？”

“远未恢复，”飞刀邹苦笑一下，“可大人执意要去，谁都拦不住他！”

“幸好赶得及时！”肥义吁出一气，扯起飞刀邹，“甭套车了，快带我去见相国！”

飞刀邹带肥义走进厅堂，见苏秦衣冠整齐，正与姬雪作别。姬苏菲菲穿着一身紧服，腰插利剑，英姿飒爽地站在一侧。

显然，菲菲也是要跟着一起去的。

这是姬雪争取到的最后条件，让菲菲代她一路照顾苏秦。

“相国大人，肥义有礼了！”肥义拱手道。

“肥大人，你不是——”苏秦怔了一下，拱手回礼，“几时回来的？”

“刚进城门。”肥义笑笑，“一入北门，我王就让在下来请相国，说有大事相商！幸亏我王急促，否则，真还得去道上追你呢。”

苏秦不再废话，别过姬雪，出门坐上飞刀邹套好的车，与肥义驰往宫门。

武灵王已经换上王服，迎在殿门之外。

二人携手入内，武灵王问过病情，见苏秦气色仍虚，却要远途入楚，不无忧心地道：“敢问苏子，何事急切？”

“张仪入楚了！”苏秦应道。

“张仪入楚？”武灵王略略一想，抬眼再问，“他入楚所为何事？”

“与楚和亲。”

“嘿，”武灵王笑了，“换招数了。还以为他又要辞去秦相，去夺昭阳的令尹大位呢！”说着看向苏秦，“相国急切过去，只是为了张仪吗？”

“在下不去，楚地没有人能够对付得了他！”

“陈轸呢？”

“不是其对手。”

“也是。”武灵王又是一笑。

“王上急召苏秦，可有要事？”

“一是数月不见，甚是想念，二是有几桩大事，雍拿不定主意，特此请教相国。”

“谢我王挂念，”苏秦拱手，“请问王上，是哪几桩大事？”

“第一桩，”武灵王弯起指头，“雍在飞狐道上遇到一个中山人，叫乐毅，年仅十七，是魏将乐羊的五世嫡孙。他前往楼烦贩马，意外撞到我们的军卒在练骑射，差点儿被军卒以奸细罪处死。雍得知他是乐氏后人，便特赦了他。看到那儿的赵卒，包括寡人皆穿胡服，行骑射，乐毅甚赞，同时建策寡人，与其偷偷摸摸地在这深山习练，不如公开演练，举国行胡服，习骑射。因为胡服、骑射在胡地，包括中山，皆是寻常。雍听完这番话感到耳目一新。想想也是，人家视作寻常之事，我却视作绝密，实在不智。雍决定奉行此策，却又瞻前顾后，甚想听听相国之意。”

“还有哪桩？”苏秦没有回他，再问道。

“就是中山国。这块囊肿，先祖已忍受多年，到赵雍这儿，不得不除了。如何除之，还请相国出个妙策。”武灵王拱手。

“还有什么？”

“燕国。”

“燕国怎么了？”苏秦急问。

“寡人由涞源出紫荆关，经由燕地，在武阳小住了几日，得知一事。燕王哙欲让位于相国子之，燕人对此事众说纷纭，议论不少。”

尽管武灵王刻意轻描淡写，苏秦心里却仍是一紧，吸了一口长气。

“还有吗？”苏秦缓过气来，又看向武灵王。

武灵王摇头。

“回禀大王，”苏秦微微闭目，沉思有顷后，抬头说道，“在臣眼里，这三桩事情，其实只是一桩。”

“是哪一桩？”武灵王急问。

“胡服骑射！”

武灵王眼珠子急转了几下，道：“相国是说，赵雍只要施行胡服骑射，就能得到中山，制约燕国吗？”

“正是。”苏秦应道，“不瞒大王，自秦养病以来，一直在思考赵国的事。记得秦曾对大王讲过，以眼前情势，以赵国实力，大王不宜南争韩、魏，东争齐、燕，西争秦。大王只有一宜，就是注目西北，争胡地。胡地广阔，非战车步卒所能发力，唯有借其骑技，行骑射之术，方可驰骋。而行骑射，必先穿胡服。”说完从袖中摸出一奏章，“此为苏秦所奏，写于昨夜，本欲在大王凯旋时请家人代奏，不想大王提早回来了！”

“呵呵呵，”武灵王接过奏章，笑着感慨，“看来，相国这是想雍所想了。”

“秦与大王并未完全想在一起！”苏秦拱手谢过。

“哦？”武灵王盯住他，“何处有别？”

“别在标的。”苏秦侃侃应道，“苏秦胡服，标在大王强赵拓疆，取楼烦、西戎之地，从西北侧翼威慑秦人，使其芒刺在背，不敢东犯；而大王胡服，标在取中山、北胡之地，东制齐、燕，南迫韩、魏，建霸王雄业。”

“哈哈哈哈，”武灵王爆出一串长笑，“是了，是了，苏子看得透彻，寡人之志是立小了。”说完倾身，“就寡人这个小志，苏子可有妙策？”

“大王是说胡服吗？”

“正是。”

“胡服有何难哉？”

“难在国人。万一他们不穿胡服呢？”

“大王想多了！”苏秦应道，“国人不会对抗胡服。大王之难不在庶民，不在乡野，而在大王身边，在宫廷，在贵胄！”

武灵王长吸一口气，有顷，缓缓呼出道：“你且说说，庶民为何不会拒穿胡服？”

“因为胡服方便劳作！”苏秦应道，“譬如说墨者，他们所衣就类似于胡服，紧凑、方便，干事利索，唯一不妥之处是不甚雅观。但于庶民来说，是否入眼并不重要，日常劳作与养家糊口才是真章。”

“你解我一个大惑！”武灵王竖起拇指，“只要庶民不抗，身边人的事，赵雍自能搞定。这件事就这样说定了，请言中山之事！”

“就眼前来说，中山之事，非赵一家之事！”苏秦看向中山方向，“昔年魏未能长期占有中山，非魏无力，是因为中山背后有赵、燕、齐三家。同样，大王也不可急图，因为中山背后虽无魏、韩，但仍有齐、燕。大王真想图谋中山，就要耐下性子，先行胡服骑射，取楼烦，得漠北，再观契机，一举而定中山。”

“这个契机何在？”

“在于中山内政。大王可使人至中山问聘，交好中山，观察中山。

如果中山内治，大王则要隐忍不发，以和为上；如果中山内不治，大王可先观燕、齐之见，再行征伐。”

“甚好！”武灵王盯住苏秦，“那燕国之事呢？如果燕王真的禅让给子之——”说着顿住话头。

“唉！”苏秦给出长长一叹。

“苏子，”武灵王沉思一时，拱手道，“赵雍有个请求，请苏子成全！”

“请求秦不敢受。大王有何旨意，但说就是！”

“楚国博大，秦、楚恰是对手，让他们自个儿折腾去。寡人求请苏子依旧留在邯郸，一是助雍推行胡服骑射，二是万一燕国有变，苏子也好少走一些路程。再说，苏子病体尚未康复，诸事皆小，身体事大。无论是天下还是赵国、燕国，全都离不开苏子，因而，苏子安康，事关天下，事关赵国，亦事关燕国！”武灵王言辞恳切，将燕国列在最后，语气加重。

显然，燕国是苏秦的死结。

沉思良久，苏秦拱手道：“谢王关爱！至于是否赴郢，容秦斟酌几日，再禀大王！”

之后数日，武灵王拨出专款，集中邯郸城中所有裁缝赶制胡服，同时又利用各种途径传扬胡服之利，引发邯郸朝野喧闹。

邯郸常住户籍逾四十万口，有胡人不下五万，列国客流不下十万，这在列国诸都中虽不算最大，却也不算小。尤其在近年，赵人与北方胡人交往日多，迅速发展起冶铁业、皮革业与屠宰业，胡人定居邯郸者逐日增多。

胡人居中原，无论是贫是富，皆被中原人瞧不起，被视作次等国民。在邯郸大街上，只要胡服在身，连说话都不敢高声。

然而，赵王要行胡服了！穿胡服非但不再被人瞧不起，反倒是一件光荣的事，这令胡人奔走相告，而本土赵人则面面相觑，不知如何应对。

这且不说，为做足前戏，武灵王时不时还会穿胡服、骑胡马、背胡弓、配胡刀，带着他的清一色胡服卫队在邯郸城的几条主街招摇过市，引得邯郸胡人欢呼雀跃，看得邯郸本土赵人目瞪口呆。

如此闹腾了约有旬日，武灵王觉得一切就绪了，这才正式下诏，在邯郸闹市区张贴诏书，大意是说，凡赵之民，无论男女，无论贵贱，日常须穿胡服，年纪在十五至四十的贵族壮男一旦出行，若无特殊原因，必须弃车骑马。诏书的最后一句是，“所有官员，不穿胡服者不得上朝”。

与此同时，武灵王将量身定制的胡服配发给了每一位官员。

胡服配发完毕，武灵王传谕大朝，下令下大夫以上朝臣，皆着胡服朝于信宫正殿，由守殿侍卫验过服饰，方可入殿。

大朝这日，超过六成的官员因未穿胡服而被侍卫拒之门外。为首几人，是王叔赵造及赵燕、赵文等几个王室后生。

赵造是先君赵语的异母弟，有文韬武略，二十多岁就做了封疆大员，多年来一直镇守晋阳，抵御秦人。后来魏人庞涓伐邯郸，战事紧急时，赵造赶回救援，之后就留在邯郸了。可以说，赵造是看着武灵王长大且监护他坐稳主位的顾命重臣之一，在邯郸王亲贵戚中地位之尊仅次于安阳君。

这么多的朝臣敢于违抗王命，主要就是因为看着赵造与安阳君的眼色。

为支持武灵王，大朝这日，苏秦也整齐地穿着赵王所赐的官制胡服，拖着仍旧虚弱的身子前来上朝。

见众多朝臣以各种站姿守在殿门外面，苏秦顿住步子，细细打量他们。

苏秦注意到，有朝臣在走过来时将一个袋子样的东西塞进了袖管里。苏秦猜出，定是他在宽大的官袍里套穿胡服了，这个袋子是为应急才备下的。万一顶不过去，他只需把外套脱下，塞进袋中即可。苏秦看向众官员，见他们身上的官袍大都鼓囊囊的，晓得他们也都备下袋子了。

苏秦看到站在一侧的赵造，便直走过去。

赵造的官袍里没有套穿任何衣服。

苏秦拱手道：“王叔，苏秦有礼了！”

“是相国呀，”赵造回礼，“久没见你了，观这气色，你的病还没好利索呢。”

“是哩。”

“身子骨要紧哪，你这还上什么朝呢？”

“大王有请，秦不能不来。”

“相国说得是！”赵造刻意盯了一眼他的胡服，“挺合身呢。”说着指向殿门，“有这套胡皮在身，相国进门当是无阻了！”

“这时节乍暖还寒，王叔也要当心凉风啊！”见赵造站在风口上，苏秦话中有话。

赵造没有应他，反而又朝风口挪移几步，刻意敞开衣领。

苏秦笑笑，大步进殿，见殿中稀稀拉拉地没坐几个人，多是与肥义利害相关者。

武灵王坐于龙位，脸色难看，咬着牙齿，两眼黑沉，身子不正，稍稍斜向计时的滴漏。

“臣苏秦见过大王！”苏秦拱手道。

武灵王身子没动，只略略摆手，指了一下他的相位。

苏秦没去就位，依旧拱着手道：“臣有奏！”

“你讲！”武灵王依旧没动，但转了头，目光射过来。

“大王该当宣布散朝了！”

武灵王打了个激灵，坐正身子，目光直直地射向他。

“大王该当宣布散朝了！”苏秦重复一句，回他以目。

法不责众。

过半朝臣公然抗旨，且多半是王亲国戚，事情显然已经搞僵了。

武灵王闭目略略一想，转对宦者传令，道：“传旨，散朝！”

宦者下令声音很响，显然不是对殿内，而是对殿外：“王上有旨，散朝！”

候在殿外的人听得旨令，纷纷离开。

殿中朝臣亦起身出殿。

苏秦却没有走。

“真让相国料中了，”武灵王朝苏秦苦笑一下，摊开两手，“带头抗寡人之令的，竟然是寡人的父兄与手足！”

“这事儿真还急不得！”苏秦回了他一个微笑，“俗语说，江山易改，风俗难移。赵人无不视己为中原化邦，从而鄙视四野，称他们为化外之人。北胡、南蛮、东夷、西戎，单听名字，大王就可判出其中偏见。在中原人眼里，胡人等同于蛮夷，是待化之人，而胡地是待化之域，大王今以胡人习俗来教化已经开化的赵人，让他们情何以堪？”

“相国有所不知，”武灵王急了，“中原人并非处处开化，胡人亦非处处不化。寡人去过北疆多次，深知胡人。别的不说，单是他们锻造的胡刀，就比我们的锋利。他们往来奔波于大草原上，视野开阔，见多识广，而不像中原之人，不少人至死甚至未曾离开过所住的村落。”说着指向宫中，“像宫中的不少女子与宦人，一辈子都没出过宫门！再说这胡服骑射，明显比我们的战车强呀！一辆战车要四匹马拉，一旦路不好，或奔驰过快，车就翻了。而同样的四匹马，可载乘四个骑手，莫说是田间小路可行，纵使流深水急，马儿也能泅过！想想看，前几年，大魏武卒是如何败给齐军的？他们不是败给了齐国的技击，而是败给了齐国的骑卒！可惜齐国骑卒未曾习得骑射，否则，他们的战力还将提升数倍，只需在马上驰骋，大魏武卒枪未伸出就可能已中箭了。寡人敢说，只要赵人习得胡服骑射，天下莫能敌我！”

“胡服好坏，大王不消对秦讲。”苏秦笑道，“大王方今要做的是如何说服王亲国戚，尤其是安阳君。王亲之贵，莫过于王叔安阳君。方才秦入殿时，没有看到王叔。秦以为，大王只要说服王叔穿上胡服，大事可成！”

“寡人这就召请王叔！”

“大王何不使人探望王叔，讲明原委，先听听王叔是何反馈，而后再酌情予以劝勉？”苏秦给出解招。

“相国说得是！”

武灵王指派御史赵緤前往安阳君府，传谕旨道：“王叔，家听于亲，国听于君，乃古今之惯例；子不反亲，臣不逆主，乃先王之通谊。今朝寡人作教易服，而王叔不服，叫天下人如何看待？王叔是明理之人，治国有常，当以利民为本；从政有经，当以令行为上。所以，明德在于论贱，行政在于信贵。寡人令行胡服，非为放纵欲望，娱乐心志，实乃事有所出，功有所止。待事成功立，王叔或可见今日之德矣。寡人闻之，事利于国，行则无邪；因贵于戚，名则不累。寡人愿募公叔之义，以成胡服之功，故而特使赵緤拜谒王叔，敬请王叔胡服！”

“回禀我王，”安阳君拱手拜道，“臣早听闻我王欲行胡服之事，也早说要入宫觐见我王，议论此事，不想近日患上风寒，卧榻不起，趋走不得，是以未能入宫觐见。今日我王既有诏命，臣成也就斗胆进言，以竭愚忠。就臣所闻，中国之地，聪明睿智之人多居于此，万物财用多聚于此，贤圣之教多化于此。在此化邦，仁义智信有所施，诗书礼乐有所用，异敏技艺有所试，蛮戎夷胡有所附，远近方圆有所来。今王弃此德化，袭远方胡服，变古人所教，易古人所道，逆人心所向，使民众离开中国教化，走向偏远愚昧，是为不智。臣请大王三思。”

赵緤入宫，将安阳君的话一字不落地禀报给了武灵王。

“呵呵呵，”武灵王听过，反倒吁出一口气，笑道，“寡人晓得王叔病在何处了。”

“要不，”赵緤接道，“臣再去一趟，请他入宫，由我王亲口譬解？”

“这怎么可以呢？”武灵王起身道，“传旨，寡人要亲往探视！”

武灵王起驾赶赴安阳君府，赵成闻报迎出。

叔侄见过大礼，武灵王瞧了一眼根本无病的安阳君，直入正题道：“阿叔，您的心愿不肖侄已经知悉。看来，我们叔侄在胡服之事上有所分歧。雍儿此来，一是问候阿叔，二是想解释一二，好让阿叔安心。”

“臣愚痴，请我王譬解。”安阳君拱手道。

“衣饰是为方便使用，礼仪是为方便做事。”武灵王侃侃说道，“正因于此，圣人观乡俗而制衣饰，据事理而定礼仪，其旨在于利民利国。蛮夷之民披发文身，左衽右袒，食不用火；戎狄之民披发穴居，皮衣羽服，食不用谷。天下四方，区域不同，居民不同，礼仪、服饰相异自是常理。若要求同，只有一处，就是方便做事。服饰常因乡俗不同而变，礼仪常因事理不同而易。由此可知，圣人所定服饰不一，是为利其民；圣人所制礼仪不一，是为便其事。后世儒者即便遵循同一师尊，所执礼仪却常不同；中国之地习俗虽同，但各国教化各异，甚至差别巨大。由此可知，是否遵循某个习俗，即使智者也不能决定；是否穿用某种衣服，即使圣贤也不能统一。就胡服之事，阿叔所言，是遵循习俗；不肖侄所言，是打破习俗。不肖侄为何要打破习俗呢？因为情势。我东有齐、中山，此二敌与我分享河、漳二水，我却无舟楫以御；自上党至恒山再至代，我东接燕、东胡，南接韩，西接秦与楼烦，此五者皆我劲敌，我却无骑射以备。侄虽不肖，所志有二：一是造舟制楫，聚水居之民，东守河、漳之水；二是令举国之人着胡服，习骑射，西御秦、韩、燕、楼烦之边。更有中山这个心腹巨瘤，一日不除，不肖侄即如鲠在喉，如刺在背。中山占险据塞，将我东西一割为二。为使我土合二为一，简、襄二祖取上党，拔代国，只为去除此患。然而，百多年下来，此患非但未除，反而还在先君之时结牢秦人，犯我边地，劫我边民，以大水灌我鄗邑，幸亏列祖保佑，我鄗邑才未失。王叔啊，简、襄壮志迄今未酬，先君之怨迄今未报，而小侄欲逞此志，欲报此仇，别无他途，唯有使民举国胡服，习练骑射，不想阿叔却……却要依循中国之俗，不肯求变，这真的不是不肖侄所期望的。阿叔啊，难道您不想剜掉中山这个心腹之瘤，开疆拓土，以逞简、襄等列祖列宗的未酬壮志吗？”

一席话听完，安阳君倏然离席，叩拜于地道：“今听我王畅言，老臣如开茅塞。老臣愚昧昏庸，未能体会我王高志，反以俗事干扰，诚望我王宽谅。我王欲逞简、襄之志，老臣不敢有逆！”说罢看向侍者，声音洪亮道，“取胡服来！”

侍者取来武灵王为他量身定制的胡服，安阳君当场穿上，在厅中走有几个来回，大声嗟叹道：“嘿，真就是利索呢！”

在场诸人无不大笑。

“贤侄，”安阳君笑毕，看向武灵王，“明日大朝，看老臣的！”

“谢王叔成全！”武灵王拱手，略略一顿，又道，“王叔，移风易俗是个大事儿，急不得。今有王叔表率，假以时日，相信诸卿都能转过弯来。小侄之意，过几日再大朝，如何？”

安阳君深深一揖道：“老臣谨听大王！”

从宫中回来，苏秦一身疲倦。

显然，他的身体远未恢复正常。

听到车马响，菲菲蹦蹦跳跳地迎出，待苏秦下车，便扑在他身上道："阿大，您总算回来了！"

姬雪也迎过来，搀住苏秦，回到房中。苏秦刚在书房坐下，菲菲就偎在他膝上，眼巴巴地望着他。

苏秦晓得，又到她能听故事的辰光了。

菲菲被墨者带走时很小，根本记不起她的母亲与她出生的那个地宫，更不用说她的父亲了。墨营里的孩子几乎全是孤儿，他们甚至不晓得什么叫作父母，只晓得日日陪伴并教育他们的师尊墨者。在墨营里渐渐长大的菲菲天然地认为她也是没有父母的，因而，当木华突然赶到墨营，将她带到父母身边时，菲菲的感受是崩溃的。

然而，没过多久，菲菲就品尝到了有父有母的滋味。

菲菲最喜欢缠在父亲苏秦身边，听他讲述各式各样的故事。菲菲最爱听的故事，是她娘亲的故事，尤其是父亲与娘亲的共同出生地——洛阳。早晚讲到洛阳，苏秦的声音就饱含激情。洛阳的山、洛阳的水、洛阳的街道、天下的中心周王城、周王城毗邻的太学、菲菲的外公周天子、外婆周王后、娘亲雪公主、姨娘雨公主，以及她们的老师，也是他苏秦的恩师，被称为天下第一琴的老琴师……所有的人与事，苏秦无不如数家珍，娓娓道来。一天又一天，苏秦滔滔不绝，菲菲问长问短，父女二人的大部分辰光就耗在这样的听讲中。

苏秦讲述时，姬雪总是静静地守在一侧，一边听着他们父女的问答，一边做着女红。她要确保苏秦与菲菲身上穿的每一件东西，都是出自自己之手。

见父女这辰光偎在一起了，姬雪笑笑，拿出她的针线，给苏秦缝制百纳鞋底儿。

然而这天，苏秦显然不在状态。

他像通常一样，夸张地咳嗽一声，清清嗓子，朗声开讲道："今天要讲的是你张仪阿叔在鬼谷山林里巧摆——"

"王八阵！"不及他讲完，菲菲便接道。

“是哩，”苏秦应道，“那一天——”

“阿大，”菲菲皱眉，“这个王八阵菲菲听过三遍了。”

“是吗？”苏秦咧嘴笑了，“那就换一个，我们四人跟从你的童子师伯在林子里——”

“不会又是抹蜂蜜吧？”菲菲截住话头。

“这个……”苏秦咂巴一下嘴皮子，抓耳挠腮。

“他大，”姬雪憋不住了，抬头笑道，“为什么不给菲菲讲讲你们轩里村的故事呢？你家的故事，好像没有听你讲起过呢！”

“轩里村没有什么好玩的事情！”苏秦支吾。

轩里村是他深积在心头却又最不想被勾起的记忆。

“阿大，就讲这个，菲菲就想听这个！”菲菲来劲了。

“好吧！”苏秦轻叹一声，眼睛闭起，向这对好奇的娘儿俩缓缓道起他出生并长大的轩里村，讲他们家的田，讲周天子发给他们家的牌匾，讲他的阿大苏虎、娘亲苏姚氏、大哥苏厉及弟弟苏代，讲他会烧菜的大嫂及阿嫂所生的几个孩子，讲他收养的那条狗阿黑……

苏秦只字未提的是小喜儿，那是他阿大为他强娶的发妻。

讲着讲着，苏秦讲不下去了。

“阿大，您哭了？”菲菲盯住他的眼睛，看到里面满是泪水。

“是吗？”苏秦擦去泪，缓缓站起。

苏秦的脸色极是苍白。

姬雪扔下活计，站起来，将苏秦扶回榻上，照顾他躺下，转对菲菲道：“菲菲，今朝就讲到这儿，你去外面玩会儿。”

“好嘞。”菲菲应了一声，走到门口，回头道，“听说赵王下诏让大家都穿胡服，我想到街上看看，满街都穿胡服是个啥样儿。”

“寻你木华姐，让她带你。”

“好嘞！”菲菲话音落处，人已没影儿了。

“苏子，”姬雪坐到榻前，轻轻抚摩苏秦的手，“什么让你伤感了？是娘亲吗？”

“不完全是。”

“那……你为何伤感？”

“为一个人。”

“什么人？”

“小喜儿。”

“小喜儿是谁？”显然，姬雪并不晓得小喜儿的存在。

“一个跛脚的女人。”

“她……”姬雪盯住他，“怎么了？”

“她想要个孩子！”苏秦喃声。

“她生不出来吗？”

“是的。”

“为什么？是有病吗？”

“没有人与她生。”

“她没有嫁人吗？”姬雪话音刚落，猛地意识到了什么，盯住苏秦，“她不会是你……”姬雪顿住话头。

“是的，她是我的女人。”

“你……”姬雪震惊，两眼大睁。

“你想听听她吗？”

“嗯。”姬雪点头。

苏秦讲起小喜儿，讲他如何与张仪醉酒，如何被弟弟苏代用牛车运回去，如何在醉酒状态下与小喜儿结拜，如何在酒醒时趁乱逃婚。几年之后返家，他如何与小喜儿分榻睡，如何为了赴秦卖掉她赖以生存的田地，之后又如何三番五次地伤她的心，等等。他将这些一股脑儿倾诉给姬雪，末了慨叹道：“她是一个好女人啊，一个好女人！”

“苏子，”姬雪凝视苏秦，“我使人送钱给她，让她老有所养！”

“她缺的不是钱。”

“那……”姬雪盯住他，用目光征询。

“她什么也不想，只想生个孩子，我却未能给她！”

“我这就派人去，将她接到邯郸，让你与她生个孩子，成不？”

苏秦摇头，伸出手，握住姬雪。

想到苏秦也曾拒绝春梅与秋果的事，姬雪哭了。

“苏子，”姬雪哽咽，“你……让我如何报答？”

“拿笔来。”

姬雪摆好笔、砚墨及一块精工制作的羊皮，扶他下榻，坐在几案前。

苏秦提笔写信。

出乎姬雪意料的是，苏秦所写并不是给小喜儿的。

苏秦一连写完两封，将书信装入锦囊，看向姬雪：“封好后叫邹兄使人送往楚地郢都，一封交给陈轸，另一封交给屈平，囊上我已写有名姓！”

“你不去楚国了？”姬雪惊愕。

“是的。”苏秦缓缓点头道，“直到昨夜我才做出决定。”

“太好了！”姬雪由惊转喜，轻声道，“是为什么事吗？”

“燕王要让位给子之了！”

“啊？”姬雪手中的锦囊掉落于地，呆怔良久，方才冷静下来，弯腰拾起锦囊，半是自语，半是说给苏秦道，“我晓得子哙，他……做得出来的！”

“唉。”苏秦重重地叹出一声，回到榻上，躺下来，闭上眼去。

从安阳君处吃到一颗定心丸，武灵王幸甚至哉，哼着小曲儿回到宫里，可屁股还没有落席，便有当值宫人入报，太尉赵造、司徒赵文请求觐见，说是已候小半晌了。

赵造是赵肃侯的异母弟、武灵王的阿叔，赵文则是武灵王的异母弟。他们二人非但与武灵王血脉相亲，更在朝廷握有重权，在朝臣中影响颇大。二人同时求见，显然是冲胡服来的。武灵王求之不得，即刻传见。

君臣礼毕。赵造行伍多年，是个直人，便开门见山道：“我王在上，臣有一言，不吐不快！”

“造叔请讲！”武灵王底气十足，笑眯眯地看着他。

“隐忠而不言者，属于奸人；残国以谋私者，属于贼人。犯奸者当死其身，残国者当族其宗。凡此二者，先圣已明刑于典法，臣属违之，罪在不赦。臣虽愚痴，却不敢犯奸残国，是以犯言以谏，无遁其死！”赵造声如洪钟。

“呵呵呵呵，”武灵王笑出几声，“阿叔言过了。臣不讳言，是谓忠；上不蔽言，是谓明。忠则不避危，明则不拒人。你若有话，就直说吧。”

“就臣所知，”赵造放开闸门，将心中憋闷酣畅淋漓地宣泄出来，“圣人在教化时不轻易违背民意，智者在治理时不轻易更动习俗。顺应民意而施以教化，不劳而成功；因循习俗而施以治理，事半而功倍。今朝大王不守习俗，着胡服上朝不说，还不顾朝野议论，旨令举国之人尽皆穿胡服。臣以为，这不是教化臣民、遵循礼仪之道。服奇，民则志淫；俗僻，民则意迷。是以，古今之主不尚奇僻之服，中国之人不近蛮夷之行，因为这些无不远离教民成礼之道。古今通理，遵循成法则无大过，修行正礼则无邪僻。臣之愚忠尽言于此，敬请我王斟酌！”

“阿叔教诲，雍受益匪浅！”武灵王拱手谢过，盯住赵造，“寡人也有几句闲言，敬请阿叔指教！”

“臣愚痴，请王明示！”

“请问造叔，”武灵王侃侃说道，“古今不同俗，我们该法何古之俗？帝王不相袭，我们该循何王之礼？伏羲、神农只行教化，从不诛杀。到黄帝、尧、舜之时，虽有诛杀，但不滥杀无辜。及至夏启、商汤、周武三王，无一因循旧制，而是顺应时俗而制成法、因循时事而制礼仪。法度、制令，是为顺时适宜的；衣服、器械，是为使用方便的。由此可知，以礼治世，大可不必一成不变；以利治国，大可不必法古。圣人兴于世，不相袭反而王天下；夏、殷衰于世，不易礼反而失天下。如果说服奇则志淫，那么，邹国、鲁国就不该有行为怪僻的人；如果说俗僻则意迷，那么，吴、越之地就不该出现杰出人才。圣人治世，利于身者是谓服，便于事者是谓教，进退自如者是谓节。制衣做服，是为百姓有所依循，非为评价贤与不肖。所以，圣人皆流于俗，贤者皆通于变。古人有谚：‘以古书御马，就不能尽马之情；以古法制今，就不能达事之变。’由此可知，因循守旧者，不足以建盖世之功；法古之学者，不足以治当今之事。造叔，难道您想让寡人做一个碌碌无为之君吗？”

“这……臣……”赵造挠头，支吾了半天，竟说不出一语，求助般地看向赵文。

“赵文，”武灵王微微一笑，转对赵文，“你有何言？”

见赵造被武灵王的一串高论堵得哑口无言，赵文心服，拱手道：“臣之见同造叔，方才聆听我王高论，臣无疑矣。”

“呵呵呵，”武灵王连笑几声，“既然无疑，就穿胡服吧！”说着转身对宦者令，“赐二位大人胡服！”

宦者令拿出两套胡服，递给赵造、赵文。

赵造、赵文谢过，当殿脱下旧朝服，换上胡服。

离开相府时，菲菲并没有呼叫木华陪伴。

与初到邯郸时相比，菲菲的胆儿壮多了。她已熟识这块地方，晓得这是邯郸，是赵国都城，杀人越货的事是不会轻易发生的。

但这些还不是真正的原因。

真正的原因是，菲菲的武功在这短短的几个月里长进飞快。邹叔叔天天教她习练飞刀，木华也已教会她女子鞭术，至于剑术，是她在山里自幼就练出来的，虽说力气不足，但招数都是到位的。

为谨慎计，菲菲没有佩剑，只带了几柄飞刀与软鞭防身，藏在她简洁利索的墨装里，从外表看不出来。软鞭是屈将爷爷亲自为她打制的，由精铜、乌金精锻而成，比正常的略轻，分作九节，节与节之间由合金链条连接，活动自如。软鞭是剑的克星，击出时最远可达三步，收起时则可插于腰间，既能防身，又不致人死命，堪称墨家的制人利器。

相府距赵国宫城甚近，就在宫城旁侧。这儿的大片房舍被称作邯郸城中的官衙区，全部由赵国宫室所造，再由赵君分别赐给赵国大夫以上的朝臣，因而，这里的房舍多为达官显贵所居，以方便上朝。虽说这些宅第在邯郸城里不算豪奢，更无法攀比豪商大贾的大宅子，但此区标志着屋主在赵国的身份与地位，不是谁想住就能住的。即使再有钱的商贾，哪怕是在此地租用一间屋舍，都是违法的。

相府位于宫城正门偏东，街道两侧是清一色的官衙。此前，在这条街上是看不到胡服的，谁穿胡服，就会被人低看一等。即使有个别胡人居住在此，也都改换赵人服饰了。

但这日不同，街上有不少人纷纷穿起胡服来，尤其是年轻人。想到父亲也是穿着胡服上朝的，菲菲后悔未能穿套胡服出来。

转过两条街道，菲菲决定走向更偏远的地方，那儿是富商与寻常百姓杂居之地。

刚刚走到一条街头，菲菲便听到前面在胡喊野叫。菲菲急跑过去，见是一群孩子在群殴一个穿胡服的半大男孩。

胡服男孩蹲在墙角，全身缩作一团，两手护头。六个与他年龄差不多的孩子，看样子全是富家子弟，正在轮番对他拳打脚踢，一边打，一边骂不绝口："你个丧家犬，还敢穿胡服哩！""揍死你，让你老子来领全尸！""他老子早就崩了，烂尸也没人领！""我早就看你不顺眼，今朝刚好逮到你……"

胡服男孩一句话也不讲，只是缩在墙边，任由他们踢打。

"你个丧家犬，做缩头龟呀！"为首的一个孩子跨步上前，一把抓住胡服男孩的头发，拎他起来，另一手卡住他的脖颈，将他顶在墙上，转对另外三人道，"把他的两只胳膊扭住。"

话音落处，另一男孩飞起一脚，刚好踢在胡服男孩的裆中央。

随着一声惨叫，胡服男孩两手捂在裆里，一张俏脸在痛苦中扭曲。

望着胡服男孩的惨样，几个官家子弟哈哈大笑。

为首男孩再次拎起他的头发，将他按在墙上。

踢裆的男孩抽出剑，把剑尖顶在胡服男孩的俏脸上："你个丧家犬，长得倒是俊哩，像个小娘儿们！爷今儿手痒，给你文个字，让你更好看些！"说着转对另几人，"谁带墨汁了？"

几个孩子尽皆摇头。

"没有墨汁，哪能办哩？"那男孩略略一想，一拍脑袋，"有了，看我刻深一点儿，给他来个十字纹，等结作疤，也中眼呢！"

"好好好，"几个孩子齐叫，"要想好看，就得来两个，一边一个，对称哩！"

"成！"那男孩叫道，"来两个人，扭住他，甭让他动，否则就划不规整了！"

两个男孩子走过去，一边一个扭住胡服男孩。持剑孩子举起剑，眼见就要刺下去。菲菲再也忍不下去，如离弦之箭般冲出，一把握住那孩子拿剑的手腕，反手夺走他的剑，同时下面顺腿一脚，刚好踢在他的腿窝上。那孩子猝不及防，扑通跪地。

菲菲顺手扭住他的衣领，剑尖指向另两个扭胳膊的男孩，厉声喝道："松开他！"

两个孩子被她的气势吓住了，松开手。

胡服男孩缓过一口气，看向菲菲。

"快跑呀，你！"菲菲大叫。

胡服男孩撒腿就跑。

菲菲稍一分神，跪在地上的男孩便猛然出手，一把抓住菲菲拿剑的手，反手将剑夺下。

菲菲大吃一惊，倒退几步。

见她没了剑，六个男孩全围了过来，纷纷拔剑。

菲菲摸向腰间，抖出软鞭，扎下架势。

赵人自幼习武，六个男孩自然都不是吃素的，又见她是一个女娃子，哪里将她放在眼里，迅即摆开阵势，团团将她围住。

"大哥，"踢裆男孩冲着为首男孩，小声道，"看她衣服，是个墨者，惹不得哩！"

"墨者？"为首男孩冷笑一声，"这是邯郸，不是他们墨者的地盘！"说着看向几个孩子道，"上！"话音落处，便仗剑刺来。

可他的剑还没刺到，菲菲的鞭梢就击了过来，刚好打在他的手腕上。鞭梢不大，却是一串铁蛋，虽然包着软皮，可一旦被击中，轻则疼痛难忍，重则伤筋动骨。随着一声"哎哟"，为首男孩的剑掉到地上，他握住手腕蹲下来，眼泪都疼出来了。

"谁还敢来？"菲菲抖动软鞭。

几个孩子面面相觑。

"快呀，一齐上，看她打谁！"为首男孩急了，顾不得疼，便擦去泪，另一只手捡起剑。

菲菲左躲右闪，软鞭飞舞。几个远比她高大的男孩也都学乖了，不再近身，只是围着她打圈。菲菲年龄小，身形单薄，这又以一敌六，更把对手惹恼了，情势甚是危急。

正在关键时刻，方才跑开的胡服男孩踅了回来，与他同来的是两个女人，手中持剑。

其中一女如飞般旋来，只听“当当”几声响过，几个毛孩子尚未反应过来，手中的剑便全都落在地上。

女人没有为难他们，只是低喝一声：“滚！”

几个毛孩子顾不得捡剑，便飞也似的逃了。

“妹妹，谢谢你救了我！”胡服男孩飞跑过来，紧紧拉住菲菲的手，眼中泪出。

“你是何人？”菲菲盯住他。

“在下姓姬名职，”胡服男孩应道，“妹妹，你叫什么？”

“菲菲。”菲菲说完，又补充一句，“姬苏菲菲。”

“你也姓姬？”姬职喜道。

“是呢。我娘姓姬。”

“咦？”姬职愕然，“大凡姓氏，都是从父而起，为何你是从你娘的姓呢？”

“我不知道。”

“你的父亲呢？他姓什么？”

“姓苏。”

“是姬苏菲菲的苏吗？”

“是。”

“孩子，”跟在后面的女子走过来，打量了菲菲一会儿，“你是墨者？”

“是。”

“你家在何处？”

菲菲指向家中方向：“就在那儿！宫前街。”

“宫前街？”那女人打了个惊怔，盯住她，“你怎么会住那儿？”

“是我家呀！”菲菲回道。

“你父亲是谁？”那女人直直问道。

“你是谁？”菲菲退后一步，一脸警惕。

“菲菲妹妹，”姬职紧前一步，拉住那女人，指着她介绍道，“她是我娘亲。我们是从燕国来的，我父亲是燕王，我娘亲是王后！”

“菲菲见过王后娘娘！”菲菲拱手道，“我父亲名叫苏秦，是相国。”

天哪！燕后、子职及另一女人面面相觑。

“菲菲，”燕后回过神，拉住她的手道，“我们能去你家府上看看吗？”

“我……我不晓得！”菲菲迟疑。

“你父亲是赵国相国，也是燕国相国，我们娘儿俩与他很熟。听说他病了，我们早说要望望他，却总是得不到机缘。今朝再好不过了！”

听到这话，菲菲不好再讲什么，便应允下来。

燕后带菲菲来到自家宅院，一则让她认门，二则自己也要换个衣装。梳理一毕，燕后便穿上礼服，带上礼品，坐上她家的辎车，直驰相府。

飞刀邹将客人留在客厅，使木华陪伴，然后与菲菲入内禀报苏秦。

听菲菲讲完缘由，苏秦看向姬雪。

“见不见？”姬雪轻问。

“你说呢？”

“你最好见见，”姬雪沉思有顷，“顺便审一审职公子。如果子哙真的让位给子之，燕国或生内乱。而燕起内乱，或会波及职公子。”

“你呢？”

“我是燕国太后，怎么能在此地露面呢？”姬雪小声嗔怪。

苏秦咂舌，笑了笑，便换上燕国官服，扯上菲菲，在飞刀邹的陪同下，走向前院客堂。

听闻脚步，燕后、姬职紧忙迎出。

首先揖礼的是姬职，他抱拳深揖道：“燕室浪子姬职叩见六国共相苏大人！”

苏秦回礼：“洛阳人苏秦见过公子！”说完看向站在他身后的燕后，再揖道，“臣苏秦叩见燕后！”

燕后回礼："秦女嬴芷见过相国大人！"

"娘娘玉体可好？"

燕后泪出，勾头，拿巾擦过后，又拱手道："谢大人垂询。嬴芷已经不是燕后了，大人称呼嬴芷即可！"

"苏秦不敢！"苏秦应过，便礼让三人到客席坐下，他打量姬职，赞道，"好一个英俊后生！"

"苏大人，"燕后接道，"听职儿说，就在刚才，如果不是菲菲，职儿就破相了，人家要在他的面上刺个十字呢！"

"是公子福大命贵！"苏秦应道。

"苏大人，"燕后再道，"我们娘儿俩今朝登门，一是诚谢菲菲救命之恩，二是看望大人。嬴芷听闻大人染病，早说要过来探望，可又觉得自己身世飘零，怕大人见了，反添忧心。不想上天不负我们娘儿俩的苦心，今朝竟赐予机缘，遂了我们娘儿俩的心愿。"说着从袖里摸出一个包囊，打开道，"嬴芷别无他物，这是燕地胡人所送的一根老参，说是长有千年了，可大补亏虚。区区心意，还望大人不弃！"

苏秦接下，拱手道："谢娘娘记挂！"说着再度看向公子职，话中有话道，"敢问公子，你为何要留在赵地，而不赴秦地寻你外公呢？"

"回禀大人，"子职拱手道，"身为燕人，职不敢远离故土。"

"为何不敢？"苏秦盯住他。

"子不反亲，臣不逆君，民不弃国，古今之道也。作为燕室骨血，姬职根系燕地，身虽飘零，赤心却一日不敢忘国，是以暂寄赵地，俟他日国家召唤，姬职好走马归燕，为母国赴汤蹈火，死而后已！"

"公子壮志，苏秦知矣！"苏秦点头道，"如果他日燕国召唤，公子回国，欲执何策为燕效力？"

"欲执合纵长策！"子职朗声应道。

"是吗？"苏秦轻声笑道，"公子可知何为合纵长策？"

"纵亲燕韩赵魏齐楚以制秦！"

"哈哈哈哈，"苏秦大笑起来，"看来，这是要与你的外公作对喽！"

"非也。"

“为何？”

“苏大人的长策是制秦，而非灭秦。有六国合纵制秦，秦国若想不受制，必自强。是以，在职看来，苏子长策既是制秦，又是助秦。职执此策，是助外公，非与外公作对！”

苏秦吸了一口长气，盯住他，显然不相信如此高识竟然出自一个年不过十五的稚子之口。

“苏大人，”子职回视，目不转睛道，“晚辈有一请求！”

“公子请讲！”苏秦正襟。

“姬职不才，诚意求拜大人为师，望大人不弃！”

“这……”苏秦怔了，看向燕后。

燕后赞许，目光中有期盼。

“师父！”子职随即起身，叩拜于地。

“公子？”苏秦急了，忙站起去扶子职。

子职死活不肯起来。

“苏子，”燕后改过称呼，不再叫他大人，“看在先王的份儿上，您就收下这个弟子吧！他……无家无国，与寡母飘零异乡，苏子若弃……”言及此处，伤感落泪。

“臣……”苏秦听得难受，轻叹一声，拱手道，“谨听娘娘！”说罢回到席位坐下，正式接受子职的礼拜。

师礼毕，燕后谢过苏秦，转对子职道：“职儿，你与菲菲去外面玩会儿，娘与你师父说个事儿！”

子职应过，与菲菲出去了。

“苏大人，”燕后泪出，“您能收职儿为徒，本宫难言感激之情。本宫此来，还有一桩大事相求。”

“娘娘请讲！”

“本宫近日得知，逆臣子之欲篡大位，听说子哙他……”燕后抹泪，“已经禅让了！”

“臣亦得知此事，正在忧心！”

“子之若当大位，燕国必乱。子之非子哙，为人狠毒，定不容方今太子并几个公子。当初若不是子哙，我们娘儿俩早被子之杀了。今朝子之当朝，是不会放过我们娘儿俩的。在此绝地，我们孤儿寡母人地两生，无依无靠……”燕后用一双泪眼盯住苏秦，“只能依靠苏大人了！”

“娘娘，臣……”想到今日公子职受欺之事，苏秦泪水亦出，拱手道，“娘娘放心，子职吉人天相，不会有事。再说，子职既为先王之子，就是臣之少主，保护你们母子平安，是臣职分！”略顿，又道，“待臣寻个机缘，便向赵王提说此事，保障你们母子的人身安全！”

“诚能如此，”燕后长揖，“请受嬴芷一拜！”

燕后的话也提醒了苏秦。

客人走后，苏秦回到后院，对姬雪略述了对这对母子的印象，末了道：“看来，我得回燕国一趟。否则，子之真可能放不过太子并两个公子。”

“如果子哙已经让位，就等于木已成舟，你回去又有什么用？带走几个公子吗？你若不带，子之或不动心；你若带走，子之必起杀心。”

“劝子之再让回来！”

“苏子，”姬雪苦笑，“你习鬼谷术，应该晓得人性。今日的子之已经不是过去的子之了。他既已操下这个心，既已坐上王位，就只会一条道走到黑，不会再撒手的！”

“虽然如此，”苏秦亦出一声苦笑，“我还是想前往一试。子之利令智昏，已走到悬崖上了。他身死名裂倒是事小，关键是燕国之难。”

“是的，子之之才驾驭不了燕国。”

“我明晨就走。”

“若此，雪儿也去。”

“你……怎么去呢？”苏秦怔了。

“去楚国，我不方便。而燕宫是我家，我若回去，子之就得掂量掂量。”

翌日晨起，苏秦、姬雪便早早起来，将菲菲留在相府，托给屈将子照看，自己则与飞刀邹、木实、木华及十多名墨者分乘四辆辎车驶往蓟城。

太子姬平是黄昏前赶回蓟都的。他的车马直入宫城。

让姬平松出一口气的是，宫城依旧由父王居住，因为在名义上，禅让大礼未行，子之还不是真正的燕王，因而也就无法搬进王城。子之虽着急要行禅让大礼，但大礼是国事，马虎不得，必须择吉日吉时在燕宫太庙进行。

姬平回来得恰到好处，择定的吉日正是次日，而吉时为卯时，这是姬平一入燕境就得到的密报。

姬平几乎是旋进了燕王哙的宫室，扑到燕王哙跟前，抱住他的大腿，长哭道："父王——"

"平儿？"燕王哙显然没有料到太子会回来，吃了一惊道。

"父王——"姬平再哭。

燕王哙扶起姬平，心情显然很好："你回来得正好，明日卯时，父王要行禅让大典，这可是千古盛事呢！"

"父王，"姬平不哭了，擦了把泪水道，"平儿回来，就是想恳求父王，取消这个大典！"

"这怎么可以？"燕王哙责道，"为父已经诏告天下了，将国禅让于相国子之，怎么能言而无信呢？"

"敢问父王，"姬平二目如炬，直射燕王哙，"您为何要让天下？"

"非让天下，我只是让燕国。"

"您为何要让燕国？"

"为燕国福祉！"燕王哙应过，轻叹一声，"唉，平儿，你晓得的，燕国这些年，磕磕绊绊，走得不容易。燕人苦难多啊！好在有个贤人子之，有文韬武略，善于治国。燕国由他治理，必富强和谐，这岂不是燕人的福祉吗？"

"父王，你不晓得子之的——"

"寡人不晓得别人，难道还不晓得子之吗？"燕王哙生气了，截住他的话，"子之上阵杀敌时，你还没出生呢！子之能做将军，是你先太祖文公百里挑一选出来的。当年寡人随苏相国参与六国纵亲，回燕后，你先太祖驾崩，燕国内乱，若不是子之将军回救，燕乱不知何时能结束。子之居大功而不骄，竟与家人住在一个草舍里，没有用人，没有奴隶，由其夫人做饭缝衣，打扫庭除，子之自己到家，也是什么都干。这样的人难道不是贤人吗？”

“那是他专门做给父王看的！”

“怎么能说是做给寡人看的？”燕王哙愈加生气了，“寡人仰慕他，就在他家附近也购置了一处草舍，天天看他这般。他在那儿一直住到不久之前，就是寡人即位之时。你做给寡人看看，你能在那样的草舍里，连住这么多年？再说，若无子之，寡人这辰光不定还在造阳呢！”

“父王，”姬平急道，“纵使子之贤能，您也不能让国呀！”

“为何不能？”

“因为，这个国不是您一个人的！”

“不是寡人的，是谁的？”

“父王，您之所以能当上燕王，坐到这个位子上，是因为您是太子，是先王的骨血。同样，平儿是您的骨血，又是太子，燕国您必须传给平儿，而不是让给其他人！您让的不只是您的国，您也让了我的国！”

显然，姬平提出的是个难题，燕王哙陷入长思。

“父王，您就不要让了。您就传个旨，说明天的大典暂时取消。待子之问时，您就说，先王给您托梦了，说让国不吉！”

“乱讲！”燕王哙横了他一眼，“先王没有托梦，寡人却说托梦，岂不是说谎吗？岂不是欺先王吗？岂不是欺祖吗？”

“父王——”

“有了！”燕王哙截住姬平的话头，“寡人明天就对子之讲，寡人只能让寡人的这一份，就是今天的燕王，而燕国太子依旧是你，有朝一日，子之再须将燕国禅让于你。燕国互相禅让，岂不是好？”

“不好！”姬平脱口应道。

“为何不好？”

“有两大不好！”姬平语气激动，“其一，燕国本无事，您这一让，燕国必出事；其二，父王让贤，就说明父王不贤。父王，您在燕国，何人说您不贤了？所有燕人都拥戴您，朝臣也都拥戴您，举国都说您贤，您这一让，岂不是向燕人说明您不贤了吗？父王让贤，不让太子，而让相国，岂不是说明太子也不贤了吗？”

“寡人与子之孰贤孰不贤，寡人自己知道！”燕王哙亦激动起来，“子之能做到的事，寡人就做不到。譬如说，燕人的大敌是北胡，北胡世代与燕人作对，动不动就犯边扰民，可在今天，子之一句话，就让北胡归服。燕无损一卒，无伤一金，却拓地千里。还有，子之住草舍，自己打草鞋，种地养殖，自食其力，寡人就做不到。寡人问你，你能做到不？”

“父王，你真是让鬼迷住心了！”姬平几乎是在吵了，“北胡与子之本来就是串通一气的，子之夫人是胡女，子之生母也是胡女，我全都打探清楚了！至于说住草舍，打草鞋，种地养殖，那都是他做出来的，是做给父王您看的，做给蓟城人看的。如果不是，那么，当上相国后，他为何不再住那草舍？他为何不再打那草鞋？他为何连夜搬出草舍，住进相府？他为何急于搬进宫城？他为何——”

“住口！”燕王哙声音严厉，抬手指着他，“你……你这不肖之子！子之是先祖桓公之后，其父为先祖文公胞弟，是正宗燕室骨血。排起辈来，子之与先易王是同辈，是寡人阿叔，你该叫他祖爷，如何能说出这种不孝不忠之词？”

“父王——”姬平悲泣。

“甭多讲了！”燕王哙指向房门，“去吧，明日吉时到太庙列朝。你的太子之位，寡人明日一并诏告。此诏将公示天下，以子之之贤，将来一定会禅让于你。你放心就是。”

“父王？”姬平急了。

“退下！”燕王哙再指房门。

姬平含泪退出，在宫门外徘徊良久，径投褚敏府而去。

翌日寅时，燕国太庙门外车水马龙，燕国朝臣各怀心情，络绎不绝地走进太庙正门。为示隆重，子之还特别邀请了蓟城各家贵族与乡、里长老列席观典。

子之晓得，戏，要演就要演真切。既然没走武路，文路定是要走端正的。出于此考虑，子之为这次千古盛典进行了精心设计。

整个大典，最难为的是乐舞。禅让大典，乐舞是一定要表演《韶》的。

《韶》也叫《大韶》，共分九章，由箫起韵，是以又称“箫韶九成”，传说是帝尧让位于舜后，由舜任命的乐官夔来作乐制舞，以歌颂帝尧的美德及功劳。乐舞分作三个部分，为诗、乐、舞，三者协调如一。诗为歌颂帝尧的雅颂，由专人吟诵，乐有金、石、土、木、革、丝、竹、匏等八声，分作钟、磬、琴、瑟、管、笙、箫、簑、鼓、柷、敔、镛等多种器具，箫起，钟导。单是钟，就有六十四只，被编作上、中、下三层，上层为钮钟，共三组；中、下两层则为甬钟，亦各三组。其他乐器，也都阵势浩大。

整个《大韶》的诗、乐、舞三者，无不为彰显并达成“闻乐知德、观舞澄心、识礼明仁、礼正乐垂、中和位育”这一终极宗旨，是以要求，歌词须文雅，舞步须古朴，曲调须平和，否则，大典就会失去庄严，流于凡俗。

燕是召公的封地，原本有一套完整而成熟的礼乐班底，但近百年来，礼崩乐坏，这套制度已渐渐荒疏了。然而，子之却是性急，任命鹿毛寿为大典司仪，要求乐坊在短短的十余天里拿出整部韶乐与大礼，逼得乐坊令寝食不安，没日没夜地组织全套班底演练。

临时舞台搭建在太庙主殿前面的广场上。广场甚大，单是观礼的席位就设置了三千个，依方位摆了三千草席，分作几个区域，王公贵族们按身份贵贱依区域就席。在核心席位上还插有木牌，以免因坐错席位而失礼。

卯时整，正礼始，箫声起，钟磬随之，一人随乐而歌，歌词是“人心惟危，道心惟微，惟精惟一，允执厥中”，共一十六字，据传是帝尧传给帝舜的治世要诀，也算是禅让辞，被舜用作整个乐舞的主题辞。六十四名舞者，男女各半，女扮飞鸟，着羽裳，领舞者为凤；男扮走兽，着兽皮，领舞者为龙。女跳羽舞，男跳干舞。羽舞者持龠（笛）翟（羽具），干舞者持戈矛。羽舞重于礼仪，干舞重于止戈。歌者反复吟唱那一十六字，每唱一字，乐起一韵，舞动一作。乐分九成，每一成三献，每一献歌唱两遍，乐起三十二韵，舞动三十二作。韶乐九成，歌词一样，但吟唱不同，动作迥异。

古《韶》大多失传，大典上的这套《韶》乐，是由燕室乐坊临时发掘出来又经鹿毛寿改造而成的。由于准备时间仓促，歌、乐、舞三者未能充分演练，起乐之后，三者配合不够协调，中间甚至几次中断，整个过程磕磕绊绊，尤其是演至最后一成——“凤来仪”时，不知何处出错，乐声突然乱了，舞台上顿时鸟兽混杂，乱作一团，乐坊令急得大汗淋漓，好不容易才算压住场面。

虽然如此，整个场面依旧震撼人心。

《韶》乐演完，真正的禅让主题才算开始。燕王哙身着王服，健步走上祭坛，先祭拜天地四方，再祷告列祖列宗，阐明他何以禅位于贤人子之。他历数子之之贤，称子之也是燕室骨血，坚信子之能给燕人带来更大的福祉。

燕王讲完，依照帝尧禅让仪式的进程，受让者子之布衣登台，盛赞燕王哙美德，自谦德不配位，坚辞不受。

燕王哙再让，子之再辞。

燕王哙三让，子之三辞。

这些都是提前排演好的戏本。

就在燕王哙表演最后一次阐让时，太子姬平放声长哭道：“父王——”

姬平的哭声打乱了仪式的庄重与静穆。

在场的所有人全朝这边看过来。

所有人也在此时意识到一个事实，燕国还有一个未来的国君，太子姬平。姬平年满十八，依照惯例是可以主政的，燕王哙若行禅让，让给姬平才是天经地义！

子之脸色煞白。

其实，凌晨起来，燕王哙已经对子之讲了姬平的事，要求子之不得更立太子。子之满口答应。在子之眼里，燕王哙提出这个要求，一定是与姬平事先讨论好了的，这辰光太子长哭，确实出乎他的意料。

姬平这声长哭也打断了燕王哙行将结束的仪程。

燕王哙捧着诏书的手在抖动。

姬平再哭一声“父王”，趋前几步，跪叩于禅让台前。

紧跟姬平的臣子纷纷跨出，跪在姬平身后。

褚敏等部分朝中老臣也跨出来，跪在最后。

更多的人跪下来。

一直响着的音乐戛然而止，场面静得出奇。

燕王哙看向子之，用目光求助。

显然，他不晓得如何应对了。

眼见功败垂成，子之急了，脑子飞快地转起来，但脑海中一片茫然。

在这危急时刻，司仪鹿毛寿出来救驾了。

“起乐！”鹿毛寿吩咐乐坊令。

“起乐！”乐坊令大叫。

音乐响起，依旧是《韶》。

随着音乐，司仪鹿毛寿朗声长吟：“大道荡荡，天地玄黄；燕王哙，择贤禅让。贤人子之，燕人榜样；文能治国，武可安邦；燕人拥戴，燕王青睐；群臣咸伏，天下敬仰。伟哉燕王，万世流芳；大哉燕国，开来继往……”

音乐声及鹿毛寿的长吟声迅速将气氛拉回禅让仪式，所有人的目光再度转向禅让台。

“仪式下一程，燕王哙禅让其位于新王姬之，交接王玺、王服、王冠！”鹿毛寿武断地中止了燕王哙最后一让的仪程，让新旧二王直接交割。

在所有人目光的聚焦下，燕王哙拿起王玺，交给跪在脚下的子之，之后脱下王服、王冠，由下人拿走，同时接过给子之新制的王服、王冠，赐给子之。

至此，禅让仪式终结。前燕王哙走下坛，站在臣位。

新王子之手捧王玺，向天地四方各拜三拜，随后坐于王位，朗声传旨：“承蒙上天恩赐，太上王大德厚爱，禅让其位于燕人姬之。姬之誓于天地四方诸神，誓于列祖列宗诸灵，自今日始，燕人姬之必为燕人福祉，鞠躬尽瘁，死而后已！”说罢看向鹿毛寿，“请司仪记旨：大赦天下，凡三年之内犯禁之所有案犯，无罪释放！”

鹿毛寿朗声应道：“臣记下了！”

“记旨，”子之朗声道，“尊封前燕王哙为太上王，依旧居于燕宫，不列朝！”

前燕王哙拱手道：“谢王恩封！”

“再记旨，”子之看向太子姬平，“封前燕王之嫡长子姬平为太子，依旧居东宫，列朝！”

姬平没有谢恩，显然并不领情。

姬平从地上站起来，狠盯了子之一眼，然后一个转身，大步出场。

跟从姬平的臣子一个接一个站起，转身走出。

子之、鹿毛寿互望了一眼。

“禅让大礼结束！”鹿毛寿宣毕，看向乐坊令，“奏乐！”

乐声响起，众人离场。

眼见木已成舟，太子姬平决心反击。

出得太庙，姬平没回东宫，而是直入褚敏府，坐在府中守他回来。褚敏是先祖文公时代的老臣，在燕国老臣中分量很重。

没过多久，褚敏回府，见到姬平，吃一惊道：“太子？”

“褚伯——”姬平扑通跪地，开始哭泣。

这辰光，没有什么能比眼泪更管用了。

“太子，快快请起！”褚敏扶起姬平，将他让到主位，自己坐于陪席。

“褚伯，”姬平抹了把眼泪，盯住褚敏，“父王头昏，中奸贼奸计，致使燕国落入奸人之手。姬平人弱力微，苦劝不止，实无奈何，这才来恳请伯父，望伯父看在先祖文公面上，助小侄一臂之力，诛杀奸贼，还我大燕清平政治！”

“唉！”褚敏长叹一声，“子之非同他人，在燕地根基深厚，尤其是在军中，三军诸将多是其部属。再说，子之本为桓公之后，有王室骨血，今朝你已看出，王公贵胄中有不少是支持他的。这些都还不是事儿，最棘手的是，你父王深谙儒道，一意先王至圣，更受鹿毛寿怂恿，诚心禅让其位于子之，使他在名义上是合法的。太子纵使不服，恐怕也难施展啊！”

“褚伯，”姬平握拳道，“小侄晓得他是合法的，但他再合法，也没有小侄合法。小侄已经十八，可以立事了，对宫中之事也看明白了。褚伯呀！其他人或许不知，可您一定晓得，自先祖文公驾崩以来，燕宫里面，是血雨腥风啊！就小侄所知，先祖文公从苏相国合纵，一路上好端端的，回到蓟城却突然驾崩。先祖易王也是好端端的，说崩也就崩了。别的不说，先祖易王之崩是小侄亲眼看到的。先祖易王厌恶父王，将父王谪发北地造阳，欲立子职为太子，遭苏相国反对。苏相国前脚刚走，先祖易王就崩了。先祖易王驾崩时，小侄就在东宫。子之被先祖易王严密看守，为何突然出现在宫中？我敢说，先祖易王之崩，一定为子之与鹿毛寿合谋所害！”

作为老臣，褚敏一路经历过来，晓得姬平之言句句属实，再出一声叹息。

“伯父，”姬平接道，“先祖崩后，父王被子之稀里糊涂地扶上王位，对子之自然充满感恩，朝中大小事务皆听于他。父王名为燕王，实则是个傀儡。子之为相，大权独揽，越发想得多了。他与苏相国之弟苏代结为亲家，在小侄奉王命出使临淄时，他让苏代陪同。初时小侄不以为意，到临淄之后，小侄才渐渐看明白。我将想法讲给舅爷，就是方今齐王，舅爷这才留下我，打发他走了。”

褚敏心里一动，盯住姬平：“燕国之事，齐王知否？”

“知晓。小侄得到密报后，立即赶到齐宫，禀报舅爷了。”

“齐王何意？”

“舅爷气极，大骂父王，说齐国为我父王操碎了心，谁能想到他却扶不起来，这又把燕国……唉，褚伯呀，想到我祖后，舅爷眼泪都流出来了，说我祖后死得冤，是死在我父王手里。祖后把一切都告诉舅爷了，舅爷他……恨哪！”

“唉！”褚敏长叹一声。

“舅爷心不甘哪。”姬平接道，“舅爷已经发兵三万，这辰光应该到河间了，主将是田文，说是这三万大军听凭小侄调遣。这且不说，舅爷另给了小侄足金三百镒，用作酬报。舅爷说，燕国不能落到子之手里。子之通胡人，他会把胡人引进中原，祸害燕室！舅爷还说，三百镒金只是让小侄先用，只要小侄有心夺回燕国，舅爷会全力支持。燕国是齐国的北方屏障，燕国不宁，胡人入侵，齐国也会不太平，因为河间的大片草地是胡人最欢喜的。”

褚敏陷入沉思。

“殿下，”过了良久，褚敏抬头道，“你真的想夺回王位？”

“它本来就是小侄的！”姬平伸出仍旧包扎着的断指，“此指是我在舅公面前斩下的，小侄对天盟誓，不诛奸贼，小侄就身如此指。褚伯，您若不信，小侄这就再斩一只给您看！”说着伸出旁侧一指，就要拔剑。

“殿下使不得！”褚敏拦住他，又想了一时，朝姬平拱手道，“臣褚敏愿助殿下！”

姬平又要叩首，却被褚敏拦住。

“只是，”褚敏盯住姬平，“眼下贼人刚刚得位，士气正盛，又有你父王在后支撑，起事没有胜算。臣之意，殿下须掩饰敌意，表面顺从，伺机而动。另外，殿下目前实力不足，子之晓得臣是殿下的人，已把臣的权力削夺。不过，有一人或可听臣，助殿下一臂之力。”

“何人？”

“将军市被。”

“市被？”姬平不可置信了，盯住他道，“他是奸贼的人！”

“不完全是。”褚敏应道，“市被是臣内侄，叫臣姑父。臣主镇武阳时，市被投臣帐下，屡建奇功。臣观他是个人才，但作为内侄，在臣帐下不便升迁，有碍他的前程，遂将他荐于子之。市被有正气，敬佩子之谦逊俭朴，有正义感，但近日听他言语，似对子之有所不满。殿下若是欲谋大事，臣可前往游说，此人或肯听臣。”

“若此，”姬平不无兴奋，拱手道，“大事可定矣！”

苏秦想在禅让大典之前赶到蓟城，便催促飞刀邹快马扬鞭，一路起早贪黑，披星戴月。连续数日下来，剧烈的颠簸与失眠终于使苏秦承受不住，在赶至燕地武阳下榻时，刚从车上下来，他就两眼一黑，跌倒于地。

姬雪吓坏了。好在这儿是姬雪的地盘，人缘皆熟，她迅速让春梅叫来了疾医。看诊过后，疾医说苏秦并无大碍，只是气血过虚，随后便开上汤药，嘱咐苏秦卧榻休息，万万不可坐车驱驰。

姬雪不假思索地将苏秦直接带回了她的别宫，并使人前往蓟城打探消息。然而，打探消息的人尚未出发，便已有墨者从蓟城方向急赶过来，说禅让大典就在今朝，已经结束，子之正式受位，与姬哙一起入住燕宫。

待苏秦稍稍回过气色，姬雪便将蓟城的消息对他约略讲了。

“唉，”苏秦叹道，“紧赶慢赶，依旧迟了。全怪我，在赵王告诉我的那日，就该来的，当时却没想到。”

“你又不是神，哪能什么都想到呢？”姬雪安慰了一句，冲他一笑，“这样也好，我们就在这别宫小住一阵，一则观望情势，二则休息几日。这些日来，莫说是你，我也累了。”

“是我连累你了！”苏秦给她个苦笑。

“瞧你说的！”姬雪嗔了他一眼，“有你在身边，我心里踏实呢！”说着指向别宫，“在这儿住得久了，到别处不适应，今朝回来，感觉就像回到家里一样。真后悔没把菲菲也带来！”

“嗯，”苏秦应道，“怕是我久住不得。”

“为啥？”姬雪急了，“这辰光没人管得了我们！”

“人管不了，天地鬼神呢？”苏秦看向窗外。

那个方向，是文公的陵园。

“苏子，”姬雪应道，“我晓得你讲的什么。那些日里，我把什么都对先君诉说了。我没有对不起他，他晓得的。他托梦于我，说只要我开心，他就安心。燕人与周人不同，他们的北边是胡人，世代交往，也入乡随俗了，宫乱是常有的事，先君继位时就纳了先桓公的几个妃子。不瞒你说，先君在时，姬苏就看上了我，几番调戏，都被我斥走。先君走后，姬苏越发放肆，逼我屈从。若不是你及时救场，我就……”

“雪儿！”苏秦伸出手，握住姬雪，“待这个世界好一些，我……娶你！”

“这个世界会好吗？”姬雪的声音很轻，几乎是呢喃。

“我……”苏秦的眼睛缓缓闭上，嗓子眼里挤出一个声音，“不知道。”

第五章

试牛刀左徒裁冗　行捧杀秦使结党

苏秦来信了。

屈平急不可待地拆开，反复阅读了几遍，又将信放回锦囊，闭上了眼睛。

屈平耳边荡起苏秦的声音："屈平吾弟，见字如晤。楚王用弟，可见其明。吾弟用武有地，可喜可贺。大楚为纵亲之背依，亦为秦一统天下之大障，是以张仪躬身入郢，以图大谋。得平弟密函，吾遂启程，将欲行，赵王自北地归，召吾入宫，其欲举国移风易俗，行胡服骑射，以御胡人，由西北制秦，约吾助之。另，燕室生变，燕王哙乍然让国于相国子之，或生乱。燕乱，齐必图之。燕、齐交恶，后院起火，纵亲大局危殆。是以吾思虑数日，决定暂不赴楚，一切由平弟支撑。平弟早晚有惑，可问陈轸。陈轸多智，愚兄信之，亦望平弟不疑……"

屈平明白，在未来一段时间，至少在近期，他将不得不独自面对张仪，因为苏秦举荐的盟友陈轸远在齐地，何时回郢尚且未知。

于屈平而言，摆在眼前的最大国事是改制。

关于如何改制，屈平早已思虑成熟，因而，他拟出的第一道宪令是取缔封君世袭特权，裁撤不在其位或尸位素餐的冗吏，任贤用能。

屈平之所以如此拟定第一道宪令，是考虑到之后的所有改制宪令无不需要各级吏员的推动，而这些吏员又大多尸位素餐，或不做事情，或做不了事情。他们中相当一部分是在册不在岗的，另一部分则是各种联姻或宗亲，也即某个家族只要有一人成为主治一方的尹令，其府中的几乎所有吏员都可由他任命。于是这些人就基本上是其七姑八姨、堂兄舅侄之类的血亲与裙带关系。不同尹令之间还会相互用人，彼此结亲，从而组成一个网络，牵一发而动全身。这些姻亲中无能力者居多，且相当一部分是世袭职爵，入的是王室册籍，代代袭爵承位，领取薪酬福利，却不用做任何事情。譬如某个湖尹，已袭位至十八代，方今一代早已搬离原地，与所司湖泊没有任何关系，但仍旧领着十八代之前所司湖尹的王室薪俸。

不整顿冗吏，一是后续王令难以推行，二是国库税赋大量流失，三是养懒奖闲，民怨不公。

为稳妥计，屈平在正式奏报楚王之前，先召请到景鲤、屈遥、昭睢三人，就他所拟定的首道宪令预以研判。

三人传看完毕，屈平收起，看向他们，神态静穆："诸位大人，我们四人皆出于大楚三氏，皆为大王心腹，也将共同影响大楚未来。淅水之战，我们战败了，大家谁都晓得败因是秦人拥有乌金利器。"说着看向昭睢，"经昭兄劳心劳力，我们的工坊也已能生产出乌金利器，说是不输于秦人兵器。这是好事。不过，在这儿，在下敬请诸位诚实回答一个问题，假使与秦再战，假使我依旧数倍于敌，假使我将士已经拥有与秦人相同的乌金利器，你们谁能保证我们就一定能够打赢秦人呢？"

三人面面相觑。

显然，屈平所问之事，他们还真没有想过。

"若叫我说，"屈平扫视三人，字字有力，"我们依旧打不赢！为什么呢？因为我们的制度不如秦人！"

三人皆吸一口冷气。

"诸位大人，"屈平拿出《商君书》，摊在几案上，"这本书在下读过多次，大王也看过了，请诸位得空也都看看。诸位无不晓得秦法，而秦法的依据就在此书。按照此书所述，秦国的男人只做一事，耕战；秦国的女人也只做一事，筹备耕战。耕为备战，战为拓耕。"说着略顿，“除此之外，所有娱乐、交游皆为奢靡，皆要受到秦法惩治。至于秦法如何惩治，诸位也都听闻了。”

三人尽皆看向《商君书》。

“诸位大人，”屈平接道，“伏羲演绎天道，得《易》。易者，变也。天行健，道在变，世风、世俗、世道无时不在变化中。先祖设制时，因循的是先祖时代的情势。今日情势变了，早已与先祖之时迥异，我们为什么一定要牢牢抱住先祖所设的规制不放呢？放眼天下列国，无不先后改制，魏、齐、韩、秦，皆有大变，尤其是秦行商君之法，我们万不可视若无睹！在下昨日收到苏秦信函，就在近日，赵王在邯郸亦推动巨变，举国行胡服，习骑射，这是更大的变革了。有鉴于此，我王高瞻远瞩，决心因时就势，更改祖制，以振我大楚雄威。”说着指向案上的宪令，“这道宪令是在下尊奉王命拟就的，将作为改制的第一道宪令颁行于楚地。在奏报大王并颁行之前，在下想请诸位看看还有何处不妥，敬请诸位畅所欲言，不留遗憾！”

“左徒大人，”昭雎拱手道，“您方才所言，在下赞同。旧制要改，旧制也必须改，但如何改，从何处改，这将决定整个改制的成败。”说着略顿，指向宪令，“大人今从取缔世袭、裁减冗吏起始，在下以为不妥。”

“不妥何在？”

“这是一块最难啃的骨头！”昭雎应道，“当年吴起改制，败因就在这儿。世袭是楚国的立国之本，前辈栽树，后辈乘凉，这是天经地义的事。我们若是一朝取缔，恐怕反对者不在少数。至于府尹冗吏，这个可以裁减，但路要一步一步走，冗吏要一个一个裁，万不可一次性做绝，否则难度太大。”略顿，又道，“总之，在下之意是，这道宪令可以暂缓一下，放在第二步做。”

“以昭兄之意，第一步该从何处着手？”

“奖励耕战。”

屈平看向景鲤，只见他笑笑，向昭雎点了点头。

屈平的目光又转向屈遥。

“我听左徒的！”屈遥拱手道。

“昭兄，景兄，”屈平看向二人，“在下晓得裁冗棘手，因其牵扯的无不是亲朋好友，然而，在下前思后想不知多少日夜，方才确定列其为改制的第一道关。为什么？因为它是最大的不公。前人栽树的确是为后人乘凉，但后人乘凉三世、五世还情有可原，万世乘凉就讲不通了。这样做一则有失公允，二则滋养懒惰，三则堵塞贤能。既然生来非富即贵，谁人又愿意力争呢？当然，这是大道理，于楚地实际而言，此举实为不得已。当年吴起改制，正如昭兄所言，奖励军功在先，取缔封君在后，结果他失败了，为什么？先悼王驾崩只是其中一因，另一因便是，楚地各处府尹早已形成庞大且盘根错节的吏制网络，这个网络不破，吴起所拟的王命就无法推动！”说着一拳震几，“破局先破网。此网不破，一切改制都是徒劳！”

屈平讲至此地，等于是把话讲死了。昭睢、景鲤互望一眼，没有人再说话。

“诸位大人，诸位兄弟，”屈平不无感慨，“在下之所以将这个放在第一位，还有一个实际原因，就是国库没钱了。改良兵器、储备粮草、操演兵马，无不需要金钱，而当前国库，莫说是余钱，即使宫廷日用，都很紧缺。以律当收的赋税哪儿去了？多从不同渠道流出去了。流到哪儿去了？流进封君、府尹的私库里去了，流进数以万计的冗吏家里去了。楚国上下究竟有多少冗吏在吃空饷，相信诸位比在下更清楚！”

昭睢、景鲤轻叹一声，勾下头去。

“诸位大人，”屈平慨然，“这些蛀虫在楚多如牛毛，盘根错节，吸食百姓血汗。朱门攀比奢靡，柴扉隔夜不炊，大楚不能再这样下去了！淅水一战数万将士血流成河，方使大王痛下决心，造宪改制。为整治奢靡，节减宫用，大王率先垂范，宫内不用车辇，宫外不行回避，御膳三菜一汤、五日一肉不说，更在御花园里躬身田园，亲种御菜，自食其力。后妃各室，也都养蚕织锦，不施粉黛了。这些都不是虚的，是在下亲眼所见！”

三人尽皆抬头看向屈平，深吸一口气。

“诸位大人，”屈平难抑激动，“大王能从自己做起，我们身为臣子，有何理由不向自己动刀？要如何动刀？那就是裁冗！从何处裁起？就从大楚三氏裁起，屈、景、昭三门理当垂范！”说着看向三人，语气果断，“为公允计，在下提议，你们三位交换拟出名单，再交换审核，凡不在位而照领薪饷者、在位而未能谋其政者，全部裁除！然后，我们四人将各家府宅的陈官冗吏拟出一个总册子，共同讨论，进一步审核，之后，便将其连同宪令一并奏报大王。待大王御批之后，将名单随同王命张榜于市集，由黎民百姓监督补漏，使冗吏无所遁身！”

三人点头。

说干就干。屈遥拟景氏，景鲤拟昭氏，昭睢拟屈氏。三人对照各门册籍，按照屈平起拟的宪令要求画出杠杠，很快挑出了各氏各府尸位素餐或白领薪俸的陈官冗吏，以及超过五世的袭爵或袭职。待名单拟定，三人又倒过来，互审一遍，最后屈平四人再对所有清单逐一核查，确定无疑，方才散班。

散班辰光，屈平叫住昭睢，问起盐案。昭睢回说令尹正在严命司败府缉查，听司败说，盗贼是夜间作案，且戴有面罩，入林之后又分头散去，几乎没有留下任何可用线索，破案还需要一些时日。

昭睢回到昭府时已近一更，见父尹房中仍旧亮着灯，遂走进去。

昭阳半躺在榻上，邢才守在榻边。

自从张仪入郢，昭阳就睡不踏实了，一到晚上，眼前总要时不时地浮现出当年发生在昭府里的赏玉场景：

众宾客兴致勃勃地传赏楚宫至宝和氏璧；

和氏璧传至张仪手中，先母房失火；

现场大乱，所有客人无不跑出去救火，只有张仪持璧站着；

大火被扑灭，等人们回来再次赏玉时，却发现张仪手中无璧；

昭阳向张仪讨璧，张仪说是被人拿走了。众人震惊，细细盘问，他却支吾其词，解释不清；

昭阳喝令拿下窃玉贼张仪；

张仪被他下入刑狱，受尽酷刑，但宁死也不招认窃璧；

太子讲情，楚王特赦；

绷带裹身的张仪躺在一辆破牛车上，被夫人搂在怀里，在风雨中离开了楚国……

当然，这一切皆是出于陈轸的计谋。虽说计谋见不得光，但结果确是张仪被逐走，使昭阳如愿得到了令尹之位。遗憾只有一个，就是可惜了那块宝玉，竟然被陈轸扔进云梦泽中，将这件事做成了一个死局。

如今，张仪以秦使的身份回来了，而能够对付张仪的陈轸远在齐国。昭阳心里忐忑，眼见又到夜间，遂召邢才陪坐。

“父尹，”昭睢匆匆进来，“看到灯光，晓得您还没睡。”

“就说要睡呢，与你邢叔聊会儿天。”昭阳坐起来，“有事了？”

“嗯，”昭睢坐在榻沿，将这日发生的事扼要述过，末了道，“左徒要我们当下依官册拟出各家冗吏裁减名单，集体核对，半点私情也不得徇。”说着摸出所拟的昭府裁人名单呈上，“这是咱府上的，我仔细核过，确实全是尸位素餐的，有几家占位好几代了，却没有做过一点儿事。”

昭阳审看名单，眉头凝起，良久，又递给邢才。

邢才看完名单，递还昭睢。

“这只是左徒改制的开始。”昭睢接道，“听左徒说，大王励精图治，欲效法列国，改革祖制，矢志战秦，收回全部商於谷地，将秦人锁死在关中！”

“我还以为他要夺取汉中，卡死巴蜀呢。”昭阳苦笑一下，转对邢才，朝名单努了下嘴，“邢才，对这个名单，你有何说？”

“主公，”邢才挠头，“这可是个天大的马蜂窝呀，涉及的不是一家两家，而是千家万家。左徒若捅，麻烦就惹大了。他应该忘记了当年吴起是怎么死的。”

“唉，”昭阳轻叹一声，看向昭睢，“睢儿，你如何看？”

“回禀父尹，”昭睢接道，“睢儿支持左徒，这事情确实不该。列国都在改制，平民只要立功就可受赏，而在贵胄之家，无论其先祖立功多大，只要后辈不努力，就不应享受其先祖的特权。只有在咱楚国，一人成功，百世享福，致使他们的后世多为不学无术、排斥贤能之辈，长此下去，我大楚危殆在即。但睢儿与左徒的不同之处在于，睢儿认为，裁冗事大，可靠后一步，当先从奖励耕战开始！”

“你讲给左徒听了吗？”

“讲了，左徒不同意。左徒说，当年吴起之败就在这儿。各种宪令都要靠各级府尹吏员推动，改制的第一步必须从他们开始。裁冗是为支持改制的贤能腾出位置。”

“左徒是对的。”昭阳点头道，“只是，邢才讲得是，他捅下的是一个超大马蜂窝。只要能过这道关，他就赢了。”

“以父尹所断，左徒能过这道关吗？”

“如果张仪不来，他或能过。”

“主公，”邢才插话道，“要斗张仪，必得陈大人。要不要请陈大人马上回来？”

“你这就安排人，请他速回。”

“老奴受命！”邢才起身，匆匆离去了。

“父尹，”见邢才远去，昭睢轻声道，“如果不出所料，左徒明朝或将宪令并三间裁冗名单奏报大王。作何应对，请父尹明示。”

“唉！”昭阳长叹一声，“于我们昭家来说，裁冗什么的反倒是个小事，大事是张仪啊。当年为和氏璧的事，为父与他的仇怨结大了。”

“要怎么办呢？”

“要是晓得怎么办，为父就能睡踏实了。”昭阳苦笑一下，“前有乌金，后有巴盐，张仪与王叔他们结得越来越牢，连靳尚也搅和了进去。靳尚是南宫的恩主，南宫受宠于王，于咱家实在不是好消息。邢才讲得是，能抵张仪的，唯有陈轸。在陈轸回来之前，有左徒在前替咱挡一挡，应该不是坏事，你说是不是这个道理？”

“父尹说得是，”昭睢点头道，“左徒主张联齐抗秦，堵的正是秦人之路。张仪此来，与左徒必有一战。”

“睢儿，你全力支持左徒，其他事情，由为父撑着！”

“左徒问起了盗盐的事，我就应对说，父尹仍在查办。”

“早就查清楚了。”

“啥人？”

“昭鼠。”

“啊？”昭睢震惊。

“早在出事之前，他就对我说，鄂君找他劫走齐盐，要我拿个主意，我让他听鄂君的。就这辰光，五十车齐盐全都藏在一个地窖里，我们随时都可起出来。”

“天哪，”昭睢咂巴几下嘴皮子，看向昭阳，“那……起不？”

“要再等等。”昭阳应道，“这批盐是卡在他们脖上的活套，何时收紧，如何去收，等陈上卿回来再定！论到搞人，他比我们厉害！”

“郢人都在等盐吃呢。”

“第二批盐已到宛城，宛人已经吃上了。若是赶得紧些，再有七八天就可抵郢。这一批一百五十车，我让五十车入郢，另外一百车由宛地分送到其他城邑，应该不会有人劫了。”

“太好了。”昭睢握拳道，“只是郢人得再熬几日。”

“熬一熬也好。”昭阳接道，“熬透了，他们才知道咸甜。无论如何，郢都盐肆，我们昭门必须在这里占块地皮，没有比眼下更合适的机缘了！”

次日，屈平入宫奏报宪令，刚巧靳尚也在禀奏。

“左徒，你来得好哩，”怀王扬出靳尚呈送的秦使国书，“秦使张仪递交国书，请求聘亲芈月公主并觐见寡人，结亲睦邻，你说说，寡人是见他还是不见他？”

“回奏我王，”屈平应道，“秦楚结亲睦邻是好事，大王理应一见。不过，臣以为，秦使不仅仅是秦使，还是秦国相国。秦相出使为两件事：一为睦邻互信，此为国事，我王可使令府尹对接；二为聘问结亲，所聘为月公主，而月公主眼下寄住于纪陵君府，我王可使纪陵君主持聘事！”

屈平短短几句话，几乎将靳尚一连数日的接待劳作全部抹杀，甚至有指责他越俎代庖之嫌。让靳尚接待秦使是怀王的旨意，且靳尚受命之时，屈平就在现场，还明确表态支持秦使聘亲。因而，此时此刻，屈平突然冒出这几句毫无来由的话，莫说是靳尚，连怀王也是怔了。二人互望一眼，皆不知说什么好，尤其是靳尚，急赤白脸，又不好辩驳，只能一脸委屈地看向怀王。

“呵呵呵，”怀王眼珠子一转，轻笑几声，打起圆场来，“屈平呀，你说得在理，可你有所不知，想当年，张仪在楚时曾与昭大人因为一些旧事闹过误会，让昭大人出面应对欠妥。至于聘亲，既然是为秦王求聘，就超越家事升级为国事了，纪陵君也就不方便出面了，你说是不是这样？”

“是臣寡闻了，”屈平笑笑，朝靳尚拱了下手，算作道歉，继而又转向怀王，“臣之实意是，秦使张仪乃不祥之人，此番来使，一定居心叵测，诚望大王谨慎应对！”

“左徒大人，”靳尚逮到话头，“常言道，不打笑面人，不赶送礼宾。秦使此来只为结亲修好，大人何以持此偏见呢？”

“上官大人，”屈平盯住靳尚，语气郑重，“有智之人，观往而知来。如果大人记忆不差的话，可屈指算算，自出任秦相迄今，张仪何时致力过诚意睦邻？就原所知，凡张仪致力之处，无一不遭祸殃。张仪致力于苴国，借苴人之力灭巴、蜀之后，苴亡。张仪致力于魏国，驱走惠子，任魏相数年，先伐赵，后伐韩，致使强魏仓廪无储，民力大伤，储君、良将并数万甲士先后殉国。至于受害国韩、赵，所受祸殃更不必说了。今日我王刚与齐王结好，张仪就赶来致力了，臣——”说完顿住，看向怀王。

屈平出口讲了一大串话，且有理有据，靳尚一时想不出如何反驳，咂巴几下嘴皮子，又闭上了。

“嗯，左徒所言甚是！”怀王听出屈平话中有话，点了下头，“张仪早不来，晚不来，偏在寡人与齐结盟之时来，用心着实可疑，寡人就不必见他了。”说着看向靳尚，“上官大夫，你这就去，晓谕秦使，就说寡人近日事务繁忙，实在抽不出闲暇。待过些时辰，寡人必会造访秦使，当面向他请教！”

靳尚揖礼：“臣领旨！”说完抱拳退出。

“屈平，”待靳尚走远，怀王看向屈平，“你这葫芦里究底卖的什么药？”

“回禀我王，”屈平拱手道，“臣没卖什么药，臣是真心觉得，秦使此来，聘亲或是幌子，实则怀着不可告人的目的！”

“你讲讲看。”

“臣刚得报，”屈平奏道，“前番市场上巴盐之所以涨价八倍，依旧是秦人作祟。秦人出三倍价购我乌金，且将全款预先支付，数额高达足金数以千镒计。在被我王阻止后，秦人并未让王叔他们退款，而是提出以巴盐补偿，以市场价折抵。于是，王叔他们在契约立定后囤盐不卖，致使巴盐溢价八倍，再于齐盐回郢之前悉数交易于秦人，狂赚了一笔。”

显然，怀王真还没有想到这一层，压住喜气道：“作为生意，秦人亏透了呀，这个于楚不是坏事！”

“自古迄今，没人愿做亏本之事，事出反常必有妖！”屈平缓缓应道，“如果不出臣所预料，秦人是故意亏钱，且此谋出于张仪！”

“这……”怀王苦笑，“屈平，你这么讲怕就离谱了呢。如果这个也叫谋，在寡人这儿是要杀他头的。做生意是为赚钱，连傻瓜也晓得不能做亏本生意，何况这笔生意不是小数，秦人再富，怕也得竭尽国库所有了！”

“我王明鉴！”屈平拱手道，“张仪要做的从来都是大生意。就目前来看，他的这笔大生意已经做成了！”

“啥？”怀王瞪起大眼，“赔钱几千镒，竟然做成大生意了吗？”

“乌金、巴盐皆是表象，张仪的真正大生意是图谋我大楚。如何图谋？乱我民心，蛊惑朝政。由此来看，他的生意已经成功了。先以利诱我，使我王差点儿杀了鄂君；再以利诱我，使楚地盐贵，王亲失德。大王以齐盐补救，这不，又被人在大王的眼皮底下劫了，且迄今未能破案。在臣看来，此案不是不能破，恐怕是破不得！”

“你是说，令尹不敢破？”

屈平没有接话。

“岂有此理！”怀王震怒，“左徒听旨！”

屈平拱手道：“臣听旨！”

“齐盐盗案改由左徒府缉侦，限十日破案！”

“臣领旨！”屈平应过，又跨前一步道，“王上，臣接住方才的话说。张仪此来，只能说明一事，秦人蓄意图谋我们了。可惜王叔他们看到的只是眼前利益，未能看到咫尺之外的危殆！就臣所察，秦人早已在郢布局经营，譬如，不久之前，秦人在郢都起了青楼一座，号品香楼，专务淫事，引得不少贵胄子弟流连忘返，歌舞娱乐，玩物丧志。昔年秦、魏在河西战前，秦人也在安邑起过此楼，叫眠香楼。眠香楼有魏国太子涉足，而品香楼中，就臣所知，也不乏王公贵族光顾。品香楼的对面是个赌场，叫元吉楼，也是刚立起来的。而当年在魏国安邑，眠香楼的对面也有一座赌楼，叫元亨楼。”说着略顿，“无论是品香楼还是元吉楼，都是一年之内突然冒出的。想到秦、魏河西大战之前的安邑二楼，臣不寒而栗！”

“查！”怀王一拳震几，盯住屈平，“就由你的左徒府来查！”

“臣受命。”屈平应过，接奏道，“还有，张仪此番使楚，既为使臣，却不见我边关有通关文牒，说明他入我境时并未作为使臣现身。臣使人追查，得知他率先抵达的是王叔封地，之后才打起旗帜，赶至郢都。今日张仪欲见我王，想是他认定万事俱足，该当觐见以蛊惑我王了。”

怀王面色愈发阴沉。

“王上，时不我待矣。我当务之急不是应对秦使，而是搁置秦使，让靳大人与其虚与周旋，我王便好腾出精力，变法改制，以固我根基，强我肌体！”

“你讲得是！”怀王缓缓抬头，似是想到什么，看向屈平的宽大袖子，“你的袖中之物可以拿出来了！”

“我王明察！”屈平笑了，掏出奏章，双手呈上。

怀王接过，翻看。

屈平闭目端坐。

“就这些了？”怀王阅毕，心犹不甘地看向屈平。

“还有屈、景、昭三门的裁冗名册。”屈平又摸出三小捆羊皮卷，上面密密麻麻地写满了文字，“单是昭氏，细核下来，空食俸禄者与尸位素餐者就不下五百人，景氏过四百，屈氏最少，但也达三百五十六人。三闾合计，多达一千四百三十人，涉及楚地各处城邑！”

“可恶！”怀王匆匆浏览一遍，咒出一声。

大体看完，怀王抬头道：“还有没有了？”

“臣受的王命是，一宪一宪造，一令一令推。此为第一宪第一令！”

“接后的呢？”怀王急了。

屈平指心道：“在这儿。”

怀王略觉失望，用目光征询道：“那就讲个大要。”

“回禀我王，”屈平拱手道，“臣拟造的第二道宪令是奖励耕织，拓荒，开放集市行肆，取缔各地封君、领主对市场的统辖权和准入权，让庶民自主经营！至于盐泉、矿藏，全部收归王室！”

“好！”怀王激动，握拳道，“寡人要的就是这个！”说着略顿，眯起眼睛，“对了，你讲到由庶民自主经营，那税金怎么收呢？”

“统归王室，由王室设专司收取。”

“这个可以。”怀王称赞道，“税率你可想过？”

“臣之意，从什一之利中，取什一之税。”

“什一之利中的什一之税？”怀王愕然，“这个税率未免太轻了些。”

“大王，”屈平应道，“只有轻徭薄税，才能藏富于民。只有藏富于民，大楚才能强盛无敌！”

“好倒是好，可……”怀王苦笑，“仅取这点儿税，谁还去种地？谁还去渔猎？这岂不是鼓励全民皆商了吗？重农轻商，才是治国之本！”

“臣有考虑。”屈平解释道，“集市行肆多了，必抢货源，众人皆抢，货源必贵，货源皆贵，自然就有人种植渔猎了。”

怀王捋须有顷，微微点头道：“嗯，成理。再后呢？”

“取缔封君无限世袭权，改为有限世袭，也即，凡祖上所受封荫，其后人袭三世即止，以鼓励领主后人建功立业，再获封赏。凡是楚民，耕多有奖，战胜计功。军卒不分贵贱，皆凭军功受赏！至于军功裁定，当以大楚律令为本，另行草拟宪令。”

“屈平哪，”怀王盯住屈平，半是启发道，“记得寡人曾经说过，希望你能成为楚国的商鞅。”

“是哩。”

“既为商鞅，你可曾想过行商鞅之法？”

见怀王的心思依旧扭在这儿，屈平心里一阵隐痛。关于《商君书》与商君之法，屈平与怀王讨论过不止一次，怀王也是认可他的。可事到临头，怀王仍旧在提说此事，可见心思所在。

“大王——”屈平欲言又止。

“唉，”怀王深深一叹，从案头取过一卷竹简，正是屈平给他的《商君书》，“你送寡人的这部奇书，寡人得空即看，看来看去，觉得真是不错呢！虽说你讲得也对，但商君这人，是真正在为国家着想。若是百姓各顾其家，何人为国效忠？国家国家，没有国，又何来的家呢？”

“大王，”屈平闭目有顷，缓缓接道，“秦法的确如王所言，有利于国，有利于王，但臣考虑再三，始终以为，秦法有三利，也有三不利，不完全适合楚人！”

“你说说，何为三利，何为三不利？”

“三利是，有利于国，有利于战，有利于近。”

“三不利呢？”

“是其反面，不利于民，不利于和，不利于远。”

怀王陷入长时间的思考。

“王上，”屈平顺口又咂了几句，“纵观古今，凡是图三利者，皆为无德、暴戾、寸目之君；而三圣五帝、盛世贤君，所思所虑，无不是相反的三利，一利天下苍生，二利天下太平，三利国运长远。有鉴于此，臣就没有考虑套用秦法，而只是取其精要，譬如奖励耕战、奖励垦织、定编裁冗、择贤用能，等等，其他则应参照楚地实际，另立宪制。”

“好吧，”怀王心中不快，但仍旧点头，身子微微直起，“你既然这般认定了，就依你意，造出后续宪令吧！”说着略顿，“听你方才所言，情势紧迫，时不我待了。你可不必一道一道造，寡人也无须一令一令推。重症须下狠药，快刀可斩乱麻！”

“敬受命！”

次日，楚宫大朝，怀王正式颁布了由屈平起草的首道改制宪令，并改旨由左徒府侦缉齐盐劫案。宪令很长，有五百余字，精准地讲清了改制的意义、范围、期限、措施、奖惩等，每一个字都用得恰到好处。宣令人是屈平，他中气十足、抑扬顿挫的声音将每一个字的力度都恰当地表达了出来。随同宪令一起颁布的还有屈、景、昭三闾所应裁撤的冗员名单。

满朝震惊。

“诸卿，诸大夫，”怀王神态静穆，语气严肃，目光逐一扫过朝堂百官，由令尹昭阳开始，直至最后一人，“我大楚自立国以来，由一弹丸之地，延伸至今日，地方逾五千里，人口逾两千万，此皆列祖列宗的征战功劳。寡人即位以来，共历二战，一战在襄陵，我们赢了；一战在淅水，我们输了。用兵就有输赢，原本无可厚非。但寡人想晓谕诸卿、诸大夫的是，我们的国库没钱了！你们可能不信，我泱泱大楚，怎么可能会没钱呢！寡人也是不信。寡人三次使人盘查国库，可查来查去，真就是没钱了。没钱到何种程度呢？淅水战后，国库连殉国烈士、伤重勇士的抚恤金都拨付不出！寡人无奈，只能从宫库支出。可宫库里也是金子短缺，宫尹无奈，只得减缩宫用。说起来不怕你们笑话，为补贴宫用，南宫郑后率先垂范，在宫中养蚕织锦，其他宫室也都纷纷跟上。就这辰光，寡人的后宫里正人人不施粉黛，男耕女织，连寡人也不好袖手旁观了！”

见怀王坐实近日的传闻，百官尽皆垂首。

“诸卿，诸大夫，”怀王语气沉重，“寡人讲出这些，不是要你们也都这样，只是想让诸位明白一个事实，楚国太穷了！然而，楚国真的穷吗？你们这且说说！”说完用威严的目光再次扫射众臣。

没有一人吱声。

“寡人知道，我们大楚不穷。我们大楚物产丰饶，人民勤劳，各家各户有的是钱。单是每年征入国库的各项税金，就达数以千镒计。可寡人奇怪的是，这些钱都哪儿去了呢？寡人今朝查明白了，”怀王拿起三氏裁冗的名单，啪的一声砸在几案上，“它们全都流到这儿去了！”

满朝众臣无不打个寒战。

“这几个册子仅仅是屈、景、昭三氏的世袭冗吏名单，合起来竟有一千四百多人，他们中尸位素餐的人还算是好的，有相当一部分人甚至连位也不尸，只凭官籍便代代享食王室俸禄，致使我近三分之一的国库营收悄无声息地流进了他们的私囊，”怀王再用名册重重地摔打几案，“岁岁年年啊！”

怀王震怒，百官大气不敢出，朝堂上静寂无声。

“寡人宣旨，自今日起始，这个事情必须结束！”怀王的目光威严地扫向站在百官之首的昭阳。

所有人的目光也都射向昭阳。

“令尹听旨！”怀王叫道。

“臣候旨！”昭阳跨前一步，叩首。

“即时起，本诏令由令府尹全权实施，不可有误！”怀王努嘴，内尹上前，将诏命并三氏裁冗名单递给昭阳。

“臣受命！”昭阳双手接过。

“令尹，”怀王接道，“单上所列之屈、景、昭三氏冗吏须于三日之内全部裁除，张榜公布！其他各族、各门、各府尹，也须在此令颁布之日起，依循三家之例，自报自裁。凡有隐瞒不报不裁撤者，一经查出，轻则举家发配蛮荒边邑，重则以抗旨罪论处！”

众臣面面相觑。

位于郢都豪门区核心位置的纪陵君府占地一十二亩，分作两半，六亩宅院区和六亩苑林区。两个区除宅院区与苑林区的地方，沿一条穿宅地而过的弯曲水道布局，并在核心苑林区留了一个二亩见方的大水池，池边浅水处种着荷花与睡莲，岸边则是不同种类的芷兰与垂柳。

莲池旁边有一个大气、低调的竹木厅堂，高阔辽远，门楣上写着“纪氏钟池”四字。厅堂靠后的偏梁下面摆着一套编钟，分上、中、下三层，共八组，其中钮钟十九件、甬钟四十五件、镈钟一件，共六十五件，气势宏伟。

百乐之中，王叔酷爱钟乐，时常与族人或家人击钟娱乐。

这日后晌，又到了钟乐时间。王叔持棒站在最小的钮钟前面，轻敲定调。彭君、射皋君、逢侯丑、西阳君、顾侯五人分持小槼和木棒，在钟架后面分工主奏，三十一名美女乐手分操各类石木管弦乐器协奏。被替换下来的五位美女钟手则候立于侧，静穆欣赏。

几位君侯这日协奏的是《诗》中的《鹿鸣》。

定调完毕，钟乐响起，纪陵君随着乐音，朗声吟咏：

呦呦鹿鸣，食野之苹。我有嘉宾，鼓瑟吹笙。吹笙鼓簧，承筐是将。人之好我，示我周行……

一曲尚未奏完，便传来一阵急促的脚步声，子启匆匆走进，摆手示停。

众人没有睬他，继续演奏。

“停下，停下，”子启扬手大叫，“出大事了！”

钟乐戛然而止。

王叔摆手，众乐手退去。

几位封君也都放下击棒，凑了过来。

王叔盯住他：“啥事情？”

“王叔请看！”子启从袖中摸出刚刚颁布的诏令副本，双手呈上。

王叔接过，阅毕，又递给几位封君。

“就这辰光，怕是已经公之于榜了。”子启指向外面。

几位封君约略看过，面面相觑。

“看来父王动真格了！”子启又摸出三闾裁撤名册道，“这是屈、景、昭三家要裁的冗吏名册，细算下来，数量吓人呢！”

几人再次传看，皆倒吸一口冷气。

“什么令呀！”射皋君啪的将诏令扔到地上，“袭三世而止，我这已是第三世，叫我儿子、孙子怎么办呢？”

“是呀，”彭君脸色阴起，“我也有两世了呢。”

“逢侯，”射皋君看向逢侯丑，“你家几世了？”

“唉，”逢侯丑一脸沮丧，“到我这儿已第七世了。按照此令，我的封地——”

王叔扫了他们一眼，弯腰拾起诏令，小心拍打了几下，又看向子启道："那三氏可有说辞？"

"不晓得呢。"子启应道，"昭阳受命行令。"

"他应下了？"

"应得快呢。"

"奇怪。"王叔半是自语道，"照理讲，昭氏一门裁减最多，他怎么能受这个令呢？"

"他敢不受？"射皋君冷笑一声，"王兄早就看他不顺眼了！"

"是哩，"彭君接道，"在这节骨眼上，他不能不受。"

"此令怕是出自左徒之手吧？"王叔转向子启道。

"不是他，还能有谁？"子启应道，"听南宫说，大王还想让他接替昭阳呢！"

几人皆是一震。

"是大王讲给南后了？"王叔盯住他。

"不是，是南后听靳尚讲的。"子启接道，"说是大王几天前与靳尚聊过此事，让他举荐未来的令尹人选。"

"靳尚怎么说？"

"靳尚举荐左徒，父王很高兴，夸他眼光好呢。"

"咦？"彭君怔了，"靳尚怎么会举荐那个愣头青呢？除了诗赋，他只会乱来！"

王叔闭目一时，看向子启道："启儿，阿叔久未对弈了，你让秦使来一趟。"

子启使人至秦使馆驿呈送请柬，请张仪过来。

二人摆棋开局，弈至中盘，王叔掷子拱手道："张子好弈，芈楸认输。"

"王叔未输，只是心中挂了个人而已！"张仪回礼，笑道。

"敢问张子，"王叔盯住他，"芈楸心中所挂何人？"

"左徒屈平。"

"张子眼毒！"王叔笑笑，"依张子之见，左徒能成事否？"

"单是左徒一人，难成大事。如果外加一人，可就难说了。"

“外加何人？”

“昭阳。”

“依张子之见，昭阳会扶持屈平吗？”

“会。”

“这……”王叔略顿，“昭、屈、景三氏钩心斗角已久，皆想把持朝政，昭阳理当不会将这令尹之位拱手让给屈门的！”

“那是过去，眼下他会出让。”

“为什么？”

“因为在下，”张仪指向自己的鼻子，“昭氏欲对付在下，而屈平是个利器。只是，”他盯住王叔，“屈平若主朝政，王叔的日子怕就不太好过喽。”

“张子说得是。”王叔拱手道，“如何应对，还请张子赐教！”

“赐教不敢，”张仪应道，“不久之前，靳大人曾经就此问过在下，在下送给他三个字，‘重累之’。”

“‘将欲毁之，必重累之；将欲踣之，必高举之。’”王叔脱口诵出，“这么说来，靳尚荐举屈平，是出自张子的点拨了！”

“呵呵呵，”张仪笑笑，“王叔就是王叔！”

“以张子之见，若有昭阳辅佐，屈平必能成事？”

张仪摇头道：“除昭阳之外，屈平还需一人！”

“何人？”

“陈轸。”

“哦？”王叔怔了，盯住他。

“变法不在法，改制不在制。”

“在什么？”王叔倾身。

“在人。”张仪应道，“纵观列国变法，魏用李悝，齐用邹忌，秦用商鞅，韩用申不害。此四人，无不阴狠狡诈，精于权变，因此四国变法改制皆有成就。当年楚国改制，先悼王起用的是客卿吴起。比起上述四人来，吴起更是毒辣刚猛，没有什么事情是他不敢做的。可惜的是，先悼王崩天过早，致使楚国大业功败垂成。方今之世，能有四人之阴狠狡诈者，能有吴起之毒辣刚猛者，天下寥若晨星。唯有客卿陈轸，论阴毒他虽不及四人，论狡诈却是过之。可惜大王弃之不用。”

“你讲得是，”王叔叹服，“今朝大王颁出一令，已见真章了！”说着整理棋局，“哦，说个正事儿，芈月老大不小了，张子为聘亲而来，当要抓紧才是！”

“唉，”张仪两手一摊，“在下几番请求觐见大王，可大王推三阻四，只不肯见。大王不急，仪也只能是干着急！”说着摇头道，“不瞒王叔，那个馆驿，在下早就住得腻烦了。王上再不召见，在下打算前往越地一游。我治越一年，对越人真还割舍不下呢。”

“呵呵呵呵，”王叔晓得张仪提到越地的用意，笑道，“越地一游的事，张子最好是讲给大王听。听说越王是与你岳丈同归于尽的，那个场面很感人哪！”

“不忍直视。”张仪苦笑，“可在下……只能是眼睁睁地看着！”

“讲起此事，芈楸倒是有个念想。”

“王叔请讲！”

“就楸所知，王兄对令尹早有微词，有意觅贤代之。楸以为，治楚最合适人选，非张子莫属，是以有心向王兄举荐张子，不知张子意下如何？”

“在下才疏学浅，大王怕是瞧不上呢！”

“这个张子不必忧心，交给楸即可！”

张仪拱手道：“谢王叔厚爱！”

“呵呵呵呵，”见张仪应下，王叔乐了，收好盘中棋子，将一盒黑子递给张仪，“来，再开一局。”

在王命颁发的次日，昭阳府里陡然热闹起来。一辆接一辆的车马停在门外，一批接一批的昭门族人、亲戚及友人，凡是够得着关系的，都扶老携幼，跳下车马，快将昭阳府挤爆。

昭阳闭目坐在后花园的书房里，谁也不见。

众人也不多话，年老者坐上席位，年轻者坐在地上，即使稚龄童也在大人的压抑下没了嬉戏的心，一个个哭丧着脸坐在大人身边。昭门宅院黑压压地一下子挤进了四五百人，人数已经超过当年老夫人大丧的盛况。

没有人哭，没有人闹，所有人只是静悄悄地坐着。邢才安排仆从走马灯般在人堆里往来，提供饮食及时需。

天色迎黑，昭睢回府，见是这个场面，大吃一惊。

见到是他，无数道目光齐射过来。

一个年长者吃力地从席位上站起来，颤巍巍地走向昭睢。

这是先祖母江夫人的其中一个堂兄，昭阳叫他三舅，昭睢叫他三舅公，在昭门外戚里算是年龄最长的老辈了。

昭睢急迎几步，扶住他道："三舅公？"

"睢儿呀，"三舅公拉着昭睢的手，"三舅公总算把你盼回来了！"

"三舅公，"昭睢明知故问，"出啥事情了？"

"是出事情了。"三舅公盯住他，"听说咱门上的那张榜单是你拟出来的？"

"三舅公，我……"昭睢支吾了。

"唉，"三舅公长叹一声，"三舅公晓得你是不得已，都是姓屈的那小子逼你的，可……睢儿呀，"他颤抖着手指向院中的人，"你把大家伙儿全都列进榜单子里，以后你……让老舅公一家喝西北风呀！"

"三舅公——"

"睢儿呀，"不及昭睢说完，三舅公就截住他，"其他甭讲，老舅公只想求求你，这就去向那个姓屈的小子讲个情，让他放老舅公一马，放大伙儿一马，你对他讲，老舅公向他下跪了……"说完便扑通跪下。

所有的人全都跪下了。

"三舅公啊！"昭睢也忙跪下，悲哭起来。

然而，王榜既已张下，再想改变就是天大的难事。昭睢不好再讲什么，众亲也都晓得一切或是徒劳，但他们还是要表达态度，他们也必须表达态度。他们的封号、封地、特权，无不是先王封赐的，也无不在籍在册。先王的诏命无不被他们供在宗祠里，活在香火里，怎么能一道榜文就全没有了呢？

大家对跪了一会儿，昭睢将三舅公扶回他的席位上，然后迈着沉重的步子走向昭阳的书房。

昭睢敲门，开门的是昭鼠。昭睢细审，见书房里已坐昭鱼、昭佗、昭彰等几个昭门里在各个府尹执事的后生。

昭鱼挪了挪位置，让出个席位，昭睢在他身边坐下。

昭睢的屁股刚刚落定，邢才也推门进来，哈腰候着。

昭阳看向他。

“主公，又来了好几家，任凭老奴如何劝说，大家都不肯走，说是要坐到天亮。”邢才道。

昭阳闭目。

“主公，”邢才压低声音，“看得出来，事情怕是要闹大哩。”

“景门如何？”昭阳又问。

“没咱家的人多，但也吵得凶哩。还有屈门，不少人直接辱骂左徒，说他是屈门的败家子儿！”

“晓得了。”昭阳摆手道。

邢才哈了下腰，退了出去。

昭阳抬头看向昭睢道：“今朝有啥新鲜的？”

“左徒没来。”

“哦？”

“可能是在起草后续宪令。”

房间里的人听到后面面相觑。

“秦使可有动静？”昭阳看向昭佗。

“前日后晌出馆驿，前往王叔府，近一更方回，前后历时约三个时辰。昨日与今日他守在馆中，未见异动。”

“王叔府？”昭阳呢喃一声，看向昭鼠。

“王叔邀他对弈，弈两局，战平。”昭鼠应道。自与子启同陷牢狱之后，二人成了生死之交，凡王亲有重大活动，子启都要光明正大地扯上他。而昭鼠早晚进入昭阳的府门，反倒遮遮掩掩的了。

“只是对弈？”昭阳眯起眼睛。

“听子启讲，还议到了阿叔来着，说是大王有意让左徒取代阿叔，而王叔主张举荐张子。看来，阿叔的这个位子让人产生争执呢。”

几个后生脸上现出怒容。

昭阳闭目良久，然后抬头扫视几人，语气沉重道："再过几日，陈上卿就回来了。在上卿回来之前，你们几个不可轻举妄动，但要明里暗里扶持屈平。至于老朽，是该让位了！"

"啥？"昭雎吃惊，"父尹不会是要让位给屈平吧？"

"唉，"昭阳轻叹一声，"眼下能上位的也只有他了。"

几人面面相觑。

显然，比起张仪来，将令尹席位让给屈平，于昭门是更能接受的。

"你们去吧。"昭阳摆手，微微闭目，"老朽这要写个奏表！"略顿，又看向昭雎、昭鼠，"昭雎、昭鼠留下！"

几人走出。昭阳看向昭雎道："雎儿，从明日起，你明里听从屈平，暗里要听从王叔！"

"父尹？"昭雎急了。

"昭鼠，"昭阳没有睬他，转对昭鼠道，"记得王叔答应过给你补个县尹的缺，你该向他讨一讨了。"

"这……"昭鼠怔住了。

"还有，寻个机缘，把你雎哥引见给王叔！"

昭鼠吸了一口长气，良久，拱手道："小侄敬从！"

"父尹，"昭雎指向外面，"三舅公他们要死要活的，怎么办哩？"

"还能怎么办？为父这就写个奏请。"

"奏请？"昭雎怔了，"奏请大王撤回诏令？"

"大王铆足劲才下的诏令，能撤回吗？"昭阳苦笑了一下，指向外面的院子，"你们瞧瞧，这外面都是些什么人啊，一个个贪得无厌，吃相难看。吃王的粮，就得为王尽责履职，是不是？可他们倒好，税赋不交，徭役不出，空占职位，世世代代白吃净拿，却无一丝感恩之心，将所有这些视作是天经地义的事！看看世间禽兽，就晓得什么才是真正的天经地义了。对禽兽来说，爷娘老子再能扑抓，再能踢打，再能撕咬，子女若是无能，也只能成为强者的爪下鬼、腹中物！"他越说越气，鼻孔里重重哼出一声，"叫我看，左徒做得真还不够狠！等着瞧好了，大楚七百年宗祠、五千里江山，早晚要毁在这拨人手里！"

见昭阳竟然对自家的族人和亲友讲出这般狠话，昭睢、昭鼠心中俱是一震。

黎明，南宫窗外的鸟鸣声被宫人和宫女的勤奋劳作声取代。

怀王醒了，但破天荒地没有起来。他只是躺在榻上，将郑袖的枕头叠在自己枕上，又将两手搁在加倍高的枕头上，托住后脑勺，大睁两眼，盯着正前方屋顶的雕梁画栋。

那上面雕画的是楚国的国鸟朱雀，看起来与凤凰差不多，但不是凤凰。朱雀动感很强，显然是飞着的。它的鸟头看向柱子，柱上盘着一条龙，龙口冲向雀首。

怀王的眼睛盯住朱雀，心却没在雀身上，他的耳边交替响着两个声音，一个是自己的，另一个是屈平的：

“……记得寡人曾经说过，希望你能成为楚国的商鞅……商君这人，是真正在为国家着想。若是百姓各顾其家，何人为国效忠？国家，国家，没有国，又何来的家呢？”

“……臣考虑再三，始终以为，秦法有三利，也有三不利，不完全适合楚人……三利是，有利于国，有利于战，有利于近……三不利是其反面，不利于民，不利于和，不利于远……纵观古今，凡是图三利者，皆为无德、暴戾、寸目之君；而三圣五帝、盛世贤君，所思所虑，无不是相反的三利，一利天下苍生，二利天下太平，三利国运长远。有鉴于此，臣就没有考虑套用秦法，而只是取其精要，譬如奖励耕战、奖励垦织、定编裁冗、择贤用能等，其他则应参照楚地实际，另立宪制。”

怀王眼前跟着浮出与屈平在香池里携手共浴、相互搓背的场景。

怀王微微闭目，神色落寞，心里想道：“唉，屈平哪，你玲珑剔透，绝顶聪明，怎就吃不透寡人的心呢？有利于国，有何不好？有利于战，有何不好？有利于近，有何不好？可你呢，偏要反着来，还把什么三皇五帝、圣德明君套在嘴上。有些事是只能讲讲的，若是当真，啥人吃得消？譬如说你的这三利。利于民是好，可眼下你所裁除的冗吏，哪一个不是民？利于他们了，国库不就没钱了！利于和当然也好，可你想过没，楚国的哪一寸土地是靠和得来的？利于远也不错，谋事理当长远，可寡人又能活多久呢？千秋大业是要代代努力的，只靠我一人，外加你一个屈平，就能打造出一个万世基业了吗？你我做得再好，只要遇到一个不肖子，就啥也不是了。再说，即便是鹏程万里，也得从眼前的一步走起，是不……”

怀王正在顾自想着心事，郑袖风风火火地走了进来，手里牵着子兰。

子兰的另一只手里拿着一把木剑。

“父王，”子兰松开郑袖的手，扑到榻上，“孩儿在外面候你半晌了！昨晚讲好了，父王今朝要教我习剑哩！”

“呵呵呵，”怀王忽地跳下榻，“走，我们这就去！”

“兰儿，”郑袖转对子兰道，“你父王还要洗梳，你先到场上练会儿！”

子兰应过，蹦跳着出去了。

郑袖为怀王换上练功服，带他走到盆边，服侍他洗过脸。

“我的王，”郑袖让怀王坐下，自己跪在身后为他梳头，声音柔和，“兰儿一天天长大了，臣妾有个求请，望我王恩准。”

“你讲。”

“观兰儿还算伶俐，臣妾在想，该为他请个师父了，免得他没个管束，成为一个野孩子！”

“呵呵呵，你是看中哪一个人了吧？”

“满朝文武中，臣妾只相中一人，左徒屈平。”郑袖扑哧笑了，“比起练剑，兰儿更欢喜诗赋呢！”

“呵呵呵，这个好哩。”怀王笑起来。

郑袖回他一笑道：“敢问我的王，啥辰光能让兰儿拜师？”

“你讲。”

“方才祭司来了，说是后日就到了巫咸庙大祭的吉日。近些日来，臣妾已挑选二十八名伶俐宫女。按祭司要求，她们皆为处女身，由祭司日夜训练，筹备大祭。祭司说，目下万事俱备，只差一个巫阳，她想请屈大人出扮。臣妾已经许她了，吩咐她这就去请左徒入宫谋议祭事。臣妾同时请了上官大人，待他们来时，臣妾就想……”

“就依爱妃。”

屈平与白云双双赶至巫咸庙时已近晌午，郑袖与靳尚候有小半天了。四人议完祭礼，郑袖又笑呵呵地邀请三人前往南宫。

四人步入南宫，见宫闱已作工坊，宫人们大多都在忙碌活计。

“二位大人、祭司，花园请！”郑袖礼让道。

四人转入后花园，见怀王也在，正指挥子兰拿铜勺子从水桶里舀水浇菜。

这是怀王亲手开辟的小菜园，已经长出小苗苗了，乐得他每天都要莳弄一番。

望到他们，怀王忙拉过子兰，乐呵呵地迎上。

屈平、靳尚同时揖道：“臣叩见大王，见过兰公子！”

“呵呵呵，”怀王笑着摆手，“不必多礼！”然后指向旁边的凉亭，“来，我们去亭子里坐。”说罢扯上子兰，带头走上凉亭。

凉亭很大，早已摆好席次。怀王、郑袖入主席坐了，屈平、白云坐在左侧，靳尚独坐于右侧，子兰则怯生生地站在一侧。

怀王问过巫咸庙大祭的事，赞扬了白云几句，然后看向子兰道：“兰儿，过来！”

子兰走过来，站在怀王身边。

怀王拉过他，指向屈平道：“兰儿，来，拜见师父！”

子兰跪下，朝屈平叩首。

“大王，”屈平愕然，“这这这……从何说起？”

怀王笑笑，看向郑袖。

“屈子，”郑袖拱手道，“是这样，兰儿会识字、能诵诗了。屈子诗才誉满天下，本宫存心让兰儿拜在屈子门下，还望屈子不弃！”

“娘娘，臣……”屈平大急，看向怀王。

“呵呵呵，”怀王轻笑几声，“兰儿，给你师父吟咏一首！”

子兰抬头，怯怯地看向屈平：“后皇嘉树，橘徕服兮。受命不迁，生南国兮。深固难徙，更壹志兮。绿叶素荣，纷其可喜兮……可喜兮……”子兰记不起后面的句子，着急地看向郑袖。

“呵呵呵，”怀王乐了，将他抱起，拍拍他的小脑袋，看向屈平道，“屈平哪，你这弟子吟得如何？”

“吟得好哩！”屈平笑了。

“大王，”郑袖接道，“屈大人还没应承，没准儿是相不中这个弟子呢！”

怀王看向屈平。

“这……臣……”屈平有点儿凌乱，“敬受命！”

“谢屈子了！”郑袖拱手道，两眼直视屈平，“本宫还有一求，也望屈子成全！”

“娘娘，求字臣不敢当，”屈平渐渐冷静下来，拱手道，“若是有臣能效力之处，娘娘但请吩咐就是！”

“是这样，”郑袖盯牢屈平，“袖本为亡国遗民，承蒙大王不弃，得缘与天下第一诗才一起侍奉大王，幸莫大焉！袖幼喜诗赋，惜才疏学浅，不能成文。今逢良时，更有大王、祭司、上官大人在侧，袖斗胆求请屈子美诗一首，由袖亲绣于锦，挂于正堂之上，时时观瞻顶礼！”

“娘娘厚爱，臣受宠若惊。”屈平略一沉思，拱手道，“只是，娘娘有所不知，赋诗应对，须得闲情逸致。今日仓促，臣恐难成美诗，有伤娘娘雅兴。乞请娘娘宽限数日，俟臣气沉心闲，再为娘娘赋诗如何？”

“是了，是了，”郑袖笑逐颜开，“袖诚谢屈子，期待屈子美诗！”

昭阳向怀王提交的奏请是请辞令尹，他称自己年岁大、头痛、头晕、记忆力下降等，又称令尹是国家要枢，自己已力不胜逮之类。

怀王晓得昭阳为何请辞，这也正中己意，他正在思忖应对时，内尹禀报王叔觐见。

王室近亲中，胞弟芈楸是怀王又敬又惧的一个人。敬他是因为他从未与自己争夺过王位，且在明里暗里拥戴他，尽管在先王诸子中，王叔是最有资格一搏大位的。而惧他是因为他城府太深，与怀王永远保持相应距离，言行举止也把君臣、兄弟的分寸把握得极好。

对于这个王叔，怀王一向不敢怠慢，遂正好衣襟，躬身出迎。先叙君臣之礼，后道兄弟寒暄，诸般礼毕，怀王方携王叔之手，入殿正位。

“臣弟此来，是为一桩大事。”王叔直入主题。

“贤弟请讲。”

“阿姊夭亡，留下一双儿女，看着看着也长大了，尤其是芈月，已届二九，早该嫁人了。女大不中留，为她的婚事，臣弟操过不少闲心，可没有一人合她心意的。秦使此来诚意睦邻，为秦王求聘，于芈月倒是一个不错的归宿。这几年来，芈月在臣弟身边，臣弟知她机灵。有她在秦深宫，于我不是坏事。臣弟是以——”

“愚兄已经晓谕靳尚，秦使求聘的事，由贤弟一力主持。贤弟可办隆重一些，需要宫中做什么，贤弟可吩咐靳尚。”

“谢王兄信任！”王叔拱手道。

“贤弟来得正好，愚兄正有大事相商。”怀王从案头拿起昭阳的辞呈，递了过去。

王叔接过，浏览了一遍，放在案头。

“昭阳确实老了，”怀王盯住王叔道，“楚国又临多事之秋，非年富力强者不可胜任。令尹之位非同寻常，愚兄想听听贤弟之见。”

“令尹是佐王兄的，当由王兄定断！”王叔笑道，“只有君臣和谐，方能成就大事。”

“贤弟可有举荐？”

“王兄一定要臣弟举荐，臣弟可举一人，张仪。”

“张仪甚好，是个大才，只是他……”怀王迟疑了一下，“目下为秦使，又是秦王国相，在秦位尊权重，未必肯舍身哪。”

“张仪肯不肯舍身，王兄何不亲口问他一问呢？”王叔笑道。

“传旨，”怀王被逼到墙角，只好转身对内尹道，“有请秦使张仪入宫觐见！”

张仪入见时，向来不理朝政的王叔选择回避，辞退回府。

为示随意，怀王改在偏殿接待张仪，也没有穿戴正式的王服。

见完礼节，怀王拱手道：“抱歉，抱歉，听靳尚说，张子已抵郢多日，可叹熊槐冗务缠身，慢待了！”

“大王客套！”张仪拱手还礼，“仪出山即来楚地，早已视楚为故土。此番名为使楚，实则是回归故土呢！大王许仪时日以重游旧土、访问老友，仪还感恩不尽呢，哈哈哈哈！”爽朗笑过几声后，又压低声音道，“不瞒大王，郢都方圆左近，凡此前所涉之处，仪已遍游，这正打算前往吴、越呢！”

张仪提到吴、越，显然是在摆功。

“唉，”怀王听得明白，长叹一声，“说起往事，楚国能得吴、越之地，张子功不可没，可惜当年阴差阳错，让楚痛失张子。寡人每念及此，嗟叹不已！”

“是仪无福，无缘服侍大王！”

“往日不可追，来日犹可期。”怀王倾身道，“假使来日就在眼前，敢问张子，愿意弃秦事楚否？”

“大王这个来日，仪纵使有心，怕也……”张仪顿住，良久，又指指自己的小腹，“我没有这个胆气呀！”

“张子何以认定自己没有这个胆气？”

“仪曾胆气豪迈，可惜让大楚的令尹大人关进牢里打没了。大王今又提起，万一令尹大人再搞出个什么璧来……”张仪做出惊惧状，“仪是打骨子里头感到害怕啊！”

“不瞒张子说，”怀王拿出昭阳辞呈，“昭阳年事已高，不堪国事，已经奏请告老还乡。”

“哦？”张仪眼珠子连转了几转，拱手道，“谢大王厚爱！只是，令尹高位，德寡才疏者不可轻居。仪德寡才疏，敢问大王，为何放着身边大才不用，反来求仪呢？”

“身边大才？”怀王倾身道，“他是何人，寡人愚痴，请张子指点。”

“左徒屈平！”

“张子何以认定他是大才？”

“他不仅仅是个大才，而且是个圣才！”

“大才与圣才差别何在？”

“大才可助大王成就一代明君，独霸一方，如方今之令尹于大王；而圣才可助大王成就一代圣王，一统天下，如昔日之子牙于大周武王！”

怀王倾身道：“若以此分，张子当为何才？”

“怪才，”张仪淡淡一笑，“可辅寡道之君，成就混世魔王！”

“哈哈哈哈，”怀王长笑几声，指着张仪道，“有这么自夸的，寡人今日始见哪！”又笑了几声，“没想到张子是个这般有趣的人！”说着转对内尹道，“摆酒！”

饮宴过后，张仪辞归，随即直入靳尚宅第，将王叔举荐、怀王召请他、他又举荐屈平诸事略述了一遍。

“天哪，”靳尚急了，“你这是真的要把姓屈的推到令尹大位上呀！你不晓得大王对他有多好，拉他在一个池子里洗过澡，搓过背……”

“是吗？”张仪笑了。

“这在楚宫里是破天荒的事情！”靳尚道，“那个池子我晓得的，叫香池，即使内尹，也是不能下水的，可姓屈的不但下了，大王还为他搓背了呢！”

“是吗？”张仪又是一笑。

“眼下大王最信任的人就是姓屈的了，早就筹划让他做令尹呢！”

“听闻屈大人近来事务繁忙，都在忙什么呢？”

“破盐案呢！”靳尚阴阴一笑，“这不，昭阳若撂挑子，更有他受的。昭阳这当儿辞职，只为一个，裁冗。姓屈的没有历过事，真还以为是过家家呢。”

“还忙什么了？”

“南宫请他做子兰的师父，又请他献诗，他全应承了。还有巫咸庙的事，明晨大祭，白祭司一定要他扮巫阳，他也应承了。再就是造宪令，大王用他只为改制，而要改制……”靳尚顿住了。

“甚好，甚好！”张仪连赞两下，缓缓闭目，良久，半是自语，半是说给靳尚道，“靳大人，你晓得白祭司吗？”

“在楚地，除屈平之外，没有人能比在下更晓得她！”靳尚压低声音，“大王让她迷上了，天天缠着她，想把她推倒在自己的榻上。可她心里只有一人，就是姓屈的，对大王不冷不热。大王没奈何哩，这出戏有得看！”

“任何女人大王都可以推倒，唯独不能推倒这个祭司！”

“为啥？”靳尚惊讶道。

“因为她是大王的嫡亲侄女！”

“啊？”靳尚目瞪口呆，良久，又看向张仪，“你是说，她是——”

“没错儿，是王叔的女儿！”张仪淡淡应道，“她的生母本为巫咸山巫咸庙祭司。当年王叔图谋巴人盐泉，扮作盐商入巫咸山购盐，上山祭拜巫咸大神时邂逅了祭司，二人互生情愫，生下一女，就是这位白祭司。再后来，王叔引军攻入盐池，血洗巴人，那个祭司方才明白原委，因觉得愧对巴人，遂跳崖身亡。”

靳尚倒抽了一口冷气。

“你可晓得白祭司为何姓白？”

靳尚用目光征询。

“白祭司的生母跳崖之后，白祭司被一个叫鹖冠子的隐人收养。那隐人姓白，是楚平王之孙白公芈胜的嫡系后人，长年隐于巴地巫咸山，精通数理，学识渊博，被当地巴人奉为先知！”

“天哪！”靳尚惊叫。

“白祭司的生母，其实就是那个叫鹖冠子的隐人的嫡亲女儿，其生母为巴巫。所以白祭司就是巫咸山巫咸庙的祭司传人！”

“天哪！”靳尚又叫出一声，随后深吸两口气，略略一顿，道，“如此隐秘的私事，张兄是如何晓得的？”

“呵呵呵，”张仪轻笑了几声，“这事儿在郢都是隐秘，在巴地却是寻常。不瞒靳兄，在下征巴时，与几个巴子相熟，大凡巴人的事，在下没有不知的。作为巴人圣地，巫咸山与巫咸庙在下自不陌生。靳兄晓得，在下向来好打听这些事情。对于庙中祭司及祭司背后的故事，在下能不感兴趣吗？”

靳尚信服。

由于次晨就是后宫巫咸庙大祭，而大祭不可出错，靳尚与南后便约好要预演一遍，靳尚不敢多聊，遂礼送张仪。他急急进宫，见南后已在庙中候自己。祭坛早已搭好，在白云的主持下，乐师并巫女实景盛装，将次日的祭礼预演了一遍。

预演很顺利。

南后兴甚，请白云、靳尚入南宫后花园品茗。白云推说要筹备祭事，请辞出宫。南后许了，随后就与靳尚在后花园的凉亭里摆上茶具，说些闲话。

见机会难得，靳尚遂将张仪所讲的祭司诸事略述了一遍，惊得郑袖小口大张。

“我的巫咸大神哪，”郑袖捂住胸口，压住剧烈的心跳，“祭司若是王叔嫡女，就是大王的亲侄女哩！”

“正是，”靳尚点头，“大王与王叔乃一母所生，祭司是王室嫡亲中的嫡亲。”

“怪道王叔关切祭司呢。”郑袖若有所悟。

“王叔怎么关切了？”靳尚急问。

“那日听天意决定如何处置子启时，王叔就如中了魔，自始至终，眼珠子都没离开过祭司。因为这件事情，我在心里嘀咕了好几天。后来子启传话，要我关照祭司，我问他传谁的话，他说是王叔。我以为王叔打啥歪主意，要与大王起争执呢！这下算是通透了。”郑袖略略一顿，“幸亏大王还算节制，如若不然，就是乱……”郑袖生生卡住了后面的“伦”字。

“不仅仅如此，”靳尚接道，“按王叔这儿，祭司是大王的嫡侄，而按白公后人排辈，祭司当是大王的堂妹呢。”

“呵呵呵，”郑袖笑了，“都是好事情。堂妹也好，嫡侄也好，都是大王亲人。是大王亲人，就是本宫亲人。从今朝始，我把祭司当作亲人看了，再不防她什么！这些日来与她相处，真心觉得她是个妙人儿，心里净得像是一池子清水。”

新庙落成，大祭在即。这是白云第一次主持大祭，且是在楚王宫里，她的心里还是紧张的。庙中诸事已安顿妥当，现在她需要的是平复自己的内心，而能平复她心的地方，眼前只有一处，屈平的草庐。

天不黑她就回来了，然后独坐于房中兰盆，静心宁神，等待屈平。

人定时分，院外车马响过，屈平回来了。

一个囫囵迎住他。

“阿叔，阿姐回来了呢！”囡囡一脸兴奋。在她这里，辈分是凌乱的。

“在哪儿？”屈平急问。

“屋子里呢。”囡囡扯他过去。

屈平大步走进，边走边叫：“阿妹？”

屈平跨进房门，呆住了。

屋中弥漫着淡淡的雾气，一股兰香伴着雾气扑鼻而来，沁人心脾。

烛光下，白云一丝不挂，静静地坐在浴盆里。

屈平呆住了。

屈平没有退走。

屈平的两腿根本迈不动。

奇怪的是，屈平内心没有出现任何的狂热与悸动。屈平的心如被一股强大的能量攫住，动弹不得，只有两道目光透过重重水雾，实实地落在眼前的少女胴体上。

白云没有动，没有说话，只将两眼闭着，静静地坐在浴盆中，沐在兰汤里。

一头湿漉漉的黑发侧搭在她的胸前，掩住半只乳房，嗒嗒地向下滴水。

时间停滞了。

这两个人，一个跨脚站在门槛上，一个端正坐于兰汤中。

不知过了多久，屈平突然声音轻快、语调兴奋道：“云妹，吾得之矣！”

“得之什么了？”白云出声。

“南宫娘娘所要的诗！”

“是吗？”白云笑了，“吟出来听听。”

屈平朗声吟道：

浴兰汤兮沐芳，华采衣兮若英。
灵连蜷兮既留，烂昭昭兮未央。
蹇将憺兮寿宫，与日月兮齐光。

龙驾兮帝服，聊翱游兮周章。
灵皇皇兮既降，猋远举兮云中。
览冀州兮有余，横四海兮焉穷。
思夫君兮太息，极劳心兮忡忡。

“你想得很远了。”白云嫣然一笑，站起身子，跨出浴盆。

“我想到哪儿了？”屈平从她身上移过目光，退后一步，让出房门。

“想到巫咸山了。”白云朝囡囡伸手。

囡囡递上巾帛。

白云擦过身子，披上纱衣道：“你去过那山吗？”

“去过。”屈平语气笃定道。

“是刚刚去过的吧？”白云嫣然一笑。

“咦？”屈平愕然，“你怎么知道？”

“巫咸大神启示给我的！”白云嘻嘻一笑，指向他的房间，“那儿也有你的一盆清水，去吧，净身，斋心。明晨大祭，巫咸大神并不想看到一个满是污秽的巫阳呢！”

是夜，屈平、白云皆未就寝，斋坐一宵，听到远处的四更梆声后，便启程赶往宫城。交五更时赶至巫咸庙，早有宫人候在那儿，筹备大礼了。

及至平旦，也即东方发白、日出天地一线支时，大典开启。怀王并各宫室嫔妃、宫人、公子、公主等一应数百人众围观于早已搭好的祭坛前，四周五颜六色的尽是人头。王叔、靳尚等也各携夫人赶至此处，陪怀王坐在核心观台。

起巫乐的是王宫乐坊，二十八名被巫咸大神选中的宫女穿着清一色的巫服，在巫乐中翩翩起舞。而后祭司登坛，召请巫阳，对跳巫咸大舞。

出人意料的是，巫阳与祭司均着巫服，并未裸身。

跳至酣处，巫阳、祭司二人分别走向观台。巫阳牵手郑袖，祭司牵手怀王，又双双走回祭坛。

巫阳击掌，巫乐再起，一股云雾由祭坛左右二角突然生起，缓缓入坛。雾气弥漫坛上，将怀王、郑袖、巫阳、祭司并一干巫女笼罩在薄雾中。

巫阳起吟："皇天浩瀚，后土缠绵，楚王迎请，巴神巫咸；巫咸大神，男面女身，总司天空，雷电风云；昨日巳时，风满南宫，娘娘兴起，求诗屈平；屈平觅诗，及至亥时，朦胧之中，云中君至；闻平诉求，慷慨赐诗，诗献娘娘，歌以抒志。"吟罢凝视郑袖，行鞠躬礼，"南宫娘娘，请受云中君美诗！"

郑袖至此才明白屈平邀她上场的用意，紧忙还礼。

巫乐响起，巫阳起唱：

浴兰汤兮沐芳，华采衣兮若英。
灵连蜷兮既留，烂昭昭兮未央。

众巫女合唱：

灵连蜷兮既留，烂昭昭兮未央。

祭司接唱：

蹇将憺兮寿宫，与日月兮齐光。
龙驾兮帝服，聊翱游兮周章。

众巫女合唱：

龙驾兮帝服，聊翱游兮周章。

巫阳再唱：

灵皇皇兮既降，猋远举兮云中。

览冀州兮有余，横四海兮焉穷。

祭司跟唱：

思夫君兮太息，极劳心兮忡忡。

众巫女合唱：

思夫君兮太息，极劳心兮忡忡。

众巫女将最后这一句连唱三遍，且在唱时，围作一个圈，使郑袖打头，将怀王裹在核心。巫阳、祭司则站在圈外，一左一右，如风如云。

薄雾再度飘来，整个祭坛若隐若现，如仙山巫境。

郑袖哭了。

第六章

立朝堂屈平孤独　斗敌阵陈轸反杀

怀王改制，以雷霆万钧之势颁出了首道宪令，欲从屈、景、昭三氏头上开始动刀，却遭三氏冷遇。由于负责行令的令尹昭阳称病告老，宪令在颁行五日之后，郢都依旧波澜不惊。

怀王震怒了，于第六日大朝之时授命左徒屈平代行令府尹事，旨曰："盖因令尹昭阳罹患疾疫，旨令左徒屈平暂领令府尹一应事宜，节制百官属僚、郡县尹守，造宪定制，督察王命普施！大楚之内，无论何人，上自太子，下至隶农，但凡违抗王命者，左徒府均有先斩后奏之权！"

这个权力是巨大的，文武百官皆面面相觑。

宣旨完毕，内尹步下王座，将旨令递给跪在王座前接旨的屈平。

屈平接过旨令，谢过恩，怀王就退朝了。

若在往日，怀王前脚退朝，众臣后脚也就散了。这日却不同，怀王走了有两息辰光，朝堂上仍无任何动静，无数道目光从不同的角度射向跪在王座前、手捧王旨的左徒。

这辰光，屈平不再只是一般的左徒，而是代行令府尹事、有先斩后奏之权的代令尹左徒。

屈平感受到了这些如剑的目光。

屈平缓缓起身，转过来，立于殿中，两道目光直扫出去，由左及右。

昭阳告病，不在其位。文臣打头的是太子芈横，其次是他屈平，再后是子启、彭君、上官靳尚。武将之中，排在首位的是两位上柱国，大楚左右司马，屈丐与景翠。

所有人的目光都在屈平身上，包括太子芈横。按照王旨，即使太子的生死，这辰光也操在屈平手中。

所有人的目光都与往日不同，齐刷刷地盯住屈平，就好像他是一个怪物。

第一个走出去的是太子芈横，他经过屈平时，没有向他祝贺。

再后是景翠与屈丐，他们脚步沉重。

射皋君起头，从席位上站起，过分夸张地拂动着袖子，拍打根本不存在的灰土。随后众臣不约而同地站起来，殿堂里纷纷响起拂袖的啪啪声。

朝堂之上，没有一人向屈平贺喜。

朝臣们接踵而去，殿堂里空荡荡的，只剩下屈遥、景鲤与昭睢了。

景鲤、昭睢相视一眼，走了过来，他们也没有贺喜，只是目光复杂地盯住屈平，过了良久，轻叹一声，并肩走去。

空荡荡的朝堂里只有屈平与屈遥两个人了。

"阿哥，"屈遥朝屈平笑笑，拱手道，"遥弟道贺了！"

"谢遥弟！"屈平回他个笑，扬了一下王旨，又纳入袖中，大步走出。

夜幕降临。

静谧的草庐里，屈平无心入睡，也不能入睡。他的几案两侧各堆了一摞竹简，左侧是楚国的成文宪制，右侧是他需要参阅的列国律法。这些律法他已熟悉，摆在这儿不过是为备不时之需。

屈平的面前，也摆着一卷竹简，这是他正待拟定的一系列宪令。

然而，此时此刻，屈平的心思根本不在宪令上。

屈平后晌就回来了，一直这样坐着。他的心显然很乱，晚饭也没吃，一直拧着眉头。

一阵脚步声从外面传进来，是服侍白云的囡囡。她吃力地搬着一盆盛开的兰花，摆放在几案前面。一股幽香弥漫开来，沁人肺腑。

跟在后面的是白云，她端着一只托盘，盘上是一碗米饭、一碗羹汤、两盏咸菜。白云将托盘放在案上，瞄了他一眼，然后拨亮灯芯，又燃起两根油松枝，插在特制的灯架上。

房间里亮堂起来。

白云指了一下饭菜，努了努嘴。屈平朝她们笑笑，拧着的眉头舒展开来，拿起箸子，开始就着咸菜吃饭。

看到一边摆着一架老琴，白云便走过去，在琴边坐下，轻轻拨动琴弦。

琴声响起，初时悠然荡然，如风过空谷，云掠山巅；继而促然嚣然，如乌云笼罩，疾风扫林；再后铮然砰然，如电闪雷鸣，暴雨倾盆；最后舒然泰然，如雨后彩虹，高空过雁。

屈平惊呆了。

屈平停住箸，闭起眼睛，泪水流了出来。

自相识以来，屈平只晓得她能行巫，能诊病，能司祭，能养花，能烧饭，能做衣，真不知道她还能弹琴，且弹得这么好。

白云一曲弹完，看向屈平："怎么不吃了？"

"听饱了。"屈平放下箸子，凝视着她，"你弹出了我的心。"

"你的心听到什么了？"

"听到了巫山风暴。"

"巫山风暴怎么了？"

"骤雨不终日，过后就是晴天，是不是这样？"

"是的。"白云淡淡一笑。

"云神，"屈平握拳道，"屈平晓得怎么做了。"

话音落处，只听院门外有车马驶近。

这辰光来的车马，定是急事。

屈平迎出。

二人走了进来，打着灯笼。

是屈遥与他父亲屈丐。

“阿叔，遥弟？”屈平深深一揖。

屈丐摆手，算作回礼。屈平礼让二人进舍，拿过席位坐下。

屈丐的目光落在依然坐在琴边的白云身上。

“阿叔，她是白云，巫咸庙祭司！”屈平介绍过，又转身对白云，“阿妹，这是我阿叔，楚国左司马！”

白云拱手道：“白云见过司马大人！”

屈丐朝她笑笑，拱手回礼道：“早听屈遥讲起你，说你是个奇女子，今日一见，果是不同凡俗！”说着转身对屈平道，“阿叔贺喜你！”

屈平、白云显然听出屈丐之意，相视一眼，各自红脸。

“贤侄，”屈丐敛起笑，“阿叔此来，是有事情问你。”

“阿叔请讲！”

“听屈遥说，你仍在奉旨起草新宪，是吗？”

“正是。”屈平指向案头，“刚刚开始呢。”

“贤侄，”屈丐直视屈平，“阿叔想对你说，点到为止，见好就收吧。”

“阿叔？”屈平怔了一下。

“贤侄，你晓得自己在做什么吗？”

“阿叔，你讲！”

“你在与一个群体对抗。几十年来，不，几百年来，他们已经结成脉络，织作巨网，密密麻麻，层层叠叠，渗透在楚国的每一个毛孔里。贤侄呀，你还稚嫩，完全不是他们的对手！”

“阿叔，”屈平接道，“小侄明白自己在做什么！小侄曾对巫咸大神起过誓，即使用尽最后一滴血，也要撕破这张网，使楚国能真正强盛起来！”

“唉，”屈丐长叹一声，“贤侄呀，今天在朝堂上，你应该看明白了，你只是一个人哪，你只是一根铁钉，而他们结成的是一块又大又厚的砧板，你是钉不进去的！”

“阿叔，”屈平握拳道，“小侄不是一个人！小侄有阿叔，有遥弟，有景翠，有景鲤，有昭睢，有昭阳，有靳尚，有南后，有大王，更重要的是，小侄有千千万万个志在改变这一切不平等的底层民众，他们全都支持小侄！”

“唉，”屈丐连连摇头，“贤侄呀！你是真的稚嫩呀！你是真的没看明白呀！你是真的不晓得眼前的郢都正在发生什么呀！”

“发生什么了，阿叔？”

“一如今日朝堂之上，除大王之外，没有一个人支持你！”屈丐指向屈遥，“包括你的遥弟！”

屈平眼睛睁大，看向屈遥。

屈遥轻叹一声，转过了头。

“你方才讲的那一堆人，先说靳尚，他早与秦使张仪、王叔、鄂君他们结在一起了，你能指望他吗？靳尚于郑娘娘有救命大恩，靳尚移志，郑娘娘还能向着你吗？景、昭二氏的大门，这几日来被沾亲带故的人挤破了门头，景翠正头大，而昭阳干脆请辞令尹，不理这事情了。至于你讲的昭睢，就这当儿，正被昭鼠扯入鄂君府，在与靳尚、张仪诸人宴饮取乐呢！”

听到昭睢在陪张仪、靳尚宴饮，屈平吃了一惊，看向屈遥。

屈遥点头。

“贤侄呀，”屈丐一发而不可收，“你切切不可忘记，屈、景、昭三氏永远都是公族，这个族里的每一个人，都在享受这个国家的福祉，其中也包括贤侄你。没有公族这个招牌，贤侄纵使再有能耐，能进入楚王的宫城吗？能凭几首诗赋就当上大楚的左徒吗？贤侄得了如此之大的好处，可你所拟的宪令却是与整个公族作对，与整个王族作对。裁冗改制，累世不袭，锋芒所向，这是在剥夺他们已经得到的一切，这合适吗？是的，你的宪令有利于大王，有利于千千万万个大楚底层百姓，可大王之所以成为大王，也是生出来的，也是累世袭来的。没有公族与王族，何来的大王？至于底层百姓，他们能懂你吗？即使他们懂你，支持你，可朝堂之上，有他们立脚的地方吗？”

面对阿叔的一连串雷霆之问，屈平惊呆了。

“贤侄呀，”屈丐语重心长，“听阿叔的，适可而止吧。”

“阿叔，”不知过了多久，屈平缓过神来，一脸真诚地望着屈丐道，“小侄晓得您讲的是实情，小侄晓得您是一个明白、通透的人。

可阿叔呀！正因为您明白，您通透，您才更应该清楚大楚眼前的处境。站在我大楚对面的是秦人。秦人乘着商鞅之法所带来的威势，拿着我大楚乌金所造的枪，占商於，夺巴蜀，控汉中，望黔东，以扇形围猎我大楚。阿叔呀，依眼前之楚，秦人若来时，我何以拒之？王族、公族永远骑在民众身上，不给他们任何机会，秦人打来时，却又让民众以命相搏，这可能吗？阿叔呀，俟秦人打来，他们最想干的是什么呢？他们最想得到的是土地，是百姓，而最想毁灭的正是王族，是公族，那时节，阿叔啊……”说完顿住话头。

“唉，”屈丐长叹一声，摇头苦笑，“贤侄呀，阿叔晓得你看得远，走得正，可眼前这一步，你走得太快了，无益于国不说，也将毁掉屈氏一门哪！不瞒你说，前番宪令刚一颁布，阿叔门前就已停满车乘，哭泣的，求情的，送礼的，寻死的，啥样的人都有，哪一个都是屈门亲朋，哪一个都在数落你的不是，诅咒你是屈门的逆子！”

屈平伏地，叩首道：“小侄对不起阿叔，对不起屈门的亲朋好友了！小侄也请阿叔转告那些亲朋好友，举头三尺有神明，他们凭借祖荫，不学无术，空职套饷，尸位素餐，鱼肉乡里，不纳赋税，难道就一直心安理得吗？”

屈丐没有接受他的叩首，而是长叹一声，缓缓站起，转过身，走向舍外。

屈丐的步子极是沉重，历经沙场的壮硕身子在夜幕里微微晃动。

屈遥看了屈平一眼，亦叹一声，跟在老父身后，挽住他的胳膊。

屈平、白云跟出草庐，目送阿叔二人登上辎车，在灯笼的亮光下辚辚远去。

白云伸出一只手，握住屈平，而她的身体，松软地倚在了他的身上。

在这寂寥的夜里，一股暖流从她的手心涌出，缓缓地流进屈平的身与心。

翌日晨起，屈平早早来到左徒府，正式施行王命，传令除三氏之外的各府尹、各公族拟出裁撤名册，公示于闹市。其实，整个裁撤过程极其简单，先由各家自查自报，最后由相关司府尹，具体来说就是左徒府，张榜公示。尽管限定日期内没有一家自查自报，但屈平早有准备，拿出数日之前使府中各尹司吏员对照王室册籍做好的榜文，于这日午时，在持枪甲士的护送下，敲锣打鼓，张布于闹市之中。

若照怀王之意照搬秦法，各家公族此番集体抗命，不知将有多少颗人头落地。

而屈平的这次改制既有人性，也具备可执行性。先由各家自报自查，继而由官府张榜公示，交给社会监督，以举报错漏。俟公示成立，代表王室的相关府尹就会直接取缔被裁撤人员的职衔、薪俸、封号与封地的相关治权。按照屈平所拟的新颁王命，被裁撤冗员的此前所得，依旧归他们所有，但他们所世袭的三世以上职爵，从裁撤之日起就不再拥有。王室在收回他们的封地与治权后，交由相关府尹评估作价，被裁撤者可以优先回购。凡未被回购的物业，则被视作原业主自行放弃，由相应府尹统一向社会公开出售。

然而，对于如此人性化的宪令，养尊处优惯了的王公贵胄们却并不领情。榜文刚一张示，闹市区的街道就杂乱起来。很多人趁乱起哄、辱骂，甚至公然朝榜文吐口水。他们人多势众，守榜的兵士根本弹压不住。

颁布王榜的次日早上，天色蒙蒙亮，为造新宪又是一宵未睡的屈平洗梳完毕，正在草舍后面舞剑醒神。突然门外飞车赶至，屈遥匆匆进来，说是左徒府出事了。

屈平赶忙上车，驰至左徒府，见门前已围起一大堆人，地上并列摆着两具尸体，听守护府尹的军尉介绍，他们也不知这两个人是何时因何事吊死在门楼上的。

屈平拨开人堆，上前验看，见死者是两个穿戴齐整的老人，身上各系一块木牌，牌上写着他们的诉求，即求请左徒奏报大王，他们情愿以一死换取先祖的荣誉。

屈平正在寻思如何安置，数以百计的人从四面八方赶了过来。屈平明白，他们是两个老人的家人及亲属，其中也不乏有相似遭遇的族人或看热闹者。一时间，左徒府前人声鼎沸，众人纷纷朝屈平冲击。军尉急了，指挥兵士挺枪张弓，排成阵势，掩护屈平、屈遥退入府门，从里面闩上门，还在门后顶起两根木柱。

那些人顿时疯了，转瞬间变作暴徒，或撞门，或哀号，或谩骂，或扔砖石砸门，场面混乱不堪。

“大人，这是蓄意暴动！”军尉急禀，“我们的兵员不够，如何是好？”

“大楚重衙，王宫就在眼前，岂容暴徒撒野！”屈遥震怒，拔出宝剑，吩咐军尉，“传令，所有卫士听我号令，全身披挂，张弓以待，凡敢冲门者，格杀勿论！”

屈平也从惊乱中回过神来，略一思索，看向府中负责册籍的咸尹：“拿册籍，核验两位死者的世系！”然后转对军尉道，“开门！”

“阿哥？”屈遥震惊。

屈平看着军尉，指向房门。

军尉吸了一口长气，撤掉顶柱，拔掉门闩，打开了府门。

看到府门突然间大开，众人不约而同地后退出十几步，场面一下子安静下来，无数道目光射向府门。

旭日东升，霞光将深红色的院门映得殷红。

屈平将佩剑递给屈遥，昂首挺胸，缓步走出。

“诸位父老，诸位大人，”屈平朝众人深鞠一躬，“在下屈平，大楚左徒，这儿是左徒府。国有国法，家有家规，诸位父老于清晨聚于本府门外，有何诉求，还请讲来！”

“左徒，”一个为首的壮士跨出几步，指着依然躺在地上的两具尸体，声色俱厉，“你的眼睛没有看到吗？两位老人是我族人，你且回答，他们为什么好端端地跑到你的门口，吊死在你的门上？”

“这位壮士，”屈平二目如电，直射过去，手却指向府门，“请你看清楚，这儿不是在下的舍门，而是大楚的左徒府，此匾由大楚之王题写！作为主持此府的王命左徒，在下正要问你，你的族人，也就是这两位老人，为何会于夜半时分来到此处，吊死在此府的大门上呢？”

“你……”那人几乎是吼了，“你不要装作不知！”

“这位壮士，请静下来，讲出道理，”屈平指天，“公理在天，苍天在上，声音高是没有用的！”

众人面面相觑。显然，这样一个左徒是他们未曾料到的。

“好，我这就与你讲道理！”那人看了一下苍天，指向二尸，朗声道，“这两位族人被你左徒府张贴的王命逼得走投无路，这才吊死在你的府门之上！”

“你且讲讲，他们怎么就走投无路了？”

“你……”那人嘴巴连张了几下，却没有出声。

“咸尹，”屈平朝门内叫道，“你可查出二位死者的身份了？”

“下官已经查出。”咸尹拿着册籍走出来，站在屈平身边，朗声应道，“两位死者，一位是汨水沙氏，名柳江，其祖为汨国公孙，得封汨水江尹，其后人袭祖业一十二世，自第七世起搬离汨水，几经辗转，入郢都谋业，开肆售卖渔猎网具。而沙氏柳江仍旧承继汨地祖业，有良田三十五井，食江尹薪俸。另一位死者是邓州李氏，其祖为邓国公孙，得封湍水江尹，其后人袭祖业一十五世，自第九世起搬离邓地，移居郢都，开店肆售卖履屐、麻衣，依旧承继祖业，食江尹薪俸。”

“你们可都听见了？”屈平看向众人。

“怎么了？”那人大叫，“祖业为王命所封，我们为何不能承继？”

“诸位父老乡亲，”屈平朗声道，“你们既认王命，我们就说说这个王命。别的不说，在下只问你们一个问题，身为方今楚王的子民，你们为何不听方今楚王的王命，却牢牢抱住几百年前的先王王命不放？汨国也好，邓国也好，早已绝祀不知多久，而后世之人却仍然不忘汨公、邓公所封，这是公理吗？先悼王时，就曾颁发过王命，仅限三世之袭，先悼王的王命就不是王命了吗？今朝大王再颁王命，重申先悼王的王命，方今大王的王命就不是王命了吗？两位老人承继祖业一生，临老却被取缔，一时想不开，情有可原。可诸位父老，难道你们也都真的不明事理，要违抗王命，到朝廷命府来寻衅滋事吗？作为大楚子民，放着双手不用，一心贪吃十八辈祖宗的剩饭，这有出息吗？”

众人一是被屈平的言辞与气场镇住了，二是细想下来，自己确实不在理，一个个都耷拉下了脑袋。

“今日之事，本府就不予追究了。”屈平拱手道，“父老乡亲们，尤其是两位老人的家人与族人，屈平在此奉劝诸位，将两位老人的尸首好生带回，以礼安葬，谨守王命，勤劳致富。如果诸位真的欢喜你们的祖业，真的怀念你们祖上的荣誉，就用手中的真金白银将祖业回购，或是以勤劳与才华报效大王，在大王麾下建功立业，再受王封！”

为首那人气势不再，便指使族人将两具尸体抬走了。

一场行将发生的暴乱竟被屈平的犀利言辞轻松化解，屈遥大为叹服，他走过来，紧紧握住屈平的手道：“阿哥，昨晚上的事情，不是我的心，是父公——”说着顿住了。

“阿哥晓得。”屈平也紧紧握住屈遥的手，“阿叔讲出那些，也不是他的心。遥弟，我们已经没有退路，大楚国也已没有退路了。要么死，要么生！”

路途坎坷。五十辆盐车依旧未到，只有陈轸回来了。

陈轸在昭阳的催促下星夜兼程地赶回来，还未进家门，就先进了昭府。

昭阳正在午休，听闻声响，光着脚丫子就迎出来了。

“老弟呀，”昭阳握住陈轸的手，流出老泪，“老哥总算是把你盼回来了！”

“老哥，出啥大事了？”陈轸顾不上寒暄，直入主题。

昭阳带他入内，关门闭户，将郢都近日发生之事一五一十地对他讲述了一遍，末了说道：“不瞒老弟，你再不回来，天就真的塌下来了！”

昭阳讲述时，陈轸一直在闭着眼听。

听他讲完，陈轸睁开眼，长长叹出一声：“唉！”

“老弟不要‘唉’呀！”昭阳急了，“应该如何应对，老哥在这候你的主意呢。”

“你怎么能辞掉令尹呢？”

“这不是……”昭阳两手一摊，“没办法了呀！这边是屈平，那边是昭氏一族，铆足劲儿挤对我，我……”

“唉，”陈轸又叹一声，“老哥的对手既不是屈平，也不是昭门族人，而是张仪。当年你能战败他，是因为你是上柱国，你手上有兵权，而他张仪在楚两手空空。今天则不同，张仪不仅是秦使，而且还是秦相，左携秦人之势，翻手成云，覆手为雨；右与王叔、靳尚等一拨子王亲结营，外加一个南宫娘娘，你的死敌，早晚侍枕大王，几句软话就可夺人性命。反观老哥，唯一可恃的便是令尹这个实职，老哥却——”说着摇头。

“哎哟嘿！”昭阳连拍了几下自己壮硕的脑瓜子，追悔不迭，“我这——该死，该死！”略顿，又叹气道，“唉，老弟呀，事已至此，你快出个主意，老哥这该怎么办呢？”

“动用你的杀子！”陈轸盯住他。

“杀子？”昭阳眼睛睁大。

“就是昭鼠！”陈轸说道，“你不是讲他奉王叔之命劫走了齐盐吗？把这个大案坐实，让他咬死子启与王叔。前是乌金，后是巴盐，搞乱大楚的正是这些王亲，而蛊惑众王亲的则是张仪。大王初颁王命即遭抗拒，正憋着一股火气，此案坐实，王亲受到连带，不入死牢也得被囚。没有王叔他们，张仪在郢就是无本之木，单凭车卫秦及眠香楼的那几个女人，闹不成什么光景。”

“成，”昭阳握拳道，“我这就安排起货去！”

“为什么不将此功让给左徒呢？”陈轸笑道。

“哎哟！”昭阳一拍大腿，朝陈轸笑了笑。

是夜，昭阳让昭睢召来昭鼠，讲出陈轸之谋，叹道：“贤侄，动用你，当是我们昭家的最后一着棋了，阿叔得委屈你几日。”

昭鼠缓缓出泪，良久，又拭去泪，缓缓跪下，叩首道：“小侄晓得大义，小侄别无牵挂，只有膝下几个孺子，拜托阿叔了！”

“贤侄进去之后，”昭阳拉起他，“即使受点儿皮肉之苦，也不要急于供出王叔。王叔见你不招，一定设法救你。有王叔讲情，阿叔这边再使劲，司败项雷又是你的表叔，当可保你不受特别大的苦，至少说无性命之忧！”

“阿叔，您不是要小侄把他们——”昭鼠怔了。

“王叔若是出面救你，大王必起疑心，使屈平审理。俟左徒审理时，你就讲出实情。以左徒品性，当不会置你于死地，更不会拿王叔、子启祭刀。反之，他会在大王跟前为你说情。大王心慈，是断不可能处理王叔与子启的，只会大事化小，最后不了了之。只要王叔不了了之，你也就没事了。王叔感念你，一定会安排你的前程。”

“我不是……”昭鼠不解道，“把王叔他们供出了吗？王叔会恨死我的！”

“事涉王叔、子启，屈平是不会对外讲的，他只会透给大王一人。大王也不会对外讲，他只会不再相信王叔。我们想要的也就是这个结果，犯不着把王叔他们逼死！王叔毕竟是王叔，血浓于水呀。”

“阿叔，小侄明白了。”昭鼠点头。

“贤侄放心，”昭阳淡淡一笑，“就阿叔所断，乌金的事大王没有杀你，这一次也不会！”

成功化解老人在府前上吊这一重大危机的第二天早上，天色放亮，霞光万道。

屈遥大步走出左徒府，欲到不远处的店家买些吃的。没走几步，便有一个乞丐模样的半大孩子追上来，交给他一个小包裹，然后飞也似的跑了。

望着那孩子的背影，屈遥不无狐疑，巡视四周，并未发现任何异常，遂将包裹扔到地上，拿剑挑开，见里面是一层接一层的麻布。

屈遥挑到最里面一层，看到一块丝帛，上面密密麻麻地写着黑字。

屈遥细看那字，竟是一封密函，内容说的恰是他近来正在追查的元吉楼。

屈遥震惊了。

自奉左徒之命追查元吉楼以来，屈遥从未对任何人提起此事。然而此时，竟然有人知晓他的动机，且将元吉楼的根底查得清清楚楚，写作密函送给他！

屈遥再也无心买吃的了，拐回左徒府，开始闷头寻思一些事情。

屈遥还没寻出个头绪，屈平的马车亦从草庐赶来。

屈遥出示丝帛，讲了一大早发生的奇事。屈平亦从袖中摸出一物，是块羊皮，上面没有文字，只附了一张图。

屈遥行伍数年，一眼识出这是一张军用地图，再细细一审，断出这是五十辆被盗盐车的行进图，其中包括盐车的行程及在何处被盗，盗贼于何处集中、扛盐，在林中分散后又汇聚于何处等相关信息。最终，屈遥的目光落在一处角落，那里画有一个三角标志。

“阿哥，五十车齐盐应该藏在这儿！”屈遥指着那个标志。

屈平将两封密函摆列在一起，一块是丝帛，一块是羊皮，材料、字迹都完全不同，显然来自两个不同的渠道。

“阿哥，”屈遥指向羊皮，“这是啥人送给你的？”

“不知道呢。”屈平应道，“说是个信使，一大早就来了，将此函交给了前来开门的园丁，是园丁交给阿哥的。”

“阿哥，甭管这些了，先去看看那地儿，探个真假！”屈遥指向羊皮。

“我也是这意思。”屈平应道，“盐案迄今未破，大王心急，问过好几次了。”略顿，又道，“阿弟，赶得倒是巧哩，昨晚大王听闻有暴徒冲击我府，特别给我兵符，许我随时征调王师三千。你这就引军一千，包围此处，缉拿盗寇！”说着拿出符令，加盖左徒玺印，交给屈遥，“若实，即移交司败府，由司败府依律审理。”

屈遥受命。

天将迎黑，屈遥便使快马来报，说是已经起获全部被盗齐盐五十车，缉拿盗首昭鼠并盗贼三十余名，盗贼并赃物已移交司败府处置。

“昭鼠？”屈平先是吃惊，继而释然。自齐盐被盗之后，他就一直怀疑此事与王叔他们有关，这下算是坐实了。

问题在于，是何人送给他这封密函的？是昭阳吗？若是昭阳，昭鼠何解？难道他不晓得是昭鼠干的吗？如果是昭阳，他为什么要这么干？

屈平又摸出屈遥交给他的丝帛。

根据丝帛中所述，屈平已经查实，元吉楼确为昭家物业。元吉楼的楼主确为林东，不久前才从安邑来。随他而来的女子，原名桃红，这辰光已改作柳绿。在来此地之前，他们一直守在安邑，是做赌局的高手。关键是，他们二人是陈轸的人，是应陈轸之邀由安邑赴郢的！除此之外，此密函中还历陈证据，以佐证陈轸是如何勾结公子印在安邑开设元亨楼，如何设陷白圭儿子白虎，如何在河西之战中陷害龙贾、排挤公孙衍以配合秦国，又如何在河西之战后于魏王面前为公子印洗地，等等。

从丝帛上的字迹及残留香气上，屈平忖出这封密函或出自品香楼。他也基本查清了品香楼，那里的楼主是天香，曾在安邑开眠香楼。而陈轸当年所开的元亨楼就在眠香楼的对面。一个主赌，一个主嫖，二楼开在一起，当真是相得益彰。

今日又是如此。

难道陈轸依然在暗中配合秦国复演安邑旧事？

屈平情不自禁地打了个寒战。

左徒府突然行动，动用王师起获被盗齐盐，且“碰巧”抓到前往探看盐库的昭鼠，这事情一下子闹大了。

子启急入王叔府，将事件扼要禀过，急道：“王叔，昭鼠与小侄已经绑在一起了，他这一进去，小侄浑身是口怕也解说不清楚哩！”

“昭鼠讲啥没？”

“眼下没讲什么，只说他喜欢古董，听闻那儿有货，便赶去探古，不想却遇到这桩事情。司败府正在审他。司败项雷是他表舅，理当不会用大刑。”

“嗯，昭鼠是个人才。待挺过去这道坎，让他到邓地历练几年吧。邓地与丹阳左右互为掎角，是我北疆重地，得用个可靠人。”

“左徒是不会信的，与昭鼠一起被拘的有几十人呢，或会有人招供，那辰光，昭鼠怕就推不过去了。”

“司败府不是有我们的人吗？让他们盯住昭鼠！”

“成。”

“还有，左徒构怨，逼死古稀老人，朝野议论颇多。单单议论是不顶用的，可让他们上奏此事。矫枉不可过正，否则就会走向反面。”

“小侄明白。”

往后三日，一捆捆弹劾左徒的奏本通过不同渠道呈送至楚宫，被负责奏本的咸尹码进一只特制的箱笼里，由两位宫人抬进了怀王书斋。

怀王正在审看司败府有关盗盐案的奏本，他转对咸尹道：“不是让左徒暂代令尹职了吗？朝臣的奏折让他审去！”

“回禀我王，”咸尹迟疑了一下，“此非寻常奏本，臣以为不适合送左徒府。”说着从篮中取出一卷，双手呈上。

怀王接过，展开，卷上赫然现出“弹劾左徒”四字。

怀王吃了一惊，接连展开几卷，全部是弹劾屈平的奏本，且弹劾内容都是有关他不恤民情，逼死两位七旬老翁从而差点儿引发民变的公案。

“什么东西？”怀王盛怒，将手中奏本哗地摔到地板上，指向篮中，“全都拿到外面，烧掉！”

“大王，”咸尹跪地，“烧不得呀，这不合规制！”

怀王厉声：“什么规制？”

“按照大楚规制，大夫以上百官均有上奏并弹劾臣僚的职分，所有奏折均须入册！臣送大王之前，已记入册籍了！”

怀王呼呼喘了几下粗气，看向咸尹：“你都看过没有？”

“看过了。”

“你怎么看？”

“左徒没错，臣僚弹劾也没错！”

怀王白了他一眼：“你这是什么话？”

“臣意是，”咸尹应道，“左徒是奉行王命，臣僚也是奉行王命，是以尽皆无错！”

“好了，好了，”怀王摆手，朝奏本努努嘴，“先收起来，束之高阁，待寡人有闲暇时再慢慢审读！”

“臣遵旨！”咸尹击掌。

两个宫人走进，抬走箱笼。

咸尹于突然间抬来如此之多的弹劾奏本，倒让怀王坐不下去了。怀王揣测半晌，依旧未能理出个头绪，正自烦闷，靳尚进来，奏报秦使张仪请求觐见。

“他有何事？”怀王眯眼问道。

“说是两桩事情，一是问聘的事，二是……”

“二是什么？”怀王盯住他。

“大王还是问秦使吧，说是涉及商於，臣怕讲不清楚。”

“商於？”怀王怔了，“他想干什么？”

“臣不知。”

“传秦使，偏殿觐见！”怀王对内尹道。

怀王起身，快步走向前院偏殿。

不一时，靳尚陪同张仪入见。

觐见礼毕，怀王盯住张仪，直入主题道：“听闻秦使有大事在胸，熊槐不才，可得闻乎？”

“回禀大王，”张仪拱手道，“臣之大事，就是履行王命，早日为秦王聘娶新妇。”

“聘亲之事，寡人早已有谕，一切由王叔做主，请秦使与王叔谋议。”

“王叔已经允准，择好吉日便缔结婚约，仪心欢喜，特此禀报大王！”

“寡人贺喜了！”怀王拱手，倾身道，“听闻秦使还有大事，寡人可得闻乎？”

“臣只此一事，并无大事！”张仪应道。

“咦？”怀王不悦，看向靳尚。

“张子，你……”靳尚急了，“你不是提到商於了吗？”

“是呀，”张仪笑道，“仪出使之际，秦王送行，特别叮嘱，只要大王许嫁芈月公主，秦王就将躬身前往於城，迎娶新妇，与大楚缔结百年之好！”

见怀王脸色变了，靳尚大急，又使眼色又打手势道：“张子？”

“靳大人，怎么了？”张仪假作不知，看向靳尚。

靳尚未及开口，怀王便一拳震几，几乎是吼道：“岂有此理？”

靳尚打了个惊战。

“大王？”张仪看过来。

“欺人太甚！”怀王又是一拳，抬手指向张仪的鼻子，“你，秦使，这就回去，传寡人的话，让他在於城迎娶别家公主，大楚女人，不嫁仇敌！”

“敢问大王，何以突然生气？”张仪一脸惊愕。

“何以生气？”怀王怒道，“商於、丹析，方六百里，为我大楚龙兴之地，先王尸骨存焉。秦贼不宣而战，强取我土，霸占迄今，是为大楚之耻！因为此耻，寡人与秦不共戴天，谈何睦邻？谈何百年之亲？”

“哈哈哈哈！”张仪长笑几声。

“你笑什么？”怀王盯住他。

“仪想起在鬼谷就学之时，先生提到的一句话，故而发笑。”

“一句什么话？”怀王怒形于色。

“安徐正静，其被节无不肉，可以主位。”

“‘其被节无不肉’，何解？”怀王再问。

“就是‘安徐正静’的状态呀。依先生所讲，主位之人，只有肌肉放松，无一丝紧张，方能做到‘安徐正静’。只要做到‘安徐正静’，就可以坐在主位了。”

换言之，张仪所引之句讲的是坐于主位者该当具备的仪态，其神态须“安”，其举止须“徐”，其仪容须“正”，其心气须“静”。凡主位者，也就是君主，只要做到上述四态，就会心平气和，身体关节无处不放松，整个人都感到祥和。

显然，方才的怀王作为君主，有失仪态，张仪是在绕着弯儿指责他呢！

怀王的脸色青了，手伸向腰间，按在剑柄上。

渐渐地，怀王回过神来，面部僵硬的肌肉渐渐松弛，化作一个笑容，手也离开剑柄，微微拱起道：“寡人不才，谢张子教诲！”

“教诲不敢！”张仪回礼，“仪只是在想，大王为何不从另外一个角度来审视商於呢？”

“另外什么角度？”

“就是秦王的角度。将心比心嘛。”

“他的角度怎么了？”怀王语气再度转冷。

“于秦楚而言，”张仪侃侃而谈，“商於谷地原本无争，秦商楚於，以武关为界，相安了一百多年。前些年，秦得河西，权臣商鞅因战功受封商地，与方今秦王并无关联。方今秦王本就与商君有隙，秦王继统后，商君又据封地谋反，被秦王处以极刑。就仪所知，秦王争在三晋，而非大楚，是以早就有心归还商於地，却因种种琐事未能顾及。今见大王兴师强夺，方觉事急，于是遣仪使楚，以和亲睦邻为引，实为商榷此事，缔结秦楚之盟！”

“商榷？”怀王冷笑一声，“嬴驷要么与寡人一战，要么归还商於，中间无半点余地！”

“所以才要商榷呀！大王，”张仪笑了，“战有战的商榷，还有还的商榷，是不是这样？”

“怎么个商榷，你说？”

“先说战吧。”张仪竖起左手拇指，“楚，天下第一强也，”又竖起右手拇指，“秦，列国莫能争也。”然后使两个拇指对顶一时，又松开，二指低垂，“二强相争，必致两败俱伤。”说着又伸出两手的另外几根指头，来回晃动，模样嘚瑟，“请问大王，二强皆伤，谁得利呢？三晋与齐人！秦王多次与仪私聊，说秦之长策，除非不得已，否则宁争三晋，不与楚争。以大王之智，该不至于弱于秦王吧？”

怀王万未想到张仪会讲出这番道理，越想越觉得他说得在理。

怀王的心动了。

怀王闭目，沉思有顷，然后看向张仪道：“秦使是说，秦王确有实意归还我商於的六百里谷地？”

“君子之道，诚信谦敬！大王为何总是疑心他人呢？”

怀王撇嘴一笑：“那也得看秦王是否够君子了！”

“敢问大王，”张仪敛起笑，直视怀王，“自秦王承位以来，可曾与楚人争过？可曾向楚人挑起过事端？”

“这……”怀王迟疑了一下，“倒是没有！”

“就臣所察，”张仪侃侃接道，“秦王堪为一代明君，言出必信，待人必礼，为人必诚，谋事必周，先除乱臣贼子，继而励精图治，诚诚敬敬，以不有辱于先祖。反观三晋与齐人，却乘危用兵，兴六师扣秦关门，列军阵于函谷之外，幸亏先大王深明大义，率先命楚师引退，方解秦围。秦王时常对臣提说此事，不胜感恩哪！”

怀王脸上微烫：“六师之事，皆因苏秦合纵，魏王撺掇，先王实乃不得已而为之！”

“大王，”张仪拱手道，“方今之世，秦、楚两强，宜和不宜战！秦、楚和，两国皆大益；秦、楚战，两国皆大损！”

“寡人愚钝，敢问损益？”怀王倾身道。

“回奏大王，”张仪再拱手道，“秦、楚和，秦可尽全力以争三晋，楚可尽全力以争齐人。秦争三晋，可收益于河东；楚争齐人，可获利于泗下。大王，泗下诸国，宋、卫、鲁、薛，无不是天下膏腴啊！”

“呵呵呵呵，”怀王表情释然，看向靳尚，“秦王倒是想得多呵！只是，他总不至于这么爽快就归还商於吧？”

“大王圣明！”张仪再称赞道，“这就是仪方才所提到的另外一个商榷了。”

“说来听听。”

“听闻大王已派使臣前往齐国结盟，可有此事？”

“有之。”怀王应道。

“秦王之意是，”张仪盯住怀王，“秦王可以归还於地，但大王须得允准一个条件，必须与齐人绝交！”

“这又为何？”

“因为秦王与齐王不睦。”

“哦？”怀王假作惊愕，“齐、秦一东一西，中隔三晋，何以不睦？”

“唉，说来话长，”张仪轻叹一声，“先燕王娶妇于齐，但与齐妇不睦。闻秦王长公主贤淑，便向秦王求聘，秦王许嫁，成为燕国翁国。见先燕王娶秦妇，齐妇妒忌生怨，自缢而亡。齐王遂寻衅于燕，屡屡兴兵。先燕王无奈，向其翁求救。秦王怒，起五万锐卒伐齐，岂料又兵败桑丘。大王也看到了，秦王伐齐，以礼兴兵，大兵至鲁，未入齐境一步，更未惊扰泗下诸国之民，只以现金向泗下购买粮草，交通有无。这且不说，秦王更特旨，凡折损鲁地先贤柳下惠墓上草木者，诛三族！可齐人呢？先是和谈，后是假降，于夜半偷袭，以诡计取胜。齐人得胜之后，污辱秦卒，更向列国散布流言诬陷秦王，秦王毕竟是远征他地，有口莫辩哪！秦王气极，欲再远征，却惜民力，气恨至今！”

“呵呵，”怀王轻笑几声，“听你这般说来，真还是这么个理呢。”

张仪欲再接腔，殿外突然传来脚步声，内尹出去，不一会儿，又进来禀道："大王，客卿陈轸使齐归来，请求复命！"

众皆一震。

"嘿，"怀王击掌，"说到使臣，他就回来了呵！"说罢扬手，"宣陈轸！"然后转对张仪，拱手道，"方才所议，事关重大，寡人尚须斟酌一二，再行回复，张子意下如何？"

"仪恭候佳音！"张仪拱手，然后起身，"仪告退！"

张仪走出殿门，刚好遇到手持使节的陈轸在宫人引导下拾级上殿。

陈轸显然没有料到会在此地邂逅张仪，顿住步子，目光略略惊愕。

张仪站在台阶的最上端，向下俯视，嘴角含笑。

陈轸回他一笑，拾阶而上。

张仪挪动身子，恰好拦住陈轸前路，拱手道："这不是陈上卿吗？别来无恙乎？"他特意将个"乎"字拖得极长。

陈轸在矮两级台阶处站定，略略拱手道："哟嘿！原来是个熟人，只是，你这一身乌服（秦服）在身，在下愣是没认出来，只以为是条山魅子呢！"

"哈哈哈哈，"张仪长笑几声，"没想到分别不过几年，上卿的眼神就不好使唤喽！"

"哈哈哈哈，"陈轸亦笑几声，"倒是让相国说着了，在下的眼神确实远不如前，只能识人，识不得魑魅喽！"说着伸出手中使节，指向台阶，"在下使齐归来，这要上殿复命，还请相国大人让道！"

张仪拱手道："仪贺喜大秦上卿、大楚使臣使大齐归来！"说完站到一侧，让开一条仅供一人通过的窄道。

陈轸没有应他，只在擦身过时，用使节落地的一端准确地敲在他的左脚丫子上，发出"噗"的一声。陈轸用的是狠劲儿，张仪吃不住疼，"哎哟"一声坐在台阶上。

陈轸却如没有看到，也似没有听到，顾自昂首上殿，用使节越发有力地敲击地面，发出"咚咚"巨响。

回望陈轸步入殿门，张仪轻揉几下脚丫子，感觉略略好了些，便站起来，龇牙恨道："姓陈的，你狠！"随即冷蔑一笑，"可惜的是，你迟到了呵！”

陈轸确实迟到了。

自张仪出殿，怀王的心思一直结在商於上，心里盘算着张仪的话，尤其是他说的两个商榷，越想越是在理。待陈轸进来，怀王的心思仍未回来，只不痛不痒地问了一些使齐的事，没头没脑地赞了他几句，就吩咐内尹、咸尹与他办理相关的手续，自己则与一直守在殿中的靳尚到后花园里叙话去了。

叙来叙去，也都是关于张仪与商於的事。

二人正在叙话，司败项雷觐见。

怀王晓得是为昭鼠的案子，便召项雷入见，听他禀道：“各种刑具都试过了，昭鼠死不招认，只说是去探古访幽！”

怀王略一思忖，吩咐内尹：“传旨，昭鼠一案，交由左徒复审！”

屈平受命，与屈遥直入刑狱，提审昭鼠。

昭鼠依旧被绑在刑柱上，受过大刑的身躯上随处可见鞭子抽过的血痕。

见是屈平到来，昭鼠二目放光，紧紧盯住他。

“昭鼠，屈平没想到的是，乌金案风波未平，这盐案又把你扯进来了。屈平奉王命复审此案，也晓得你或有委屈，若信任在下，你就实说吧。”屈平说完，转对刑卒道，“为疑犯松绑！”

狱卒怔了下，将昭鼠解下刑柱。

“说吧，昭鼠，举头三尺有神明，大丈夫敢作敢当。”屈平又道。

昭鼠眨眼，示意左右。

“诸位刑卒，”屈平看向在场刑卒，“本尹要单独提审疑犯，请你们回避。”

几位刑卒应过，尽皆走出。

昭鼠又看向屈遥。

屈平努努嘴，屈遥也走了出去。

“昭鼠，没有外人了。”屈平看向昭鼠。

“谢左徒！”昭鼠于是开口，将盗盐案的始末详述了一遍。

屈平记下后，递给昭鼠画押。

“左徒大人，”昭鼠苦笑一声，“请恕在下不能画这个押！”

“为何不能画？”

“为我的四个孩子！”昭鼠泪出，“在下走到这一步，实属无奈。在下死有余辜，几个孺子却是可怜。无论是王叔还是鄂君，任谁都能像掐死蚂蚁一般取下他们的性命！左徒大人，你不晓得他们的！”

屈平长吸一口气，便将其供词纳入袖中，传令狱卒，送昭鼠回归囚室。

屈平前脚刚走，后脚就有狱人禀报了子启。

子启急禀王叔。

“左徒屏退左右，单独提审？”王叔眯起眼睛，良久，又看向子启，“昭鼠会讲吗？”

“应该不会。”

“万一他讲出来呢？”

“这……”子启沉吟片刻，摇头道，“应该不会。他夫人与几个孩子这辰光仍在小侄家里呢！哭着不走，求我救人！我说，我这就去求王叔。”

“嗯。”王叔点头，“你可答应她们，就说王叔应下了。不过，为稳妥计，她们最好也去求求昭阳。”

子启走后，王叔思忖良久，随后召来彭君，将屈平单独提审昭鼠的突发事件扼要讲过，苦笑道：“看来，昭鼠这人，不可再留了！”

“小弟这就安置。”彭君转身欲走。

“且慢，”王叔摆手，“把脏水泼向昭家。”

彭君怔了：“怎么泼？”

“昭门出此败类，昭阳自清门户，是合理的。再说，司败是项家的人，在那狱中什么事情都可发生。”

“成。”

吃下王叔的定心丸，昭鼠妻松出一口气，又带着几个孩子一路哭到昭阳府，坚称昭鼠是受陷害的，恳请昭阳向大王求情，放回昭鼠。

昭阳安抚完昭鼠妻等人，便请来陈轸，将案情细述了一遍。

“左徒提审，昭鼠招供没？”陈轸急问。

“招了。”

“签押没？”

“没。”

“啥？”陈轸眼睛大睁，“他为何不签字画押？”

“这……”昭阳苦笑，“是在下吩咐他的。”

“哎呀，老哥，”陈轸急了，连跺几脚，“你真是糊涂呀！不签字画押，那份供词有个屁用？”

“这这这，”昭阳又是一番苦笑，“因为在下不想把事情闹大。”

“你昏头呀！既不想闹大，为何又让昭鼠去遭这些罪呢？”陈轸劈头就是一顿数落，“既然押上昭鼠，就必须把他们全部扳倒！不扳倒王叔，不扳倒鄂君那几人，还有那个靳尚，你能斗得过张仪吗？斗不过张仪，老哥呀，你能设想后果吗？”

“事不宜迟，”昭阳急了，起身道，“在下这就使人去趟狱中。你去寻左徒，让他带上供词再入刑狱，让昭鼠签字画押！”

在两个狱卒的引领下，昭睢一步一步地走向昭鼠的囚室。

昭鼠静静地坐着，双目微闭。

狱卒打开囚门，昭睢跨进。两名狱卒出门，守在不远处。

“鼠弟？”昭睢轻声道。

昭鼠睁眼，惊喜道：“睢哥！”然后盯住他，“是谁让你来的？”

昭鼠此问有两个含义，一是他或受昭阳派遣，二是他或受子启与王叔派遣，因为昭睢这辰光已与王叔他们贴得很紧了。

“父尹。”昭睢应道。

“阿叔有何吩咐？”昭鼠急问。

“你给左徒的供词，必须画押。”

“这……”昭鼠急了，“是阿叔讲的不让画押……”

“鼠弟，”昭睢压低声音，“是陈上卿反对。上卿说，既然走到这一步，我们就没有退路，必须把他们全部扳倒！而要扳倒他们，就得靠鼠弟的供词！”

“唉，”昭鼠轻叹一声，“晚了。”

“不晚，”昭睢小声道，“陈上卿去寻左徒了，如果不出意外，左徒过会儿就会来重新审你，那辰光，你在之前的供词上签字画押就成了。记住，咬死他们，扯上靳尚！”

“我记下了。”

此时刚好是开饭辰光，两个狱卒抬着一只食笼一路走来，挨号分发饭食。

“热饭来喽！”两名狱卒走到昭鼠的牢房前面，将一盒标有他名号的饭盒递进牢中。

昭睢接过，递给昭鼠，然后提高声音说了句显然是说给两名狱卒听的话：“鼠弟，你先吃饭，我没别的事，刚好路过，这就走了。”

昭睢离开之后，昭鼠觉得饿了，就打开饭盒，见是一碗米饭、一盏青菜与一小碗榨菜蛋花清汤，遂大口吃起来。

就着青菜吃完米饭，昭鼠端起汤碗，一饮而尽。

汤水下肚，碗还未放下，昭鼠就感觉不对，张口想叫，却感到舌头麻木。不一会儿，他就捂住肚子滚在地上，一股污血也随之从他的口中、鼻中流出。

前后不过五息，昭鼠就不动了。

候在暗处的一个黑影悄悄走近，拿住他的手，沾上他口中的污血，在他的衣襟上写下两个字，一个是“昭”，另一个字是“叔”，然后黑影取走那只汤碗，另换了一个空碗。

王命案犯竟然于光天化日之下被人毒死在大楚刑狱，这是天大的事。司败项雷闻报，腿都吓软了，喝令刑吏将两名送饭的狱卒绑在刑柱上，亲自提审。

两名狱卒供出的唯一可疑线索是昭睢。

当屈平、屈遥赶至狱中时，一切都已结束，一名医生正在验尸。

昭睢探监是经过司败项雷批准，并由狱吏登记于册的，且昭睢在离开时，负责送饭的两名狱卒仍在现场，昭睢是与他们一起离开的。唯一的疑点在于，狱卒所送的饭盒是经昭睢之手递交给昭鼠的。若是昭睢下毒，当在这一刻。

但昭睢是左司马，更是令尹昭阳的嫡子，按照律令，司败府若行拘传，须请王命。

项雷不能决断，遂禀报屈平。

这是一个通天大案，屈平也基本得出昭鼠为何被害及为何人所害，但他不能讲出来，于是便吩咐司败带上血衣，随他赶至王宫，直接奏报怀王。

怀王正与靳尚谋议秦使与商於的事，听闻昭鼠死在狱中，震惊万分，急传二人入见。

看到靳尚，屈平心里咯噔一沉。

觐见礼毕，项雷扼要陈述完案情，便呈上昭鼠的血衣。

怀王将血衣摊在案上，凝视衣襟上用血写的两个字，过了有顷，看向项雷。

“据医生所断，案犯所中之毒极其罕见，楚地尚未见过，从毒发至绝气，前后不过几息时间，且中毒者口不能言……”

项雷话未说完，怀王便打断他，指着血字道：“讲讲这两个字！”

“禀奏大王，”项雷迟疑了一下，接道，“据医生验尸，此字为指书，系案犯用自己的手指所写。”说完从袖中摸出一个名册，“此为今日刑狱的到访名册，在案犯中毒之前，约一刻漏辰光，右司马昭睢曾去探监，有其签名具押为证！”

“你是说，是昭睢投的毒？”

“臣不能确定，但案犯确实死在昭睢探访之后。”

怀王的目光看向衣襟上的“叔”字，眯起眼睛，又看向屈平道：“难道是昭阳？谋杀亲侄，他疯了吗？”

“臣有惑。”屈平拱手道。

“请讲。”

“就臣所知，”屈平接道，“令尹深谙世事，谋略有方，即使要杀昭鼠，也不会使其嫡长子涉险囚牢，授把柄于人。对昭鼠之死，臣建议立案详查！”

“臣有奏！”靳尚拱手道。

“你讲。”怀王看向他。

“就臣所知，”靳尚奏道，“案犯系令尹胞弟嫡子，在其胞弟殉国之后，令尹对案犯关爱有加，多番举他为官，最终使他出任宛郡工尹，司宛地乌金冶炼与工坊，堪称重职。不想案犯有负令尹所望，连涉乌金、齐盐两大重案，使昭门蒙羞，累及大人清誉。爱之深，恨之切，令尹因爱生怨，自行清理门户也不是没有可能！”

“臣以为，”屈平接道，“在案情未白之前，一切皆有可能。臣再请大王立案详查！”

“准奏！”怀王略微一想道，“左徒、上官、司败听旨！”

屈平三人拱手道：“臣听旨！”

“昭鼠一案由左徒统筹，上官、司败协同追查。无论涉及何人，严惩不贷！”

“臣有奏！”靳尚拱手道。

“讲。”

“鉴于此案涉及昭门，司败大人作为案犯表舅，当有所避嫌才是！”

“上官大人所言极是，”项雷拱手道，“臣请避嫌！”

“准奏！”怀王看向屈平、靳尚，“昭鼠一案由你二人协查，尽快破案！”

屈平领过旨，不及靳尚开口，便拱手道：“臣请血衣！”

怀王将血衣扔给屈平。

屈平接住，将血衣小心包起，与项雷起身告退。

“左徒留步！”怀王叫住屈平，又扬手对靳尚、项雷道，“你们告退吧。”

靳尚、项雷告退。

屈平审视血衣，目光落在两个血字上。两个血字写得相当规整。昭鼠穿的是对襟，也即左右各有一襟，而那两个血字一边一个，每一画都不少，生怕别人认不出来似的。

“你看出什么了？”怀王盯住他。

“是的，我王。”

“哦？”怀王把头伸过来，目光落在血字上。

“大王请看，”屈平指着二字，“二字不缺一笔，横平竖直，相当规整，且是在对襟上书写，一襟一字，位置也恰到好处。”说着当场脱下自己的服饰，穿上血衣，“大王再看，我穿上此衣，如果要用我自己的手指来写这两个字，该怎么写？我能倒着写吗？”说着又脱下血衣，“根据方才司败所述，经医生验证，案犯所中之毒为剧毒，楚国罕有，中毒人是在几息之间绝气的。中毒人如果在几息之间绝气，死亡之前极度痛苦与挣扎，根本不可能写出这般规整的字。且这字是案犯用自己的污血所写，如果案犯口中已出污血，说明毒发已经至极，基本绝命，又怎能写出这样两个规整的字呢？显然，这是有人在案犯死亡之后，捉他的手指，沾他的血写上的，以陷害昭大人。”

“是了！”怀王一拳震几，“如此歹人，简直可恶！”他盯住屈平道，“屈平，此案一查到底，不可姑息！无论是谁，以王法严惩！”

“王上，此案不用查了！”

“哦？”怀王看过来。

屈平从袖中摸出昭鼠的供词，双手呈上：“今天上午，臣奉王命前往刑狱提审昭鼠，此为他的供词，王上请看！”

怀王接过供词，展开阅读。

怀王的眼里冒出火。

怀王的额头沁出汗。

怀王的面孔因极度的痛苦而扭曲。

怀王松开手，供词落到地上。

怀王两手托头，两个拇指按住两侧耳根，两手的中指与食指死死地捺在太阳穴上。

“大王，”屈平缓缓说道，“一切已经明了，从乌金到巴盐，再到抢劫齐盐，这是一个链，守在此链顶端的是王叔与鄂君。昭鼠投靠鄂君，出入于王叔府，于是成为棋子。齐盐起获，昭鼠入狱，自然要被灭口，至于嫁祸令尹，那是顺手的事，可一举两得！”

怀王按压额角的手指更用力了。

“大王，”屈平接道，“乌金、巴盐、聘亲、抢盐，背后都活动着一个人，就是秦使张仪！只要此人在郢，郢地就无宁日！”

见屈平绕来绕去，竟又绕到张仪头上，怀王心里略略打鼓，不由得浮出那日王叔举荐张仪、张仪举荐屈平的场景，耳边响起张仪的声音：“敢问大王，为何放着身边大才不用，反来求仪呢？……左徒屈平……他不仅仅是个大才，而且是个圣才……大才可助大王成就一代明君，独霸一方，如方今之令尹于大王；而圣才可助大王成就一代圣王，一统天下，如昔日之子牙于大周武王……”

怀王从遥远的思绪里回过神来，轻叹一声，看向屈平道：“屈平，以你之见，此事如何处置？”

“回禀我王，”屈平拱手道，“臣以为，此事既已明了，就不宜再查！”

“哦？”怀王瞪大眼睛，盯住他。

“大王，”屈平接道，“老子曰，治大国若烹小鲜。烹小鲜看易实难，火候调料、次第缓急，一样也错不得。我当前之急是造宪制令，变法改制，而变法改制有二忌，一忌外战，二忌内乱。前轮变法，魏、齐、韩、秦四国，无不是治内安外。今有齐约，齐不会扰我，能扰我者唯有一秦。我虽不惧秦人，却也不宜争秦，故答应张仪与秦和亲堪为上上之策。至于治内，真正要治的无外乎王亲、宗室，而王室、宗亲之间又各有利害，互为争斗。譬如这盐，王亲控制了各个盐泉，也就控制了各地盐肆。宗亲眼见大利却插手不得，自生其心。乌金也是……”

“屈平，你照直说！”见屈平扯远，怀王急了。

“臣意是指，”屈平只得转回话头，“由乌金案可知，此案涉及的不只是王叔与子启，还有数十王亲与宗室。大王若强查，施加王法，王亲无路可走，就会生出内乱。法未变，内先乱，臣以为不可。”

“你说得是！”怀王赞道。

“不过，”屈平接道，“王室众亲这般肆意，我王亦当予以警示！”

“如何警示？”

“我王可约王叔、子启，示以血衣并昭鼠供词，让他们有所忌惮。同时，臣提请我王，可借此机缘收回乌金、巴盐的所有治权。”

“嗯！”怀王捋须有顷，称赞道，“此谏甚好，合寡人心意。”

“眼下机缘最好。巴盐还未抵郢，大王若收此盐专卖，不使宗亲插手，王亲就不会过于计较。而盐、铁尽被王亲把持，宗亲亦不满已久。今由大王专卖，断掉王亲财源，相信宗亲也不会计较。再说，”屈平看向昭鼠的血衣，“有此血衣在大王手里，相信王叔与昭阳即使不满，也会有所忌惮！”

“成！”怀王转身对内尹朗声道，“传旨，被盗齐盐并第二批齐盐，由王室设专司售卖，”略顿，又道，“任命昭佗为盐尹，专司盐务！昭府所垫付之盐款在此盐售卖之后结息归还！任命屈遥为铁尹，专司铁务！”

“臣领旨。”内尹受旨。

“屈平哪，”怀王大为感慨，盯住屈平道，“没想到你还挺有心计的，一下子解决了两大难题。有盐、铁在手，寡人不愁没钱用啊！”

“臣是被逼出来的！”屈平腼腆一笑。

“哈哈哈哈，”怀王畅笑起来，“你能这样想，寡人就放心了！”说着又敛住笑，盯住屈平，“屈平，寡人与你议一宗大事！”

“臣恭听！”

“后续宪令进展如何？”

“基本完成，臣再补入盐、铁治权，稍事润饰即可。”

“宪令之难不在颁布，而在推行。寡人想对你讲的是，令尹这个职分，你就不要代了。三日之后就是大朝，寡人将正式诏命，任你为令尹，同时颁布宪令，由你推行！”

“谢王偏爱！”屈平拱手道，“布宪推令，革除旧弊，须强有力之人。臣以为，大王非但不可罢免昭大人，反要重用他才是！以大王德威，再以昭大人多年的理政体悟，新宪或可畅行！”

“这个无须多议！”怀王摆手，语气决绝，“他强有力，寡人就无力了？！”

第七章

明利害客卿筹谋　走险棋朋党设陷

靳尚、项雷出得宫门，各怀心事，彼此拱了下手，便匆匆别过。

项雷驱车而去，驰至令府尹外，吩咐车夫先回司败府，自己则飞身下车，径入府中。远远便听到有女人与孩子的号哭声，听声音是昭鼠的女人与几个孩子。

项雷顾不得许多，急入昭阳房中，见陈轸、昭睢、昭佗诸人皆在，显然是在谋议昭鼠暴死的事。见项雷进来，几人皆是一怔，然后全都起身。

项雷顾不得见礼，便将昭鼠如何暴死、医生如何验尸及自己如何与屈平入宫奏报等过程细述了一遍。

显然，这件事的麻烦大了，大得超出了昭阳的预估，尤其是靳尚启奏让项雷避嫌，怀王准奏不说，还让靳尚参与破案。靳尚与昭阳一向不睦，这辰光又与王叔、张仪他们结在一起，案情有他的参与，黑的也成了白的。

昭阳看向陈轸。

所有人的目光都看向陈轸。

“唉，”陈轸苦笑一声，看向昭阳，“眼下唯一有利的证据是案犯的供词，可惜呀可惜，没有案犯签字画押，证据非但成不了证据，反有可能让人倒打一耙，视作诬陷。”说着看向项雷，“他们能在项大人的眼皮底下放毒杀人，可见狱中定有隐情。项大人又避嫌了，狱中之事谁还能搞得清楚？这件事涉及王叔、鄂君，谁又敢去搞清？”说着又看向昭睢，“只要靳尚插手，睢公子纵然浑身是口，怕也解释不清呀！”

陈轸撂下这几句，让本就压抑的气氛愈加压抑了。尤其是昭睢，更不见脸上血色。

“陈老弟，陈上卿，”昭阳急了，“你快拿个主意！”

“主意是有一个，只怕大人舍不得呀！”

“快说！”昭阳催道。

“结牢屈平，傍依大王！”

“这这这……”昭阳苦笑，“屈平那儿好说，可大王他……”

“要傍依大王，就要知晓大王。”陈轸诡秘一笑，“眼前大王心中只存一事，就是效法先秦公，变法改制。而大王变法改制，阻力全是身边人，主要有二：一是王室诸亲，二是宗室诸亲。王亲以王叔为首，宗亲眼下是以你昭氏为首。今朝听左徒所讲，大王是铁定要立宪改制，而王叔是铁定反对改制的。这时候，只要昭兄站出来，公开支持屈平，真诚推行宪令，大王与屈平肯定求之不得。至于昭鼠一案，屈平是主审，靳尚是协审。只要屈平较真处置，靳尚就翻不了天，黑的就一定是黑的！”

“这……”昭阳苦笑，“屈平尚未改制，只是来了个定员裁冗，就把宗亲的心全都寒死了。听说他还有一大堆后续宪令，若是全倒腾出来，岂不……”说着顿住。

“唉，昭大人哪，”陈轸长叹一声，“你这是抓小放大呀。常言道，‘皮之不存，毛将焉附’。轸不知兵，却知人心。你们楚人看似地大人多，其实是一盘散沙，在疆场上是敌不过秦人的。淅水之战败于秦人乌金兵器之说，大可视作景翠免罚的托词。就轸所断，即使主将不是景将军而是昭兄，楚卒与秦人同样使用乌金兵器，楚人也照旧是秦人的倍数，昭兄到底能否取胜，轸并不乐观。”

“你……”昭阳气极，手指直哆嗦。

“好了，不说这个，”陈轸笑笑，“还说‘皮之不存，毛将焉附’。就大势看，秦人西霸犬戎，南得巴蜀，东据崤函，更得河水天堑，可谓是有恃无恐。张仪连横谋魏数年，虽然败归，大功却成，其结果诸位是能看到的，三晋相杀，魏、齐死战，燕人内乱。秦人仅费一番口舌，五国便已自残自弱。”说着敛起笑，语气郑重，“在这天下，能抗秦的，唯有你们大楚，可大楚呢，贵民争利，贱民不堪性命；无论贵贱，都各顾其家，各惜其命。反观秦人，一人犯法，十家连坐；一人惜命，十家受罚。斩首则立功，立功则受赏，无论门第。诸位皆是知兵之人，假若双方将士赴死之心差异若此，胜负能判不出吗？诸位大人，假使有一天，争相建功立业的亡命秦兵如虎狼扑来，惜命的楚卒看到后扛不住，一呼啦作鸟兽散，大楚会是什么样呢？在下本为泊客，在楚不过是个客卿，驾车可游天下。可是在座的诸位，你们能往哪儿逃？你们的财富、你们的祖业、你们的妻女又能逃到哪儿？能像臣仆贱民那样苟且于江湖、偷生于林莽吗？能跪在地上与胜利者谈利求益吗？”

陈轸之问，一声声，一句句，振聋发聩。昭家诸人，包括项雷，全都被震慑了。

出宫之后，靳尚投的是王叔府门。

王叔正与彭君、射皋君、子启议论昭鼠的事儿，见了靳尚，忙起立让位。靳尚坐下，将宫中发生的事讲过，尤其提到那件血衣。

“血衣怎么了？”彭君盯住靳尚。

“血衣上面有两个字，一个是‘昭’，一个是‘叔’。”靳尚应道。

“是我让写上的。”彭君应道，“不妥吗？”

“下官未及细看，只扫了一眼，就看到一处不妥，”靳尚看向彭叔，“字写得太规整了。”

彭君倒吸一口冷气。显然，这是他没有料到的。

“血衣呢？”王叔看过来。

“在屈平手里。”靳尚接道，“项雷将血衣呈交大王，大王震怒，旨令屈平、司败与下官协同查案。下官心思只在项雷身上，便请旨让他避嫌，大王恩准。屈平复请血衣，大王顺手交给他了。下官正要向他讨要，屈平请辞，可大王非但没让他辞，反倒将下官与项雷赶走，血衣就……”

这是一个重大疏漏。有此血衣在手，屈平必能查出隐情。狱中之事若是曝光，这场大争也就输了。

王叔闭目有顷，随后看向彭君道：“你这就去狱中善后，尤其是那个写字的人。”说完又转向子启，“有请秦使！”

彭君走后没多久，张仪就与子启一起进来了。

显然，狱中的事，子启已经告诉张仪了。当王叔用征询的目光看过来时，张仪当即就指出了问题的症结，并给出解招。

症结是昭阳，解招是驱逐昭阳。

“这……”王叔怔了，“根子不是在左徒吗？”

“不是。”张仪说着摸过几个茶盏并一个茶壶，将茶壶摆在几案正中，道，“王叔请看，这是大王。”然后将两个茶盏分别摆在茶壶前面，与茶壶构成一个“品”字，“左屈平，右昭阳，一老一少，与大王构成一个三角。在这个三角中，根在这儿，就是大王。”说着又将代表昭阳的茶盏移远，将代表屈平的移近，“大王不喜昭阳，欲依托屈平，变法强楚，但屈平在楚并无根底，尤其是前番裁冗之后，在朝变得孤立了。大王若想改制成功，就必须拉回昭阳。”说着将移远的茶盏再度移近，“如此重新形成三角，大王授命，屈平造宪，昭阳行令，以成其功。”

“那症结为何在昭阳呢？”子启问道。

“变法改制，不在制宪造令，而在推行。身为国君，大王不可冲在前面。而屈平年轻稚嫩，难以服众，即使成为令尹，也难做到令出必行。能够做到这一点的只有昭阳，一则他老辣精干，二则他辖制大楚多年，上上下下都是他的人，三则他的背后有高人，”张仪又拿过一只茶盏，摆在昭阳的茶盏后面，“就是这个，陈轸。昭阳有力，陈轸有谋，二人合体，无往不胜。仪当年败北于楚，就因于二人之合力。”

“若是此说，干掉他就是了！”子启脱口而出。

“干掉谁？”张仪看向他。

“陈轸呀。”子启恨道，“他在这儿就是根搅屎棍子！我们开品香楼，他就来个元吉楼，一下子将生意抢走不少，我恨得牙痒痒！”

"呵呵呵，"张仪笑笑，"公子干掉他倒是容易，让他再活过来可就难了。"

"咦，"子启怔了，"让他活过来做啥？"

"活过来才好玩呀。没有这根搅屎棍子，泱泱大楚可就索然无味了。"

"请问张子，如何驱逐昭阳？"靳尚回到正题上。

"听说此前不久，有不少朝臣弹劾左徒，在下以为，他们弹劾错人了，那些奏折应该用到令尹身上。"张仪笑道，"对付屈平，在下仍然是两个字，'重累'。"

"是芈楸的错。"王叔苦笑了一下，转对子启道，"贤侄，听张子的，叫他们弹劾令尹！"

"王叔，"张仪冲他一笑，"眼下之急倒还不是令尹，而是昭鼠的案子。只要血衣在屈平手中，就不是个好事情。"

"张子说得是。"王叔看向靳尚，拱手道，"靳大人，大王命你协同左徒查案，何时得空，你可去会一会左徒，一是探探他的口风，二是以查案名义拿走血衣。"

"下官遵命。"靳尚回礼。

似乎是卡准了时间。

屈平刚刚在左徒府的几案前面坐下，门尉便报说陈轸到访。

"先生早！"屈平迎出。

"守望着你呢。"陈轸笑笑，随他走进，分宾主坐定。

"敢问先生有何指教？"屈平直入主题。

"呵呵呵，"陈轸又是几笑，"你倒是性急。没别的，想求你个事。"

"先生说笑了，"屈平笑笑，盯住他道，"先生有何事，请讲！"

"听说大王命你为代令尹，以推行宪令，可有此事？"

"有之，"屈平淡淡一笑，"大王明旨于朝堂。"

"轸还听说，大王有意为左徒取掉'代'字，直接命你为令尹，可有此事？"

这是大王与自己之间的隐情，眼下应不为任何人所知，陈轸却这般轻易说出，屈平心里咯噔一下，略作迟疑后，应道："有之。"

"轸请左徒不要性急。欲成大事，须得大力。大王有位，屈子有识，位识相合，可谋大事。但谋不过是谋，要将谋落至实处，还需要大能，需要大力。"

"先生是说，大能与大力皆在令尹处？"

"至少说目前仍在。"陈轸侃侃说道，"位需要势托，事需要力践。大王之所以位尊，是有二势相托：一为王族之势，二为宗族之势。王族与宗族之所以托大王，是因为利益攸关。左徒之谋以剥夺二势利益为标的，又无足够的势力践之，却想成事，这不是缘木求鱼吗？"

屈平长吸一口凉气。

显然，自有生以来，还真没人能对自己讲出这些！

"难道大王不是势吗？"屈平略顿，质疑道，"从情理上讲，位高才会势大！"

"大王位尊权重，是因为有大势，但大王的势是由大王下面的势托起来的。这么说吧，"陈轸站起身来，在厅中缓缓移动，如同稷下先生站在讲坛上，打起手势道，"就轸所察，楚国势力可以三分：一是大王的，二是贵族的，三是百姓的。势力决定利益，是以楚国利益亦可三分：一份是大王的，一份是贵族的，还有一份是百姓的。大王孤家寡人，贵族则分两拨，一为王族，二为宗族。二族与王争利，构成方今的楚国朝堂。然而，除二族与王之外，还有第三拨势力与利益，被朝堂忽略了，也就是被大王与贵族双重忽略了。而这一拨人才是真正的大楚，因为是他们托起王族与宗族的。"

陈轸这番高论使屈平深深折服，他用两眼紧盯住陈轸。

"从事理上讲，左徒与大王的所谓变法改制，无非是三方争利而已！"陈轸接道。

显然，"争利"二字略略刺痛了屈平。

沉思良久，屈平用目光征询，问道："三方争利？"

"在楚国，贵族与民争利，民不聊生；王族与宗族争利，宗族抱怨；贵族日益坐大，大王之利渐被架空，大王不乐。大王争利，只能向贵族争；贵族争利，只能向民争。大王与贵族之争，在朝堂上；贵族与民之争，在市集，在江湖，在田间地头。大王在朝堂上看到的是贵族利大；作为贵族之一，左徒看到的则是平民利小。大王改制，是要为王室争利；左徒改制，是要为平民争利。大王与左徒虽目标不同，但所争之利皆在剥夺贵族之利，也就是剥除王族与宗族的利益。大王争利，在朝堂，靠朝堂；左徒争利，亦在朝堂，靠朝堂。而朝堂之上，大王只是一人；平民虽众，却也只站着你左徒一人。其他人等，密麻麻，乌压压，皆是贵族。左徒有识，造宪制令；大王有位，颁诏布令。可谁来实施这些宪与令呢？依然是，也只能是，朝中的贵族，因为他们控制了各级府尹。左徒哇！你与大王以剥夺王族、宗族的切身利益为目标改制变法，却又指望王族、宗族来实施这些宪令，是不是稍稍不智了呢？”陈轸讲完，停住脚步，眯起两只小眼盯住屈平。

陈轸的这席话高屋建瓴，举重若轻，将楚国大势与造宪布令解释得清清楚楚，明明白白，让屈平不胜叹服。

“先生真是奇人，”屈平拱手道，“请赐平解招！”

“解招只有一个，结牢昭阳，借力打力。”

屈平闭目一时，看向陈轸道：“改制变法不是剥夺了昭阳的利益了吗？”

“是的，但他还有一个利害！”

“利害？”

“就是张仪。”陈轸晃了一下脑袋，“左徒与大王不过是让昭氏少得一点儿利，而张仪要的则是他的命！昭阳本与王族争利，眼下见张仪与王叔结作一体，这就不是争利的事了！”

“令尹他……有这个意向吗？”

“轸正是从令府尹来。”

屈平再次闭目，有顷，看向陈轸道：“平为直人，今有一疑，请先生解之。”

“左徒请讲。”

“听说郢都有个元吉楼与先生有关，可有此事？”

“有之。”

“听说秦魏河西战前，魏国安邑有两个楼，一个叫眠香楼，一个叫元亨楼，先生可知此二楼？”

“知之。元亨楼是轸办起来的，眠香楼是一个叫天香的人办的。”

“天香是何人？”

“秦国黑雕台的黑雕。”

“眠香楼发生的谋杀案，先生可知？”

“是天香干的。”

“既然是她的楼，她为什么要这么干？”

“嫁祸公孙衍。”

“秦人为什么要嫁祸公孙衍？”

“因为要把公孙衍逼往秦国。”

“先生何以晓得这么清楚？”屈平惊讶了。

“因为轸在那时是魏国上卿，此案是轸奉王命处置的。”

“你……”屈平无话可问了，勾下头去，良久，又喃出一声，“郢都开出了一家品香楼。”

“楼主依然是那个天香，轸晓得她。”

“这就是先生要开元吉楼的原因吗？”

“是的。”

“先生，屈平的疑问是，安邑有此二楼，然后河西没了。”

“唉，”陈轸长叹一声，“左徒有所不知，安邑无此二楼，河西也会没有，只不过，会以另外一种方式。”

“先生何意？”屈平猛地抬头。

“因为魏国有个先魏王，秦国有个先秦公。”

“先生从没有自责过吗？”

“自责过。”

“怎么责的？”

“被大魏的相位迷住眼了。唉，”陈轸复叹一声，苦笑着看向屈平，“左徒还有何问？”

“没了。”屈平拱手道，“谢先生坦诚以告。”

“左徒应该明白轸为何要搞这个元吉楼了吧？”陈轸看向屈平，两眼透出狡黠，“在楚国，轸的衣食是依靠昭阳，昭阳的对手是张仪，张仪的耳目是雕台，雕台的穴点是品香楼。轸可以透给你一些情况，在元吉楼里，无处不是轸的眼线，凡是去过品香楼的嫖客，都在轸的眼皮子底下。品香楼里响个屁，轸就晓得是个什么味儿。”

“先生谋事，果是不同凡响！”屈平拱手，“在啮桑时，苏子曾嘱晚生遇到大事可请教先生，前番来函，苏子再次叮嘱，晚生今日服矣！”

“谢屈子信任！”陈轸回了个礼，苦笑一声，“不瞒左徒，轸处心积虑以助左徒，亦是受苏子所托！”说着从袖中摸出一函，在屈平眼前晃晃，又收了回去，“轸之一生，真还没有敬佩过谁，只此苏子！”说着看向远方，慨叹道，“真乃今之圣人矣！”

“先生大德，晚生知矣！”屈平再次拱手道，“晚生这就入宫，向大王禀明利害，相信大王会摒弃前嫌，复用令尹推动王命。至于令尹那儿，就由先生疏通！”

“若此，大楚有望矣！”

屈平前脚入宫，靳尚后脚就进了左徒府。

靳尚此来，只为一事，就是那件血衣。靳尚的思路是，如果屈平在，就以参与办案的名义直接讨要，然后再设法毁掉，使之查无实证；如果屈平不在，就直接拿走。

屈平不在。

靳尚在左徒府寻问了一圈，一丝儿线索皆无。他猛地想到一处，便驱车赶赴屈平草庐。

听到车响，老园丁迎出，见是靳尚，晓得他的身份，便禀说左徒一大早就出去了。

靳尚眼珠子一转，道：“我与屈大人约好了，他过会儿就回来，我先在这儿候他一时。”

老园丁也无二话，当下召来囡囡，让她带客人去草舍里歇息。囡囡带靳尚至前院的厅堂里，倒上茶水招待。靳尚喝了几口茶，便转向屈平书房。囡囡跟在他身后，寸步不离。

“你叫啥名字？”靳尚笑道。

“我叫囡囡。”囡囡应道。

“我来过几次，没见过你呢。”

“我也没见过你。”囡囡笑了，“阿伯，你寻啥呢？”

“你见到一件血衣没？”

“啥叫血衣？”

“就是上面带些血的衣服，是件灰白的衣服，就像这件。”靳尚摸出一件与昭鼠血衣相同的衣服，抖给囡囡。

囡囡摇头。

靳尚正自失望，意外看到屈平书案两侧堆放的两大堆竹简，及案上刚刚落成的宪令。他两眼圆睁，就在案前坐下，展卷阅读。

靳尚读了一会儿，头上沁出汗来。

事实似乎是这样，那件血衣好像不再重要了。

靳尚正读得起劲，猛然看到囡囡依然站在门内，两只大眼直盯住他。

“囡囡，”靳尚放下竹简，“阿伯在这儿看会儿书，等你阿叔，你到外面玩去，成不？”

“我不玩，”囡囡应道，“我要守在阿叔的书房里！”

“这这这……”靳尚皱眉，“你阿叔看书时，你也守在他身边吗？”

“我不守，因为阿叔需要安静。”

“阿伯看书，也需要安静呢！”靳尚笑了。

“可我不认识阿伯！”囡囡应过，眼皮子又眨了几下，“阿伯，你在屋里看，囡囡坐在门外，成不？”

“成。”

囡囡走到门外，坐在屋檐下。

靳尚将案上竹简匆匆阅过，闭目凝了会儿神，目光落到一旁的笔砚上，见砚中墨水俱足，他灵机一动，从怀中掏出带来的衣服，蘸好墨水，便在那衣服上匆匆书写起来。

靳尚誊抄了近两个时辰，方将一捆竹简抄完，整件衣服写得密密麻麻，连衣领上也写上了字。他将笔砚收起，将那件衣服揣进衣襟，又将房中竹简摆归原位，然后缓缓站起，伸了个懒腰，深深呼出一口气，大步走出书房。

“阿伯，您不看了？”正在打盹的囡囡听到声音，连忙站起。

“不看了。”靳尚伸手抱起囡囡，“阿伯候不到阿叔，这先走了。”

后晌申时，屈平从宫里回来。他急匆匆走进草庐，拿起案上宪令，刚要出去，囡囡从外面跑来，叫道：“阿叔，上午有个阿伯来寻你，候你老半天呢。”

“阿伯？”屈平震惊，“他在哪儿候我？”

“就在阿叔的书房里。”

屈平惊出一身冷汗，急回书房，将房中一切皆查一遍，见没有遗失，又看了看所拟的宪令，一简也没少。

“阿伯就坐在这儿，翻看这些竹简，”囡囡指着竹简道，“我站在门口，看着他，他让我出去，说他要安静，我就坐在门外了，就坐在这儿。”说着指向门外她坐的地方，“我都坐得瞌睡了，他才出来，把我抱起来，说是要走哩。”

屈平走到前院，召到老园丁，急问道：“上午是谁来了？”

“是上官大人，说是大人与他约好了，他先在屋里候你。我正在弄个棚架，就喊囡囡带他去了。”老园丁应道。

显然，问题大了。

靳尚从未约他，却对老伯说约好了，这分明是在说谎。

然而，他为什么要说谎呢？

屈平闭目。

“阿叔，”囡囡似又想起了什么，接道，“阿伯要寻什么血衣，东找西找，没找着，问囡囡见没，我说我没见过。”

屈平头顶又是一轰。

是了，靳尚是为血衣而来，未能拿到血衣，却偷看了他所拟出的宪令。

屈平通常要到晚上才能回来，今天在这辰光回，是奉王旨来取宪令的。

早晨别过陈轸，屈平就入宫觐见怀王。不巧的是，怀王正在接待客人。候至午时，屈平方才得见，遂将陈轸所言简述一遍。这些从高处着眼的言辞真还打动了怀王。怀王决定听从屈平，依旧起用昭阳，让他施行政令。怀王问及宪令，屈平称已初步完稿。怀王随即传召昭阳，而让屈平去取宪令，想由三人先行议定，再作颁布。

岂料靳尚抢先一步，提前将宪令看了。

作为朝廷命官，靳尚私入左徒住所，编谎并偷看尚未颁布的王命宪令，真要闹腾起来，是杀头重罪。同时，屈平亦深悔自己的大意，未能做好防范，将如此重要的东西随意摆在书房里。最起码，他应随身带往左徒府，交由咸尹掌管。

屈平又细察了一遍，房中确未丢失什么。至于这些宪令，若是顺利，三两天也就颁布于众了，上官大夫即使全部看去，也不过是早知几天而已！再说，上官也是大王的身边人，总不至于……

想到这儿，屈平心里略觉安慰，便将宪令悉数捆扎，提入车中，直驱宫城。

屈平赶到时，昭阳已在宫中，看神情，与怀王相谈甚笃。由于只有一份宪令，怀王遂让屈平朗读一遍。屈平将竹简摊好，清清嗓子，大声朗读。怀王、昭阳各自闭目审听。

一遍读毕，昭阳为示态度，率先鼓掌。怀王笑了，吩咐屈平从头再读，读一句，大家就讨论一句，如此将整个宪令过了一遍。

三人初时拘谨，尤其是昭阳，及至后来，便完全放开了。放弃小我的昭阳，处处从楚国与王室的角度思考，几乎完全赞同屈平的宪令草案，所提异议，也皆在实施层面。

天色黑下来，怀王兴甚，吩咐一起吃个便餐，再掌灯夜战。直至深夜，三人方将所有宪令逐简审毕。怀王、昭阳各抒己见，由屈平将见解不同之处一一标注，分列为商榷、不妥、必改三类。前两类三人当场进行论证，至于第三类如何修改，三人也列出方案，形成共识，尤其是在收回巴盐、乌金治权上，三人完全达成一致。大家各自满意，于三更梆响时作别散去。

次日晨起，子启早早叩开王叔府门，将昨晚他所察知的宫中之事详述了一遍。

王叔震惊，随即摸出靳尚转呈的那件抄有宪令的字衣，递给子启道："贤侄看看这个！"

子启大约浏览了一下，皱眉道："字又小又挤，看着费劲呢！"

"你说得是。"王叔叫来家宰，将字衣丢给他，"多寻几个人，把上面的每一个字都抄写入简。对了，叫上官大人来念，免得颠倒。"

家宰应过，提上字衣走了。

"抄写一份就是了，寻几个人做啥？"子启不解。

"唉，"王叔指向离去的家宰，"那件衣上所写的小字，阿叔昨晚看了一宵，睡不着呀！"略略闭目，又苦笑道，"张子说得是，大王、昭阳、屈平三人万不可结到一起，可照贤侄方才所说，他们已于昨晚成伙了。"

"怎么办？"子启急问。

"有请张子！"王叔缓缓说道，"对付昭阳，得听他的！"

子启应过，匆匆去了。

张仪来后，没有给出任何主意，却讨来棋具，与王叔摆上了。二人连弈三局，待家宰将衣上的字全部抄出，方才推枰置子。二人接过依然散着墨香的竹简，凝神聚心，全部看完。

"张子？"见张仪放下竹简，王叔小声询问。

"王叔呀，"张仪盯住王叔，咧起嘴，指出了最要害的一处，"按照所写宪令，巴地的盐泉、宛地的乌金，统统都要收归王室喽！"

"是哩。"王叔面色难堪。

"什么狗屁宪令？"子启一拳震几，"没有盐、铁，我们还吃什么？这要让大伙儿看到，还不反了？"

"如果在下没有料错，这当是昭阳之谋！"张仪将屎盆子劈头扣在了昭阳头上。

"昭阳之谋？"王叔怔了，"是收归王室！"

"王室由谁来辖制呢？"张仪接道，"大王是不会管的，具体就是由令府尹辖制。之前大王有意让屈平取代昭阳，但从昨日来看，大王心气或已改变，如果不出意外，令尹依旧是昭阳。"

“奇怪，”王叔自语，“大王何以突然改变呢？他怨昭阳久矣！”

“这个当可归功于陈轸！”张仪应道，“昨日清晨，陈轸鸡鸣即起，先去昭阳府，后去左徒府。之后，左徒与陈轸一并出门，左徒入宫，陈轸再入昭阳府。再之后，昭阳入宫，左徒先回草庐，后入王宫。这中间的曲折，耐人寻味啊！”说着看向靳尚，“不瞒诸位，昨日此时，在下真为靳兄捏把汗哪。若是靳兄迟走一时，或是左徒早回一时，被左徒逮个现行，讲给大王，靳兄这辰光怕就没有这般坦然喽！”

张仪轻轻几句，唬得靳尚额头汗出。

“请问张子，何以应对，可有良策？”王叔拱手，直入主题。

“回禀王叔，”张仪看向他，回礼道，“仪没有良策，只有应策。”

“请讲应策。”

“应策有二，”张仪扫视王叔三人，“一是服从王命，顺应新制新法，王族、宗族合起手来，勒紧裤带，成就大王、左徒变改之功。藏富于国，厉兵秣马，东和于齐，西争于秦，以武力夺回商於谷地，将秦人锁死于关中。”

“二呢？”子启急不可待。

“其二是，”张仪看向他，“王族合力，制伏昭阳、左徒，促使大王回归正途，藏富于民，西结强秦，东争于齐。秦无楚忧，可争三晋；楚无秦虑，可夺泗下。这也是秦王长策，在下赴楚聘亲，亦是为此，请诸位斟酌。”

“有何斟酌？”子启握拳，看向王叔，“王叔，听张子的，干吧！”

“敢问张子，”王叔闭目有顷，看向张仪，“事已至此，可有良策制伏昭阳与左徒？”

“制伏左徒，”张仪看向靳尚，“非靳兄不可。至于昭阳，”又看向王叔，“就得王叔亲自出马喽！”

“怎么做？”

张仪从怀中摸出一个锦囊，递给王叔：“如何制伏，尽在此囊，王叔可以开看。”说着转向靳尚，“麻烦靳兄与在下进宫一趟，靳兄可禀报大王，就说秦使有喜讯奏报！”

得到了昭阳助力，又确定好了改制变法的远略长策，怀王正自豪气冲天，听闻靳尚奏报说秦使有喜讯，以为是关于商於之事的，当即传见。

“贺喜我王！”觐见礼毕，张仪率先拱手。

“呵呵呵，”怀王乐不合口，“今朝是有喜事。”随即俯身道，“听闻秦使亦有喜讯带来，寡人可否一听？”

“贺喜我王！”张仪再次拱手道。

“呵呵呵，”怀王又笑几声，“说吧，寡人甚想听听张子的喜讯！”

“仪已贺过两次了！”张仪再拱手，“再贺一次，仪贺喜我王！”

“咦？”怀王敛起笑，盯住张仪，“你还没有讲出什么喜呢，这贺个什么？”

“贺大王的喜呀！”张仪笑了，“大王得喜，于楚有大利，仪怎能不道贺呢？”

“寡人得何喜了？”怀王纳闷。

“呵呵呵，”张仪连笑几声，“大王的喜，满郢都皆知，这还用说出来吗？”

“这……”怀王愈加纳闷了，看向靳尚，“什么喜？”

靳尚勾头。

“说呀！”怀王急了，提高声音。

“大王颁宪布令，改制变法，行追魏文，功比秦孝，这是天大的喜事呀，仪是以道贺！”张仪拱手道。

“这……”怀王暗吃一惊，“秦使可指寡人颁诏定职裁冗的事？”

“裁冗之事虽说可喜，却不值一贺。”

“为何不值？”

“一则此事已过旬日，在郢都算是往日旧事了；二则三世不袭，先悼王时代早已行过，今大王再行，实为平常，不为大喜。”

“那请问秦使，你说的大喜是指什么？”怀王直盯张仪。

“仪已讲过，颁宪布令，改制变法呀！”

“寡人颁何宪、布何令了？”怀王目光逼视。

“咦？”张仪略作吃惊，“大王难道还没有颁布吗？”

“寡人在问的是，寡人颁何宪、布何令了？”怀王咬住字眼。

“左徒大人新造的宪令呀！”张仪故作惊讶，似乎奇怪怀王为何问出这个问题。

“新造的什么宪令？”怀王追问。

“一十二宪，四十九令！”

“你……”怀王倒吸一口气，手指着他，“怎么晓得的？”

“大王！”张仪两手一摊，“郢地人人皆知之事，仪怎么不晓得呢？”

“啊？！”怀王震惊，不可置信地看向靳尚，“靳尚，你可晓得？”

“回禀我王，”靳尚拱手道，“臣早有听闻！”

“听到什么了，快讲！”

“就是左徒大人奉旨造宪之事。”

“听何人所讲？”

“左徒呀，他亲口所讲。”

“他……”怀王愈加震惊了，“他在哪儿讲？都讲什么了？”

“他逢人就讲呀，说他是大楚第一才子，说大王早已离不开他，大王的宪令谕旨，无不出自他手。他还说莫看他现在只是代令尹，要不了几日，令尹之位就是他的，因为大王与他同池洗过澡，搓过背，说……”

怀王猛拍几案：“够了！”

靳尚吓了一大跳，急急刹住。

“靳尚，”怀王颤抖着手，点出他的名字，一字一顿道，“寡人这样对你讲，屈平不可能说出这些！”

“臣……”靳尚叩首，涕泣道，“不敢欺王啊，大王！王若不信，可使人随街查访，屈平所造宪令，早已成街谈巷议，路人皆知呀！”

“既是街谈巷议，你……”怀王喘气道，“且说一令！”

“臣……”靳尚叩首。说实在的，尽管他抄写了一遍，但要背诵，他真的一句也诵不出。

“大王，仪请诵之！”张仪闭目，朗朗上口道，“大楚宪令，第一宪，第一令，明宪审令。凡先王法制，所合皆为先王之时，所应皆为先王之势。今时过境迁，大邦并雄，中原列国先后变法更制，我大楚亦不可墨守成规。寡人是以明宪审令，革除旧弊，以顺方今之时，以应方今之势……”

张仪过目不忘的本领派上了用场，不一会儿，竟将屈平花费不知多少时日才拟就的宪令悉数诵出，惊得怀王与内尹目瞪口呆，连靳尚都傻了。

张仪诵完，笑道：“大王，仪所记住的就是这些，想必有不少错漏，贻笑于大王了。”

怀王面色蜡黄，额头汗出。

空气冷凝，殿中死一般的寂静，只有怀王越来越粗的出气声。

得与怀王、昭阳达成共识，屈平真有说不出的兴奋。翌日晨起，屈平哪儿也没去，只守在草舍里，将三人昨日所议悉数过滤了一遍，斟酌成合适的表述添加进正文。

天色过午，屈平修改完毕，自认为一切妥当，方才誊抄一遍，将原稿秘藏起来。随后他又赶赴左徒府，吩咐咸尹将宪令密抄三份。四份宪令，一份由他存档，另三份则束扎成册，加盖左徒府玺印，送呈王宫咸尹。

屈平刚刚吩咐完毕，屈遥走进来，附他耳边低语。

屈平的脸色变了。

“真是奇怪，”屈遥一脸茫然，“阿哥起草的宪令连我也未曾读过，街头百姓怎就全晓得了？”

屈平已知原委，从牙缝里挤出二字：“靳——尚——”

“靳尚？”屈遥不解，“他怎么了？”

屈平忽地起身，快步走出。

“阿哥，你去哪儿？”屈遥追上。

“进宫！”屈平头也不回。

御书房里，怀王怔怔地坐着，目光呆滞。

怀王耳边响起靳尚的声音：“……他逢人就讲呀，说他是大楚第一才子，说大王早已离不开他，大王的宪令谕旨，无不出自他手。他还说莫看他现在只是代令尹，要不了几日，令尹之位就是他的，因为大王与他同池洗过澡，搓过背……”

接后是张仪的声音：“……大楚宪令，第一宪，第一令，明宪审令。凡先王法制，所合皆为先王之时，所应皆为先王之势。今时过境迁，大邦并雄，中原列国先后变法更制，我大楚亦不可墨守成规。寡人是以明宪审令，革除旧弊，以顺方今之时，以应方今之势……”

内尹进来，看了怀王一眼，小心翼翼地候于一侧。

怀王察出是他，未睁眼睛，便问道：“访到什么了？”

“回禀我王，”内尹小声道，“臣使人察访街头茶肆，确如上官大人所讲，郢人皆在议论新宪……”

怀王一拳震在几上：“屈平！”

此时咸尹走进道：“禀报我王，左徒屈平觐见！”

怀王指向外面，浑身颤抖：“滚，滚滚，让他滚！”

内尹急了，压低声音道：“大王？”

怀王喘了会儿气，指着内尹：“去，告诉那个左徒，就说寡人忙呢，无暇见他！”

内尹拱手道：“臣领旨！”

内尹自然没传原话，只说大王在忙，让他改个时辰再来。内尹传完话，正要进去，屈平一把扯住他，压低声问：“告诉我实话，大王是不是在生我的气？”

内尹轻叹一声，算作答复了。

屈平急了：“你再禀报大王，就说我有委屈诉说！”

内尹又叹一声，压低声音道：“左徒大人，你还是改个辰光再来吧。”说完转身进去了。

屈平晓得事急，便当门跪下。

屈平由后晌始跪，一直跪到太阳落山，又跪到天色黑定，再跪到时交一更，宫中仍无一人出来请他。

奇怪的是，宫门虽开着，却没有一人由宫门进出。

直觉告诉屈平，大王就在宫里。

大王生气、屈平跪堵宫门的事情在宫中不胫而走，自也传进了巫咸庙。

在郑袖的推动下，楚国不少地方都在开建巫咸庙，由于祭司紧缺，郑袖从宫中及民间选出了几十名清秀少女，由白云在巫咸庙中做专业培训。

“左徒求见，大王不许，左徒跪在宫门前面，宫中所有人都不走宫门了，开偏门出入。这都交一更了，左徒跪了有两个多时辰哩！”一个准祭司悄声禀报白云。

“大王在吗？”白云问道。

“大王在。大王就在那位子上一直坐着，啥也没干。”

“为什么事呢？”

“不晓得呢。午时靳尚与秦使觐见大王，他们走后，大王就成这样了。”

“晓得了。你去南宫，求请娘娘，就说我想借用一下她的琴。”

准祭司匆匆去了，不过一刻，便抱着南后的琴回来。

白云接过琴，看也没看，就抱上出去了。

白云径直走到楚宫前院，走向殿门。

果然，屈平当门跪着。

白云在屈平跟前蹲下，悄语道：“阿哥，你因何跪在这儿？”

“因为小人靳尚。”屈平低声应道。

“他怎么了？”

“他潜入草舍，偷走我起草的宪令，在郢都四处张扬，大王因此而生我的气了。”

“他与秦使是在午时觐见的大王！”白云丢下一句，然后起身，抱起琴，款款入内。

白云没有禀报，便直入殿中，重重的脚步声一路响进来。

正在闷头坐着的怀王听到响声异样，猛地抬头，见是白云，他精神一振，两眼大睁，盯住了她。所有宫人，包括内尹，都没料到祭司会不请自来，所有目光齐射过来。

白云抱琴走到怀王案前，转向左侧，在一块空处席地而坐，摆琴。

怀王显然晓得她为何而来，因此夸张地闭上眼睛，做出无动于衷的样子，只是心已异样，不时睁开一道细缝，瞄一下她。

白云看在眼里。

白云摆好琴，调好弦，身体坐直，两手抚琴，却不动弦。

怀王在等候琴声，琴声却迟迟不起。

宫中死一般的安静。

沉不住气的是怀王，他又瞄了一眼白云，然后彻底闭合眼睛，鼻孔里发出夸张的鼾声。

白云听得分明，猛地拨弦，连响了几个怪声，尖厉而刺耳。许是力道过猛，在最后一个怪声之后，一根弦断了。

所有人都被这几声琴声惊愣了，尤其是那一下断弦声。

怀王受惊，两眼大睁，盯过来，声音不悦道："是祭司呀，你怎么来了？"

"回禀大王，"白云朗声道，"是巫咸大神示我来的！"

"哦？"听到大神的名字，怀王本能地坐直身子，"巫咸大神让你来做什么？"

"为大王弹琴！"

"你……弹吧，寡人洗耳恭听！"

"已经弹过了！"

"是刚才那几声？"怀王惊愕。

"正是。"

"何以刺耳？"

"不刺耳不足以唤醒大楚之王！"

"唤醒寡人？"怀王怔了，"寡人睡了吗？"

"大王没有睡，是昏且迷了！"

"你——"怀王气极，目光如炬，射向白云，良久，又缓出一口气，"你且说说，寡人怎就昏且迷了？"

"作为大楚之王，不问真假曲直，偏听一面之词，塞视听于朝臣，拒忠贞于门外，难道不是昏且迷了？"

怀王手指哆嗦，指着她道："寡人何曾——"然后猛地想起屈平，稍显尴尬，转对内尹道，"传旨，让堵寡人门口的那个人，进来吧！"

从宫中回来，靳尚一直无话。

靳尚明白，自己已经不可避免地陷入了一个赌局，他将自己的未来、家族的未来，甚至自己的性命都押在这一赌上了。

而靳尚之所以敢押上全部身家，是因他心中已有胜算。他的胜算不在自己，不在王叔、子启等王亲贵族，亦不在秦人张仪，而在赌局的另一方阵营，大王、昭阳与屈平。他与大王相处不下二十年，深知大王；他与昭阳明争暗斗十多年，亦深知昭阳。大王不是一个当大事的人，而昭阳老矣。至于屈平，他压根儿就没有把屈平当根葱。

然而，与大王一样，他靳尚自己也不是个能当大事的人，他深知这一点。可不能当大事，大事却临头。张仪、王叔将他完全推到风口浪尖，靳尚快吊不住气了。当宫中来人提及屈平入宫，且当宫门而跪以求见大王时，靳尚的心愈加慌乱，忙起身赶到王叔府宅。

整整一个下午，直至一更天，靳尚都未曾离开王叔府宅半步。陪他压惊的是王叔、张仪、子启三人，一侧侍奉的是天香、秋果等四个品香楼的花魁。靳尚四人玩着投壶游戏，但谁的心思都不在游戏中。

将近二更，靳尚的家宰气喘吁吁地赶到王叔府，禀报大王急召，要他即刻入宫觐见。

靳尚的脸色发白了。无论如何，他在屈平草舍坐守两个时辰，面前摆着的就是屈平的新宪，这是个铁的事实。

靳尚看向王叔。

王叔看向张仪。

“靳兄，”张仪对靳尚道，“对证去吧，记住，一口咬死！”

“怎么咬？”靳尚吸了一口气。

“昨日的事呀。”张仪看向靳尚，“昨日从卯时起，你就陪仪去湖边钓鱼，中午烧烤鲜鱼，鱼刺还卡了你，是不？”

“卡了我？”靳尚惊愕。

“是呀，那根鱼刺极大，怎么也取不出。眼见靳兄性命垂危，在下急了，快马加鞭，将你送去看病，就是城西丁字街口的那家，那疾医将靳兄放倒在榻上，拿起一把细钳，从靳兄嗓眼里取出一根这么长的刺，是不？”张仪比画了一下鱼刺的长度。

所有人都明白了张仪的话音。

“可……”靳尚忐忑。

“呵呵呵，”张仪轻笑几声，看向天香，“有请拔刺的疾医！”

天香出去，不一会儿，领进一人。

那人手中拿着一根鱼刺，请求靳尚伸出手指，拿鱼刺扎入指尖取血，又将血液抹在鱼刺上。

随后，疾医将鱼刺小心包好，拱手出门。

“靳兄，”张仪笑道，“这下放心了吧。有人证，有物证，是可以查验的！”

靳尚看向王叔。

“上官大人，”王叔拱手道，“放心去吧，照张子所讲，一口咬死。咬死了，就讲清了；咬不死，反倒讲不清！”说着指向自己，“王叔恭候佳音！”

靳尚再无二话，朝众人拱手作别，大步出去。

听到靳尚走远，王叔看向张仪。

“王叔，该玩锦囊里的游戏了！”张仪提示。

“贤侄，”王叔转身对子启道，“这就去，叫醒你的几个阿叔，传王叔的话，召集族兵，厉兵秣马，筹备出行！”

子启应过，急急去了。

靳尚赶到王宫，早已有宫人在候他，将他引入了偏殿，也就是他与张仪上午觐见的地方。

殿中没有外人，怀王坐于主位，脸黑着。右侧客位坐着屈平，左侧远处，白云坐在那儿抚琴，琴声断续，时不时地迸出一声，激荡起原本就已紧张的空气。

“臣叩见我王！”靳尚趋入，叩首。

“靳尚，”怀王二目如炬，紧紧盯住他，“说说，昨日你都干什么了？”

“昨日？”靳尚抬头，拱手道，“回禀我王，昨日臣奉王命陪同秦使张仪出城钓鱼去了！”

“钓鱼？”怀王震惊，两眼圆睁，“昨日何时？”

“看日头，大约是卯时。臣吃不太准，是秦使临时约的。”靳尚豁出去了，反而放松下来，“他在馆驿守得烦闷，便使人请臣。臣有王命应对秦使，不能不去。”

“去哪儿钓的鱼？钓到何时？”怀王急问。

“出西门三十里，有一片水泽，秦使常去那儿垂钓。我们卯时出城，直到后晌申时……”靳尚顿住话头，看向怀王，“敢问我王，这是怎么了？”

怀王看向屈平，用目光质疑他。

“靳尚，你……说谎！”屈平早已气得脸色发白，用手指向他，手指发颤。

“左徒大人，”靳尚假作愕然，“下官何处说谎了？”

“你……”屈平大声道，“你在卯时到达左徒府，府中有大尹、咸尹皆可做证！”

“左徒大人，”靳尚笑了，“下官确实去过左徒府，是为昭鼠的案子。大王命下官协助左徒审理此案，而此案的关键是昭鼠的血衣，下官对血衣未曾看得真切，想到府中察看，好与左徒大人议论此案。不料左徒不在府中，血衣也未寻到。下官无奈，只好回府，刚到府中，就有秦使口信。待下官赶到使馆，秦使已在备车等候，下官别无选择，只好从他去了。”

“你说谎！”屈平愈加震怒，一拳震几，“你根本没有回府，而是直驱我在城外的草舍，说是寻我。草舍园丁告诉你我出去了，晚上才回，你却谎称与我约好了，要在我舍中等候。园丁认识你，晓得你是上官大人，就让我家囡囡带你到草舍歇息。你在我家一直守到日过午时，就坐在我的几案前面，足足坐了两个时辰。我家囡囡不认识你，守着你，可你却将她支开，不让她站在屋里。囡囡无奈，就坐在门槛外面，一直守到你出来！光天化日，你休想抵赖！”

“苍天哪，”靳尚捶胸顿足，号啕大哭，“呜呜呜，苍天哪……”他长哭几声，又朝怀王叩首，“大王啊，臣……从您二十多年，何曾有过一句谎言哪！臣由朝至夕，勤于政务，应酬秦使，何来闲暇私串乡居？臣忠心侍王，战战兢兢，何来胆子私潜左徒雅舍，偷窃大王宪令？臣……呜呜呜呜……左徒大人位尊权高，一口咬定臣私入其宅，臣……纵使跳进云梦泽里也洗脱不清啊，呜呜呜……”

“上官大人，”屈平冷笑一声，“屈平尚未提及，你怎么知道是说你偷窃大王宪令呢？”

靳尚一愣，自知说走嘴了，眼珠子一转，又放声大哭：“呜呜呜呜，大王啊，您这夜半三更地召臣至此，特别提及昨日的事，左徒这又一口咬定臣潜入他的舍中，坐在他的几案前面，为的难道不是大王的宪令吗？左徒为大王造宪制令，大王并未告诉过臣，臣实不知，可郢都之人无所不知呀，今朝秦使……好了，臣不讲了，臣之冤枉，无处申诉，臣……大王啊，臣唯有一死以证清白呀，我的大王啊，呜呜呜呜……”

“左徒？”怀王听他讲得有鼻子有眼，头也大了，眯起眼，看向屈平。

“靳尚，”屈平终于明白他的用意，心底透寒，咬牙切齿道，“你……你是说，屈平今日是在诬谄你不成？”

“屈平，”靳尚猛地擦干泪水，不再客气，语气发狠，“捉贼见赃，捉奸见双，你既非诬谄，请拿证据出来！”

“证据就是我家草舍中的园丁与囡囡！”屈平朗声道，“你卯时将过入室，诳语与我有约，入室搜索血衣，未获，看到案头竹简，读之，知是宪令，遂支走囡囡，坐于几案抄写。我今日特别查过，我的砚台被人动过，我的鹅笔被人用过，我的墨水原有一砚，几用殆尽，还有，我家囡囡一直守在门外，盯着你呢！”

“哼，”靳尚冷笑一声，“我道是什么如山铁证，原来是你家囡囡！”说着手指屈平，字字有力，“姓屈的，靳尚与你同朝侍主，无冤无仇，你为何要冤死在下？既然你已铁证如山，为何昨夜不到宫中，直到今朝大王听到满街传言后才说？大王信任于你，命你起草宪令，而这宪令竟于光天化日之下被人窃走，这是何等大事，你为何没有即时报案，为何没有即时奏报大王？”

“你……你这卑鄙小人……”屈平指着他，气结道，“我……我念你是大王信臣，念你一家老小数口性命，一时心软，存意放你一马，不想你……你却……”

“呜呜呜，”靳尚两手顿地，号啕再哭，“我的大王啊，您这可都听见了，臣……这是跳进云梦泽里也洗不清了呀，臣……唯有一死以证清白啊，我的大王啊……”话音落处，靳尚猛地站起，瞄见内尹站处，便径直撞向他身边的庭柱。

内尹伸手，将他抱住。

屈平气结。

坐在琴边的白云看得真切，一阵恶心，转到柱后“嗷嗷”干呕。

“大王，”靳尚挣脱内尹，重新跪到怀王案前，“臣请司败府调查此案，各出证据。臣与秦使昨日垂钓于野，中午以天地为炉，烤鱼果腹，不巧被鱼刺卡喉，疼痛欲死。秦使惊惧，驱车疾驰入郢，送臣去救治。疾医从臣喉中取出鱼刺一枚。自去至来，既有人证，也有物证，望大王为臣洗刷清白！”

“你……你们……”怀王气急，呼呼地直喘，他一手捂耳，一手指向门外，几乎是嘶叫道，“出去，出去，都给我出去——”

内尹上前，一手推屈平，一手推靳尚，将二人推出去，顺手关上宫门。

白云仍在呕吐。

怀王喘了会儿气，看过来，略是诧异道：“祭司，你……怎么了？”

白云干呕道：“恶……恶心！”

怀王对宫尹道：“快，传御医！”

“我……我要……出宫！”白云站起，走向宫门。

“白云？”怀王叫道。

白云站住，转身，看向他。

“你……”怀王扬手，“走吧。”他语气伤感，“你们……都走吧，走吧，走吧……”说完吃力地站起，一摇一晃地走出偏门。

怀王直入南宫，如僵尸一般跌坐在郑袖榻上，两手抱头，口中发出一连串莫名的怪音，似哭非哭，似笑非笑。

一直在关注此事进展的郑袖凄然动容，跪在怀王身边，伸出纤手，轻拂怀王几乎变形的面容。

“爱妃——”怀王抬头看向她，眼中出泪。

“我的王啊！”郑袖声音颤抖，一头扑入怀王怀抱，将他紧紧搂住。

夜深了，纪陵君的府门守卫甚严。府院中灯火通明，人影来去，草坪上坐着不少拿枪持刀的人，或磨刀，或擦枪，或煮饭，或备粮，或喂马，或修车，或理箭……时不时有青壮年从各个方向赶过来，经过盘查后，被人引进府院。

一切井然有序，没有一人喧哗。

一辆车马疾速驰来，在府门外停下。

二人下车，直入府门。

是刚从宫中回来的靳尚与前往接他的子启。

望着府中的一切，靳尚一脸惊愕，扯了一下子启的衣襟，低声道：“这是做什么？”

子启轻“嘘”一声，指向正厅。

二人快步走向正厅，见厅中端坐着十几个壮汉，无不甲胄裹身，披挂整齐，一脸严肃地各就席位。

子启一进厅，场面立时热闹起来，这些壮汉全像弹簧一样弹起，围住子启，纷纷攘攘，七嘴八舌：

“启公子，请禀报王叔，人差不多齐了！我家三千，三百在城内，两千七百在城外！”

“启公子，我家八千，府中五百，另七千五百在荆门，枕戈待旦，只待王叔命令！”

“我家是三万，全在封地，我已快马通报，旬日之内可以抵郢！”

“他娘老子的，不让我们活，谁也别想活！”

“清君侧，诛屈平！”

“杀昭氏，诛三姓！”

“速对王叔讲一声，尽快发令，我们等不及了！”

子启扫了一圈，朝大家扬了下手，指指席位，然后扯着靳尚穿过大厅，走向一间侧室。

这是王叔的私人客房。

子启推开门，见王叔端坐于主席，两眼微闭。

客位坐着张仪，彭君、射皋君作陪。

张仪的两眼也是闭合，只有彭君、射皋君各自睁眼，见二人进来，伸手让座。

子启、靳尚坐到两块空席上，看向王叔。

“靳兄凯旋，仪道贺了！”张仪睁眼，拱手，朝靳尚道贺。

“托张兄的福！”靳尚回礼。

“上官大人受惊了！”王叔说着看向彭君，“传菜，上酒，为上官大人压惊！”

彭君应了一声，匆匆出去。

“上官大人，能否讲讲宫中的事，让大伙儿开开眼界！”

“下官……唉！”靳尚轻叹一声，勾头。

“禀王叔，小侄来讲吧！”子启将途中靳尚讲给他的过程简述了一遍，末了道，“上官、屈平各有说辞，各有证据，互争长短，父王气得昏头，将上官大人并屈平，还有那个祭司，统统赶走了。就这辰光，父王想必在郑妃宫里兀自伤心呢。”

彭君安排好饭食，推门进来：“王叔，发令吧，大家等不及了！”

王叔瞄他一眼：“发什么令？”

“咦？”彭君怔了，“不是说好清君侧、杀奸贼的吗？杀屈平，杀昭阳，杀三氏……”

王叔厉声斥道：“糊涂！”

“这……”彭君不解地看向子启。

“呵呵呵，”张仪轻笑几声，亦看向子启，“明人不做暗事。既然是杀奸贼，公子就当放出风去，让奸贼们有个防备才是！”

子启一脸迷茫，看向王叔：“王叔？”

“安排去吧，”王叔摆手道，“悉听张子。”

夜深了。

昭阳府内也不平静，人来人往，亮光明灭。

邢才由外入内，直入主厅，身后跟着陈轸。

端坐主位的昭阳面色严峻，昭睢、昭佗、昭鱼等人神色焦躁。

看到陈轸进来，昭阳站起，拱手道：“陈兄，总算把你候来了！”

“唉，”陈轸长叹一声，“早该来的，可孩子发烧了，伊娜急得掉眼泪，我这得安抚几下才是。”

“要紧不？”

“要紧个屁。”陈轸苦笑，“孩子不发烧咋长个呢？女人就是顶不住事！”说着在客位坐下，看向昭阳，“听说是出事情了。”

“是哩。”昭阳指向不远处道，“他们要动手了。”

“是吗？”陈轸的目光扫向几人，“说说，他们是怎么动的？”

“回禀陈叔，”昭睢拱手道，“郢都不下几千，集中于几个府里，无不披挂在身，枕戈以待。十余王亲这辰光正聚在王叔府宅。”

“可是为上官与左徒的事儿？”

“正是。”昭睢应道，“为拿到昭鼠血衣，上官于昨日先到左徒府，后入左徒草堂，但血衣在宫里，上官寻不到，却意外看到左徒所造的新宪令，就抄写一份，带走了。王叔他们将这份宪令四处张扬。张仪于今日上午入宫向大王贺喜改制的事，大王蒙了，问靳尚，靳尚说是左徒四处张扬，郢人无不知晓。大王查访属实，就生左徒的气了。左徒这也听到传闻，知是靳尚设下的局，因草堂里的家人说，靳尚昨日在草堂守候足有两个时辰，就坐在他的几案前，看那宪令。左徒入宫禀明，大王夜召靳尚，靳尚死不承认去过他的草堂，二人争执于王侧，大王震怒，将他们全部赶走。”

“唉，”陈轸轻叹一声，“大楚国要让这个靳尚害死了。”说罢又看向昭阳，“王叔磨刀擦枪，不是为左徒，恐怕是为昭兄。”

“是哩！”昭阳重重地应出一声。

“想是昨日昭兄入宫，与大王、左徒达成一致，让王叔他们晓得了。”

“哼，”昭阳冷笑一声，“若论动粗，他们还嫩着呢！”说完转身对昭佗道，“人齐了吗？”

“齐了！”昭佗低声应道。

“邢才，”昭阳转对邢才道，“集合所有仆役，发放兵器！”

邢才应了声诺，扭身急去。

昭阳又看向昭睢："睢儿，你这就去景府、屈府，求见景翠、屈丐，就说老夫有请！"

"左徒呢？"昭睢急问。

昭阳看向陈轸。

"左徒那儿，在下走一趟。"陈轸说完便转身去了。

从王宫出来，屈平没有回草舍，一是因为太迟，二是因为太远，三是因为气昏头了。

屈平直入离王宫不远的左徒府，陪他一路而来的是白云。

叫开府门后，屈平直入后堂。

早有差役点亮灯火，安排洗梳与就寝。

屈平却毫无睡意。

屈平万未料到自己会在这么一个晚上遇到这么一个毫无底线的人，上官靳尚！他竟能在大王跟前编出此等拙劣谎言，生生将黑的讲作白的，将假的讲作真的，将有的讲作无的，将无的讲作有的。

想到上官靳尚在自己刚刚出生时就已陪在怀王身侧，整整陪了他二十多年，屈平的头皮都是麻的。

屈平耳边不由响起叔叔屈丐的声音："……你只是一个人哪，你只是一根铁钉，而他们结成的是一块又大又厚的砧板，你是钉不进去的……你是真的稚嫩呀！你是真的没看明白呀！你是真的不晓得眼前的郢都正在发生什么呀……先说靳尚，他早与秦使张仪、王叔、鄂君他们结在一起了，你能指望他吗？靳尚于郑娘娘有救命大恩，靳尚移志，郑娘娘还能向着你吗……你切切不可忘记，屈、景、昭三氏永远都是公族，这个族里的每一个人，都在享受这个国家的福祉，其中也包括贤侄你。没有公族这个招牌，贤侄纵使再有能耐，能进入楚王的宫城吗？能凭几首诗赋就当上大楚的左徒吗？贤侄得了如此之大的好处，可你所拟的宪令却是与整个公族作对，与整个王族作对。裁冗改制，累世不袭，锋芒所向，这是在剥夺他们已经得到的一切，这合适吗？是的，你的宪令有利于大王，有利于千千万万个大楚底层百姓，可大王之所以成为大王，也是生出来的，也是累世袭来的。没有公族与王族，何来的大王？至于底层百姓，他们能懂你吗？即使他们懂你，支持你，可朝堂之上，有他们立脚的地方吗？”

是的，他自己是太稚嫩了！

屈平在厅中来回踱步，耳边再度响起陈轸的声音：“在楚国，贵族与民争利，民不聊生；王族与宗族争利，宗族抱怨；贵族日益坐大，大王之利渐被架空，大王不乐。大王争利，只能向贵族争；贵族争利，只能向民争。大王与贵族之争，在朝堂上；贵族与民之争，在市集，在江湖，在田间地头。大王在朝堂上看到的是贵族利大；作为贵族之一，左徒看到的则是平民利小。大王改制，是要为王室争利；左徒改制，是要为平民争利。大王与左徒虽目标不同，但所争之利皆在剥夺贵族之利，也就是剥除王族与宗族的利益。大王争利，在朝堂，靠朝堂；左徒争利，亦在朝堂，靠朝堂。而朝堂之上，大王只是一人；平民虽众，却也只站着你左徒一人。其他人等，密麻麻，乌压压，皆是贵族……”

在屈平来回踱步时，白云已点好香，安详地坐在席位上，目光微闭，凝神屏气，似乎在排除一切干扰，沟通她的巫咸大神。

大街上不时传进来来往往的跑步声、车马声，但没有人语。

声音越来越嘈杂，越来越频繁。

屈平正自诧异，院门响了，屈遥带着陈轸匆匆走进。

“先生，遥弟，你们——”屈平看向二人，用目光征询。

“呵呵呵，”陈轸的脸上挂着平素的笑，“是碰巧了。轸欲访左徒，正待敲门，一人飞步而来，轸还以为是歹人呢，不想却是大尹！”

“阿哥，出事情了！”屈遥并没有这么轻松，脸皮绷着。

“何事？”屈平急问。

“你听！”屈遥朝外面的街道努努嘴，“一伙一伙的，少则三五人，多则几十人，都在往一堆儿凑呢！”

“凑往哪儿？”屈平震惊。

“有凑向王叔府的，有凑向令府尹的。”

屈平倒吸一口冷气，看向陈轸。

陈轸看准客位，坦然坐下，看向屈平道：“轸访左徒，正是为此！”

“怎么回事儿？”

“王叔欲清君侧，令尹总不能束手就擒吧？”

“清君侧？”屈平惊呆了，“你是说——”他顿住了。

“是的，”陈轸轻叹一声，“也许在今夜，也许在明天，郢都就有可能见血了，”说着环顾四周，“尤其是这座老宅子，就这辰光，不定有多少枪头利矢在瞄着呢！”

“看他们谁敢！”屈遥握拳，盯住屈平道，“阿哥，我这就召人去。”说完拔腿就走。

“回来！”屈平声音淡淡地道。

已经走到门口的屈遥踅了回来。

屈平反倒安静下来，不再踱步了，他回到主位，缓缓坐下，朝陈轸拱手道：“先生可有妙策？”

“事情搞到这一步，妙策就没有了。”陈轸回他个礼，敛神道，“左徒大人，这包脓既已生成，不挤就不成了。”

“怎么挤？”屈平问道。

“听闻大王授予你符令，许你动用王师三千，可有此事？”

“有之。”

“王叔他们深夜聚众，是叛乱无疑。令尹已经知会三姓族兵，你若征调王师，便可会同三姓族兵，先动一步，将王叔、靳尚等众一举擒拿。你们可深夜行动，及至尘埃落定，再行奏报大王。那时，木已成舟，人证物证俱在，大王自也乐见其成。然后，你可奏请大王，或驱逐秦使，或准允秦使和亲，礼送芈月公主出嫁！”

“若是有人拒捕呢？”

“格杀勿论。”

屈平闭目。

“屈子，”陈轸接道，“是王叔他们率先聚众，你听见了，也看见了，这是再好不过的动手借口，更是一举功成的难得契机。就轸所判，只要你能下定狠心，与令尹合力，就有绝对胜算。王叔那帮徒众，若论敛财奢靡，没个说的，但若论谋阵厮杀，相信他们抵不过昭阳。”

又是一阵沉默。

“谢先生良策。”良久，屈平抬头，拱手道，“只是，晚生以为不可行！”

“屈子？”陈轸急了。

“先生，”屈平语气笃定，“眼下双方剑拔弩张，若依此策，郢都必是流血漂杵。而郢都流血，就中了秦使之计！”

“唉，”陈轸先是长长一叹，继而目光如炬，盯住屈平，“好吧，轸只问左徒一句，你要不要改制，要不要变法？”

“要。”

“只要左徒坚持改制，坚持变法，这血就是必须流的！”陈轸有力握拳。

“魏、齐、韩改制，皆没有流血！”

“唉，左徒呀，”陈轸摇头苦笑，“你既然提到过去，轸就讲讲过去。先说魏国，那辰光，三晋（韩、赵、魏）皆为新立之国，所行之制都是原来晋国的旧制，因而，魏文侯用李悝变法，那不叫改制，叫立制。晋国已无，魏国朝臣无所傍依，就只能遵守所立新制。再说齐国，与魏一样，田齐也为新立之国，齐公也是可以完全不守姜齐旧制的。即便如此，齐威公在改制之前，依旧烹了阿城令。至于韩侯，道理同上，再说，申不害并没有动贵族之利，不过是对他们稍加约束，让渡给平民一点点权利而已。可眼下不同，左徒呀，你与大王改制，既是要对付秦国，那就得想想秦国，秦孝公用商君改制，渭水都让鲜血染红了。”

屈平再次陷入沉思。

又是一阵长长的沉默。

“先生，”屈平终于抬头，语气笃定，“即使流血，也不应在明天，更不应在今晚。”

“为何？”陈轸追问。

“因为，是王叔他们先提枪的！”屈平两手一摊，“我们不能去杀一个弯弓持枪、严阵以待的人，是不是这样？无论是王亲还是宗亲，是王叔还是令尹，都是强人，两强相争，受伤的是楚，得利的是秦。”

“唉！”陈轸长叹一声，“屈子呀，枪对枪，刀对刀，这才当是楚人的风格。难道左徒要将王叔他们于睡梦中斩尽杀绝吗？”

“这是两码事，”屈平似乎笃定了，朝陈轸拱手道，“敬请先生看在楚国苍生面上，再走昭府一趟，务必劝退令尹大人。至于王叔那儿，由晚生前往劝退！”

一宵无眠。

一直候至天明，郢都并无大事。

屈平松出一口气，大步出门。

“阿哥，”白云紧跟上来，“我也去。”

屈平凝视她。白云递给他一只手，屈平握住。

二人挽起，并肩走出府门，在黎明的曙光里走向纪陵君府。

这片街区邻近王宫，是郢都的贵族区，豪门之间的距离并不遥远。

纪陵君府前壁垒森严，府门两侧各站了两个持戟甲士。

屈平求见，递上拜帖。

子启迎出。

见是屈平与白云，子启颇为亲热，见过虚礼，便带二人直入府门，走向正厅。

偌大的府院中到处是人，一排挨一排地坐着。这些人整齐划一，枪在手，剑在腰，闭目养神。前院空场上还停着几辆战车，几辆辎车，御手们皆在忙活，马已上套，蓄势待发。

白云深吸一气，挽牢屈平的手。白云的另一只手伸进胸襟里，掏出玉佩，让它明明白白地挂在胸前。

王叔迎出厅门。

看到白云，王叔的笑容僵住了。

王叔的两道目光锁在白云胸前的玉佩上。

白云回视他，二眸平静如水。

二人对视，屈平再被冷落。

陪他们进来的子启一会儿看下王叔，一会儿看下白云，脸上浮出笑容，显然在悄悄比较这对父女。

时光如滞，不知过了多久，白云率先回神，看向屈平，淡淡一笑道：“阿哥，你不是要见王叔吗？王叔这在面前呢！”

屈平拱手道："臣屈平叩见王叔！"

王叔这也看过来，拱手回个礼，伸手礼让道："二位客人，请！"

几人走进府中，各自坐下。

"左徒日理万机，乃百忙之人，"王叔面带微笑，盯住屈平，"这大清早的赶至老夫寒舍，可有急事？"

"回禀王叔，"屈平拱手，"臣此来是求请王叔的！"

"哦？"王叔倾身，"你有何请？"

"求请王叔以大楚苍生为念，劝阻诸君克制私欲，切莫做出亲者痛、仇者快的事来！"

"哦？"王叔眉头拧起，佯作吃惊，"听左徒之言，是出什么事情了吗？"

"臣已得知，"屈平应道，"自昨夜迄今，诸君府宅无不刀光剑影，一宵未歇，"说着指向外面，"即使王叔府中，这也是人来人往，杀气腾腾啊！"

"呵呵呵，"王叔朗声笑了，"是左徒想多了！"说着看向子启，"启儿，可将府中热闹禀报左徒！"

"禀左徒，"子启拱手，"王叔并我等诸君约定今日午后前往云梦苑游猎，下人这是在连夜筹备呢！"

屈平惊骇，不由得看向白云。

"呵呵呵呵，"王叔又笑几声，"左徒呀，不要听信他人谗言，想得太多。近日云梦苑中鱼肥蟹壮，麝游鹿荡，老夫的手痒痒了，便约了几位兄弟子侄前往游猎。左徒若是有暇，亦可随老夫前往，以左徒手段，想必会有不少斩获！"

屈平显然没有转过弯子来，目光仍旧没有离开白云。

白云淡淡一笑道："若是此说，本祭司倒要劝谏王叔取缔此行！"

"哦？"王叔看向她，"请问何故？"

"回禀王叔，"白云又是一笑，"未来三日，云梦苑上空，当有九龙闹泽！"

"这……"王叔看向外面，见天色晴朗，万道霞光映红庭院，便盯住她道，"九龙闹泽，祭司何以晓得？"

“王叔这么快就忘记本祭司是做什么的了？”白云又是一笑，抚摩起她胸前的玉佩。

见她抚摩玉佩，王叔呆了。

王叔的眼睛盯在她的玉佩上，眼前幻出她母亲跳崖的身影。

王叔的手不自觉地摸向胸前，摸进胸襟，正要摸出他的玉佩，子启出声道：“王叔，还去云梦吗？”

王叔打了个惊怔，空手出来，轻叹一声：“唉，既然有九龙闹泽，就不去了吧。”

“好嘞，小侄这就传告大家！”子启应过，拔脚出去。

“对了，”王叔扬手吩咐道，“麻烦贤侄再进宫一趟，奏报大王，就说王叔觐见！”说着又看向屈平，苦笑一下，摊开两手，“看来，有些事情，老夫得去解释一下。”

听到“解释一下”，屈平陡然明白了些什么，结结实实地打了个寒战。

第八章

中奸计怀王驱贤　伪献地张仪欺楚

怀王的心情糟透了。靳尚、屈平，两个他最信任的人，竟然在他面前互相指证对方撒谎，这真是一桩匪夷所思的事。

显然，一个人不可能同时去做两桩事，两人之中，必有一人撒谎，只要他下令彻查！

可他能查吗？如果查出是屈平说谎，这叫他情何以堪？近几年来，尤其是近几个月来，他对屈平倾注了太多的信任、太多的期待。可他毕竟才只有二十三岁！

怀王晓得屈平，晓得屈平是忠于他的，晓得屈平一心要做大事业，要摒秦强楚，收复商於。可真心就一定能够成事吗？屈平太直了，也太犟了，只做他认定的事情。譬如此番改制，怀王几乎谕示要他模仿秦制，可他根本不听。

屈平要立的是他自己的制！

当然，这个制对怀王并无坏处，只是对贵族有所不利。改改也好，这些贵族太嚣张了！

靳尚会说谎吗？怀王晓得靳尚，二十多年了，靳尚似乎没有在自己面前说过谎。瞧他要死要活的样子，还撞柱，如果没受委屈，他当是做不出来的。他有人证，有物证，进出城门当是可查的，秦使也是可查的，对了，还有为他拔掉卡喉鱼刺的疾医，这些都是可证的！而屈平呢？说来讲去，能够证明的只是园丁，是囡囡。他晓得园丁与囡囡，但这两个人皆是屈平的臣仆，主人的吩咐是不敢不听的。

可屈平会撒谎吗？思来想去，屈平断不是一个会撒谎的人！

怀王越想头越大，正自没个处置，王叔来求见了。

在这节骨眼上，他晓得王叔是为何而来。

然而，别人他可不见，王叔他不可不见。

怀王打起精神，走出殿门，将王叔迎入。

经王叔示意，怀王屏退左右，连内尹也退到了门外。

见殿中再无他人，王叔缓缓起身，后退几步，随后扑通跪下，流出泪水，又拿袖子抹去。

"贤弟？"怀王惊呆了。

"王兄，"王叔声音哽咽，"臣弟是请罪来的，臣弟已经准备好了，王兄要杀要剐，臣弟皆无怨言！"

"这这这……"怀王急了，起身将他扯起，按在席位上，盯住他道，"贤弟，照实讲，出什么事了？"

"唉，"王叔长叹一声，"王兄既然不知，臣弟就讲明了。昨日夜间，臣弟惶惶无眠，差一点儿就……见不上王兄了！"说罢抹泪。

"快说呀，出什么事了？"怀王声音急切。

"王兄请看！"王叔从袖中摸出一封密报，双手呈送怀王。

怀王开启审阅，随即一脸错愕，半是自语道："屈、景、昭三氏悉起家兵，欲诛城中王族，这这这……断无可能！"

"唉，王兄啊，"王叔轻叹一声，"宫闱之中，什么都有可能。臣弟此来，里里外外全备好了。若是臣弟之错，王兄是杀是剐，臣弟认命！在被三氏诛杀之前，臣弟唯有一请，请王兄下道谕旨，放走几个嫡亲兄弟，他们都是……先王血脉啊！"说完再度抹泪。

"贤弟，"怀王泪水亦出，"你怕是误会了！"说着再审密报，自语道，"屈平不是这样的人！"

"唉，"王叔慨叹，"左徒是个大好人哪！幸亏左徒与白祭司前来报信，不然臣弟迄今仍被蒙在鼓里，怕是连为何而死都不知呀！"

“左徒报信？”怀王纳闷了，“他怎么报的信？”

“不瞒王兄，”王叔应道，“近些日来，前有乌金，后有巴盐，家事、族事、天下事，诸事不顺。臣弟之苦无处可诉，郁结于心，听闻云梦苑里风光不错，又见天气晴好，就想出去散散心。当是前日吧，臣弟约下彭弟、射皋弟，还有贤侄子启，定于今日辰时出发。常言道，‘适百里者，宿舂粮’，臣弟秋猎，场面较大，加上族亲中有不少人听闻此事，纷纷参与，昨夜的动静就略大了些。今日晨起，平旦时分，臣弟看看天空，见依然晴好，本是欢喜，正欲吩咐贤侄，催动出发，左徒与祭司突然来了，我道他二人也是想去游猎，话未问出，左徒竟然求请起臣弟来……”

“求请贤弟？”怀王眯起眼，“他求请什么？”

“求请臣弟以大楚子民为重，以家国天下为重，以大王尊位为重，止戈息争，不要内斗，因为大楚大敌当前，内斗不得啊！”王叔摇头苦笑，“这这这……哪儿跟哪儿呀？臣弟不知所以，问他因由，方才得知，令尹昭阳大人早已召集族兵数千人，又约了屈氏、景氏二门，伏于阴处，欲先发制人，将臣弟并诸兄弟，还有贤侄诸人，一朝除之而后快！”说着指向怀王手中的密函，“这封密函是臣弟的耳目拿命换来的，臣弟，唉……”

“这……”怀王看着密函，若有所思，“昭阳前日还在宫中，与寡人并左徒谈论国事呢。观其神态语气，不似这般要搞事的人！”

“王兄啊，”王叔苦笑，“昭阳这人，别人不知，王兄还能不知吗？莫说是昭阳，纵使其他臣子，有哪一个敢在大王尊位面前展示其真心呢？贪财的敢说自己贪财吗？贪色的敢说自己贪色吗？贪权的敢说自己贪权吗？”

怀王深吸一口气，良久，看向王叔道：“他至于如此吗？到底发生了什么？”

“没有发生什么，不过是张仪来了！”王叔侃侃应道，“昭阳与张仪的事，王兄是知情的。他欠张仪一个令尹之位，外加半条命。今朝张仪贵为秦相，这回又使楚，促进秦王与大王和亲，有张仪住在眼皮底下，昭阳睡不着呀！还有陈轸，臣弟听说他是齐王的人。几年前昭阳伐取襄陵，正欲乘胜伐齐，却又中途班师，其中就是陈轸作梗。泗下，天下膏腴；宋国，泗下心脏。楚国大利在泗下，在宋国；齐国大欲亦在泗下，在宋国。可陈轸却游说昭阳，放着泗下的肥美不争，转头与秦为敌。秦有张仪，昭阳能不上心吗？”

“这……”怀王擦汗。

“王兄居于尊位，放眼的不应是楚国，当是天下。”王叔侃侃说道，“方今天下，齐人居东，秦人居西，我大楚居中坐南。居中则调。以臣弟愚见，王兄当取居中之利，左右逢源才是，而今却听信乱言，结齐制秦，实令臣弟百思不解啊！”

“可秦人夺我商於——”怀王辩道。

“王兄啊，”王叔截住他的话头，“商於谷地为先王旧账，并未涉及王兄。且先王在世之时，力平吴越，却未收复商於，王兄可知何故？”

“请贤弟明示！”

“不是先王无力收复，而是先王不想与秦人为敌！原因何在？在于先王长策——争东不争西。东即下东国，亦即泗下；西即巴蜀、秦川。东，沃野千里；西，穷山恶水。先王是舍小利而求大利啊！”

王叔所言不无道理，怀王长吸一口气。

“王兄，”王叔接道，“秦人深明利害，是以并不想与我角力。至于商於谷地，听说秦使张仪已经承诺归还，可有此事？”

怀王点头：“有之。”

“这就是了。”王叔略略一顿，“另外，近日街谈巷议不少，说是王兄委任左徒秘造宪令，欲改先王之制，可有此事？”

怀王迟疑了一下道：“有之。”

“屈平是个大才，欲借王兄之力以展其志。王兄库金不足，欲改旧制以补用度。所有这些，于国于家都是好事，臣弟无可厚非。可既然说到造宪改制，臣弟也想说说这个，王兄可愿一听？”

“贤弟请讲！”

“时过境迁，”王叔接道，“宪要修，制要改，这都没错。然而，事有缓急，工有次第，王兄怎能一蹴而就呢？王兄起用屈子没错，屈子堪称楚国甚至天下难得的大才，但大才并不一定是治世之才！老聃有言，治大国若烹小鲜。楚为大国，当烹小鲜才是，岂能如屈子这般于突然之间就大刀阔斧了呢？”

怀王深为所动，长吸一口气。

“还有，”王叔略略一顿，“王兄必也听说臣弟敛财的事了。是哩，臣弟的确敛财了。可王兄也当好好想想，臣弟是贪财的人吗？地方万里，臣弟得一隅容身足矣！美女千万，臣弟得一知己足矣！可臣弟却不享安闲，风餐露宿，又在为谁劳苦呢？”

显然，这也是怀王一心想知道的事情。

怀王睁大眼睛，盯住他。

“为楚室！”王叔拳头捏起，“谁是楚室呢？”他看向怀王，“除王兄您之外，还有数以百千计的五服血亲！近至王室血亲，远至屈、景、昭三姓，再远是宗亲百姓，哪一宗、哪一家，向前推衍数百年，都与你我血脉相连！”

怀王被王叔这一连串的推论慑服了，不由得吸了一口长气。

“请王兄回首往事，”王叔接道，“大楚自立国迄今，是何人开疆拓土？王室宗亲！是何人弹压刁民？王室宗亲！又是何人御敌于国门之外？王室宗亲！王室宗亲抛头洒血，鞠躬尽瘁，建功若此，无非是为让后辈过个体面日子。今朝他们吃点儿，喝点儿，用点儿，也就是过个体面日子，王兄就不能闭只眼睛吗？”

王叔振振有词，怀王一身冷汗渗出鼻头，伸袖擦之。

王叔缓和语气，态度真诚：“自王兄被立为太子始，臣弟就没再过问政事，今日臣弟舍命至此，既是为楚室，也是为王兄。”

怀王抬头，审视这个一向让他畏惧的胞弟。

“臣弟想让王兄明白的是，”王叔接道，“没有王室宗亲，就没有王兄您。若是取缔封君世袭，王兄又以何理由坐在这个王位上呢？王兄百年之后，太子又以何理由承继大统呢？”

王叔言辞直入要害，怀王额头渗出汗珠。

“王兄啊，”王叔慨然长叹，“就在今日，宗亲三氏受人蛊惑，磨刀霍霍，欲诛王亲。王亲诸君得闻此事，群起义愤，厉兵秣马，欲行反制。郢都内外，一场血战近在眼前！王兄啊，臣弟以为，无论是宗亲还是王亲，推而远之，都是先祖血脉，内斗不得！大楚方圆五千里，层层叠叠，丝丝缕缕，更是内乱不得啊！”说着凝视怀王，一字一顿道，“我大楚长策，当是盟秦争齐，唯安唯稳！”

怀王擦去汗珠，缓缓抬头道：“贤弟，阿哥听你的！”说罢朝外，声音嘶哑道，“来人！”

内尹走进。

“传昭阳！”

一听到屈平的回话，昭阳就知大势已去，连叹几声，对陈轸摇头道：“诗赋之人，不足与谋！”他当即召来族中骨干，安置善后。

陈轸亦无奈何，与昭阳谋定应对之词，便回家洗洗睡了。

果不其然，早餐刚过，昭阳便接到王旨，入宫觐见。

“昭阳，”怀王神色不悦，直呼其名，“听闻你昨晚一宵未睡，都在忙活什么呢？”

“回奏我王，”昭阳拱手道，“老臣前半夜未曾入睡，后半夜却睡踏实了。”

“哦？”怀王倾身道，“前半夜为何未睡？”

“前半夜里，有徒众在郢都街巷往来奔走，且持械披甲。郢都乃京畿重地，有人持械披甲，于夜半时分奔走于街巷，身为令尹，老臣不敢大意，恐其滋事生非，有扰我王清静，是以不敢入睡。”

“是何人聚众持械，奔走于街巷？”怀王二目如炬。

“老臣初时不知，是以紧张。”昭阳捋了一把长胡，缓缓说道，“及至后来，老臣查明持械之众纷纷聚往王叔府，适才放心，便于后半夜安然入睡了。”

见昭阳应对如流，毫无破绽，且不见一丝儿慌乱，怀王释然，脸上浮出笑容：“呵呵呵呵，看来是误会了。”他指向外面道，“纪陵君、彭君他们本打算于今朝赶赴云梦苑猎狩，是以于夜间筹备，不想却……呵呵呵呵，昭卿有此戒心，寡人复何虑哉？”

“谢我王宽谅！”昭阳略顿，又从袖中取出令府尹金印，双手捧上，“老臣已过花甲，原还撑得住，近日却是撑不动了，眼花耳鸣，头皮发麻，手亦发抖。请疾医诊断，说是肝脾双虚，心肾不交，嘱老臣多休息，少劳作。敬请我王看在老臣多年驱驰的苦劳上，准允老臣请辞令尹，颐养天年！”

“这……”怀王略顿，语气关切，“也好。人生于世，唯生死为大。昭卿为国戎马驱驰一生，该当有个福寿晚年！”说罢示意内尹收回金印。

“谢我王恩准！”昭阳叩拜于地。

“昭卿请起！”怀王扬手，待昭阳坐回席位，又指着案上金印道，“以昭卿之见，何人可执此印？”

“老臣已举一人，左徒屈平！”昭阳应道。

“除屈平之外，你可有举荐？”

“臣无举荐！”

“好。”怀王看向他，目光柔和，抬手道，“昭卿，随寡人园中一游，可否？”

“老臣敬从！”

君臣二人走出偏殿，沿宫中林荫道一路走到后宫，恰好被守在巫咸庙的靳尚看个正着。靳尚见内尹只是远远地跟在后面，距离怀王超过五十步远，遂走过去，拦住他，套出了昭阳请辞令尹、大王已经准允的事。

靳尚谢过，使人禀报南后，请她前来巫咸庙。

不消一时，南后赶至。

靳尚将楚国各地筹办巫咸庙等一应诸事禀报完毕后，给南后使了个眼色。

南后支走身边人，盯住靳尚。

“郑袖！”靳尚一改往常，直呼其名。

郑袖打了个惊怔，一脸错愕道：“上官大人？”

“还记得当年的事吗？”靳尚一字一顿道。

“什么事？”郑袖愈发怔了。

“襄陵的事，南城门！”

“记得。”

“还记得你的父兄、母亲死于谁手吗？”

“记得。”

“他是谁？”

“昭阳。”

“你来郢都，有几年了？”

“记不得了。五年？六年？”

“君子报仇，十年不迟。女子不是君子，应该不需要十年，是不？”

“上官大人？”郑袖眯起眼睛，不无狐疑地看向他。

“你们郑家的仇人，”靳尚指向庙外，“此时此刻，应该就在宫中。你郑袖若想报仇，大可一试了！”

“你……”郑袖惊呆了，盯住他道，“意欲何为？”

“让你报仇呀！”靳尚应道，“昭阳今日请辞，不再是大楚令尹了！”

“可他……”

“就在昨夜，他聚集族兵，意欲剿杀王叔、鄂君、彭君等众王亲，所幸王叔早已有备，他未能成功。今晨王叔入宫，责斥昭氏，大王召其问罪了！”

“大王既已召他问罪，岂不是好？”

“可大王没有证据，让昭氏三言两语搪塞过去了。”

“这……”郑袖皱眉。

“昭阳今已获罪于大王、王叔并一众王亲，这又引咎辞职，已成落水之犬。娘娘若想报仇，此时不为，更待何时？”

“可我……”郑袖苦丧起脸，“怎么报呢？”

“臣斗胆借娘娘一只耳朵！”靳尚起身，凑在南后耳边，如此这般嘀咕了一时，郑袖点头。

是夜，郑袖候得怀王至，便迎至门外，携其手入内，随后挥退宫女，亲手脱去他的朝服，挂于衣架，又扶他走向内寝。

怀王一脸沉郁。

“我的王，”郑袖柔声道，“您这是怎么了？”

怀王轻叹一声，重重地坐在榻沿上。

郑袖端来一个小盏道：“这是清露，臣妾亲手接的，大王润润口，说是祛火呢。”

怀王轻啜一口，又推开。

“我的王，”郑袖笑道，“不会是为昭阳谋反的事情郁结于心吧？”

“不是。”怀王顺口应过，猛地意识到了什么，又抬头，盯住郑袖，“咦，你怎么晓得这些？”

“臣妾关注他呢，”郑袖敛起笑，从牙缝里挤出声音，“敢问我王，不是谋反，他半夜里聚集族兵做什么？”

怀王不悦了，虎起脸来道：“女人家，莫问国事！”

郑袖就如变戏法一般，扭转头，将俏脸掩于帷幔里，呜呜咽咽地悲哭起来。

“爱妃呀，”怀王似也觉得言重了，站起来，抚摩她的肩，“寡人心里烦，说个气话，不是对你生气呢，你哭个什么？”

“我的王啊，”郑袖扑地跪下，抱住怀王的大腿，“臣妾……是想起襄陵城外屈死的先父了，我那可怜的阿大呀，我那可怜的阿哥呀，我那可怜的娘亲呀，你们死得好冤哪，呜呜呜呜……”

怀王蹲下来，抚摩她的柔发：“你的先父是战死的，怎又说是屈死的呢？”

“我的王呀，”郑袖哽咽，“先父不是战死，他是为保护臣妾的清白才冤死的啊！”

“哦？”怀王怔了。

“先父不满魏王，早已打算降楚，如若不然，昭贼哪能轻易就攻克城墙了呢？”郑袖哭诉，“别的不说，襄陵的事没有谁能比臣妾知晓得多。襄陵城高池深，先父骁勇善战，当年齐人孙膑、田忌连攻月余，也没得到丁点儿便宜。大王啊，您想想，昭贼他何德何能，凭什么就不战而得襄陵八邑了呢？”

襄陵确实为不战而得，齐人田忌、孙膑确实围攻襄陵而未下。怀王信了，盯住她道："爱妃快讲，发生什么了？"

"先父早与昭贼讲好，使部将打开东城门迎接楚兵。楚人进城，未伤一兵一卒，因为所有魏卒全都不在城墙上，或窝在兵营里，或守在家里。先父携家人前往东城门迎接昭贼，在东城门楼举行受降仪式……"郑袖顿住话头，似是想到伤心事，再度哭泣。

"快讲！"怀王的胃口被吊起来了。

"为营造祥和气氛，臣妾奏琴，娘亲献舞。不料昭贼见臣妾貌美，起下色心，当臣妾父母、兄长之面就行调戏。那辰光臣妾年仅一十四岁，尚未及笄。我阿哥那辰光也才一十六岁，年轻气盛，仗剑大骂昭贼是畜生。昭贼恼羞成怒，一枪刺死我阿哥。先父气恨交加，持枪挑战昭贼。昭贼却不接战，令兵卒将阿大乱枪捅死。娘亲万念俱灰，跳下城门楼惨死。臣妾跟着跳下，却被昭贼一把拽住，掳入他的军帐，欲行强暴。臣妾以金簪抵喉，宁死不从。昭贼羞怒，传令将臣妾交给兵士轮辱，所幸上官大人赶至，将臣妾救下。大王啊，如果不是上官大人，臣妾……呜呜呜……"

"昭阳他……"怀王愕然，"竟然做出这等事来？"

"大王若是不信，可召上官大人对质。"

"如此之大的冤情，"怀王盯住她，"爱妃入宫多年，为何不曾诉于寡人？"

"我的王啊，"郑袖越发伤悲，"昭贼贵为令尹，家大势大，而臣妾只有一个大王，大王这三宫六院的，臣妾……势薄力微，不敢吱声啊。今见昭贼起兵谋反，臣妾原以为机缘到了，这才……"说完再发悲哭。

怀王信服，将郑袖紧紧揽在怀里，从牙缝里挤出二字："昭阳！"

郑袖紧紧搂住怀王脖子道："敢问大王，如何处置那个老贼？"

"唉，"怀王长叹一声，"寡人已经核实，昭阳他们不是谋反，一切起于误会！"

"误会？"郑袖恨道，"在大王的眼皮底下动刀动枪，怎么能说是误会呢？"

“这……”怀王迟疑了一下，“以爱妃之意，该当如何处置此事？”

“如果杀不得那奸贼，”郑袖渐也冷静下来，退而求其次，“就请大王削去他的爵位，让他远远地离开郢都！臣妾只要看到他，就会想到惨死的阿大、娘亲和阿哥，还有他调戏臣妾时的那张丑脸！”

“这个可以。”怀王应过，将她轻轻抱起，“来，我们到香池里去，寡人为爱妃压惊。”

昭府院中，三辆轺车待发，邢才正指令几个仆从向车里搬装物品。昭鱼一身戎装走过来，不无威严地站到车旁。

昭睢急匆匆过来，后面跟着几乎是小跑的陈轸。

二人绕过车子，走向不远处的精致院落。

这是昭阳看书审卷、接待宾客的地方。

二人走进，见昭阳两眼盯住几案上的一道王旨，两滴老泪盈在眼窝里。

“老哥？”陈轸叫了他一声，在客席上坐下。

昭阳看向他，给他个苦笑，窝着的两大滴泪珠不争气地滑过老脸，掉到衣襟上。

“咋回事哩？”陈轸看向他。

昭阳朝案上努嘴。

陈轸拿起王旨，瞄了一眼，见有“……准允昭卿辞令尹职、回江城颐养天年之请，着令于接旨之日午时起行……”等字，抑扬顿挫地长长一叹：“唉！”

昭阳回他个苦笑，亦出一叹。

陈轸放回王旨道：“昨晚听你所讲，应该没啥大事了，哪能——”他顿住话头。

“是哩，”昭阳应道，“我对熊槐把啥话都讲透了，岂料今朝变卦了，他一大早就发来此旨，让我……”说着一拳砸在几案上。

“当是昨夜出的变故！”陈轸推断，“夜里张仪、靳尚进宫没？”

“没有。”昭阳摇头道，“靳尚在白天去过一次。”

“那就是枕头风了。大王昨夜歇在何处？”

“是了！”昭阳啪地一拍脑袋，恨道，“是那女人坏的事！”

“南后？”

“除她还能有谁？”昭阳握拳，鼻孔里挤出粗壮的一声哼。

“记得听你讲过，破襄陵后公孙衍曾经到你帐中提醒过你。他是咋讲的来着？”

“唉，”昭阳长叹，“他讲的是，‘将军余生，喜也襄陵，丧也襄陵’，今日应了！”

“喜也襄陵，丧也襄陵，”陈轸咂巴了几口，“真真是有味道呀。”

“老弟，”昭阳盯住陈轸，“在下老朽残躯，实在不想离郢呀。这次召你来，一是与你道个别，二也是想请你拿个主意，看能否——”

“喜也襄陵，丧也襄陵！”陈轸再次念叨一遍，闭上了眼睛。

昭阳明白了，他不再多话，双手拱起道：“陈老弟！”

陈轸抬头。

“老哥此去，怕是回不来了。老哥有一求，望老弟务必应下！”

“老哥请讲！”陈轸回他一个拱手礼。

“老哥终此一生，不过是为两个算计，一个是为昭门，一个是为楚国。今日事了，老哥终于明白，楚国事大，昭门事小。老哥求你的是，帮帮左徒。也许，他是对的。”

“在下可帮老哥，却帮不了他！”陈轸苦笑。

“为什么？”

“因为他不肯听啊！”陈轸两手一摊。

“帮与不帮是老弟的事，听与不听是左徒的事，”昭阳两手再拱，“在下托给你的只有这个了！”说着缓缓起身，“午时就要过了，”他握住陈轸的手，“老弟，你我梦里再见！”

陈轸、昭阳拥在一起，泣别。

郢都东门尉入宫禀报，昭阳的三辆轺车已于午时最后一刻离开城门，向东驰去，护送他的是次子昭鱼。怀王长吁一口气，却也不免伤感，闭目将昭阳三十多年来为楚南征北战、东讨西伐的忠勇旧事回放一遍，末了重重一叹。

自登基以来，压在怀王心头的其实并无大事，只有这块商於谷地，这是他向先威王承诺过的。前些年他也想过要干出一番超越先王的大业，譬如王霸天下，西占巴、蜀，封死秦人于关中，北逼韩、魏，夺取泗下，灭宋、卫等小国宗祠，甚至于取代周王，一统天下。但这些无不是想想而已，尤其是淅水一战后，怀王算是彻底醒了。于是他起用屈平变法改制，不想这又……

刚刚想到屈平，内尹便走进，说左徒屈平入宫，在殿外求见。

怀王眼前立马闪现出那夜靳尚与屈平在他跟前相互对质的场面，内中一阵绞痛。是的，就是这个屈平，那么有才华，那么有能力，那么透世事，那么通情理……可怎又那么孩子气呢？造宪制令是何等大事，怎能嚷嚷得满郢皆知呢？别的不可信，秦使当面所诵，的确是一字儿不差的呀！

还有靳尚。靳尚会诬陷他吗？

怀王眼前闪出靳尚，二十年来一直在车前身后为他奔忙的靳尚。他思考良久，轻轻摇头。无论如何，宪令是在屈平的家中泄露的。眼见闹出事来，迁祸于人也是可以理解的。唉，这个屈平还是太年轻了。

想到自己在二十三岁那辰光也曾做过不少傻事，怀王苦笑一下，朝内尹摆手道："不见他了，让他回去，思过。"略顿，又道，"哦，对了，传见秦使张仪，有请王叔、靳尚！"

王叔、张仪、靳尚三人赶至，见屈平仍旧没有走，与前番一样，跪叩于殿门外面。

早有宫值禀报，怀王传进。

见过虚礼，怀王直入主题，问起商於谷地的事。张仪早已有备，从袖中摸出商於地势图，摆在几案上，又摸出一支红笔，将整个商於谷地圈了起来。接着他又拿起一支黑笔，在商、於之间的武关画出一道直直的黑线。

"大王请看，"张仪以笔尖指图，"这是商於谷地，由东至西长约六百里。这条黑线是老武关，也就是商君攻占於城之前的武关旧址。仪以为，秦、楚仍旧以此为界，武关以东，三百六十里归楚；武关以西，二百四十里归秦，大王意下如何？"

怀王阴下脸，一字一顿道："记得秦使承诺寡人的是整个商於谷地，六百里！”

“这……”张仪颇是为难，看向王叔。

“这个楸亦记得，”王叔顺口接道，“商於谷地原为大楚祖地，不可分割，还请秦使斟酌！”

“王叔既是此说，”张仪语气果决，“仪敬从大王，替秦王决断如下：秦将武关西移至蓝田峣关，新关以东六百里，也即全部商於谷地，归治于楚！”

怀王、王叔吁出一口气，相视一笑，各自鼓掌。

此时，咸尹由外走进。

咸尹放低声音道：“大王，左徒有急务，请求觐见！”

“他还没走？”怀王眉头微皱，看了一眼张仪、王叔，“让他候着吧。”然后转身对内尹道，“摆宴，歌舞侍候！”

内尹传旨去了。

“张子，”怀王改过称呼，看向张仪，拱手道，“寡人有一请，还望张子不弃！”

“大王请讲！”张仪回礼。

“昭阳年老多病，已于今日请辞令尹，回江城颐养天年。楚为大国，令尹之位不可空置。寡人决定，举国以托张子，请张子出任令尹。敢问张子——”怀王顿住，目光期待。

王叔、靳尚也尽皆看向张仪，各抱期待。

“臣张仪叩谢大王信任！”张仪拱手道，“楚为大国，令尹为重位，今大王举国以托仪，置仪于此重位，仪诚惶诚恐，战战兢兢。但是，仪愿意一试！”

“太好了！”怀王兴甚，扫了一眼王叔、靳尚，将目光落在内尹身上，“拟旨——”

“我王且慢！”张仪拱手，截住话头道，“若仪为令尹，恐有一人不悦！”

“何人？”

张仪看向殿门。

“你说的可是左徒？”怀王问道。

“正是。”张仪点点头，语气赞叹，“左徒之才，胜臣十倍；左徒之身，贵臣十倍。敢问大王，何以舍近而求远？”

“这个……”怀王看向王叔。

王叔闭目。

怀王看向靳尚。

张仪亦看过来，眨眼示意。

“回禀大王，”靳尚会意，拱手道，“臣赞成秦使所言，荐举左徒为大楚令尹！”

“这……”怀王怔了，倾身，盯住靳尚，“前几日你们不是——”

“大王，”靳尚拱手，“前几日是前几日，今日是今日。再说，臣晓得，左徒陷臣于不义，是出于无奈，非左徒本意。就臣所知，左徒确为大才，眼下郢人亦无不知左徒为大才。大王命左徒造宪布令，交通国际，郢人尽知。今令尹请辞，左徒出任此位，堪称实至名归！”

“好了！”怀王沉脸，摆手，目光改投张仪，“左徒依旧是左徒，寡人想定了，令尹之位非张子莫属！”

“谢王信任！”张仪再拱手道，“我王实意相托，仪受宠若惊。仪别无他求，只有一请！”

“你说！”

“在下非苏子，兼六相而游刃有余。在下力微，不足以身兼二相，同时侍奉二主。目下仪为秦相，奉秦王之命使楚聘亲，今王命未结，仪不敢承大王新命。俟仪聘得芈月公主，回归咸阳，完成王命，请辞秦相，之后才能回归郢都，一身轻松地为我王效力！”

“若是秦王不肯呢？”

“秦王既已定下和楚睦邻这个远策，有仪在楚操持，秦王只会更放心，不会不允。”

“若此，”怀王拱手道，“寡人虚位以待！”

眼见秦使在大楚的正殿里谈笑风生，之后又宴乐歌舞，屈平的心碎了。

屈平站起来，一步一挪地走出宫门，在十字路口迟疑良久后，踅向陈轸宅院。

“先生，”屈平讲完宫中的事，长叹一声，“唉，真没想到，事情会走到这一步！晚辈不甘心哪！”

“你呀，”陈轸给他个苦笑，摇头道，“甘心也好，不甘心也好，没有令尹昭阳，没有三氏支撑，你是斗不过他们的。”

“先生误解晚辈了，”屈平的英俊面庞因极度的痛苦而扭曲，“晚辈不是要斗他们，是……是在为楚国忧心哪！眼下的楚国，唯有一途可走，就是修宪改制，联齐制秦，可……”

“你呀，”陈轸又是一个苦笑，“对手早已把你按在搓衣板上，揉呀搓呀！你却还不斗他们！不斗他们，你安享富贵也就是了，却又偏偏要为楚国忧心！”说着发出一声富有乐感的长叹，“噫吁嚱！陈轸我走南闯北，什么样的人儿都见过，只未见过像左徒这样的！”

“先生，”屈平握拳，“你说，晚辈真的无路可走了吗？”

“路倒是有，就看左徒想不想走喽！”

“先生请讲！”

陈轸一字一顿道：“杀张仪！”

屈平倒吸一口冷气。

回到左徒府，屈平约略讲了陈轸所指的出路，屈遥几乎没有思考，一拳震在案上，大叫：“妙策！”

屈平闭目，进入冥思。

“阿哥，干吧！”屈遥目光急切，“只要宰掉张仪，王叔他们就会束手无策，大王就会无路可退，整盘棋也就走活了！”

屈平脸色紧绷，拳头渐渐收紧，额头渗出汗珠。

“阿哥？”屈遥急了，“陈上卿的话值得一听啊！前日若是依从上卿，以谋反罪将王叔、张仪他们全部拿下，事情就不会成为今天这样！”

屈平的心渐渐平稳下来，轻叹一声，看向屈遥道：“此路走不得！”

“为何走不得？”

“两国交战，尚且不斩来使，”屈平语气断然，“何况张仪是来聘亲的！”

“他来不是只为聘亲！”屈遥急辩，“再说，上卿又没让我们明杀！”

“明也好，暗也好，”屈平接道，“只要张仪无端死于郢都，我们就解释不清，就失义于天下，也就给了秦人出兵的口舌！”

“怕他什么！”屈遥握拳道，“此番再战，结果一定不同于淅水之战！”

“失义而战，未战已先输矣。再说，秦人早已有备，而我，内未治，兵未整，乌金兵器也才刚开始打制，尚未配备三军。无备而战，用兵失义，结果却想不同于淅水之战，怎么可能呢？”

“阿哥呀，”屈遥急了，“楚国已经没有机会了，难道你就眼睁睁地等死不成？”

“我再进宫，求见大王，陈明利害！”

“可大王他不肯见你呀！”

“大王不肯见我，或肯见祭司！”

午饭过后，怀王习惯于在他的御书房里打个小盹。

这日也是。怀王躺在竹榻上，在肚皮上搭条薄丝被，不知不觉便迷糊过去了。

似梦非梦中，怀王坐在车辇上，沿着一条宽大的衢道辚辚而行，御手是靳尚。怀王一手搭在身边的郑袖肩头，一手指向窗外的旖旎风光，情绪颇好。

陡然，天空现出一团浓云，马匹受了惊，狂跑起来。

车马飞驰，车身剧烈地颠簸。郑袖吓坏了，“啊”的尖叫一声，扑入怀王怀里，紧紧搂住他的脖子。

“靳尚，怎么回事儿？”怀王大叫。

“禀大王，前面失火了！”靳尚一边控制马匹，一边应声。

怀王探头至窗外，果见左前方浓烟滚滚，火光冲天，天上那团浓云原是腾空而起的浓烟。

车马径直冲向火场，靳尚控制不住。

车速缓下来，在火海附近停下。

热浪滚滚，人喊马嘶。

一人飞跑而来，是王叔。

王叔喘着气叫道："王兄，是先庙，失火了！"

"先庙？哪个先庙？"

"丹阳的先庙啊！"

"天哪，列祖列宗全都在这儿呢！"怀王一把推开郑袖，跳下车子，放眼望去，冒火的果然是位于丹阳的楚国先庙。

丹阳是楚国的龙兴之地，也是大楚立国先祖的埋骨处。

"快，快，快救火！"怀王不顾一切地跳下车子，空着两手就跑向火场。

王叔、靳尚及所有朝臣全都跟在怀王身后，无不空着两手，熙熙攘攘地跑向火场。

那火场却似越来越远。

众人跑得正急，只见一人从火场方向反跑过来，手里提着一只空桶。

是屈平。

屈平指向怀王身后，边跑边喘道："大王，快，快，水……水……水……"

怀王扭头一看，水塘就在他们的身后。

"水，水，水！"怀王跟着大叫，转身，撒腿跑向水塘。

怀王纵身一跃，扑通一下跃进水塘。众臣跟从怀王，扑通扑通全都跳进了水塘。

屈平没跳。

屈平赶到水塘前，将空桶伸进塘里，舀出一桶水，又飞快跑回火场。

"快，快，桶，桶！"怀王大叫。

众臣你看看我，我看看你，无不是两手空空，没有一人有盛水的容器。

"苍天哪！"怀王顾不得许多，将身上衣服脱下，浸满水，抱在怀里，然后远远地跟着屈平跑向火场。众臣也都把官服脱下，浸饱水，跑向火场。

火场近了，火势大了，怀王急了。

怀王越跑越快，跑着跑着却乍然醒来，一头大汗，两条腿犹自乱蹬。

“大王？”内尹听到动静不对，急急进来。

怀王忽地坐起，怔了一会儿，吁出一口气：“幸亏只是个梦！”

“大王梦到什么了？”

“先庙失火！”

“天哪！”内尹惊叫，“火救下来没？”

怀王擦了一下额角上的汗，看向内尹道：“去巫咸庙，传祭司！”

内尹使人急至巫咸庙，却得知白云不在庙中，估计是到左徒家里去了。

“传庙尹，召大巫祝！”怀王又下旨。

内尹传完旨，守值宫人即报说秦使求见。

“有请秦使！”怀王略略一顿，指了下外面，“在偏殿！”

怀王稍事洗梳，整顿衣冠，赶到偏殿坐定，便使人传请早已恭候的靳尚与张仪。

觐见礼毕，怀王看向张仪道：“张子此来，可有教寡人处？”

“大王客气，‘教’字仪不敢当！”张仪拱手，“屈指算来，仪来郢地已历三月，秦王候不及了，已于前日移驾前往於城，迎候新妇。仪请大王早日送嫁公主，确定和秦绝齐的长策！”

“以秦使之见，公主何日可嫁？”

“越早越好。”

“刚巧，庙尹与巫祝过会儿就到，寡人请巫祝卜个吉日，如何？”

张仪凝视怀王，见他眼神游移，面色暗沉，显然心头焦虑，又听他使用“刚巧”字样，眼珠子连转几转，拱手问道：“敢问大王，您召庙尹可为卜吉日之事？”

“非也，”怀王应道，“方才午休，寡人得梦不吉，欲请巫祝解之。”

“大王所得何梦，仪请解之。”张仪盯住怀王，脸上浮出浅笑。

“这……”怀王迟疑了一下，回视道，“秦使亦知梦吗？”

“呵呵呵，”张仪淡淡一笑，“仪之师鬼谷先生达道通玄，熟知变化，据天道运势可上推八百年，下演八百年。至于圆梦解惑，通心制人，于先生不过是举手之劳。仪虽不才，未得先生绝学，但圆梦解惑，却也略知一二。”

怀王大喜，将所做之梦细述了一遍。

张仪正襟危坐，闭目听毕，便仿照巫人弄出一些阵势，于三息之后完全进入冥思状态，又过一息，全身不动，唯见两片嘴皮子上下咂巴。

张仪嘴巴连续咂巴了三十六下，继而顿住嘴皮子，睁眼看向怀王。

张仪弄神时，怀王一直盯着他，见他只是咂巴嘴，未出一词，竟是愣了，这又见他睁眼，便急问道：“张子何解？”

“回禀大王，”张仪拱手道，“臣仪之神已经游过丹阳先庙，察过虚实了！”

“啥？”怀王惊愕，“你游过先庙了？”

“臣仪非但游了先庙，且还拜见了大王先祖，听到了大王先祖的几句抱怨。”

“啊？”怀王震惊了，“快说，先祖都讲什么了？”

“敢问大王，”张仪盯住怀王，“自登大宝以来，可曾去过先庙祭拜？”

“去过，去过，”怀王急道，“寡人登基不久，就携太子前往先庙拜祭了。”

“这是大礼。之后呢？”张仪再问。

“唉，”怀王轻叹一声，“寡人早说要再去祭拜的，可总也……”

“火者，急也。”张仪解道，“大王继位已达数年，除首祭之外，未曾再往祭拜。先祖屡候，却不见大王，以为是大王忘了先祖，这才托梦于大王，不过是向大王提个醒而已。”

“唉，”怀王慨叹，“若是此说，寡人这就安排日程，前往祭拜！”

张仪正欲回话，内尹进来小声道：“禀报我王，巫咸庙祭司请求觐见！”

“嘿，正要请她呢！”怀王喜，“有请祭司！”

“大王，”内尹略顿，“与祭司同来的还有左徒！”

听到“左徒”二字，怀王不禁想起方才梦境，满朝文武中，真正提桶救火的只有屈平一人，不由得心生感慨，欲传见。见张仪在侧，闭目有顷后，手指内尹道：“传旨祭司并左徒，请他们在巫咸庙稍事休息，等候寡人。”

见内尹出去，张仪灵机一动，拱手道：“大王，臣仪有一请！”

“你说。”

“大王方才述梦，特别提到左徒提水救火。而臣仪刚刚讲到祭祀，左徒就与白祭司请求觐见。大王，这中间是不是有种——”张仪顿住话头，用目光征询。

“有种什么？”怀王急问。

“有种说不清道不明的东西，譬如说，某种线索。”

“线索？”怀王凝眉。

“哎哟，”靳尚这也转过神来，击掌叫道，“臣有所悟！”

“你悟到什么了？”怀王看过来。

“想是先祖思念大王，又知大王乃百忙之身，不便驱驰，是以特别提示大王，可使屈平代大王前往行祭。祭司与左徒同来，亦为先祖之意，因先祖已知大王拜祭巴神巫咸了。臣是以奏请我王，可命左徒、白祭司前往丹阳，代王至先庙行祭！”

“嗯，所悟甚是。”怀王点头道。

“大王，”张仪补充道，“先祖使左徒入梦，或有另外一意。”

“何意？”怀王看过去。

“左徒执意绝秦和齐，既不合天意，又违拂大王真心。今大王与秦和亲立盟在即，左徒必生二心。左徒为楚国大才，忠诚于大王，大王亦视左徒为心腹。左徒若生二心，必逆大王。而大王若行责斥，则伤左徒忠心；若不行责斥，则不合天意。先祖是以托梦，使左徒代王行祭，祭司同往司仪，一全礼仪，二全君臣之义！”

张仪给出这一解，怀王连连称妙，正自慨叹，报说太庙尹并大巫祝赶至。由于噩梦已解，怀王就没再对庙尹提及梦事，只是旨令他卜出吉日，嫁芈月入秦。

送走庙尹、张仪诸人，怀王与靳尚又议一时，将差使屈平赴丹阳祭祖一事安排妥帖，方使宫人到巫咸庙召请屈平二人。

觐见场所改在了御书房，怀王时常在这儿接待近臣。屈平、白云并肩走进，行至怀王跟前，白云站定拱手，屈平跪地叩安。

怀王面前的几案上摆着屈平所拟的宪令草案。

见过虚礼，怀王请二人坐定，将目光落在屈平身上，凝视良久，然后意味深长地叹出一声："唉，屈平哪，这些日来，寡人是慢待你了！"

"大王——"屈平感动，声音哽咽。

"屈平哪，"怀王的目光落于几案上的宪令，"你所造的宪令，寡人看过了，约略如你我议过的，全都可行。只是，这些日来发生了诸多事情，寡人思来想去，宪令的事，还得暂缓推行——"

"大王？"屈平急了。

"你先甭急，听寡人说完！"怀王摆手止住他，"寡人这次召你来，"又看向白云，"还有祭司，是有一桩更重要的事情要做！"

屈平、白云看向怀王，急切地等待下文。

"这桩事情是，祭祀先庙！"

屈平震惊，不由得看向白云。

见白云也是纳闷，屈平拱手道："敢问大王，祭祀何地先庙？"

屈平所以问此，是因为楚国自立国之后，迁都数次，每一处都城都葬有先君，立有先庙。

"丹阳。"

丹阳是楚国的最早都城，堪称龙兴之地，因而，丹阳先庙在楚国各地先庙中地位最为尊贵，也是新立楚王在登基之年必须祭祀之处。

"敢问大王，"屈平略作迟疑，盯住怀王，"眼下非春非秋，非年非节，何以突然想到祭祀丹阳先庙？"

"唉，"怀王长叹一声，"今日午后，寡人在此书房打了个小盹，似醒非醒之中，看到丹阳先庙失火，惊出一身冷汗！好在只是个梦，寡人是虚惊一场啊！"

屈平惊问："敢问大王，梦中的先庙是如何起火的？"

怀王遂将午后梦境略述了一遍。

屈平看向白云。

怀王亦看向她。

白云闭目运神，不一会儿，额头沁出汗珠。

白云渐渐睁眼，盯住怀王，良久，用缓慢而有力的语气，一字一顿道："大楚之王，巫咸大神给出警示，此梦大凶！"

"唉，"怀王又是一叹，"梦是不吉。不瞒二位，丹阳乃楚兴之地，又近商於，近些年来，因秦人之故，寡人未能应时祭拜，想是先王惦念寡人，特托此梦。寡人本欲亲往祭祀，可眼下朝务繁忙，难以脱身。"说着看向屈平，"遍观朝中，既知礼仪又知寡人心思的只你一人，寡人只有劳烦你前往祭祀了。请你务必代寡人向先祖陈明心迹！"他朝屈平拱拱手，又转向白云，"也劳祭司辛苦一趟，陪同左徒，担当主祭！"

屈平惊呆了："这……"然后看向白云。

白云闭目。

"回禀我王，"屈平回过神来，语气急切，"先庙祭祀为社稷大祭，当依天地时序，或行春祭，或行秋祭，或行岁末大祭。方今之时，时值盛夏，阳气极盛。祭祀非时，臣恐先祖非但不能得祭，反倒会受到惊扰！"

显然，屈平点到实处了。

"这……"怀王一时想不到应对，正自踟蹰，突然旁侧一阵响动，靳尚由侧室转入，身后跟着子启与子兰。

子启扯了一下子兰衣襟，双双叩拜："儿臣与兰弟叩见父王，请父王下旨！"

"芈启、芈兰听旨！"怀王顾不得许多，便照着预演的台词朗声宣旨，"明日辰时，你二人陪同左徒、祭司前往丹阳先庙，代寡人祭拜先祖。芈启可代寡人行祭，芈兰作'尸祭'，礼仪程序谨听左徒、祭司，不得有违！"

子启、子兰叩首："儿臣领旨！"

"左徒、祭司，听旨吧！"怀王转对屈平、白云，语气笃定，"寡人已经晓谕庙尹，一应祭品，由上官大夫知会太庙配置。"随后长叹一声，“寡人累了，你们告退吧。”说完缓缓起身，出侧门而去。

事出意外，但显然是一个谋好的局。

屈平、白云不约而同地看向靳尚。

“左徒，祭司，”靳尚拱手道，“辰光不早了，这就去筹备吧，莫要误了王命！”

“靳尚，”屈平逼视靳尚，眼中冒火，一字一顿道，“你……你们……真的是想亡楚吗？”

“亡楚？”靳尚盯住屈平，一脸不屑，“我泱泱大楚，方圆五千里，生民逾千万，举袂蔽日，挥汗倾雨，何人来亡？危言耸听之人，靳尚今日见矣！”说完一甩袖子，扬长而去。

作为王臣，王命既出，屈平不能违抗。

翌日辰时，万念俱灰的屈平将左徒府交给屈遥，将草庐托给园丁与囡囡，在鄂君子启、公子兰及太庙巫祝、巫女、卫士等一众行人的簇拥下，无可奈何地登上大车，随行在长达二里许的王祭队伍中。作为楚宫祭司，白云另乘一辆南宫的后辇，跟在屈平车后。

王祭车队行至郢都北郊的十里长亭，突然停住。

代王身行祭的子启敲响了屈平的车窗。

屈平拉开窗帘，看向他。

“左徒，”子启轻声道，“这儿是十里长亭，有人设宴饯行，有请大人并祭司！”

屈平怔了下，跳下轺车，见白云也已跳下车，向他走过来。

二人互望一眼，跟从子启来到路边的长亭里。

屈平晓得这个亭子，亲人送行远旅之人，通常会在此亭处作别。亭子原本是通透的，但此时被人刻意布置过，四围绕亭柱裹起了一层素色麻布，如同搭起了一座帐篷，从外面看不到内景。

子启掀起一道帘子，伸手礼让。

屈平、白云双双走进，各吃一惊。

亭中摆着三张几案，案上各摆了几盘食物和饯行的酒具。中间主位赫然坐着王叔，左右空置了两个客位。

子启没有进来，将帘子放下后，便退后几步，守在亭外。

屈平、白云平静了下来，相视一眼，朝王叔揖礼。

王叔没有起身，只拱手回了个礼，然后指点左右几案。

屈平、白云分别落席。

王叔看了屈平一眼，随即转向白云，盯住她看。

白云与他对视。

约过三息，王叔收回目光，露出一个笑，随后起身，执壶斟酒，斟毕，又回主位坐下："老夫在此守候，只为二事，其一是为左徒饯行，其二是为祭司。"说着举酒，"先说其一，为左徒饯行，干！"他仰脖饮完，置空爵于案。

"谢王叔厚意！"屈平端起面前酒爵，饮下。

白云没端，只将两只大眼死死地盯住王叔。

"至于其二，"王叔看向白云道，"听闻祭司下山是为寻找一物，"伸手入胸襟，摸出他的半只玉佩，"请祭司审审，可是这个？"说完递给白云。

这是白云期待过不知多少次的场面，只未料到它竟于此时此地以此种方式呈现。

白云接玉佩的手在微微颤抖。

白云没有审，只是久久地将玉佩捧在手心，任由两颗大泪珠盈出眼睑，滚落下来。

王叔的眼睛湿了。

白云将玉佩缓缓贴向心窝，良久，伸手入襟，摸出她自己的玉佩。

白云将两块玉佩并列，排齐。但听"啪嗒"一声，两块玉佩合而为一，构成一个完美的圆佩，龙飞凤舞，缠绵悱恻。

白云抬起泪眼，看向王叔道："您……怎会拥有此物？"

"是老夫……"王叔说不出话了，几乎是呢喃道，"请宫中匠人将它劈作两半的！"

什么也不必说了。

白云缓缓跪下，将玉佩托向天空，泪眼模糊，泣不成声，她向天祷告："娘……亲……你的……你的云儿寻到他了……寻到他了……"

王叔哽咽了，两行老泪哗哗地流下。

白云陡然止住，擦干泪水，两眼如炬地射向王叔，半是哽咽，半是伤心道："怎么会是您，王叔？"

听到这声"王叔"，王叔心头一凛，颤声道："我的女儿，老夫是你亲父啊！"

白云又擦了一把夺眶而出的眼泪，二目射出冷光，重复前句，但去掉了"王叔"，改"您"为"你"，一字一顿，字字结实："怎么会是你？"

"云儿，我的女儿……"王叔泣不成声。

"屠杀我娘亲的族人，夺走娘亲族人的盐田，逼死我的娘亲，这又……"白云看向屈平，泣不成声。

"云儿，我的女儿。"王叔这也回过神来，擦去泪水，半是解释，半是自辩道，"对于过去，为父不想解释，为父只想给你讲一句，你所看到的，你所听到的，不一定就是真的。"说着转向屈平，"左徒！"

"王叔？"屈平拱手道。

"屈平，"王叔盯住他，"老夫今将嫡亲女儿托付于你，你就是老夫的至亲。对于至亲所致力之事，老夫未能予以完全支持，你知道为什么吗？因为，你还太年轻！你还需要历练！不瞒你说，在你这个年岁时，老夫与你一样，也是热血沸腾，也是胸怀壮志，一心想的也是建功立业、开疆拓土、抚幼恤老、悲天悯人，可……"他看向白云，显然也是说给她听，"屈平，你真的以为老夫想杀巴人吗？你真的以为老夫要背叛心头挚爱吗？你真的以为……好了，不说这些，"他又转回目光，看向屈平，"老夫想对你说，老夫此生做下不少事，有对的，有错的；老夫此生杀过不少人，有好人，有坏人；老夫此生成全过不少人，有大人，有小人；老夫此生也对不住不少人，有男人，有女人。在所有对不住的人中，老夫最最对不住的就是巫咸庙的先祭司，老夫此生唯一真正爱过的女人，上天可知！"

王叔离开席位，跪地，望空行祭拜大礼。

礼毕，王叔回归席位，盯住屈平道："左徒，老夫看好你，老夫也看重你。云儿是老夫嫡亲女儿，也是老夫迄今唯一的嫡亲女儿，老夫……

将她托付于你了，你要替老夫照看好她！”说完缓缓起身，走向帘门。

“王叔留步！”屈平站起，急叫道。

王叔站住，看向他。

“王叔，”屈平拱手道，“谢谢您对晚辈的器重。与其说是王叔将祭司托给晚辈，毋宁说是晚辈将此生托给祭司！近日之事，王叔想必全都晓得，晚辈在此世若说有一个真正的亲人、真正的知音，也就是王叔的嫡亲女儿白云！事既至此，晚辈求天无门，只有在此恳请王叔，听晚辈一句：张仪信不得，秦人信不得，商於谷地六百里，秦人是不会施舍的！楚国沉疴在身，民不聊生，唯有修宪改制、富民强国一条路可走啊，王叔！”

“屈平，”王叔拱手回礼道，“何人信得，何人信不得，当是岁月说了算。大楚已历七百载，由初时之一隅到今日之广袤万里，辉煌业绩有目共睹。至于有些微沉疴痼疾，亦是难免。左徒图谋祛疴祛疾、修宪改制，完全可行，只是不能操之过急！楚国就如甬东海面的一艘巨船，转急弯则覆！”说罢转过身，掀开帘门，阔步而去。

昭阳、屈平相继离开郢都，楚国朝堂再无反秦声音。怀王遂于屈平离郢的次日在正殿大朝群臣，颁旨改变国策，结秦绝齐。

颁旨这日，为示隆重，怀王要求大夫以上臣属尽皆上朝。

怀王坐定后，靳尚率先起奏，正式奏请结秦绝齐、不战而得商於谷地一事。继而是秦使张仪呈递国书，正式聘亲芈月公主，缔结秦楚盟亲，同时要求楚国须在签约之日起，诏告天下，不再承认前令尹昭阳所签的啮桑盟约，及楚王特使陈轸在临淄与齐王刚刚签过的楚齐盟约。作为回报，秦国承诺将商於谷地六百里归还楚国，秦、楚缔结百年之好。

二人奏毕，怀王扫视一圈文武百官道：“诸卿还有何奏？”

众臣面面相觑，没有人出声。

“既然众卿无奏，”怀王朗声说道，“寡人意决，准允上官大夫靳尚所奏，准允秦使张仪所请，从即日起，绝齐和秦，缔结楚秦百年之好！”

张仪出列，拱手道：“大王圣明！”

靳尚出列，拱手道："我王圣明！"

彭君、射皋君等一应封君尽皆出列，拱手道："我王圣明！"

景翠、屈丐、屈遥、昭睢等一应宗亲面面相觑，见众臣皆望过来，于无奈中正要拱手表态，一侧角落里突然响起一声重重的咳嗽。

接着，一个声音从角落的后排位置传出，震响了整个朝堂："大楚客卿陈轸有奏！"

众人皆吃一惊，尤其是张仪。

绝齐和秦涉及国策改变，与使齐的客卿陈轸直接相关，是以负责安排朝会的楚宫咸尹也让陈轸来了。因昭阳不在，朝臣们几乎没人搭理陈轸。陈轸也有自知之明，悄悄地隐在角落里。陈轸个儿矮，又在后排，被几个大块头在前面一挡，少有人看见他，包括秦使张仪。

这辰光，陈轸突然冒头，着实大出张仪意料。在楚国，真正让张仪棘手的就是陈轸，好在昭阳不在，陈轸无势可借。是以张仪在吃惊之余，迅即调好了状态，盯住陈轸，看他是何说辞。

"客卿陈轸，你有何奏，请讲！"怀王朝陈轸的方向扬手。

陈轸从后排走出，着一身藏红色的上朝礼服。

所有人的目光尽皆盯向陈轸。

陈轸趋步行至怀王那高高的龙案前面，"啪啪啪"不无夸张地拍打了几下衣袖，正好衣襟，然后扑通跪地，屁股高翘，一句话未奏，只是中气十足地放声长哭："呜呼哀哉，呜呜呜呜！呜呼哀哉，呜呜呜呜！呜呼哀哉，呜呜呜呜！"

陈轸"呜呼哀哉"地连哭三声，蓦然顿住，五体投地，叩伏不动。

整个殿堂鸦雀无声，所有人都被他的三声长哭震慑了。

怀王长吸一口气，眯眼盯住他，倾身问："陈卿何以长哭于廷？"

"回禀大王，"陈轸朗声应道，"轸心伤悲，是以情不自禁，悲哭于廷！"

"陈卿可为何事伤悲？"

"一为大楚伤悲，二为大王伤悲！"

"陈卿，"怀王气色变了，坐直身子，拖长声音道，"楚秦和亲，不战而得商於谷地六百里，可喜可贺。身为客卿，你不作贺，却言伤悲，有何说辞吗？”

“轸有说辞。”

“讲！”

不待怀王礼让，陈轸便自行站起，二目炯炯地盯住怀王，侃侃陈词道：“大王在上，轸虽无大智，却也仕魏走秦，客楚游齐，司仪于诸侯盟会，熟知邦交诸务。今观大王视邦交大事如儿戏，而文臣武僚无一谏止，是以悲从中来，无可遏止！”

陈轸一棒子打向怀王并文武百僚，在场朝臣无不恼怒，面面相觑。

“陈卿，”怀王面色尴尬，强压火气，声音愈渐阴沉，“寡人何以视邦交为儿戏了，你且讲来！”

“回禀大王，”陈轸完全放开了，在殿中空场里左右走动，“邦交在情理，亦在公允。从情理上讲，秦之所以重楚，秦王之所以重大王，且承诺归还商於谷地，是因为楚国有齐国，大王有齐王。今商於六百里谷地尺寸未得，大王却宣布先绝齐交，岂不是自断退路、自孤于秦吗？楚国无齐国，势必薄；大王无齐王，身必轻。势薄，身轻，大王欲自重于秦王，可乎？”

陈轸将最后的“可”字拖得极长，又在“乎”字上戛然止住，形成一个奇特的气场。

不仅是怀王，连所有朝臣都被陈轸的说辞折服了。

“这是情理，”怀王听进去了，闭目有顷，又看向陈轸，“陈卿另外讲到公允，可有说辞？”

“回禀大王，”陈轸不再走动，而是盯住怀王，“公允就是公平交易。既然是秦人使楚，率先倡议睦邻，率先承诺归还商於谷地，以换取大王与齐国绝交，那么就当是秦王先行移交商於谷地，而后才是大王绝齐之交！”

陈轸所讲皆在道理，朝臣纷纷点头，看向怀王。

怀王似也开窍了，低头沉思。

“大王，”陈轸趁热打铁，跟进一步，“假使秦人率先归还商於，说明秦人是诚心睦邻的，大王自当绝断齐交，与秦人结盟。而秦使所求的不公允处在于，大王未得秦地一寸，秦使却要大王先绝齐交。大王若是先绝齐交，就可能产生一个结果——秦人不予商於！那时，敢问大王怎么办呢？受欺于张仪，大王必怨。大王构怨，必兴兵伐秦。大王啊，那时节，西有秦仇，东有齐怨，秦、齐同仇，必然合盟，楚国也必然以一敌二。以楚眼前之力，如果同时与东、西接壤的两个大国为敌，臣不敢往下去想，只为大楚感到伤悲啊！”

陈轸的分析无懈可击，朝堂一片静寂，即使靳尚几人，竟也寻不到合适的说辞。

“哈哈哈哈——”殿中爆出一声长笑。

毫无疑问，是张仪。

众皆望去。

怀王看向他：“秦使何以长笑？”

“回禀大王，”张仪出列，昂首立于陈轸旁侧，拱手道，“如此谬见，竟也咆哮于朝堂，仪笑大楚无人矣！”

“请问秦使。”怀王盯住他，“何以认定上卿所言就是谬见呢？”

张仪侃侃应道：“江湖在义，邦交在信，信在诚。今秦诚意睦邻，交尚未立，楚即不信秦，叫秦何以信楚呢？若以某位客卿所言，假定秦先归还商於谷地，楚却不绝齐交，秦王若是责仪，叫仪何以应对呢？有人辱仪无信，仪何曾无信过？仪可曾欺骗过楚国吗？仪可曾欺骗过大王吗？有人大讲公允，仪这也讲讲公允。商於谷地东西六百里，是实地；而楚绝齐交，是一卷虚文。秦以六百里实地来换取楚国的一卷虚文，却招来这么多曲折，诸位评评，世上有此公允吗？”

张仪辩出这片理来，众臣面面相觑，纷纷看向楚王。

“这……”楚王看向陈轸，“秦使所言，上卿意下如何？”

“回禀大王，”陈轸拱手，朝张仪冷冷一笑道，“秦使所言貌似成理，却摆不到正堂上。”说着目光转向怀王，继而又转身看向所有朝臣，声音清朗道，“就依秦使所言，江湖在义，邦交在信，信在诚。”他猛地转对张仪，“请问秦使，秦人在邦交上立过信吗？秦使在江湖上仗过义吗？秦人与秦使有过诚吗？”

“秦人何时无信，在下何时失义，你且说来！”张仪急了，扎下架势。

“看来，”陈轸嘴角现出鄙夷一笑，“秦使是记性不好，且听陈轸一一道来。”说着看向众朝臣，提高声音，“远史不说，单就轸之耳闻目睹，秦人立约、毁约便不止一次。前有公孙鞅，先是毁魏之约，骗取河西之地，后是毁楚之约，袭占於城一十五邑；后有眼前这位秦使，先骗越王无疆，坑害越人，使越地归楚，后以石牛便金之说欺骗苴、巴、蜀三国，让苴、巴灭蜀后，回过头就灭了苴、巴。何信之有？何义之守？再后秦使相魏，敢问秦使，身为魏相，你真心为魏谋了吗？若是真心为魏谋，敢在此地誓于天地神灵吗？”

陈轸当庭列出一系列秦人与张仪毁约、失义的旧事，桩桩属实，无异于当众打张仪的脸。楚廷众臣对秦人不满者无不解恨。

“哈哈哈哈，”张仪再爆长笑，“我道客卿讲出什么大理来，想不到是满口诬词啊！公孙鞅谋河西时，敢问客卿，是何人守在魏王身边？秦人得河西时，敢问客卿，又是何人在魏国朝廷中上下其手，居中为奸？”他盯住陈轸，一字一顿道，“就仪所知，正是客卿阁下！”说着看向怀王，“大王，其他不说，一个不争的事实是，眼前这位叫作客卿的人，先为祸于魏，后为祸于秦，再后至楚。在魏、在秦之事大王或有不知，可在楚之事，大王想必记得。”说着又转向陈轸，目光如炬，“敢问客卿，是何人秘结前令尹，上下其手，以和氏之璧诬仪，陷仪于牢狱，断仪之前程，差一点儿绝仪之性命于大楚刑狱？敢问客卿，你敢在此地对天地盟誓，说和氏之璧真是在下所窃吗？在下蒙冤于昭府一事，真的与客卿你毫无瓜葛吗？”

一个大秦相国，一个大楚客卿；一个秦王使楚的特使，一个楚王使齐的特使，两位堪称绝世高手的顶级辩家在大楚的朝堂上互撕脸皮，当真是匪夷所思之事。不仅是楚国朝臣，即使怀王也是大开眼界。

陈轸显然未曾料到张仪会把话题扯到这儿，一时竟无言以对。无论如何，和氏之璧涉及太多，他是有口也不能讲的。再说，自己初入楚时确实是为秦谋，这些事儿张仪肯定知道，若是逼急了他，让他将全部实情抖搂出来，后果是不堪设想的。

楚宫里几乎所有人都晓得，当年的和氏璧一案，张仪肯定是蒙冤了。这辰光张仪以受害者身份撕扯此事，可谓是一招制敌。

陈轸正自寻思如何摆脱，怀王“呵呵”笑出几声，出面解围道：“秦使，陈卿，过去的已经过去，二位不必在此纠扯。寡人关注的是今朝这个难题，也就是秦王归还商於谷地与寡人绝齐之交这个难题。你们说说，是秦王先归还商於、寡人后绝齐交，还是寡人先绝齐交、秦王再归还商於谷地呢？”说完看向张仪，“秦使，你是何意？”

“回禀大王，”张仪拱手道，“仪之意，方才已经言明。秦归还商於，是六百里实地，而楚绝齐交，是一卷虚文。请问大王，是虚重还是实重？是虚先还是实先？”

“这……”怀王看向陈轸，“陈上卿，对此难题，你可有解？”

“回禀大王，”陈轸拱手道，“世上无难解之事，除非有人不去求解！”

“哦？”怀王倾身问道，“上卿有何妙解？”

“轸以为，自古迄今，契约都是立给当事方的，自立约之时起效。秦、楚既为当事双方，就当同时履约，原本没有孰先孰后之说。臣请大王一手交割商於、一手断绝齐交。这边交割完毕，那边绝齐完毕，皆大欢喜！”

显然，陈轸的提议合于公理，任何一方都没有理由不予接受。

众臣交头接耳，议论纷纷。

“呵呵呵呵，”怀王这也打定主意了，敲打几案，镇住场面，“众卿不必再议。寡人意决，既听张子之言，绝齐和秦，也听陈子之言，双边同时履约，这边与秦人交割商於，那边绝齐之交！”

众卿拱手道：“大王圣明！”

怀王颇为得意，看向张仪道：“请问秦使，可乎？”

“回禀大王，”张仪拱手，“仪请今日立约，明朝即启程返秦，敬请大王派遣使臣与仪前往咸阳，交割商於！”

怀王略一思索，将目光落在昭睢身上：“昭睢听旨！”

昭睢出列：“臣候旨！”

“诏命，左司马昭睢出使秦国，使命有二，一送芈月公主于秦室，二与秦使交割商於！”

昭睢拱手道：“臣受命！”

“客卿陈轸听旨！”怀王看向陈轸。

“轸候旨！”陈轸拱手道。

“诏命陈轸为寡人特使，出使齐国，断绝邦交！”

“轸受命！”

第九章

游秦宫芈月戏主　平叛乱子之用狠

下朝之后，楚秦正式签署睦邻盟约。

盟约早就拟好了，是靳尚、咸尹、张仪三人合拟的，内容即是张仪与怀王近日所议定的：一为秦国须归还商於六百里谷地于楚，二为楚断齐交。怀王细审了几遍，核查无误，便诏令签署，但在如何签约上遇到了难题。

涉及六百里国土的盟约堪称重大，必须由双方国君签署，至少也要加盖王玺。但秦王远在咸阳，张仪在出使时也未考虑到此约，因而未奏明秦王送王玺过来。张仪给出的方案是，楚国这边，由楚王签押加玺，而秦国这边，由他张仪代秦王签署，加盖相府玺，算作正式缔约。如果一定要加秦王印玺，则须在楚使抵达咸阳时，再由秦王当廷加盖，同时完成交割手续后，再由他张仪与楚使至商於谷地现场交割。

见张仪诚意满满，且他此来原为聘亲，非为签此盟约，这般解释是说得通的，怀王便再无疑虑，乐呵呵地签好字，画好押，加好王玺，又亲眼看着张仪签字画押，加盖相府玺印。

签好协议，怀王兴甚，在宫中摆出豪宴，热情款待张仪一行，算作饯行。

作为王使，昭睢率领了一支多达三千人的庞大队伍，一半是送嫁的，一半是接收商於的，浩浩荡荡地跟在秦国使团后面。两国使团合作一行，前后拖拉了四五里长，中间几乎没有间隔，能分辨两国的只有旗帜与服饰。

送亲队伍行至於城，张仪令大队人马扎在城外，又安排昭睢等关键人物住进馆驿。夜幕降临之后，他使人带芈月姐弟三人赶至一处府宅。

三人到后，张仪将他们迎进院中，笑道："你们可都看清了，这处宅子就是当年商君住的，叫商君府，"然后指了一下自己的席位，"商君就是在这个位子被秦王派来的人活擒的！"

三人称奇，纷纷仰头审看宅子。

"宅子没有什么好看的，本君再引见一人，你仨或感兴趣。"

"何人？"芈月问道。

"一个威震巴蜀、更在淅水之战中以两万秦军击败景翠将军六万大军的人。"

"可是魏章将军？"魏冉一脸放光。

"正是。"

"太好了！"魏冉双拳握紧，"我最佩服的就是此人！淅水之战，我多次摆过军阵，觉得秦军打得实在太棒了！我在想，就此战而言，这个魏章将军绝不亚于庞涓与孙膑！"

"呵呵呵，"张仪笑道，"如果这样比较，那可要差些了。"

话音落处，只听府门外面一阵车马响，一辆战车随即停下，一人咚地跳下车，只几步就跨进了府门。

"相国大人，张兄！"来人边走边叫。

张仪对三人"嘘"了一声，将他们藏起，然后大步迎出。

来人正是魏章。

"哎哟我的张兄，"魏章顾不上揖礼，便跨前一步，紧紧握住张仪的手，"你若是再不回来，在下就要杀进郢都，寻你去哩！"

"呵呵呵，杀不得！"张仪将他让进客堂，分宾主坐下，然后压低声音，故作神秘道，"在下这次召你来，是有个小意外！"

"哦？"魏章急问，"出事情了吗？"

"事情倒没有，是在下带来三个人，你或想见见。"

“什么人？”魏章松一口气。

“一个是在下今番为秦王迎聘的王妃，楚室公主芈月，另外二人是她胞弟！”

“这……”魏章怔了，“未来王妃，末将这会儿见，不妥吧？”

“呵呵呵，”张仪笑道，“不是还没有过门吗？没有过门，她就不是王妃，只是楚室公主。再说，不是在下非要引见，是芈月公主久慕将军大名，特意要拜见你呢。”

“不妥，不妥，”魏章连连摆手，“芈月公主的两个弟弟倒可一见，公主就免了！”

“若是不见，你会后悔的哟！”张仪笑了。

“不后悔，不后悔，在下绝不后悔！”魏章再次摆手。

“你可以不见，可人家公主定要见你呢！”说完张仪击掌，芈月三人从侧室转出。

张仪起身，加燃几盏油灯，将偌大的客堂照得通明。

芈月、芈戎与魏冉直走过来，揖礼。

魏章起身回礼。

就在这个瞬间，魏章的眼睛直了。

同样，芈月三人的眼睛也是直了。

四双眼睛互相望着，四颗脑袋全都蒙了，眼前的一切似乎是在梦中。

“公主是叫芈……芈月？”魏章回神，试探道。

“我有两个名字，”芈月应道，“一个叫魏月，一个叫芈月！敢问将军……”

“苍天哪！”魏章扑地跪下，仰天长哭，“苍天哪！”

芈月惊呆了，和魏章相视一眼，又看向张仪。

张仪已回自己席位，眼睛闭合，似是什么也没看到。

“魏章将军，”魏冉朗声道，“晚辈觉得您像是一个人！”

“苍天哪！”魏章没有回应，仍旧长哭。

“像是什么人？”张仪眼睛未睁，发出声音道。

“像是，魏国的安国君！”

“苍天哪！”魏章依旧跪在地上，重复这三个字。

“魏月、魏戎、魏冉，还不拜见你们的父亲，更待何时？”张仪再次出声道。

三个人完全呆了。

三个人你看看我，我看看你，如同见鬼，谁也不肯近前一步。在他们的记忆里，父亲魏卬早已战死于河西沙场，眼前的魏章将军不过是撞脸而已。

“戎、冉，我……我的儿啊！还有你，我的月月，我就是你们的父君哪！”魏章总算是直抒胸臆了。

听到这声“月月”，芈月方才真信，一头扑进他的怀里，叫了声“父君——”然后号啕大哭。

魏冉、芈戎这也扑过来，父子四人搂作一团，惊喜化泣，泣不成声。

两大使团在於城停留了一日，之后张仪将芈戎留给魏章，带着芈月、魏冉继续启程西进，几日后抵达了峣关。

只要过了峣关，之后就能到蓝田了。张仪幸甚至哉，登高远眺，却在下关时一步不慎，踩到一块松掉的石块，滚下陡坡，左腿不知撞在何处。随着“啊呀”一声惨叫，张仪疼死过去。

待张仪醒来，他已在帐中，早有人请来了专治骨折的疾医。

张仪吩咐众人出帐，只留疾医一人接骨诊治。接骨过程中，守候在帐外的人但听张仪的惨叫一声接一声，无不心疼。小半个时辰过后，张仪的惨叫声方才停下，疾医一头大汗地走出来，招呼众人进帐。

众人看到张仪的左腿被一层又一层的纱布包裹，两块特制的木板将大腿与小腿绑扎在一起，形成一根粗大的直棍，张仪完全动弹不得。

不一会儿，楚使昭睢来了。

“相国大人？”昭睢一脸焦急。

张仪苦笑一下，一手擦汗，一手指向疾医。

“禀报楚使，”疾医拱手道，“相国大人登临峣关，在下坡时踩住一块松掉的石头，不慎滚落坡下，左腿撞在坚石上，完全折断。所幸救治及时，断骨已经接好，但目下不宜移动，需要就地静养一段时间。”

“这……”昭睢急了，“要静养多久？”

“昭大人，”张仪接过话头，又是一声苦笑，“真叫个好事多磨哩，眼见就到家门口了，在下这……唉！”

“张大人，”昭睢一脸无奈，“那送亲的事，还有商於……”

“呵呵呵，”张仪笑了，举重若轻道，“甭听疾医瞎讲，在下不过是稍稍磕碰一下，不打紧的，过不了几天就好，昭大人只管放心。至于使命，在下已经安排妥了，昭大人可先到咸阳，在驿馆住下，秦宫自会有人接迎公主与秦王完婚。至于商於的辖权交割，容在下这条老腿稍好一点儿，就与大人亲往办理。”

“如此甚好，请相国大人多多保重！”昭睢别过，回至楚帐。

第二日，秦宫来人迎亲，派来的是上大夫樗里疾。

张仪不能坐车，就在峣关将养腿伤。樗里疾把所有使团并送亲人员迎入咸阳，安排在列国馆驿。

天色苍黑时，宫中来人，将公主芈月并其身边侍女，连同全部嫁妆，载入宫中。昭睢则由樗里疾等人接风洗尘，其乐融融。

入得秦宫，芈月期待中的婚礼却并未出现，宫中甚至都没有喜庆气氛。芈月及陪嫁来的侍女等十几人，连同她的嫁妆，全被安排在后宫一个不起眼的院子里，连个宫女也没有多配。好在洗梳、床褥等生活设施一应俱全，随行侍女便迅速进入角色，照顾芈月住下。

颠簸一路，芈月也是累了，躺到榻上就睡。

一连三日，除两名宫人在用餐时段挑来饭食之外，宫中再无他人过问她们，好像她们根本不存在似的。

到第四日，芈月歇过劲来，开始走出她的小院四处游转，如同在楚地纪陵君的封地一样。

这是个午后，太阳很大，所有宫人都不知去处，后宫仿佛空无一人，安静得只有知了在叫。芈月耐不住了，旁若无人地在附近小转一圈，又看到远处有片林子浓荫遮蔽，便飞跑过去。

林中有条小径，由红、黄、黑、白、青五色鹅卵石铺成。芈月走得热了，遂脱下鞋子，拎在手里，赤足踩在鹅卵石上，感到有一种说不出的畅意。

芈月越跑越快，丝毫不觉石头硌脚。楚地尚红，芈月穿一件淡红色的绸裙，在这片幽林的五色鹅卵小径上如飞般奔走，宛如一道红影。

不消一时，彩石路就到了尽头，眼前现出一个雅致院落。

芈月径走过去，见门虚掩着。

芈月推门，探头看了看，里面安静极了，并无一人。

这是个三进院子，第一进的所有房门都关着。

芈月渴了，想寻口水喝，便大步走入中间一进。

正堂的门微微开着，一股凉气从门道里冲出。

芈月晓得里面有人，便上前推门。

然而，就在她推门的瞬间，两个黑衣人箭一般地从左右冲出，低吼一声，将她擒住。

芈月受到惊吓，“啊”的一声尖叫起来，拼命挣脱。

两个黑衣人正要将芈月推走，屋里传出一个男人的声音：“带她进来！”

两个黑衣人将芈月扭送入堂。

正堂摆着一个竹榻，榻上坐着一个中年男人，显然是午睡正酣时让这响动惊醒了。

那男人赤着脚，光着身子，只在中间要害处裹了件黑袍，睡眼惺忪地看向她。

芈月没有上妆，甚至连口红也没有抹，全身上下透射出一股野性，只有两只大眼仍未从方才的惊惧中回过神来，死死地盯住他看。

见芈月手上拎着鞋子，那男人冲两个黑衣人道：“把门打开！”

一个黑衣人将堂门全部打开，更多光线涌了进来，将正堂照得透亮，芈月的素颜与窘态在这光亮里展现无遗。

男人审了她一时，眯起眼睛问：“叫何名字？”

“芈月。”

男人打了个怔，睁大眼睛，将她又审了一时，然后朝依旧扭住她胳膊的黑衣人扬手道：“松开她。”

芈月得到了释放，许是胳膊让黑衣人扭疼了，伸手揉搓着。

“你俩出去吧。”那男人指向门外。

两个黑衣人退出去了。

“芈月，你来这儿做啥？”男人盯住她。

“渴了，看到这儿有户人家，进来寻口水喝。”芈月仍旧搓揉着胳膊，后退了一步。

“水在那儿！”男人指向案子，“自己倒去。”

芈月也真是渴极了，走过去，看到一只杯中有水，便端起来，不管三七二十一，仰脖咕咕几声一气饮下，然后不无惬意地出口长气，咂巴几下嘴皮子，抿了下嘴唇，又放好空杯。她走回来，朝男人鞠了个大躬道：“这位大哥，谢谢你的水，我得回去了！”

“甭急！”在她喝水的辰光，男人已将黑袍穿在身上，勒起腰带。他将竹榻移到一侧，靠柱放好，又回到几案前，在主席位坐下，然后指向斜对面的客席道：“坐下。”

芈月斜了他一眼，在那席位上正襟坐下，两只大眼盯住他，忽闪着。两只绣花女鞋被她摆在左侧，呈个“八”字形。

男人上下打量她，目光从她的脸上一寸一寸地移到她的光脚丫子上。

“喂，你看啥呢？”芈月问道。

“看你。”

“我有啥看的？”芈月抖抖肩，甩了一下长发。

“有点儿意思。”

“啥意思？”

“没有描眉，没有画眼妆，没有施粉黛。”

“我讨厌这些。”芈月皱眉，盯住他道，“嘿，你也挺有意思。”

“咦，我有啥意思？”

“是那种不让人讨厌的男人。”

“哟嘿，”男人笑了，“你讨厌什么样的男人？”

“装。”

“啥叫个装？”

“内心胆怯，却要作出一副凶相；袋中无金，却要处处摆阔；心中淫邪，却要显出坐怀不乱……先说这些吧，这就是装。我一见这样的男人——”芈月鼻子一拧，嘴角不屑地一撇。

“哈哈哈哈，”男人长笑起来，“看来男人你见过不少哩！”

“嗯，见过不少。我就不想与女人扎堆儿玩。”

“为啥？”

“不感兴趣。”

“这么说来，你是只对男人感兴趣了？”

“当然。不对男人感兴趣，还是女人吗？”

“说说看，你最感兴趣的男人是谁？”

“这得看是哪方面了。”

“随便说，哪方面都成。”

“在见过的男人中，我最感兴趣的是两个人，一个会说，一个能打。会说的叫张仪，他舌头真叫个长哩，我亲手度量过；能打的叫魏章，他是我君父！”

“咦？”男人惊讶，“魏章是秦国将军，你是楚国人，他怎么就成了你的君父呢？”

“嘘！”芈月压低声音，“这个不能告诉你。”

“那在听说过的人中，你最感兴趣的是谁？”

“也是两个人。一个叫苏秦，连长舌头的张仪都敬他。还有一个人，我不能告诉你。”

“为啥？”

“嘘，”芈月眨了几下眼睛，把声音压得更低，“我讲给你，你甭对外人讲。他是我男人！”

“嘿，这个有意思，”男人笑了，“说说看，你对你的男人哪儿感兴趣了？”

“他能使动张仪，还能使动我君父！”

“就是这个了？”男人略觉失望。

“还有一个，”芈月笑了，“我嫁过来几天了，他看都没有看我一眼！”

“这个你该生气才是，哪能也感兴趣哩？”

“对我来说，这是好事情呢，哪能生气？”

“为啥是好事呢？”

“说明我这男人不同寻常，新婚宴尔，他不见我，可有两个因由：

一是他朝务忙，二是他不好女色。”

“你为啥对这两点感兴趣？”男人来劲了。

“朝务忙，说明他在干大事、干正事。自家男人不干大事，不干正事，还能有个啥出息？”

“嗯，这个是哩。可如果他不好女色，你嫁给他又做啥呢？”男人追问。

“不好女色，说明他眼界高，寻常女人他看不上眼，属于高冷男人。”

“你对高冷男人感兴趣？”

“嗯，”芈月点头，“那种女人都喜欢的男人，我压根儿瞧不上。”

“嗯。”男人摸了会儿胡须，又盯住她，“你这男人高冷，要是他一直不见你，你能怎么办哩？”

“他不肯见我，我就寻他！”

“即使你寻他，他也不肯睬你，你又能怎么办哩？”

“征服他呀！”芈月信心满满，“男人之趣在于征服天下，而这女人嘛，征服男人才成趣，是不？”说完不无调皮地冲他做了个鬼脸。

“你将如何征服他呢？”

“这个得慢慢来，只要肯想辙儿，就没有解不开的难题，是不？”

“哈哈哈哈，”男人爆出一串长笑，“待你想到辙儿了，再来寻我！”说完指向门外，“你可以走了！”

“成！”芈月起身，走了几步，又回转身，压低声音道，“今朝的事儿，你甭对外人讲！这是处新地方，我打楚地来，人地两生，没一个朋友，今朝见到你，是个缘分，就冲你给我解渴的那杯清凉水，我交定你这个朋友了。待我征服了我的那个男人——”说完顿住话头，盯住他。

“你想咋样？”男人吸了一口气，也盯住她。

“我就悄悄地对他讲，你是我朋友！”

“成！”男人爽朗一笑，“我也交你这个朋友了！”

芈月辞别，男人送她到门外，望着她蹦蹦跳跳而去的身影，捋起长须，乐得合不拢口。

毫无疑问，这男人是秦惠王，这处院子是他的御书房，严禁后宫女人踏入一步。芈月于无意中闯入，只能算是一个例外。

当日入夜，后宫来人带走芈月，侍候她沐浴完毕，便引她走进惠王寝宫。

宫人出去，灯火阑珊。芈月一丝不挂地躺在锦帐里，两耳竖起，不无紧张地听着门外的动静。

芈月候到前半夜，没有人进来。

芈月候到后半夜，依旧没有人进来。

芈月迷迷糊糊地睡熟了。

天色蒙蒙亮时，有宫人走进，推醒她，侍奉她起榻，又引领她走出王寝，将稀里糊涂的她送进自己的小院。

如是三日，每到傍黑，芈月就会被人引入澡堂沐浴，之后引到王榻上，塞进锦帐里，第二日又在天色微明时将睡得稀里糊涂的她引回小院。

芈月蒙了。

第四夜，芈月刚刚被推进锦帐，那日他所看到的男人，也就是大秦之王，便裹着浴袍大步走进。

芈月看到他，急将被单裹在身上，缩到锦帐一角，声音急切道："喂，朋友，你快出去，这儿不是你该来的地方！"

"嘿，我刚好路过，看到亮光，就走进来看看，还以为是谁呢，没想到会是你。"惠王乐呵呵地在榻边坐下，隔帐盯住她。

"你快点出去，"芈月越发急了，"我在等我男人呢，他不定啥辰光来。要是让他撞见你，我就没个解释了！"

"你就对他说，我是你的朋友呀！"

"这这这……这个不成，"芈月连连摇头，"我没穿衣服，你这又……一身浴袍，我那男人万一生出个啥心，真就说不清哩！"

"说得清。你在帐里，我在帐外，我俩隔着一层帐子呢，是不是？"

"不成。我啥也没穿，在其他男人面前光着屁股，这个不可以！"

"可我是你朋友呀！"惠王乐了，涎起脸皮。

"朋友也不可以，你快走！"

“反正你的男人没来，我就问你几句话，成不？”

“你快说！”

“你可想到征服你男人的辙儿了？”

“想到一个，是个非常非常厉害的辙儿。”

“快讲。”惠王急不可待了。

“不能讲。”芈月摇头。

“为啥？”

“这是我的秘密，只有见到我的男人才能用！”

“假定我是你男人，你试用一下，成不？”

“这个是不能假定的！”芈月坚定地摇头。

“可我就是你的男人呀！”惠王憋不住了，哈哈大笑了几声，噌地扔掉身上的浴袍，光着身子钻进锦帐。

“天哪！”芈月连推带搡，见推他不动，便使出狠劲，将他一脚踹到榻下，连帐子也扯破了，“你快出去，不然的话，我就喊人了！我再也不想与你做朋友了！”

“嘿，你敢踹寡人，大秦之王！”惠王从地上爬起，虎起脸来，恶狠狠地盯住芈月。

“嘿！”芈月也来劲了，顾不上踹人时脱落的被单，光着身子，手指惠王，“你这人好不知趣！我视你为朋友，你却冒充我男人大秦之王，看我不——”说着顿住话头，恶狠狠地盯住他。

“你想怎样？”惠王欺上来。

“你……你敢上来！”芈月两拳握起，扎下厮打的架势。

惠王扯开锦帐，蹿到榻上，扑倒芈月。

芈月强硬对抗。

惠王越战越勇，芈月不敌，被压到身下，分开两腿，在一声撕扯般的“哎哟”之后，便躺着不动，全身松软下来。

芈月反将惠王紧紧搂住。

二人颠鸾倒凤。小半个时辰过后，惠王抱住芈月，语气得意：“爱妃，你且说说，是你征服了寡人，还是寡人征服了你呢？”

“唉，”芈月摇头道，“你这一问听起来别扭！”

“怎么别扭了？”

“你应该问，芈月，是你征服了你男人，还是你男人征服了你呢？”

“好好好，就这么问。你说，究竟是谁征服谁了？”

“这还用问，当然是芈月征服了她的男人！”芈月不无嘚瑟地爽朗应道。

“啥？”惠王一把推开她，“明明是你男人征服你了，你怎么说是你征服你男人了？”

“因为我使用了一个非常非常厉害的辙儿！”

“对呀，对呀，”惠王这也想起来了，“我正要问你这个辙儿呢！快讲，什么辙儿？”

“哎呀，朋友，我记得早就对你讲过了，这是我的秘密，是见了我男人才能使用的。我这不是用完了嘛！”

“可这……”惠王挠头，“你没有讲呀！”

“哎呀，我的男人，你哪能这么笨呢！”芈月翻过身，结结实实地骑在惠王身上，附在他耳边悄声道，“既然是秘密，就不能对外讲，是不？”

禅让大礼过后，子之正式入主燕宫。

接后半月，子之大朝三次。第一次太子姬平捧场，第二次太子不捧了，太子党众及部分前朝老臣也没一个来的，入朝列位的除子之一党外，只有几个骑墙朝臣。到第三次大朝时，这几个骑墙的朝臣也不来了。偌大的朝堂上，过半席位都是空置的。

子之的脸拉长了。

散朝之后，子之留下鹿毛寿，长叹一声道：“唉，毛寿呀！寡人本想任命你为相国呢！”说着拿出诏书，“这不，连诏命都拟好了，只差一个玺印。可今日大朝，寡人遍视朝堂，大半席位都是空的，寡人……”说完摇头。

“谢我王厚遇！”鹿毛寿拱手道，“就臣所知，众朝臣不来，根在太子身上！”

“你晓得的只是其一，”子之苦笑，“还有一个其二。”

“哦？”鹿毛寿盯住子之，用目光征询。

“褚敏。”

“他不是没有实权了吗？”

“他是三朝老臣，资格不在寡人之下，不少朝臣皆看他的眼色行事。这辰光，是他站在太子后面！”

“站也没用。没有兵权，他掀不起风浪！”

“可市被有哇。”

“市被？”鹿毛寿震惊，“他不是咱的人吗？”

“过去是，现在不是了。”

“天哪，他——”鹿毛寿顿住，看向子之。

“市被是褚敏内侄。”子之端出根底，“就在昨天，他去了褚敏府上，没过多久，姬平也去了。听说他们近日往来不少呢。”

“难怪市被将军今朝称病没来，臣还以为他是真的病了呢。”

“毛寿，”子之盯住他，“看来，你得随寡人走一趟了。”

“去哪儿？”

“见见姬哙，再唱一出戏。”

姬哙依旧住在他原来的宫殿里，陪伴他的是韩氏及一个妃子。不做王了，姬哙倒是一身轻松，一天到晚守在宫里，要么看些圣贤书，要么在殿前屋后莳弄花草。

子之二人赶到时，姬哙刚好在门前的花坛上栽花，满手是土。

“太上，姬之有礼了！”子之走到跟前，拱手。

姬哙抬头一看，忙扔掉花苗起身，拱手回了个礼，一脸高兴道：“哎哟喂，没想到是燕王来了！”说着将手上的泥土甩掉，伸手礼让，“燕王，寒舍请！”

三人走进厅堂，姬哙坐于主位，子之在客位坐了，鹿毛寿哈腰候立于侧。

“上卿，坐！”姬哙看着鹿毛寿，指向另外一个席位。

鹿毛寿谢过，坐下。

“你来得好呀，”姬哙笑道，“姬哙正要寻你呢。”

“太上召之，所为何事？”子之看向他。

“嘿，”姬哙指向宫殿道，“我这已经不是王了，就不该住在这宫城里，想到宫外去住。”

“宫外何处？”子之怔了。

“还记得你原来的草舍吗？我在那儿也有一个，就想住过去。那里门前门后都有空地，我闲暇无事，可以养养鸡，喂喂鸭，寻些乐子。”

“不可，不可！”子之连连摆手，一脸苦丧。

“这……”姬哙怔了。

“太上有所不知，”子之紧忙解释，“您是姬之的靠山，有您在姬之身边，姬之心里踏实。您若不在，姬之……”他抹了抹泪，“即使想尽个孝、诉个苦，也都没个地儿！”

“姬哙依旧在这城里，保证我王随叫随到！”

“不可，不可！”子之又是摆手，“太上甭作此想，您实在想住茅屋，姬之在这宫里为您搭建一个。您想养鸡养鸭，就在这宫院里养，后花园里有山有水，鸡鸭欢喜着呢。这个宫城，依旧是太上的，姬之不过是暂时替您照管一些时日。太上何时觉得姬之德不配位，才不服众，就把姬之废掉。”

见子之将话讲至此处，姬哙由衷感动。

“太上，”子之又拱手，“姬之今朝来，一是想看望您，听说您昨晚咳嗽了，这看您气色不大紧，姬之就放心了。二是……”他欲言又止。

姬哙看向他，用目光征询。

子之看向鹿毛寿。

“太上，”鹿毛寿拱手道，“今朝大王临朝，是大朝，可来上朝的朝臣不足一半。”

“为何？”姬哙震惊。

“臣不知。”鹿毛寿应道，“臣只看到，那些没来上朝的无不是太子的人！”

“姬平？”姬哙目光诧异，“他上朝没？”

“没有。”

“太上——”子之眼中出泪，缓缓起身，在姬哙面前跪下，从袖中摸出王玺，双手捧上。

“燕王，”姬哙惊了，“你这是——”

“姬之恳请太上收回王权，姬之愿将此玺交给太子！”

“这这这……”姬哙不知所措，看向鹿毛寿。

“太上，”鹿毛寿拱手道，“因朝中有人传出流言，群臣心无所属，方才不朝。”

“是何流言？”姬哙急问。

“流言说，”鹿毛寿侃侃应道，“大禹得知益是贤德之人，便将朝中权柄交益执掌，同时重用己子启。大禹垂老，看出子启德才不足以胜任天下，遂将大位禅让于益。可大禹崩天不过旬日，其子启便召集朋党，攻杀益，复夺天下。于是，朝臣认为，大禹传天下于益是假，让其子启自取天下才是真章。”

姬哙长吸一口气。这段史实他是晓得的。

“如今太上将燕国让于大王，”鹿毛寿再道，“却又任命太子的人尽为朝臣，所以才传出这个流言，暗喻太上禅让并非真心，让太子夺位才是实意。有这流言在蓟城飞传，朝臣自然莫衷一是，谁也不上朝了！”

“太上，”子之大哭，“姬之虽不惧死，却……却不想让燕国再流血啊！姬之不想当这个燕王，姬之愿将此玺让给太子，太子袭位，才是正统啊！至于太子的贤德，待太子即位之后，太上再慢慢培育。姬之为臣，亦必忠于太上，忠于太子，忠于燕国。否则，姬之的未来，就会如益一般，非但身死不说，身后之事，也全由太子评说，姬之连声冤也鸣不出啊，我的太上……呜呜呜呜……”

显然，这还真是一个问题。

姬哙闭目沉思。

良久，姬哙打定主意，抬头看向子之：“燕王！”

“姬之在。”

“传太上旨，”姬哙一字一顿，“明日大朝，太上临朝，三百石以上朝臣须悉数奉印上朝，不到者永除其籍，收其玺印！”

“姬之领太上旨！”子之字正腔圆。

子之当即使执事内臣传太上谕旨，令所有三百石朝臣于次日奉印上朝，不至即除籍。

于朝臣来说，除籍是要命的事了。燕国偏远，朝臣多是燕籍，与燕国公室丝丝相连，所置产业也皆在燕地。而除籍即意味着他们在燕地的任何所有都将被合法剥夺。三百石则为中大夫的年俸，石为燕室所赐粟米的计量单位，也代表朝臣在朝中的地位。三百石以上，换言之，就是中大夫以上的朝臣了。

果然，翌日上朝，朝堂上齐刷刷地站满了朝臣。

坐在王位上的不是子之，而是太上姬哙。

放眼望去，子之亦不在朝堂。

“诸卿听旨！”太上姬哙没有过多的话，开门见山。

众臣不明所以，纷纷改坐为跪，朝太上叩首：“臣听旨！”

“将你们的金印悉数拿出，放在面前。”

众臣拿出印授，放在面前。

“收印！”太上姬哙看向内臣道。

“太上传旨，收印！”内臣朗声传旨。

四名宦臣分作两组，一持盘，一收印。不一会儿，所有印玺已尽入盘中，摆至姬哙面前。一排排的印玺整齐地码放在龙案上，发出灿灿的金光。

“诸卿听旨，”太上姬哙再次出声，“这些印玺为姬哙即燕王之位时颁于众卿的，姬哙今已不在其位，理当收回。三日之后，所有印玺由方今燕王姬之重新颁发，众卿宣誓效忠，钦此！散朝！”

姬哙的这一招是绝妙的。于官员来说，印玺即权力。何人发印，官员自然向何人效忠，这是周室成例。姬哙颁印，后再收印，由子之重新颁发，这从因果上讲，也是合理的。

问题在于时机。收回玺印本该在他禅让时同步进行，或在他收印之后，由新的燕王当场宣旨任命，重新颁印。

然而，禅让制久未施行，姬哙不懂，子之心急，鹿毛寿之流更不会想到这层。所有人关心的只是禅让仪礼，因为这是权力交接中最最重要的一环。而印玺的收与发，竟然被忽略了。这辰光无人上朝，熟知礼乐的姬哙才猛地想到这个，出此妙招。

在宣旨之前，许是想给子之一个惊喜，姬哙甚至未与子之谋议。因而，诏命一出，躲在隔墙偷听的子之整个呆蒙了。

子之清楚，这个旨令的可怕之处在于，在所有朝臣的印玺被收，至新王重新颁发的这三天里，整个蓟城乃至整个燕国，将会陷入权力真空。因为，原本各司其职的朝臣因无玺印，将无合法权力行使其职，换言之，无论是太上还是新燕王，在名义上是役使不了任何人的。

姬哙颁完旨即宣布散朝，没给子之任何补救的时间，子之只能眼睁睁地看着朝臣各自茫然地离开王宫，四散而去。

果然，没过多久，蓟城就躁动起来了。

躁动的是所有被没收印玺的三百石以上朝臣。

太子一派的吏员纷纷汇聚东宫，个个面色沉郁。谁都晓得，只要子之在位，原本属于他们的印玺便再也回不来了。子之一派的人也都聚往鹿毛寿的府宅，演出各种奉迎与示忠，以期在三日之后得授更为实惠的玺印。

入夜，姬平、市被从后门走进褚敏府宅，在家宰引领下步入一间密室。

褚敏将姬平让在主席，自与市被于陪位坐下。

“干吧！”姬平握拳道，“眼下是最好的时机！”

市被看向褚敏。

“市被，”褚敏盯住他，“你能召集多少人？”

“五千。”

“能战之士呢？”

“尽皆能战。”

“殿下能召集多少？”褚敏又看向姬平。

“合计过了，各家族兵约有两万。”

“能战否？”

“能战，”姬平略顿，“但不及市被将军的勇士！”

褚敏沉思良久，看向姬平：“确如殿下所说，如果动手，眼下是最好机会！”又转对市被，“殿下的人皆为家兵，看家护院或可，上阵搏杀就差个火候。能否一举成功，主要看将军的！”

市被握拳道：“谨听姨父！”

“不动则已，若是动手，”褚敏接道，“就不可延迟，必须在三日之内攻克王宫，剿灭子之。眼下众臣皆无受命，我们动手，没有谁会来勤王。”

“如果动手，跟从子之的人会不会也组织家兵？”市被问道。

“应该不会。”褚敏语气笃定，“我晓得这些朝臣，除鹿毛寿外，多是墙头草。他们选择子之，是因为子之势大。见我们攻打王宫，且由殿下挑头，有齐人为后盾，在胜负未决之前，他们只会作壁上观。变数是蓟城的驻军。城内城外的驻军共约两万，你引五千，还余一万五千。带兵的将军见殿下与子之火并，而你又是他们的上将军，相信他们会选择旁观。再说，今朝他们的将印也被太上收走了，纵使有心出兵勤王，在名义上亦不可能。不过，我们也要防一手，将他们已无印绶之事传扬出去，让他们有个掂量。”

“嗯，”市被点头道，“他们与我相交甚笃，即使不跟我干，也不会与我作对！”

“褚伯，上将军，”姬平拱手道，“姬平无能，只能倚仗二位了。市被将军可诏告麾下将士，无论何人，率先冲进王宫者，赏足金三镒，晋爵三级；杀死或活擒子之者，赏足金五十镒，裂土封侯！另外，凡参战之人，概有赏赐。”

“末将记下了！”市被回过礼，又转对褚敏，“姨父，何时起兵为宜？”

“就今夜，黎明前如何？”褚敏以问代答。

“末将这就筹备！”市被匆匆去了。

“褚伯，”俟市被走远，姬平眼中出泪，“不肖侄无能，燕室未来，指靠您了！”

“殿下，老臣尽力。”

“褚伯，”姬平压低声音，“如果事成，姬平得立，相国之位就是褚伯的！”

“谢殿下厚遇！”褚敏拱手道，“不过，眼下不是说这个的辰光。

我们分头行事，殿下，此事关系到蓟城无数身家性命，失误不得！”

“褚伯说得是！”

“对了，我们还得有个名分，就说子之胁迫燕王，以禅让之名，行僭越之实，可否？”

“此罪虽好，但不足以诛杀子之，”姬平接道，“子之的罪名是弑君！”说着握拳道，“我敢肯定，先祖易王是被子之与鹿毛寿合伙谋害的！”

“成，”褚敏点头，“就将这个罪名传扬出去，让蓟城百姓皆知子之是个弑君者！”略顿，又道，“再说，这个也合事理。子之弑先祖易王，又知你父王心慈无争，乃先立他，再逼他禅让，是讲得通的。”

子时，各路人马准备就绪，市被、褚敏及五六个核心成员聚在太子东宫，对行动纲要与战术部署做最后敲定。

姬平最后发言，他先是和盘讲出从先易王之死到姬哙禅让这期间宫中所发生的各种蹊跷事，将它们联系到子之、鹿毛寿身上，确定二人犯下两大不赦之罪，一是弑君，二是篡位，继而声明自己才是燕国的正统继承人，最后又讲出舅爷齐王如何关切燕国之事，如何支持他夺回本该属于他的王位等。讲到动情处，姬平鼻涕、眼泪一把接一把，听得在场诸人无不感到鼻酸。

姬平讲毕，又叫人抬进一溜儿金箱，逐一打开，现出黄金三百镒，然后朗声道：“这三百镒足金是齐王赠送姬平的，说是干大事用。今天，诸位愿从姬平做此大事，姬平决定将所有金子全拿出来，”说着看向褚敏，“褚大人，姬平将之悉数交给您，由您处置！”

“谢殿下信任！”褚敏拱手礼毕，又指着金箱，扫视一眼众将军，“诸位将军，殿下吩咐过了，这几箱金子全作赏赐之用，大家能得多少，就看今夜表现。原则是，功大者得多，功小者得少，无功者不得。”

望着一溜儿金箱，众将无不两眼放光。

“今夜举事，分作两步：第一步，围困王宫，将之孤立起来，不可使任何人进出，以防弑君者外出调兵；第二步，集中兵力，攻打薄弱。具体如何攻打，由市被将军全权处置！”褚敏说完看向市被。

“诸位听清了，”市被语气果决，“我率主力，进攻正门与西门，你们分别围攻其他各门，能攻则攻，攻不进则围之，制造声势。”说着看向褚敏与姬平，“殿下与褚大人引后备队，在各条街道设置障碍，阻止子之的援兵。”

讨论完毕，众人别过，分头行动。

约在五更时，宫城被市被的两万余人团团围住。

宫城不大，占地约一千亩。由于宫墙是燕室的最后一道屏障，因而修得格外结实。墙体很高，墙外就有护城河环绕，宫墙与护城河之间几乎没有间隔。原本丈五的墙体外加深约丈许的护城河，使宫墙高近三丈，且河中是流水，攻城难度可想而知。

因而，市被选择的是几道宫门。

宫城的正门朝南，为方便上朝，河上架着三道石桥，中间宽，可行大车，两侧窄，只能步行，而城门则非常结实。宫城的其他三面，门虽没这么结实，可却无石桥，来往只能通过吊桥。

市被原为西门守尉，没有谁比他更熟悉西门，因而将此门列为主攻。

是夜没有月亮，黎明前又是最黑暗的。

市被带人守在西门外，眼睁睁地盯住吊桥。吊桥的后面是城门楼，楼上静寂无声。按照常规，此时守门兵士多在梦乡中，即使守值人也都打瞌睡了。

市被窃喜。显然，宫中并无防备。待雄鸡啼晓，宫中就会有人通过此门，去赶早市。那时，吊桥就会放下，他们冲过桥，就可控制西门。一旦控制西门，就从腹中破了整个宫城。

然而，眼见东方发亮，雄鸡报晓两轮，吊桥却仍未放下。

市被决定不再等了，便命人泅过护城河，砍断了吊桥缆绳。随着“哐当”一声闷响，吊桥落下，市被的人哗地冲过吊桥，撞击西门。

西门却未上闩，一撞即开。

冲锋的兵士大喜过望，蜂拥而入。

就在市被诧异之际，西门城楼上猛地现出无数宫卫，利矢嗖嗖射下。市被的人猝不及防，仍在冲向宫门的兵士纷纷中箭倒地。

与此同时，城门关闭，门闩插上，后续兵士被结实的宫门完全阻断。

紧接着，城门之内杀声震天，市被眼睁睁地听着他的首批勇士二百余人尽遭屠戮。

显然，子之是个狠人，特在此门设下陷阱，守候市被。

市被冷汗直冒，但此时已无其他选择。无论如何，就他所知，宫卫不过三千人，而他们的人不下两万，在数量上占有绝对优势。

市被决定明攻。

既然是明攻，就要堂而皇之，于是，市被放弃西门，仅留五百人负责守御，而将主力调至正门。他命人运来早已备好的攻城器械，筹备强攻。

子之果然不是吃素的。

天色大亮，曙光四射，子之非但没有固守宫门，反倒将宫门完全打开，旨令一排排装备精良的甲士从宫门里整装走出，在宫门外面列队，严阵以待。

城门楼上更是连弩齐整，礌石具足，以为后援。

市被可以觉出，子之就站在宫门楼上，看着下面。

显然，前面这一夜，于子之来说，也是无眠。

此时，太子姬平也来了。

陪他的是褚敏，而跟随他们的则是上万名各府家兵及受到姬平感染的蓟城百姓，他们手中的武器各式各样，有的甚至拿着棍棒与干活的工具。

在他们背后，大街小巷已全被路障阻断，过往行人皆受盘查。

一夜之间，整个蓟城已经陷入全面骚乱，蓟人裂作两派，一派支持太子，一派支持子之。

鹿毛寿进不去宫了。到他府中的死党也多了起来，他们纷纷感到压力巨大。如果太子真的攻克宫城，杀死子之，他们将失去所有相关的利益，说不定还有血光之灾。

尤其是鹿毛寿。

于是，鹿毛寿鼓动所有人拿起武器，以忠于燕王为旗号，煽动百姓拥护太上，拥护太上所禅让的新燕王。两派力量先是各守府宅，继而交战在一起，大街小巷随处可见械斗场景。

姬平与褚敏不得不分出力量，以对付鹿毛寿等人。

在宫城前，恶战爆发了。

市被排好阵势，用盾牌等组成一道强大的防护罩，顶着箭雨冲向宫门。而市被的弓弩手则组成更为强大的箭雨，与宫卫的弓弩手对射。双方箭雨在空中相撞，发出“啪啪啪”的断矢声。双方阵营不断有人中箭倒下，城门楼上亦现伤亡。

市被的勇士们冲过石桥，冲到城门下面，与宫卫搏杀在一起。双方陷入混战，箭矢起不上作用，只能远程互射。

宫卫由宫门持续补充，前仆后继。市被的勇士亦由石桥不断补足，亦前仆后继。宫门前面场地毕竟狭小，横竖不过容纳三百来人，不消半个时辰，已是尸横遍地，莫说是搏杀，即使行走也困难。

市被鸣金，暂停进攻。

双方收尸。

中午，电闪雷鸣，大雨倾盆，宫门外的血迹尽数被冲刷入护城河中。大雨下了有一个多时辰，将近傍晚，雨停了。市被再次攻城，子之依旧开门迎战，战法同上。

市被望到，子之全身披挂，手持长枪，正站在宫门后面督战。

宫卫士气冲天。

天色昏黑，市被鸣金。

如是三日，蓟地遭遇连阴，淫雨霏霏，时大时小，时下时停。双方势力就在这雨歇里搏杀，因为市被实在寻不出更合适的攻城方法，子之亦寻不到更高明的防御战法。只要市被攻击，子之就守在门口，开宫门迎战，双方士兵只能在宫门前的狭小空间里生死相搏。

与此同时，蓟城亦完全失序，原本相安无事的街坊邻居都进入了互杀模式，忠于姬平的攻击忠于子之的，一旦杀入府中，就是满门抄斩。反之亦然。更有歹人趁机干起打家劫舍的事，杀人越货，奸淫盗抢，无恶不作。

一时之间，风声、雨声、惨叫声、厮杀声响彻每一个角落，雨水、血水、泪水、汗水流淌在每一条巷道。蓟城人怨声载道，苦不堪言，无论白天黑夜，所有门户都被关得死死的，院中守着手执利器的男人，随时准备以血肉之躯捍卫一家老小。商人富户更是闭门谢客，魂不守舍，将金银宝器胡藏乱埋。在暴乱之初，姬哙就心急如焚，四处寻找子之，却被子之使人送回宫院，再不让他走出半步。姬哙在完全囚禁的状态中连过三日，于第三日昏黑，子之来了。

“太上，”子之一脸疲惫，拱手道，“是姬之无能，让您受惊了！”

“快说，怎么回事儿？”姬哙仍旧对乱象一无所知，急不可待道。

“是殿下聚众谋逆。”子之扼要禀过，又将反臣之名一一报过。

“这这这，”姬哙震惊，“子平他……怎能这样？”

“唉，”子之轻叹一声，“事儿闹成这样，还得怪太上！”

“我……”

“您把三百石以上朝臣的封印全部收了，在收印之前，您未曾讲给姬之半句，而且您明旨三日之后再由姬之重新颁发。姬之晓得太上的美意，可是，在这三日里，所有朝臣皆无印绶，所有府衙皆为空设。殿下看准这个机会，当夜就聚众反叛，叛臣皆是近些年来由殿下提名、太上任命的朝臣。他们结成一党，围攻宫城，欲杀太上并姬之，夺取王位。唉，”子之长叹一声，“前几日，姬之生怕有变，欲将王位让于殿下，是太上您——”说着顿住。

“这个逆子！”姬哙一拳震几。

“太上，”子之再道，“姬之晓得您宽仁慈悲，不想让燕人流血，可眼下，叛臣在围攻宫城的同时，还满城里追杀不跟从他们的人，追杀鹿毛寿等一干忠于太上的臣子，整个蓟城是血流成河啊！”

“市被为何反叛？”姬哙问道。

“市被是反臣褚敏的外甥，是褚敏蛊惑他反的。市被是太上授命的上将军，辖制蓟城三军，那些军士不得不听他的呀！”

“寡人……召见市被！”姬哙气急，剧烈咳嗽起来。

“太上息怒！”子之起身，在姬哙身后轻轻捶背，“待明日晨起，反贼再行进击时，姬之想请太上出面，劝诫市被。姬之晓得市被是忠勇之士，他受太上知遇并任命，不会不听太上。只要市被退兵，其他反臣皆是乌合之众，不难清剿。再说，太上限定的三日期限已过，姬之可以随时任命朝臣，重新颁发印绶。只要太上依旧信任姬之，叛臣就会越来越孤立。”

由于鹿毛寿等动员了效忠子之的朝臣以武力相抗，褚敏不得不分出精力应对，而市被这边又迟迟攻不进宫城，蓟城的局势开始复杂起来。

夜幕降临，骚动一日的蓟城渐渐平息。

市被等众再次汇聚东宫府，谋议克敌奇策。

经历了连续三日的缠斗，大家全都累了，脸上无不现出焦躁。为首的姬平显然不是谋大事的人，除去一句接一句的勉励与许愿之外，就是发赏金与抚恤，根本拿不出行之有效的策略。

市被急了。

“殿下，”市被叫道，“这样耗下去不是办法！”

“将军可有良策？”姬平看向他。

“我……”市被看向褚敏。

所有目光全部射向褚敏。

“殿下，诸位将军，”褚敏历过大事，神色自若，“情势确如市被将军所言，我们不能再耗下去，因为明日，弑君者就可任命官员，颁发印绶。也就是说，明日就会有人得到印绶，据此与我作对。”

众人皆吸一口气。

“不过，也有几个利好。”褚敏愈加淡定，“其一是，越来越多的蓟人晓得子之是个弑君者，是个阴毒之人，有不少平民愿意跟从我们，单是今日，加入我们的民众就逾千人。其二是，有不少歹人闯入平民宅第，奸杀抢夺，民愤极大，我已查出来，他们皆是鹿毛寿的人。其三是，齐人——”他看向姬平，打了个手势，“这个由殿下来说。”

姬平瞬间明白褚敏的用意，拱手道：“今朝齐王来函，他已经旨令三军五万兵发蓟城，匡扶正义。知道主将何人吗？就是大败秦师于桑丘的匡章将军！”

众人皆喜。

“诸位将军，”褚敏接过话头，“基于上述危急与利好，我们须集中精力做好四事：一、传扬鹿毛寿诸人恶行，使之昭然于天下；二、吸纳更多民众加入我们的队伍；三、封堵宫城，严防弑君者派任何人持授权印玺出宫；四、不惜代价攻打宫城，擒贼擒王。只要拿下弑君者，鹿毛寿之流就会作鸟兽散。”说着看向市被，“市被将军，整个蓟城就看你的了！”

“末将尽力！”市被拱手道。

“市被，”褚敏盯住他，“宫门之战我观三日了，已想到克敌之策，正在使人赶制利器，今夜或可制出。只要弑君者依旧打开宫门迎战，破门不在话下！”

“是何利器？”市被惊喜。

“明晨你就晓得了！”

翌日凌晨，褚敏交给市被的是十辆可在后面推动的冲锋车。冲锋车只有两只轮子，外形呈锥状，车头是锥尖，车身为锥身，锥上有盖，亦为尖形，可防止从城门楼上射下的箭矢及礌石。锥外满是矛尖，看起来像是一只刺猬。每辆车可供两人使用，进退自如，对方的矛再长，也根本插不进来，而车辆的巨大冲力，则可让对方躲无可躲，根本没有搏杀机会，只能望车逃避。而只要对方逃避，我方就可攻占城门。十辆冲锋车的后面是数以千计的甲士，只要他们冲过宫门，整个宫城就防无可守了。

市被大喜，令一些身强力壮的兵士学习使用，之后便在宫门外列好阵势，将十辆冲锋车隐在一排战旗背后，自己则全身披挂，亲到宫门外面叫阵。

宫门大开，可出城的却不再是兵士，而是一辆战车，车上站着同样全身披挂的子之。

市被震惊了。

所有将士也都震惊了。

子之是他们的前将军，也是弑君者本人。

他的头上悬着太子姬平赏赐的五十镒足金。

众将士连日攻城，只为拿到弑君者子之，而此时此刻，子之竟然没带任何兵士，只身出现在宫门之外。

关键是，市被是子之一手提拔起来的，在燕国，市被内心深处最尊敬的人，除姨父之外，就是子之。

“市被将军，姬之有礼了！”子之拱手道。

“末将叩见相国大人！”市被回礼，特意没有称他为燕王。

“市被将军，”子之语气从容，“这几日来，身为燕臣，你三番五次引人攻打王宫，这是谋逆之罪，当诛九族，你可知之？”

“回禀相国，”市被应道，“身为燕臣，末将受殿下之命攻打王宫，只为诛杀弑君者与篡位者，也就是相国大人您！”

“市被将军，还有诸位将士，”子之再次拱手，又朝市被身后的将士们拱手一轮，“在下姬之，为先祖桓公嫡亲后人，若论辈分，太上姬哙为姬之的嫡侄。太上感念上古圣德，便在太庙祭告先祖，行禅让大礼，将王位让于姬之。姬之谈何篡位？至于弑君一说，敢问市被将军，可有证据？姬之所弑又是何君？”

“你……指令鹿毛寿弑先君易王！”市被急了。

“市被将军，”子之淡淡一笑，“先易王驾崩之夜，其他将士不知，你却是在场的。如果是姬之弑君，你作何罪？这且不说，你与姬之是一同赶到王宫的，你我赶到之时，先易王已经驾崩，而出现在现场的都是何人，别人不知，将军难道也忘了？一个是王后，一个是公子职，还有一个，是秦使嬴疾。王后四处使人找寻上大夫鹿毛寿，因鹿毛寿是先易王最信任的臣子，先易王废立太子的诏书就是由鹿大人拟写的。王后寻觅鹿大人，为的正是这份诏书。但鹿大人说，先易王已经听从苏相国之言，旨令他废掉了这道诏书。王后欲拿鹿大人，是将军你引军士制伏他们，之后我们才发现先王驾崩的。市被将军，先易王究竟死于何人之手，这是摆明了的事。秦使逼迫先易王废太子，也就是当今太上，而转立公子职，是苏子力保太子的。先易王最后听从了苏子，这才引来杀身之祸。当时我们也讲清了这件事。姬之本欲治王后、公子职与秦使弑君之罪。可因为太上慈悲，便放走他们母子，赶走秦使，并隐瞒先易王死因，以厚礼安葬。今朝你将这盆脏水一股脑儿泼于姬之身上，就不怕天打雷劈吗？”

众将士这也是首次听到宫闱秘闻，无不面面相觑。

“末将……”市被讲不出话，也是急了，“是听殿下讲的！”

“殿下？”子之冷笑一声，“哪一个殿下？”

“太子姬平！”

“是何人诏命姬平为太子的？”子之质问。

“燕王，方今太上！”

“市被将军，请看！”子之扬手，朗声唱宣，“有请太上！”

一辆王辇缓缓驶出宫门，与子之的战车并列排齐。

此时，如果进攻，将是最佳时机。

然而，站在市被身后的是宣誓效忠燕国的三军将士，而站在这些军士面前的又是前燕王与方今燕王，莫说是众将士，即使是市被，亦是傻了。

“市被将军，听旨！”太上姬哙声音清朗，从袖中摸出已加盖过玺印的谕旨。

市被跳下战车，叩首于地道：“末将候旨！”

“燕国太子姬平违抗王命，造谣惑众，聚民滋事，致使燕地生乱，生灵涂炭，民不聊生，上失道于天，下失德于地，中失信于民。寡人特旨，自今日起，废除姬平太子之位。钦此。大周燕国太上姬哙。”

众军士无不震惊。

市被心里一颤，良久，道：“臣接旨！”

一名宫人闻声走出，从姬哙手中接过谕旨，递给市被。

“市被将军！”姬哙又出一声。

“臣在！”

“寡人已于三日之前收你印绶，你何来权力指挥三军之士围攻寡人王宫？”姬哙声如洪钟，语气斥责。

“臣……知罪！”

“你既知罪，就当听从新王之命，改过自新，戴罪立功！”姬哙说道。

“臣……受命！”

“市被将军，听旨！”子之从袖中缓缓摸出谕旨。

“末……末将听……听旨！”市被的心完全被控制了。

“从太上谕旨，寡人念你受人蛊惑，赦你并麾下将士无罪，且授命你依旧为燕国上将军，请受将印！”

宫人端出一只盘子，款款走到市被面前，盘上赫然摆着他已奉旨上交的上将军印绶。

“臣……受命……”市被几乎是在嗫嚅，然后双手接过印绶，叩首道，“臣叩谢我王不罪之恩！”

“上将军听旨！”子之朗声道。

“臣……接旨！”

“寡人命你即引本部人马前往东宫，缉拿乱臣姬平。降者免罪，若有违抗，杀无赦！”

“臣……接旨……”

“来人！”子之击掌。

宫门里再次驶出一辆战车，上面站着一名军尉并两名甲士。

“你等随上将军前往东宫，宣读太上废前太子诏书，并有请姬平入宫谢罪！”

“末将领旨！”军尉将战车驰至市被跟前，跳下，敬礼道，“上将军，请！”

顷刻之间，情势逆转，将军市被如受魔咒，稀里糊涂地捧起子之刚刚颁予他的上将军印绶，跳上战车，传令退军，转而发兵东宫。

褚敏不在，守在东宫的是姬平。

看到市被的人马突然回来，姬平很是诧异，他急走出来，盯住市被，一脸茫然道：“市被将军？”

“殿……殿下……”市被结巴着看向身后的军尉。

“太子姬平听旨！”跟从市被的宫中军尉掏出姬哙谕旨，朗声念道，“燕国太子姬平违抗王命，造谣惑众，聚民滋事，致使燕地生乱，生灵涂炭，民不聊生，上失道于天，下失德于地，中失信于民。寡人特旨，自今日起，废除姬平太子之位。钦此。大周燕国太上姬哙。”

姬平完全蒙了，盯住市被道：“市被将军，你……”

“乱贼姬平听旨，”那军尉又掏一旨，朗声宣道，“乱臣姬平，违抗王命，聚众滋事，造谣惑众，戕害生灵，犯十恶不赦之罪。寡人念你为太上骨血，只要你肯俯首就擒，停止作恶，随从市被将军入宫请罪，寡人既往不咎。若有违抗，杀无赦！钦此。大周燕王姬之。”

姬平明白过来，转身就走。

说时迟，那时快，只听一声弦响，一支利箭破空而来，从后心穿透姬平。

姬平来不及发出声音，就倒地了。

众人惊愕，抬头看去，是站在军尉旁边的弓弩手。

太子身边的人震怒了，大吼一声，不顾一切地冲上那辆战车。

“市被将军！”军尉惊恐，一边大叫，一边与两名军士拼命抗击。

市被却如没有听见一般，怔怔地望着倒在地上、肢体仍在微微抽动的太子姬平。

太子姬平的人齐围上来，枪捅刀砍。那军尉三人，连同御手，均被众人拖下战车，活活扎死。

而没有市被的命令，他麾下的数千将士，一个个都站立不动，眼睁睁地看着发生在眼皮底下的杀戮。

待褚敏闻讯赶回时，一切均已结束。

面对姨父，市被跪地，悲泣。

褚敏转问市被麾下的裨将军，从他口中得悉了事情经过，他什么也没有说，只轻叹一声，伏在太子姬平的尸体上长哭数声后，拔剑自刎。

“姨父——”市被一声长号，跪到褚敏身边，而后也拔剑抹向自己的脖子。

众将士先是惊愕，继而作鸟兽散。

然而，子之并没有放过他们。接后几日，子之大朝群臣，任官用吏，颁诏布令，并在蓟城及燕国各地展开搜捕，凡涉太子平叛乱者尽皆缉捕，满门抄斩。几日下来，斩首之人数以万计，蓟地污血横流。

燕人终于晓得，子之和善的表相里藏着一颗残暴的心。

腥风血雨中，苏秦决然将姬雪留在武阳别宫，拖着疲惫不堪的身子，星夜赶赴蓟城。在自家府门前下车时，许是过于虚弱，苏秦连打了几个踉跄，幸亏飞刀邹搀扶及时，才没有倒地。

闻声迎出的是家宰袁豹，手中拎着他的长枪。

蓟城动乱的这些日里，袁豹领着两个家仆天天守在相府里，阻止任何歹人进门。见苏秦不期而至，袁豹喜极而泣，忙扶苏秦进府，歇于榻上，安排饭食。

苏秦却是歇不下去，他叫来袁豹，让他将蓟乱始末事无巨细地讲述了一遍。

述至褚敏如何自刎于东宫，苏秦流泪了。

经过一夜长考，苏秦于次晨入宫，让袁豹向子之呈上名帖。

约半个时辰后，宫人引苏秦入宫。由于苏秦尚未康复，子之特别允准他的车马驰入，由宫人一路引至子之所在的一处偏殿。

子之早已候着，亲自下阶，搀扶苏秦入内。

因各自身份特殊，二人皆没见礼，只分宾主坐下。

苏秦注意到，子之依旧穿着他在茅舍里的服饰，既未穿王服，亦未戴王冠。

苏秦的目光落在他的脚上。

许是惶急，一双王履未及脱下，依旧套在子之脚上。

见苏秦盯在这儿，子之尴尬地苦笑一下，脱下王履，咚的一声扔到身后。

"既然是王了，为何不穿？"苏秦问道。

"在苏子面前，姬之不敢！"子之拱手道。

"在何人面前敢呢？"苏秦二目逼视。

"这个……"子之咽了一口气，看向别处，"苏子此来，只为要看姬之的衣冠吗？"

"是的，"苏秦依旧盯住他，"苏秦本想一睹子之大人穿上王服王冠是何模样，不想却失望了。"

"苏子有所不知，"子之转过脸，看向苏秦，"姬之从未想过穿戴王服王冠，是前燕王他……定要效法先圣尧舜，禅让燕国于姬之，姬之三辞，可大王三让……"

"前燕王呢？"

"这些日来，太子聚众叛乱。为安全计，姬之已将太上置于安全场所，不在宫里。"

“苏秦能否一见？”

“太上不想见人。”

“为何不想？”

“唉，”子之长叹一声，“太上力排众议，让国于姬之，万没料到反对他的竟是太子，更没料到的是燕国竟因此而陷入动荡，不少人没有死在外敌面前，却死在街邻手里。大王他……天天以泪洗面，谁也不见。莫说是你，纵然是姬之叫门，他也不肯开呢！”

“既然前燕王不肯相见，我就不见他了。在我面前你不肯穿王服，叫我怎么称呼你呢？是叫大王，还是——”苏秦顿住。

“就叫子之吧，还是用老称呼。在苏子面前，子之永远是子之。这个世上，我就认你！”

“谢谢抬爱！”苏秦拱手，又道，“敢问子之，燕国走到今天，你有没有想过如何收场？”

“我听苏子的！”

“诚谢信任！”苏秦再次拱手道，“若此，苏秦依旧称你为兄，苏秦劝兄做如下三事：一、归还王位于子哙，兄依旧为相；二、在姬哙的公子中择其贤者立为太子；三、与齐议和。”

“如果在下做不到呢？”子之盯过来。

“苏秦只能为子之兄遗憾！”

“是何遗憾？”

“子之兄非但不会得到你所追求的，反倒——”苏秦顿住。

“反倒什么？”子之追问。

“子之兄您自己身死名裂不说，还将祸及宗亲子嗣，殃及社稷宗祠！”苏秦一字一顿道。

“是因为你苏子吗？”子之眼里射出狠光。

“在下无此能耐。”

“那因为何人？”

“齐人。”

“齐人？”子之的眼睛眯了起来，良久，盯住苏秦道，“我晓得齐王，他想的不就是得到河间地吗？我给他就是！”

“在此之前，齐人不过是要河间地。现在不了。”

“他要什么？”

“整个燕国。”苏秦的声音淡淡的。

“啥？”子之两眼圆睁，“他要吞并整个燕国？”

“是的。”

“你……”子之吸了一口长气，耸耸肩膀，“不会是危言耸听吧？”

“子之大人，你细想想，就你所知，这么多年来在下危言耸听过吗？”苏秦苦笑。

“齐王他……凭什么？”子之握拳道。

“就凭子之兄逼迫子哙让位，这又弑杀太子姬平！”

“我没有逼他，是他自己要让的，还有，姬平是让市被杀的，是他们内斗！”

“唉，”苏秦轻叹一声，“这些话你说给在下没用，要说给齐王听。”

“哼，”子之一拳震几，“我怕他个鸟！”

“你可以不怕，可你的夫人、孩子们呢？那些跟着你出生入死的将士呢？”苏秦实在太累了，他脸色苍白，咳嗽了几声，勉力支撑着。

子之勾头，呼呼直喘粗气。

“苏秦，”有顷，子之猛地抬头，盯住苏秦，“你要我怎么办？”

“我已经说过了，”苏秦给他个苦笑，“还位于子哙，择子哙的贤能公子为太子，再用河间地与齐睦邻。”

“啥？”子之急了，“我还要送他河间地？”

“即使这样，齐人是否情愿，在下也还未知！”

“苏子，你怎能这般讲话？”子之目现杀气。

“唉，”苏秦轻叹一声，咳了几下，又看向子之，“子之兄，在下拖着病体，昼夜兼程赶来见你，是为什么，你想过吗？”

“是为什么？”

“为你，子之兄。”苏秦盯住他，“你是战士，行兵布阵你在行，可玩别的，你不如我。不瞒你说，在下就学于鬼谷数年，熟知人心，有心通术。齐王想什么，他还没说，在下就知了。其他国君亦然。否则，你以为天下诸侯都那么肯听在下吗？还有你，子之兄，你现在想什么，在下无一不知。在下这来见你，是要救你。子曰，五十而知天命。你比在下还年长几岁，该知天命了。敢问子之兄，何为天命？”

“我根本不信！”子之厉声道。

“喀喀喀，”苏秦连咳几声，轻叹道，“唉，子之兄，无论你信与不信，天命就是天命。比如这日头，无论你看与不看，它每天都从东方升起。”

“你说，我的天命怎么样了？”

“你与在下一样，皆是臣子之命！”

“你是东周野民，我姬之是先桓公嫡血，何能一样？”

“桓公有七子，袭位的是先文公。同样，先文公有七子，袭位的是先易王。先易王又有六子，袭位的是子哙。为何这样？因为天命。”

“哼，”子之一脸不屑，“没有我子之，姬哙他连死在哪儿都说不定！”

“所以你是臣命。臣就是要保主的。”

“你这谬理，我偏就不信！”

“你可以不信。”苏秦起身道，“在下心意已尽，告辞了！”说完径直走向殿门。

眼见苏秦就要出门，子之叫道：“苏子且慢！”

苏秦止步，但没有回头。

“在下听你的！”子之没有起身，“待过几日，在下就选个良辰吉日，归位于子哙，立其子为太子。劳烦苏子前往齐地一行，就以河间地与齐人睦邻。”

苏秦回身，看向子之，目光如炬。

子之起立，拱手，模样甚恭。

“苏秦信你，子之兄，明日即行！”苏秦回个礼，转过身，缓步而去。

望着苏秦走远，子之发了会儿呆，随即对内臣道：“召鹿毛寿！”

读客® 知识小说文库

读小说 学知识

《海外征程》

达尼 著

亲历者向你讲述

华为海外开拓者的热血征战故事

激发个人成长

多年以来，千千万万有经验的读者，都会定期查看熊猫君家的最新书目，挑选满足自己成长需求的新书。

读客图书以“激发个人成长”为使命，在以下三个方面为您精选优质图书：

1. 精神成长

熊猫君家精彩绝伦的小说文库和人文类图书，帮助你成为永远充满梦想、勇气和爱的人！

2. 知识结构成长

熊猫君家的历史类、社科类图书，帮助你了解从宇宙诞生、文明演变直至今日世界之形成的方方面面。

3. 工作技能成长

熊猫君家的经管类、家教类图书，指引你更好地工作、更有效率地生活，减少人生中的烦恼。

每一本读客图书都轻松好读，精彩绝伦，充满无穷阅读乐趣！